The Book Thief
偷书贼

[澳] 马克斯·苏萨克 著 孙张静 译

全国百佳图书出版单位

时代出版传媒股份有限公司
黄 山 书 社

THE BOOK THIEF by MARKUS ZUSAK

Text copyright © Markus Zusak 2005

Illustrations copyright © Trudy White 2005

This edition arranged with CURTIS BROWN-U.K.through BIG APPLE TUTTLE-MORI

AGENCY, LABUAN, MALAYSIA.

Simplified Chinese edition copyright © 2007 SHANGHAI INTERZONE BOOKS CO.LTD.

All rights reserved.

图书在版编目（CIP）数据

偷书贼 / （澳）马克斯·苏萨克著；孙张静译. - 合肥：黄
山书社，2011.6
　　ISBN　978-7-5461-1789-8

　　Ⅰ.偷... Ⅱ.①马... ②孙... Ⅲ.长篇小说－澳大
利亚－现代 Ⅳ. I611.45

中国版本图书馆CIP数据核字（2011）第080250号

版权贸易合同登记号：1211932

偷书贼	[澳]马克斯·苏萨克　著	孙张静　译
出版人：左克诚	策　　划：英特颂	装帧设计：门乃婷工作室
责任编辑：余　玲	特约编辑：董　睿	责任印刷：李　磊

出版发行：时代出版传媒股份有限公司（http://www.press-mart.com）
　　　　　黄山书社（http://www.hsbook.cn/index.asp）
　　　　　（合肥市蜀山区翡翠路1118号出版传媒广场7层　　邮编：230071）
经　　销：上海英特颂图书有限公司　　营销部电话：021-56550055
印　　刷：上海市北印刷（集团）有限公司　　电　　话：021-56550779

开本：680×980　1/16　　印张：23.5　　字数：280千字
版次：2011年6月第1版　　2011年6月第1次印刷
书号：ISBN 978-7-5461-1789-8　　定价：28.00元

作者致中国读者的信

亲爱的中国读者：

谢谢您阅读了这本《偷书贼》。

我小时候常听故事。我的爸爸妈妈经常在厨房里，把他们小时候的故事告诉我的哥哥、两个姐姐和我，我听了非常着迷，坐在椅子上动都不动。他们提到整个城市被大火笼罩，炸弹掉在他们家附近，还有童年时期建立的坚强友谊，连战火、时间都无法摧毁的坚强友谊。

其中有个故事，一直留在我心里……

我妈妈小时候住在慕尼黑近郊。她说她六岁的时候，有一天听见大街上传来一阵嘈杂的声音。

她跑到外面一看，发现有一群犹太人正被押解到附近的达豪集中营。队伍的最后是一位精疲力竭的老人，他已经快跟不上队伍的脚步了。有个男孩子看到老人的惨状后，飞奔回家拿了一片面包给这位老人。老人感激地跪下来亲吻这位少年的脚踝。结果有个士兵发现了，走过来抢走了老人手上的面包，并用力鞭打了老人。随后士兵转身追赶那个男孩，把男孩也打了一顿。在同一时刻里，伟大的人性尊贵与残酷的人类暴力并存。我认为这恰好可以阐释人性的本质。

听了这些故事之后，我一直想把它们写成一本小书。结果就是《偷书贼》的诞生。而《偷书贼》这本书对我的意义，远远超过我当初的想象。对我来讲，《偷书贼》就是我生命的全部。不管别人怎么看这本书，不管评价是好是坏，我内心明白，这是我最好的一次创作。身为作者，当然会为自己"最好的一次创作"深感满意。

马克斯·苏萨克

目 录
CONTENTS

PROLOGUE

序　幕

堆积如山的瓦砾废墟

在这里，故事讲述者将介绍

他本人——各种颜色——以及偷书贼

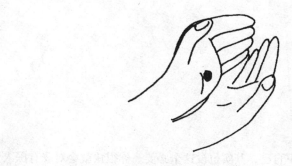

死神和巧克力

首先留意的是各种颜色。

然后才注意到人类。

我通常就是这样看待事物的。

或者说至少我是努力这样看待的。

先透露一点真相

你正走向死亡。

大多数人觉得我的话难以置信，任我怎么抗议也没用。说到这个话题，我尽力让自己保持心情愉快。请相信我，我的的确确也会满心欢喜。我也有和蔼可亲、和和气气的一面，但是，请别要求我做到令人愉悦。令人愉悦与我无关。

对前面提到的事实的反应

你怕死吗？

我劝你别怕。

我做事最公正了。

首先，自我介绍一下。

一个开场白。

我怎么忘了礼貌？

我本该好好介绍一下自己，其实也没这个必要。你很快就会对我有深入了解，时间视情况而定。到了那个时候，我会以最亲切地姿态守护着你，你的灵魂会落入我的怀中，我的肩头栖息着某种颜色。我会轻轻带走你。

那时，你会躺着（我很少发现有人站着），身体慢慢僵硬。也许有人会发现你，于是，一声尖叫在空气中逐渐消散。之后我听到的便只有自己的呼吸声和脚步声。

重要的是，当我逼近你的那一刻，一切会是什么颜色？天空会用什么颜色发出讯息？

就我个人而言，我最喜欢巧克力色的天空，很深、很深的巧克力色。人们说这种颜色适合我。我也这样认为，尽管我试图喜欢我见过的每一种颜色——

光谱中的所有颜色，十亿种不同的风情，而天空会将这些颜色一一吸纳。颜色疏解了我的压力，让我放松。

小理论

人类通常只在黎明和黄昏的时候，才会观察天空的色彩变幻。但对我来说，天空每时每刻都呈现出不同的色度与调性。一个小时的时间内，就有千千万万种不同的色彩：蜡黄、云丝蓝、暗黑。我是干这一行的，所以会特别留意这些色彩。

正如我刚才暗示过的，在工作时我会有点小小的消遣，让自己保持心智的健康，也使自己在长期从事这份工作时，能很好地履行自己的职责。麻烦的是，谁能替代我工作呢？要是我到你们人类的度假胜地放松一下，无论是到热带海滩或滑雪场，谁能接手我的事情呢？答案当然是：没有人。深思熟虑之后，我做出了一个明智的决定——权且把我工作中小小的消遣当成假期。不用说，我的假期充满了变化，充满了色彩。

或许你会问，为什么连他也需要假期？他能从哪儿得到消遣呢？

这正是我下面将要谈论的重点。

那就是那些剩下的人。

那些幸存者。

我从不忍心多看他们一眼，尽管多数情况下我不得不看。我特意专心地观察色彩变化，才能让自己不去注意他们。可偶尔我还是会目睹那些幸存者，他们震惊、绝望、崩溃，在现实的夹缝中挣扎。他们已心力交瘁。

这让我想到了接下来要讲述的故事，关于今晚的故事，或者说关于今天的。或者先别管是什么时间、什么色彩吧。这个故事是关于一个一再幸存下来的人，一个有着丰富的"被遗弃"经验的人。

这真的只是个小故事而已，主要是关于：

* 一个小女孩
* 几页文字
* 一个拉手风琴的人
* 一些狂热的德国人
* 一个犹太拳击手
* 以及，许多起偷窃事件

我见过三次偷书贼。

铁 道 旁

首先映入眼帘的是白色的天空，刺眼的白色。

有些人可能会说白色算不上一种颜色等等，全是迂腐的胡说八道。我告诉你们，白色就是一种颜色，这一点毫无疑问，我个人认为你们是不会与我争执的。

再次申明

请保持镇静，不要被我先前的话吓倒。

我只是吓唬人的——

我并不残暴恶毒。

我只是生命的结束。

是的，天空是白色的。

大地仿佛都被白雪覆盖，就像披上了一件白色的外套。靠近铁道的地方，雪已经没到了小腿处。树林也被银妆素裹起来。

正如你所料，有人死了。

他们不能就这么把他丢在荒地里。现在还来得及解决这个难题。但很快，前面积雪的铁轨就要清理干净了，到时火车就得开走。

雪地里站着两个警卫。

还有一位母亲和她的女儿。

以及一具尸体。

母亲，女儿，还有那具尸体都没有说一句话。

"好了，你还想让我干什么？"

两个警卫一高一矮。高个子虽然不是头儿，却总是先开口说话。他看着那个矮胖的警卫。那人的脸红彤彤的。

"得了，"矮个儿回答道，"我们总不能把他们这样留在这里，对不？"

高个子开始失去耐心了。"为什么不行呢？"

矮个儿险些勃然大怒，他望着高个子的下巴，嚷道："你是个蠢货？！"他脸上愤怒的表情越来越吓人，连身体都好像膨胀起来。"快点，"他边说边艰难地蹚过雪地，"我们得把他们三个都搬上车。注意看下一站是哪儿。"

对我来说，我已经犯了一个最根本的错误，我无法向你们解释我对自己感到多么失望。开始的时候，一切都进展顺利：

我研究着火车上方那白得刺眼的天空，几乎就要将它吸入了。然而，我犹豫了一下。我俯下身，开始对那个小姑娘产生了兴趣。好奇心占了上风，我打算只要时间允许，就要尽可能地和他们待在一起，观察她。

二十三分钟后，火车停站，我和他们一起爬出来。

一个小小的灵魂已躺在我怀里。

我站在靠右边一点的地方。

两个壮实的列车警卫走向那位母亲和小姑娘，还有她们身边小男孩的尸体。我清楚地记得那天我的呼吸很沉重。真是奇怪，那两人走过来时怎么没有听到？白雪覆盖着大地，整个世界显得萧瑟凄凉。

在我左边大概十米开外的地方，站着那个脸色苍白、肚子空空的小姑娘，她冷得瑟瑟发抖。

她的嘴唇颤抖着。

她冰冷的双臂抱在一起。

眼泪已经在偷书贼的脸上结成了冰。

日　食

第二次见到她时，天空的颜色是具有象征意义的黑色，这种颜色能向你展示出我的另一个侧面。此时是黎明前最黑暗的时刻。

这回，我要带走的是一个年轻人的生命，他大约二十四岁。从某种角度来说，这架飞机坠毁的时候场面非常壮观。飞机还在轰鸣，发动机仍在冒着黑烟。

飞机坠毁的时候在地面划出了三条深深的痕迹。两个机翼脱离了机身，成了断翅。飞机再也无法起飞，再也不是金属小鸟。

其他的琐事

有时，我去得太早了。

我匆匆赶到，那人却出人意料地多活了一阵。

过了一会儿，飞机烧得差不多了，再没有烟雾从里面冒出来。

先是一个男孩喘着粗气跑了过来，手里拎着个工具箱一样的东西。男孩颤抖着靠近机舱，想看看飞行员是不是还活着。从医学角度来说，他还没有完全死亡。半分钟后，偷书贼也赶来了。

已过去几年了，可我还是认出了她。

她也在喘气。

男孩从装满东西的工具箱中翻出一只泰迪熊。

他把手伸进破碎的挡风玻璃，把小熊放到了飞行员的怀里。微笑的小熊躺在了飞行员的遗体和血泊中。几分钟后，我打算去碰碰运气。时间刚刚好。

我进入机舱，解救出他的灵魂，轻轻地将其带走。

留下的只有他的躯体，渐渐散开的烟味，以及那只微笑着的泰迪熊。

等其他人随后赶来时，四周已经发生了变化。地平线上晨光初露，黑暗正迅速消失，留给这个世界的只有混乱。

飞行员的身体苍白，毫无血色，身上穿着一件皱巴巴的飞行服。他那双褐色的眼睛冰凉冰凉的——就像咖啡渍一样——这乱糟糟的情景在我眼前呈现出一个既奇异又熟悉的画面，成为了某种象征。

和以往一样，人们惊呆了。

我从人群中走过时，发现每个人都站着，品味着死亡带来的宁静。他们胡乱地打着手势，压低了嗓门说话。现场笼罩着沉闷的不自然的气氛。

我扭头瞥了一眼飞机，看到飞行员咧开的嘴唇像是在微笑。

像在讲最后一个下流笑话。

像是一个双关妙语。

他缩在那堆飞行服里，灰色的晨光正在撕破黑夜。在我准备开始新的旅程时，天空中仿佛闪过了一道暗影，刹那间像是发生了日食——这是另一个灵魂离去的征兆。

你们明白了吧，当有人死亡时，除了那些点缀我所见所闻的世界的色彩以外，还能看到一次日食。

我已经见过不计其数的日食。

我已经记不起见过多少次了。

旗　帜

我最后一次见到偷书贼时，天空是红色的，就像一锅咕嘟嘟冒着气的热汤，有的地方甚至像被烧糊了似的。红色的汤里还夹杂着黑色的面包屑和胡椒。

在此之前，孩子们在街上玩跳房子的游戏。而那街道，像一页沾上油渍的纸。我赶到的时候，还能听到他们的脚在地上跳来跳去产生的回音，还有笑声。可他们的笑声就像盐一样迅速溶化了。

炸弹来了。

现在，一切都太迟了。

警报，还有收音机里布谷鸟鸣一样的报道，都来得太晚了。

几分钟内，街道就变成了一堆堆废墟，只剩下残垣断壁；血水像小溪一样流淌，直至干涸；尸体横七竖八地躺在地上，就像洪水中漂浮的木头。

他们一个挨着一个倒在地上，成为一包灵魂。

这是命运的安排吗？

是不幸吗？

是这些把他们连在一起的吗？

当然不是。

我们抛开这些愚蠢的想法吧。

这一切都是那些从天而降的炸弹造成的，是那些躲在天上的人类干的。

一连好几个小时，天空都是可怕的红色。这个德国小镇一次又一次被撕裂。雪花般的灰烬在空中优美地飘舞，以至于你都想伸出舌头去尝尝它们的味道了。可它们却只会烫伤你的嘴唇，弄疼你的嘴巴。

我清清楚楚地看到了

我正要离去时，看到偷书贼跪在那儿。

周围是小山似的瓦砾堆，她手里紧紧攥着一本书。

她不管周围发生了什么变故，一心只想回到地下室去，去写字，去最后再读一遍她的故事。直到后来，我才明白了她脸上的表情。她渴望回去——回到带给她安全感的地方——可她做不到，地下室已经不存在了，它也成了废墟的一部分。

我再次请你们相信我。
我真想停住脚步，蹲下身子。
我想说：
"对不起，孩子。"
但这是不允许的。
我没有蹲下身，也没有说话。
我观察了她一会儿。等她能动弹时，我跟在她的身后。

偷书贼的书掉下来了。
她跪下来。
她号啕大哭起来。

清理工作开始后，不断有脚踏在她的书上。尽管人们得到的指令是只清理爆炸后的建筑垃圾，可女孩最宝贵的财富却还是被扔到了垃圾车上。我也没有办法。我爬上了卡车，把她的书拿在手里。当时怎么也没料想到，在以后的岁月里，我将在旅途中把她的故事读上好几百遍。我会发现我们曾经相遇的那些地方，也会对她的经历和她能幸存下来的原因感到惊奇不已，这是我能做的最好的一件事情——把书中的内容与我在此期间的见闻结合在一起。

每当我回忆起与她相遇的时刻，我就能看见一系列的色彩，但只有三种颜色与她最为契合。有时，我会远离这三种颜色所代表的时刻，直到那血腥的一刻彻底结束，直到污浊归于清明。
以下就是这三种颜色的内涵。

三种色彩

红色：███ 白色：◯ 黑色：卐

　　这三种颜色一个重叠在另一个上面：浓重的隐喻的黑色，重叠在一片刺眼的白色上面，再下边是浓汤一样的红色。

　　是的，我常常会想起她。我的斗篷口袋里装着她的书，我会给你们讲讲书里的故事。这本书是我随身携带的物品之一。我的东西通常都放得有条有理的。每一件东西都在努力——并且突破性地——向我证明了，你们和你们的存在都是有价值的。

　　这里，就是其中一个证明。

　　偷书贼。

　　如果你们乐意，就跟我一起来吧。我讲个故事给你们听。

　　我要向你们展示一些东西。

PART ONE

第 一 章

掘墓人手册

特别介绍:

汉密尔街——成了一头小母猪—— 一位铁腕夫人——

一个接吻的愿望——杰西·欧文斯——砂纸——友谊的味道——

一位重量级拳击手——还有,妈妈的一顿痛打

到达汉密尔街

那最后的时刻。

那片红色的天空……

偷书贼为什么会跪在那里，靠在那堆人类自己制造的、可耻的废墟上号啕大哭？

几年前，故事刚开始的时候，天上也飘着雪花。

有个人的生命走到了尽头。

最具悲剧色彩的时刻

一列火车在疾驰。

车上挤满了乘客。

在第三节车厢里，一个六岁的小男孩死了。

偷书贼和她弟弟正在去慕尼黑的路上，那儿有一户人家将收养他们。当然，我们知道，男孩没有能到达目的地。

事情的经过

男孩咳得很厉害。

他的病情发展得太快太突然了。

没过多久，一切就结束了。

一阵剧烈的咳嗽后，一切都停止了，一条生命无声无息地消失了。他的嘴巴突然没了动静，接着嘴唇变成了斑驳的咖啡色，就像一幅色彩脱落急需修补的油画。

他们的母亲还在熟睡。

我走进火车。

我穿过拥挤的过道，迅速将手掌覆盖在他的嘴上。

没有人注意到男孩之死。

火车继续飞驰。

除了那个女孩。

偷书贼似睡未睡，半梦半醒——她的名字叫莉赛尔·梅明格——她眼睁睁看着弟弟威尔纳的头歪到一旁，死了。

他的蓝眼睛盯着地板。

却再也看不见任何东西。

在醒来之前，偷书贼梦见了元首，阿道夫·希特勒。她在梦里参加了一场集会，元首在会上做了讲演。她看到了元首那缕浅黄色的头发和那撮漂亮的小胡子。她专注地倾听着元首滔滔不绝的演讲，那些话语如金子般闪光。等到听众安静下来的时候，他居然蹲下身，对着她微笑起来。她回敬了一个举手礼，问道："日安，元首，您今天好吗？"她的德语说得不是很流利，也不识字，因为她不常上学，其中的原由要到某个时候她才能知道。

元首刚要回答她的问题时，她突然醒了。

这是发生在1939年1月的事，那时她九岁多，快十岁了。

她的弟弟死了。

半醒。

半梦。

我倒是愿意让她把梦做完，可我对此无能为力。

她的另一只眼睛也倏地睁开了，毫无疑问，她发现了我这个死神的降临。我双膝跪下，取出了他的灵魂，把它轻轻放进我宽厚的臂膀。他的灵魂最初柔软冰凉，像只冰淇淋，后来逐渐暖和起来，慢慢融化在我的臂弯里。他的病痊愈了。

而莉赛尔·梅明格，她像被施了魔咒一样僵硬，神情里全是难以置信的震惊。她的头脑里不断重复着一句话：这不可能是真的。这不可能是真的。

她开始摇晃他。

这种时候活人总是要摇晃死人呢？

是的，我明白，完全明白，这大概是人类的本能在起作用。妄图回避这个不争的事实。此时，她的心焦躁，喧嚣，一团乱麻。

我愚蠢地留了下来，打算继续观察这女孩。

接着，是她母亲。

她又剧烈地摇晃她母亲，将她唤醒。

假如你无法想象出此时此刻的场景，就想想当你震惊至无法言语的时刻吧。想象心中充溢了绝望；想象即将溺死在火车里。

雪下个不停。到慕尼黑去的火车因为铁路故障被迫临时停车。车上，一个女人正在恸哭，一个麻木的女孩站在她身旁。

惊慌之中，母亲打开车门。

她下了火车，来到雪地上，还紧紧搂着男孩瘦小的身体。

除了跟着母亲走下火车，女孩还能有别的选择吗？

正如前文所述，两个列车警卫也下了车。他们先是讨论处理此事的办法，后来产生了争执。这种情形下，说什么都会引起不快。最后，他们决定让这三个人在下一站下车，好把男孩埋葬了。

火车在白茫茫的大地上缓慢行进。

它艰难地往前开，在一个小站停下来。

他们走到站台上，男孩被母亲抱在胸前。

他们站着。

男孩的身子越来越沉了。

莉赛尔不知道这是什么地方。四周是冰天雪地，她只能盯着前边站台上模模糊糊的站名发呆。对莉赛尔来说，这个无名小镇只是两天后要埋葬弟弟——威尔纳的地方。下葬时，还有一位神父和两个冷得瑟瑟发抖的掘墓人在场。

我的观察记录

两个列车警卫。

两个掘墓人。

下葬的时候，两个掘墓人中的一个发号施令，另一个按命令行事。问题在于，要是掘墓的人比命令他的那个人反应更快该怎么办？

错误，错误，有时候，好像我除了犯错就什么都不会干了。

这两天，我还是干着自己的老本行：周游世界，把死者的灵魂送往永恒之地，看着他们被命运所驱赶，不断踏上黄泉路。我几次警告自己离莉赛尔·梅明格弟弟的葬礼远点，可最终还是没有听从自己的劝告。

我还没有到达那个墓地，就远远地看到一小群人漠然地站在雪地上。公墓对我来说就像老朋友一样亲切。不久，我就到了他们身边，并低头志哀。

　　两个掘墓人站在莉赛尔的左边，一边搓着双手御寒，一边嘀嘀咕咕地抱怨着大雪天里挖墓太麻烦，说些"挖开冰层可费老大劲了"之类的话。其中一个掘墓人看上去不到十四岁，是个学徒。他离开时，一本黑色的书从外衣口袋里滑落出来，他没有察觉到，走到几十步开外去了。

　　几分钟后，莉赛尔的母亲也准备和神父一起走了。她向神父致谢，感谢他来参加葬礼。

　　女孩却还待在原地。

　　大雪没过了她的膝盖，现在轮到她动手了。

　　她还是无法相信眼前的事实。她开始在地上挖起来。弟弟不可能死了，他不可能死了。他不可能——

　　雪立刻让她感到刺骨地冰冷。

　　她双手的血液仿佛都要结冰了。

　　在雪地里的某个地方，她看到自己裂成两半的心。它们依然炙热，在厚厚积雪下跳动。一只手搭在她肩头时，她这才意识到是母亲回来找她了。母亲拉扯着要她离开墓地。她的喉咙哽咽着。

大约二十米外的一件小东西

　　母亲把她拖离墓地后，两人都停下来喘气。

　　雪地里有一个黑色的四四方方的东西。

　　只有女孩注意到了它。

　　她弯下腰，拾起它，把它紧紧地攥在手里。

　　书封上印着银色的字。

　　母女俩举起手来。

　　她们含着眼泪向墓地做了最后的告别，然后转身离开，一路上回头张望了好几次。

　　我多逗留了一会儿。

　　我也挥挥手。

　　却没有人回应我。

　　母亲和女儿走出公墓，准备搭乘下一班开往慕尼黑的火车。

　　两个人脸色都很苍白，瘦得只剩皮包骨头。

两个人的嘴唇上都生了冻疮。

在那扇脏兮兮的火车车窗玻璃上，莉赛尔发现了母女俩的这些共同之处。她们是中午前上的车。按照偷书贼自己的描述，再次坐上火车时，她仿佛经历了世上的一切悲欢离合。

列车在慕尼黑火车站停下来，乘客们从这个破箱子一样的东西里鱼贯而出。这些乘客鱼龙混杂，但想要一眼认出穷人却非常容易。他们总是急于下车，好像换个地方待就有了希望似的。他们没有意识到，到了新地方后等待着他们的仍然是老问题——他们还是不受欢迎的穷亲戚。

我认为女孩的母亲很清楚穷人只会招人白眼，所以她没有选择慕尼黑的富裕家庭来收养孩子们，而是找了另一家。虽然这家人无力提供优厚的条件，但只要孩子们可以吃得好一点，还能受点教育就行了。

弟弟。

莉赛尔相信妈妈一直想念着弟弟，一路都把弟弟背在肩上。这时，妈妈仿佛把弟弟放到了地上，看着他的双脚、双腿和身体落到地上。

妈妈还能走得动吗？

妈妈还能动弹得了吗？

人究竟有多大潜能？这样的问题我从来搞不懂，也理解不了。

这位母亲仿佛把小男孩抱了起来，继续前进。女孩在一旁紧跟着她。

负责联系收养的人见了她们，询问她们迟到的原因，男孩之死触动了他们脆弱的内心。莉赛尔蜷缩在那间又脏又小的办公室的一角；她母亲心事重重地坐在一张硬邦邦的椅子上。

大人们急急忙忙地道别。

女孩把头埋在母亲掉了毛的羊毛外套里，不肯离开母亲。人们费了好大劲才把她拉开。

在慕尼黑的远郊，有一个叫莫尔钦的小镇，这些不会讲德语的人会叫成莫尔金。莉赛尔要到那儿去，到一条叫汉密尔的大街去。

翻译一下

汉密尔在德语中的意思是天堂

给汉密尔街命名的人一定极其幽默，这不等于说汉密尔街是人间地狱，它当然不是地狱，可也不是什么天堂。

不管怎么说，莉赛尔的养父母已经在等着她了。

他们是休伯曼夫妇。

他们一直在等着收养这个女孩和她弟弟，并能因此挣到一小笔津贴。没有人愿意去通知罗莎·休伯曼，那个小男孩没能承受住旅途之苦。事实上，没有谁会告诉她任何事。尽管她以前的收养记录都很好，但说到脾气，她的脾气可不敢恭维，有几个孩子显然有点怕她。

对莉赛尔来说，这次是坐在小汽车里旅行。

她还从来没有坐过小汽车呢。

她胃里的食物不停地上下翻动着，她心里巴望着大人们会迷路或者会改变想法，可惜这只是白费心思。她忍不住想念妈妈。妈妈还在火车站等着坐返程火车，她一定裹在那件透风的外套里瑟瑟发抖呢。她还会一边啃着指甲，一边等火车。长长的站台让人不自在——它是一片冰冷的水泥地。在回程的火车上，她会留心儿子墓地的所在地吗？愁绪会让她辗转反侧吗？

车向前开去，莉赛尔连回头再看上最后一眼的勇气都没有了。

这一天，天空的颜色是灰色，这也是欧洲的颜色。

瓢泼大雨下个不停。

"就在那儿，"负责收养工作的亨瑞奇夫人转过头来，微笑着说，"那儿就是你的新家。"

莉赛尔用手抹去车窗上的水汽，划出一个圆，向外张望着。

汉密尔街的样子

街道上的各种建筑像是黏在一块的，大部分都是小房子和公寓楼，看上去紧巴巴的。灰暗的雪像地毯一样覆盖着大街。街道两旁是光秃秃的树木，像混凝土修筑而成的。连空气都是灰色的。

还有一个男人坐在车里。亨瑞奇夫人消失在那所房子里时，他留下来陪着莉赛尔。他一言不发。莉赛尔猜他的职责是防止她逃跑或是惹麻烦。可等到莉赛尔真的开始惹麻烦时，他却在那儿坐着袖手旁观。或许他要等到紧急关头才会采取行动。

过了几分钟，一个高个儿男子走了出来，这是汉斯·休伯曼，莉赛尔的养父。汉斯旁边站着中等个子的亨瑞奇夫人，另一边站着矮矮胖胖的罗莎·休伯曼，她看上去就像罩了件衣服的小衣橱。她走路时摇摇摆摆迈着鸭步，很是显眼。要不是那张皱巴巴的纸板脸和脸上那副木然的表情，她这副尊容还算得上可爱。她丈夫径直走了过来，手里还夹着一根燃着的香烟。香烟是他自己卷的。

麻烦事来了：
莉赛尔不肯下车。

"这孩子咋回事？"罗莎·休伯曼问道。她把头伸进车里说："来，下车，下车。"

汽车前面的座位被扳倒了，门廊里冷冷的灯光透了进来，仿佛在邀请她下车。她还是一动不动。

透过车窗上她擦出的圆圈，莉赛尔看到高个子男人夹着香烟的手指，烟头上的烟灰缓缓落下，在空中飘飘荡荡，最后落到地面。几乎过了十五分钟，莉赛尔才被哄下车。是那个高个子哄下来的。

他轻声细语哄下来的。

接着，莉赛尔又拽住门框不肯进门。

她拉着门，拒绝进屋，眼里的泪水夺眶而出。街上的人都来围观，直到罗莎·休伯曼对着他们破口大骂起来，人群才渐渐散去。

罗莎·休伯曼的骂人话
"你们这群蠢货想瞧啥稀奇？"

终于，莉赛尔·梅明格小心翼翼走了进去。汉斯·休伯曼拉着她的一只手，她的另一只手里提着她的小箱子。在箱子里那一件件折叠整齐的衣服下面，藏着一本小小的黑色封面的书。我们知道，一个无名小镇上的某个十四岁的掘墓人曾花了好几个小时来找这本书。"我向你保证，"我想他会这样对老板说，"我不知道书跑到哪儿去了，我到处都找遍了，可就是没有！"我相信他决不会怀疑是那个女孩捡了。然而，书——那本黑色封面上印着银色字体的书，就藏在女孩的衣服下面。

掘墓人手册
掘墓的十二步指南

巴伐利亚公墓协会出版

偷书贼生平第一次受到了触动——这些文字把她引向了那光辉的事业。

成了一头小母猪

是的，这是一个光辉的事业。

不过，我必须马上澄清一件事：她偷了第一本书后，又隔了一段时间才偷第二本书。需要指出的第二点是：第一本书是从雪地里偷来的，而第二本书是从火里偷出来的。还有一点不可否认，有些书是别人送给她的。她总共有十四本书，不过在她看来，她的写作主要是受到其中十本书的影响。这十本书里有六本是偷来的。另外四本中，一本是在厨房餐桌上捡到的，两本是躲在她家的犹太人给她写的，还有一本是在一个阳光普照、温暖宜人的下午来到她手上的。

莉赛尔开始写作时，她绞尽脑汁地回忆，到底是从什么时候起，书籍和文字对她不仅是一部分，更成为生命的全部的？是从她第一次把目光投到那一排排书架上开始的吗？是从饱受折磨的马克斯·范登伯格随身携带着阿道夫·希特勒的《我的奋斗》来到汉密尔街时开始的？是从在防空洞里朗读故事的时候开始吗？是从犹太人最后一次去达豪游街时开始吗？还是从读《撷取文字的人》一书开始的呢？也许，对于她是何时何地开始对书籍和文字感兴趣的，没有一个准确的答案。不管是哪种情况，我都无从知晓。在我们把这些事情弄清楚之前，先得看看莉赛尔·梅明格是怎么开始在汉密尔街的新生活的，还有她是怎么成了一头小母猪的。

她到汉密尔街时，我们能清清楚楚地看到她手上由于大雪和严寒造成的冻伤。她那麻秆似的腿，衣架子一样的手臂都显示出严重的营养不良，连她勉强挤出的微笑都带着忍饥挨饿的痛苦。

她的头发是典型的日耳曼人的金发，可那双深棕色的眼睛就太危险了[①]。那时，棕色眼睛的德国人可不受欢迎。她的眼睛可能是来自父亲的遗传，不过她不能肯定，因为她连父亲的模样都记不清了。她只记得与父亲有关的一件事情，那是她无法理解的一个词，是一个标志。

---

① 纳粹党宣扬金发蓝眼才是纯种的日耳曼人。——译者注

一个奇怪的称呼

共产主义分子

过去的几年里，这个字眼曾经几次传到她耳朵里。

在那些拥挤不堪的临时寄宿屋里，人们总爱问东问西。总会有人提到这个字眼，这个奇怪的字眼。它仿佛站在墙角，在黑暗中注视着他们。它穿着外衣，穿着制服。无论他们到哪儿，只要一提到她父亲，就会出现这个字眼。她问妈妈这个词到底是什么意思，却被告知这个字眼无关紧要，用不着为此担心。在一处寄宿点里，有个身体状况比较好的女人打算教孩子们写字，用木炭在墙上写字。莉赛尔想问问她这个词的含义，可最终没有实现这个愿望。一天，那女人被带去接受审查，就再也没回来。

莉赛尔到达慕尼黑的时候，朦朦胧胧地感觉到自己有指望活下去了，但这并不能给她带来安慰。要是妈妈爱她的话，怎么会把她留在别人家里呢？为什么？为什么？

为什么？

事实上，她知道答案，当然这无关紧要。她清楚摆在他们面前的现实：妈妈经常病快快的，他们一直都没有钱治病。她完全明白这一点，但这不意味着她必须接受这一现实。不管妈妈多少次说过爱她，把她送走是爱她的表现，但她无法接受。毋庸置疑，她是一个被丢掉的瘦骨伶仃的孩子，独自和几个陌生人生活在一个陌生的地方，独自一人。

休伯曼一家的小房子像鸽子笼一样。他们只有几个房间，一间厨房，一间与邻居共用的厕所。屋顶是平式的，还有一间用于储藏的半地下室。地下室的深度不够，在1939年使用还不成问题，可到1942和1943年的时候就不行了。那时，空袭警报一响，他们就得冲到大街另一头一个更坚固的防空洞里去躲避空袭。

最初，莉赛尔印象最深刻的是那些脏话。这些话反复出现，言辞激烈。每句话里都带有Saumensch或Saukerl或是Arschloch这样的字眼儿。我得向那些不熟悉这些俗语的人做个解释。Sau当然指的是猪，Saumensch是用来斥责、痛骂或者就是用来羞辱女性的。Saukerl是用在男性身上的、意思相同的字眼儿。Arschloch可以直接翻译成蠢货，这个词是男女通用的，没有性别的差异。

"你这肮脏的猪猡！"第一天晚上，莉赛尔拒绝洗澡，养母就冲着她大声嚷嚷起来，"你这头肮脏的母猪！怎么还不脱衣服呢？"罗莎喜欢发脾气。事实上，罗莎·休伯曼总是板着脸，这就是她那张皱巴巴的纸板脸的由来。

其实，莉赛尔正处于极度焦虑之中。她可不打算洗什么澡，或是洗完澡再上床睡觉。她蜷缩在狭窄的盥洗室的一个角落里，双手紧紧贴在墙上，就像是墙壁上有两只手可以拉着她不去洗澡一样，其实那上面什么也没有，只有早就干透的油漆。两人喘着粗气。罗莎费了半天力气，还是没有成功。

"让她自己来吧。"汉斯·休伯曼介入了这场拉锯战，他那柔和的声音发挥了作用，刚才，他也是这样驱散了围观者，"把她交给我吧。"

他走到莉赛尔身边，靠着墙坐在地上，地砖冰凉，坐上去不太舒服。

"你知道怎么卷香烟吗？"他问。接下来的一个小时里，他俩坐在越来越浓的夜色里，摆弄着烟草和卷烟纸，汉斯·休伯曼抽着那些裹好的香烟。

一个小时后，莉赛尔已经能够熟练地卷好一支香烟了，不过，她还是没有洗澡。

关于汉斯·休伯曼的情况

他爱抽烟。

他最喜欢的其实是卷烟的过程。

他的职业是粉刷匠，他还会拉手风琴。

这个爱好迟早能派上用场，尤其在冬天，他能在慕尼黑的小酒馆，比如科勒尔酒吧，靠拉手风琴挣点钱。

在第一次世界大战中，他曾从我手下逃脱过，但是，不久之后，他会卷入另一场大战（这是人类一意孤行的结果），这回，他将再次成功地从我身边溜走。

对大多数人来说，汉斯·休伯曼是个不引人注目的人，一个没什么特别之处的人。当然，他干起活来手艺不错，他的音乐才能也比一般人强。不过，我相信你也遇到过这样的人，即使是站在前台，他们也只适合给别人当陪衬。他常常在那儿，不引人注意，也无足重轻。

他那普普通通的外表通常会让人误以为他的身上没有一点可取之处。实际上，他有着难能可贵的品质，莉赛尔·梅明格没有对比视而不见（孩子经常比愚蠢迟钝的大人目光敏锐），她立刻捕捉到了这一宝贵的品质。

那就是他沉静的举止。

还有环绕在他周围的静谧的气氛。

那晚，当他打开那间又小又冷的盥洗室里的灯后，莉赛尔观察到养父眼中的奇异之处。那双眼睛里充满了慈爱，闪着柔光，像正在熔化的白银。看到这双眼睛，莉赛尔一下子明白了养父是一个可以信赖的人。

关于罗莎·休伯曼的情况

她身高不足一米六，灰褐色的头发用橡皮筋盘在脑后。

为了贴补家用，她要替慕尼黑大街上的五户富裕人家洗熨衣物。

她的厨艺不敢让人恭维。

她有一个独特之处：能够惹恼每个她遇到的人。

可她的的确确爱莉赛尔·梅明格。她表现爱的方式也是奇特的。

那就是隔一段时间就用硬木勺给莉赛尔来一顿打，再加上一番臭骂。

莉赛尔在汉密尔街住了两个星期后，终于洗了澡。罗莎紧紧地拥抱了她，差点让她窒息。罗莎说："你要再不洗澡，可就真成了头脏兮兮的母猪了。"

几个月后，莉赛尔不再称养父母为休伯曼先生、休伯曼太太了。罗莎说了一大堆话："莉赛尔，从现在起，你得叫我妈妈。"她又想了想，"你怎么叫你亲妈的？"

莉赛尔小声回答："也叫妈妈。"

"得啦，我就算二号妈妈。"她瞟了一眼丈夫，说，"那边那人，"她好像是从手心里抠出一个个词来，再把它们拍紧实了，用力扔到了桌子那头，"那头猪，下流胚，你叫他爸爸就得啦，听懂了吗？"

"是的。"莉赛尔立马答道。在这个家里，回答问题要迅速。

"是的，妈妈。"妈妈纠正她，"小母猪，和我讲话要叫我妈妈。"

这时，汉斯·休伯曼刚卷完一支烟，他舔了舔烟纸，把香烟粘牢。他瞧瞧莉赛尔，冲她眨了眨眼。要让莉赛尔叫他爸爸，不会有任何问题。

一位铁腕夫人

毫无疑问，开头的几个月是最难熬的。

每天晚上，莉赛尔都会做噩梦。

梦见她弟弟的脸。

梦见弟弟的双眼盯着火车车厢的地板。

她在床上醒来时感到阵阵眩晕，然后大声尖叫起来，仿佛要淹死在那堆床单里了。房间的另一边，为弟弟准备的那张床在黑暗中像一艘漂浮的小船。等她恢复意识后，那小船慢慢地沉下去，似乎沉入地板下面去了。这个幻觉没什么可怕，但是在她停止尖叫前，它一直不会消失。

或许，噩梦给她带来的唯一好处是，她的新爸爸，汉斯·休伯曼会走进来安慰她，爱抚她。

他每晚都会过来，坐在她身旁。开头的几次，他只是和她待在一起——他是帮助她排遣孤独的陌生人。过了几晚，他开始对她耳语："嘘，我在这儿呢，别怕。"三周后，他开始搂着她，哄她入睡了。莉赛尔逐渐信赖他，主要是由于那股男性的温柔带来的神奇力量，还有他的存在。女孩开始确信她半夜尖叫时，他一定会来，而且会一直守护自己。

字典中找不到的词条
守护：一种出于信任和爱的行为，通常只有孩子才能辨别真伪。

汉斯·休伯曼睡眼惺忪地坐在床头。莉赛尔把头埋在他袖子里哭泣，好像连他都要一块儿吸进去似的。每天凌晨两点后，他身上那淡淡的烟草味，浓烈的油漆味，还有男人的体味，伴着她进入梦乡。黎明到来的时候，他总是蜷着身子在离她不远的椅子上睡着了。他从来不睡另外那张床。莉赛尔爬下床，小心翼翼地亲亲他的脸颊，他就会微笑着醒来。

有时候，爸爸要她回到床上等一会儿，他会拿着手风琴回来，给她演奏音乐。莉赛尔坐在床上跟着音乐哼唱，冰凉的脚趾头兴奋地紧紧缩在一起。从前可没有人给她演奏过音乐。看着他脸上的皱纹，还有他眼中的柔光，她会咧着嘴傻笑——直到从厨房里传来咒骂声。

"蠢猪，别瞎弹了！"
爸爸还敢再拉上一阵儿。
他会对小姑娘眨眨眼，她也笨拙地冲他眨眨眼。

有时，为了给妈妈火上浇油，他会把琴带进厨房，在大家吃早饭时拉个没完。
爸爸吃了一半的面包和果酱丢在盘子里，上面还残留着牙印儿。音乐仿佛钻进了莉赛尔的心里，我知道这样说有点奇怪，但她的确觉得爸爸的手好像是在乳白色的琴键上漫步似的，他的左手按着键钮（她尤其喜欢看他弹那个银色的闪闪发光的键钮——C大调键）。他拉动着风箱，空气在土灰色的风箱里进进出出。手风琴那黑色的外壳虽然已有了划痕，但晃动时依然闪闪发亮。此时的厨房里，爸爸让手风琴活了起来。我猜你只要仔细想想就能明白我的意思。

你怎么判断一个东西是不是活着呢？

当然得检查它是不是能呼吸了。

手风琴的音乐声其实也给她带来一种安全感。白天的时候她是不会梦到弟弟的。虽然她在那间狭小的盥洗室里会思念弟弟，并且时常无声地哭泣，但是她高兴自己是清醒的。在到达休伯曼家的头天晚上，她藏起了最后一件能让她想起弟弟的东西——《掘墓人手册》。她把书藏在床垫下面，偶尔会取出来，握在手里，盯着封面上的字看，双手抚过书里的字。她不知道书里讲了些什么，不过，书的内容并不重要。这本书对她的重要性不在于内容。

这本书对她意味着

1. 最后一次见到弟弟。
2. 最后一次见到妈妈。

有时，她会喃喃地叫着"妈妈"两个字，妈妈的影子也会无数次出现在她面前。可是，这些与噩梦带来的恐惧相比，只能算小小的不幸罢了。在那些噩梦中，那些绵绵无尽的噩梦中，她感到了从未有过的孤独。

我相信你们已经注意到了，这个家里没有别的孩子。休伯曼夫妇有两个亲生孩子，但他们都长大了，早已搬出去住了。小汉斯在慕尼黑市中心工作，特鲁迪在一户人家里当女佣，负责看孩子。不久，她照看的两个孩子就会参战。一个人造子弹，另一个人在战场上用子弹射击。

你可以想象，上学对莉赛尔来说，是桩苦差事。

虽然这是所国立学校，但还是深受天主教会的影响，而莉赛尔却是路德教教徒。这还不算是最糟糕的，因为校方很快发现她既不会阅读也不会写字了。

莉赛尔被安排和刚开始学字母的小孩子一起学习，这让她觉得很丢脸。虽然她面黄肌瘦，可在那群小孩子中间还是一个庞然大物。她常常想让自己再苍白点，白到可以隐形的程度。

即使是在家里，也没人能帮上她的忙。

"甭指望他能帮你，"妈妈一针见血地指出来，"那头猪猡，"爸爸正凝视着窗外，这是他的习惯。"他只读到了四年级。"

爸爸没有转身，平静地回应了妈妈的攻击，可话里没少带刺儿。"你最好也别去问她，"他把烟灰抖到窗子外面，"她连三年级都没上完。"

这所房子里看不到任何书籍（除了她偷偷藏在床垫下面的那本书），所以莉赛尔只能小声念念字母表，而且还得在不知什么时候会收到的禁声令之前完成。一切仿佛只能偷偷摸摸地进行，直到有天晚上，她半夜做噩梦时把床尿湿了，却因此有了额外的接受教育的机会。这不是正规的学习，是午夜课程。因为它经常是凌晨两点才开始。这种学习机会越来越多。

二月中旬，莉赛尔快十岁的时候，得到了一个黄头发的、缺了一条腿的旧洋娃娃。

"这是我们能找到的最好的礼物了。"爸爸不好意思地解释。

"你在瞎说啥呢？能有这东西，就算她走运啦。"妈妈纠正了爸爸的说法。

汉斯继续摆弄着洋娃娃剩下的那条腿时，莉赛尔在试穿着新制服。满十岁就意味着可以加入希特勒青年团了，就能穿上一件小小的棕色制服。因为是女孩子，莉赛尔被批准加入青年团下面的一个叫BDM的组织。

BDM的含义
它是德国纳粹少女队的缩写

加入少女队之前，他们先得听听你是不是把"万岁，希特勒"喊得够响亮。然后，再教你走正步，裹绷带，缝衣服。你还得参加徒步拉练之类的活动。星期三和星期六下午三点到五点是他们指定的集会时间。

每个星期三和星期六，爸爸都会送莉赛尔去少女队总部，两个小时后再来接她。父女俩从来不会就少女队的事多说什么，他们只是手拉手走着，听着彼此的脚步声。爸爸还要抽上一两支烟。

爸爸唯一让她感到不安的事，是他经常会离开家。好些个晚上，他走进起居室（也是他们夫妇的卧室），取下旧壁橱上的手风琴，穿过厨房，走向前门。

等他一走到汉密尔街上，妈妈就会打开窗子对着他大声吼叫："别老晚才回来。"

"你那么大声嚷嚷干吗！"爸爸也转过身冲她吼。

"蠢猪！你只配舔我屁股！我想咋说就咋说！"

她滔滔不绝的咒骂声跟在他后面。他决不回头看，至少在他确定他老婆消失在窗口之前是不会回头看的。那些夜晚，他提着手风琴盒子走到大街的转角处时，会驻足在迪勒太太的商店前面，转过头，看看窗口出现的另一个人影。他挥挥又长又瘦的手，然后转身继续缓慢的步伐。莉赛尔再看见他的时候，是凌晨两点，他把她从噩梦中拯救出来的时候。

每晚，小小的厨房里总是十分嘈杂，没有一次例外。罗莎·休伯曼老是喋喋不休地咒骂着，永无休止地争论和抱怨着。其实没有人与她争吵，可妈妈只要逮住机会就说个不停，好像在厨房里和全世界的人论战，几乎每晚如此。等到他们吃完饭，爸爸出去了，莉赛尔和罗莎就待在厨房里，罗莎利用这个时间给别人熨烫衣服。

一周里会有那么几次，莉赛尔放学后要和妈妈一起到镇上的几处富人区去，收揽别人要洗的衣物，再把上次洗好的衣服送回去。这些人住在考普特大街、海德大街，还有其他几个地方。妈妈满脸堆笑地送着衣服，接下新的活儿，可等别人家的大门一关上，她就开始诅咒他们，诅咒他们的财富和懒惰。

"洗他们的衣服真是倒了八辈子的大霉。"她说这话时完全忘了自己就是靠这些人生活的。

"哼，"她数落着住在海德大街上的沃格尔先生，"他就是靠他老子发的财，只晓得把钱扔到女人和酒缸子里，当然喽，还有洗洗涮涮上头。"

她要挨着个儿把他们奚落一顿。

沃格尔先生，潘菲胡佛夫妇，海伦娜·舒密特，魏因加特纳一家，他们在某种程度上都是有罪的。

照罗莎看来，恩斯特·沃格尔除了酗酒和好色的猥琐外，还老喜欢挠他长满虱子的头发，舔着手指头把钱递过来。"回家前我可得把手洗干净。"最后，她这样总结。

潘菲胡佛一家会仔细查看送回来的衣物。"'这些衬衣上不能有折痕。'"罗莎学着他们的口气，"'这件西服可不能起皱。'他们居然就站在我面前，居然敢在我鼻子底下把衣服翻来翻去地检查，真是一堆人渣。"

魏因加特纳家养了一只正在换毛的母猫，真是一群呆瓜。"你知道我花了多长时间才把猫毛弄掉的吗？到处都是毛。"

海伦娜·舒密特是个富裕的寡妇。"那个老瘸子——只会傻坐着浪费时间，一辈子都没干过一天活儿。"

不过，罗莎最瞧不上眼的是格兰德大街八号。那是一座大宅子，建在莫尔钦北面的一座小山丘上。

"这地方，"他们第一次到这儿来时，她指着这所房子对莉赛尔说，"是镇长家，这个恶棍，他老婆成天坐在家里，小气得连壁炉都舍不得生——那里头冷得像个冰窟窿。她是个疯子。"她又加上一句，"货真价实的疯子。"在大门口，她对女孩做个手势，"你去。"

莉赛尔害怕极了。她看着一段台阶之上的棕色房门，门上安着一个黄铜门环。"我？"

妈妈推搡着她。"甭想让我去，小母猪，快去。"

莉赛尔只得走上台阶，犹豫了一下，敲了敲门。

一个穿着浴袍的人来应门。

穿浴袍的是个女人，眼里是吃惊的表情，头发像鸟窝，身体保持着戒备的姿态。她看见了站在大门口的妈妈，便把一袋子要洗的衣服递给女孩。"谢谢您。"莉赛尔说道，可没有得到回答，只有那扇门，门关上了。

"你瞧见了吧？"等她走回大门边时，妈妈说，"我就得这么忍着。这些个浑蛋，这些个下流胚……"

她们拿着要浆洗的衣物往回走。莉赛尔扭头看了一眼，那个房门上的黄铜门环仿佛还在盯着她。

罗莎·休伯曼一旦结束了对她的主顾的控诉，又会把矛头转向另一个她喜欢折磨的对象——她丈夫。她瞅瞅洗衣袋和那些高高在上的大宅子，唠叨起来。"要是你爸爸能有点出息，"每次从莫尔钦镇走过的时候，她都要告诉莉赛尔，"我就用不着干这个活儿了。"她鼻子里哼哼着，"一个刷墙的！干吗嫁给这个蠢货？他们当初就是这么劝我来着——我家里人早就这么说过了。"她们脚下的地被踩得咯咯响。"我可太傻了，成天忙里忙外帮人家洗衣服，每天在厨房里当牛做马，就是因为那头猪没工作，没干过一件正事，只会提着那个破手风琴每晚在那些耗子洞里拉个没完。"

"是的，妈妈。"

"你就只会对我说这话吗？"妈妈的眼神就像一道淡蓝色的电流直通到她的脸上来。

她们继续走着。

莉赛尔手里拎着洗衣袋。

在家里，她们在炉子旁边的蒸锅里洗衣服，在起居室的壁炉旁晾衣服，然后在厨房里熨衣服。厨房是干活的地方。

"你听见没有？"妈妈几乎每晚都要问这个问题。她手里正拿着在炉子上加热过的熨斗。屋子里的光线很弱，莉赛尔坐在餐桌旁，望着眼前劈啪作响的炉火出神。

"什么？"她总是这样回答，"你听到了什么？"

"是该死的霍茨佩菲尔，"妈妈已经从椅子上下来了，"那头母猪又往我们门上吐痰了。"

他们的一个邻居，霍茨佩菲尔夫人，每次从休伯曼家大门外经过时，总要朝前门上吐一口痰。休伯曼家的前门离大门口有几米远，看来霍茨佩菲尔夫人每次吐痰时都计算准确，实在太精确了。

她朝这家吐痰，是因为她和罗莎·休伯曼打了多年的口水仗了。没人知道她们最开始吵架的原因，可能连她们本人都忘了。

霍茨佩菲尔夫人是个精瘦精瘦的女人，明显对人怀有敌意。她从没结过婚，却有两个儿子，都比休伯曼家的孩子大几岁。两个儿子都参了军，我向你保证，等最后这个故事要结束时，他们都会出来亮相的。

在这桩口水大战里，我得说霍茨佩菲尔夫人从头到尾的战斗力都很强。每次从三十三号门口路过，她决不会忘了朝门上吐口痰，骂上一句"猪猡！"我注意到德国人的一个爱好：

他们都对猪挺感兴趣的。

快问快答
你觉得每天晚上谁会被派去擦掉门上的痰呢？
是的，你猜对了。

如果一个铁腕夫人让你去擦门上的痰，你只能照办，尤其是她手上还拿着个滚烫熨斗的时候。

这当然是每天的日常工作之一。

每天晚上，莉赛尔都要走到门外，擦去门上的痰，再抬头仰望天空。夜空阴冷滑溜，偶尔一些星星会有出来闪一闪的兴致，但也不过是几分钟而已。这个时候，她会在外面多待一会儿。

"你好，星星。"

同时她也等待着。

从厨房传来的声音。

直到星星又消失在德国的夜空里。

吻（童年的关键）

像大多数小镇一样，莫尔钦生活着各式各样的人物，其中有很多住在汉密尔街上，霍茨佩菲尔夫人是其中之一。

还有其他人：

* 鲁迪·斯丹纳——隔壁邻居家的男孩，他非常崇拜美国黑人运动员杰西·欧文斯[①]。

* 迪勒太太——坚定的雅利安人，街角处商店的主人。

* 汤米·穆勒——一个患有慢性中耳炎的孩子，做过几次手术。一条粉红色的疤痕穿过脸颊，常常抽搐。

* 一个通常被叫做普菲库斯的人，他擅长骂街。与他相比，罗莎·休伯曼简直是个文化人儿或者圣人。

总的来说，这条街上住的都是穷人。虽然在希特勒的统治下，德国的经济发展迅速，可仍然有贫民区存在。

我们已经提到过，休伯曼家隔壁的房子租给了一家姓斯丹纳的人。他们有六个孩子，其中一个就是"大名鼎鼎"的鲁迪。不久，他就成了莉赛尔最要好的朋友，死党，诱使她犯罪的人。他们是在大街上认识的。

莉赛尔第一次洗过澡的几天后，妈妈允许她出去和别的孩子一块儿玩。在汉密尔街上，友谊是在户外活动中产生的，无论外面天气如何。孩子们都很少到别人家串门，因为每家人的房子都很小，没有可供他们活动的空间。另外，他们要在街上进行他们最喜爱的运动——踢足球，像职业足球员一样。他们还组建了自己的球队，垃圾桶权当球门。

由于是新来的，莉赛尔不得不到垃圾桶中间当守门员。（汤米·穆勒终于解放了，虽然他是汉密尔街上有史以来球踢得最臭的人。）

---

① 美国黑人田径运动员，在1936年柏林奥运会上，杰西·欧文斯一举夺得4枚金牌，打破3项世界纪录。同时打破的，还有希特勒想借奥运会展示日尔曼民族至上论调的企图。

那天，一切都挺顺利，直到鲁迪·斯丹纳进攻时被汤米·穆勒犯规铲倒，决定性的时刻到了。

"天哪！"汤米吵吵着，他的脸因为绝望而扭曲了，"我干了什么好事？！"

鲁迪这边的队员都可以罚一个球。现在，轮到鲁迪·斯丹纳来对付新来的莉赛尔·梅明格了。

他把球放到一堆肮脏的雪上，心里满有把握。毕竟，鲁迪有过十八次罚球无一不中的记录，甚至对方球队都认为汤米·穆勒可以一边待着去了。他从来没有射偏过。不管这次是谁取代了汤米，他一样会进球。

这回，他们也想让莉赛尔一边待着去，你们可以想象，她肯定要抗议。鲁迪表示了赞同。

"行了，行了，"他微笑着说，"就让她待在那儿。"他摩拳擦掌，跃跃欲试了。

现在，纷纷扬扬的雪停了。他们在地上踩出了一个个泥泞的脚印。鲁迪拖着脚走过来，飞起一脚，莉赛尔俯下身，用胳膊肘把球挡了出去。她直起身来，得意地咧嘴笑着。可她接下来看到的却是一个直飞过来的雪球，击中了她的脸。里面净是泥，砸得脸火辣辣地疼。

"你觉得这球怎么样？"那个男孩大笑着跑去捡滚远的足球去了。

"猪猡。"莉赛尔嘟嚷着。她很快学会了这个在新家听到的词。

关于鲁迪·斯丹纳的情况
他比莉赛尔大八个月，麻秆腿，尖牙，细长的蓝眼睛，头发是淡黄色的。
他是斯丹纳家六个孩子中的一个。他永远都像没吃饱似的。
他曾经干过一件事，让大家都觉得他有点疯疯癫癫。人们很少谈论这事，但都把它叫做"杰西·欧文斯事件"：有天晚上，他把自己涂成了一个小黑炭，在镇上的体育场里跑了好几百米。

不管鲁迪是不是有病，他都注定会成为莉赛尔最好的朋友。打在脸上的那个雪球当然就是他们持久友谊的开端。

莉赛尔上学后不久就开始和斯丹纳一家交往了。鲁迪的妈妈芭芭拉要求鲁迪必须和这个女孩一起去上学，主要是因为她听说了那个雪球的事。鲁迪欣然接受了这个任务，他乐意和莉赛尔一块儿上学。他完全不是一个喜欢和女生保持距离的男孩子。相反，他非常喜欢女孩子，也包括莉赛尔（从那个雪球开始喜欢她的）。事实上，鲁迪·斯丹纳是个讨女人喜欢的冒失鬼。每个人的孩提时代都会经过这样一段朦朦胧胧的时期。他是不会仅仅因为别人都害怕接触异性，所以自己也对女孩子产生恐惧感的，他可是个有主见的人。因此，鲁迪对与莉赛尔·梅明格一起上学没有任何意见。

在上学路上，他想向莉赛尔介绍镇上的一些标志性建筑，或者至少对这些建筑来个走马观花。在途中，他告诫弟弟妹妹闭嘴，可惜他的哥哥姐姐却用同样的话来教训他。他对一栋公寓二楼的一扇小窗户的介绍引起了莉赛尔的兴趣。

"那是汤米·穆勒的家。"他意识到莉赛尔没想起这个人，就说，"就是脸老是抽抽的那人。他五岁时，有一天天气冷得最厉害，他在市场里走丢了。过了三个小时他们才找到他，他都冻僵了，耳朵也冻得生疼。过了一段时间，他耳朵里面都感染化脓了，大夫给他动了三四回手术，弄坏了脸上的神经，所以他的脸老是抽抽。"

莉赛尔插了一句："他的球踢得太臭。"

"是踢得最臭。"

接下来是迪勒太太在汉密尔街拐角处开的商店。

迪勒太太的一个重要特征

她有一条金科玉律。

迪勒太太戴着一副厚厚的眼镜，目光犀利，眼神恶毒。她这副尊容会让那些想从她店里偷点东西的人彻底死心。她总是像个士兵一样守卫着商店，她说话时甚至呼吸都带着"万岁，希特勒"的冰冷味道，这些也对她的商店起着保护作用。商店本身就是冷冰冰的白色，没有一点人情味儿。与汉密尔街上的其他房子相比，它要显得更庄严一些，连挤在它旁边的小房子仿佛都受惠于它。迪勒太太主宰着这种严肃的气氛，把它作为唯一的免费服务提供给大家。她是为她的商店而生的，而她的商店又是为第三帝国①而生的。虽然不久就实行了配给制，她的商店却还能在私下出售某些外面难以买到的东西，然后她再把钱捐给纳粹党。在她常坐的座位上方，挂着一个镶有元首照片的相框。要是你走进她的商店却没有喊"万岁，希特勒"，那她是不会为你服务的。鲁迪他们路过商店时，他提醒莉赛尔留神商店橱窗后面那双斜视着他们的刀枪不入的眼睛。

"你经过这儿时要说'万岁，希特勒'，"他严厉地警告她，"除非你想离得远远的。"等他们走过了商店，莉赛尔回头看时，那双可怕的眼睛还死死地盯

---

① 希特勒认为他建立的"新德国"是中世纪的神圣罗马帝国（第一帝国）和普法战争后以普鲁士为中心的德意志帝国（第二帝国）的继承，故称为第三帝国。——译者注

着外面。

转过街角，展现在眼前的是满地泥泞的慕尼黑大街（这是进出莫尔钦镇的主要通道）。

大多数时候，街上都会有一群受训的士兵在行进。他们的军服笔挺，黑色皮靴在雪地里弄得肮脏不堪。他们脸上的神情十分专注。

等这些士兵在视野里消失后，斯丹纳家的孩子们和莉赛尔又走过几家商店，还有宏伟的市政大厅。这座大厅后来会被拦腰炸断，成为一片废墟。有好几家被遗弃了的商店外面还贴着黄星①和反犹太人的标语。再往下走，就能看到蓝天下醒目的教堂了，教堂的屋顶是由许多瓦铺成的。整条街像是一根灰色的管道——潮湿的走道，人们弓着身子在寒风中走着，双脚在泥水里吧嗒吧嗒地踩着。

忽然，鲁迪拉起莉赛尔冲到了前面。

他敲了敲裁缝铺的窗户。

要是莉赛尔认识招牌上的字，她就会知道这是鲁迪爸爸的铺子。裁缝铺还没有开门呢，但柜台后一个男人已经在忙着整理布料了。他抬起头来，朝他们挥挥手。

"这是我爸爸。"鲁迪告诉她。他俩身边很快就挤满了大大小小的斯丹纳家的孩子们，孩子们要么朝爸爸挥挥手，要么送上一个飞吻，要么只是站在那儿，点头问好（通常大孩子才这样做）。然后，他们继续往前走，朝着离学校最近的标志性建筑物走去。

最后一站
黄星之路

没人想在这个地方停下来多瞅瞅，可每个人又忍不住要看上一眼。这条路形状如一条长长的断臂，路上有几处遍体鳞伤的房屋，门上还画着大卫之星②。大家都像躲麻风病人一样离这些房子远远的。至少，它们像是德国领土上被感染的伤口。

"这是黄星之路。"鲁迪说。

不远处，一些人在走动着。在蒙蒙细雨中，他们像幽灵一样在铅灰色的天

---

① 黄星是在纳粹德国统治期间，在纳粹影响下的欧洲国家内的犹太人被逼戴上的识别标志。——译者注
② 即黄星。——译者注

空下游荡，仿佛他们不是人，而只是些影子。

"你们两个走快点。"科特（斯丹纳家的长子）在叫他们了，鲁迪和莉赛尔赶紧朝他快步走去。

在学校，鲁迪在课间休息时常来找莉赛尔出去玩，他不在乎别的孩子起哄嘲笑莉赛尔的愚蠢。起初他来找她，过了一会儿，等莉赛尔不再垂头丧气的时候，他还会再来。不过，他这样做可不是没有目的。

比有一个恨你的男孩更糟糕的是
有一个爱你的男孩

四月末，他们放学以后，鲁迪和莉赛尔像往常一样站在汉密尔街上等着足球比赛开始。他们到得有点早，其他孩子还没有来呢。他们看到了满嘴脏话的普菲库斯。

"瞧那儿。"鲁迪指着他说。

普菲库斯的肖像画
他外表不俗，满头银发。
他穿着件黑色的雨衣，咖啡色的裤子，破破烂烂的鞋子。
他的嘴，那是怎样一张臭嘴啊。

"嗨，普菲库斯！"
远处的身影一走近，鲁迪就开始吹口哨。

老人立刻直起腰，开始恶言相加，这些脏话只有天才才能想得出来。没人知道他的真实姓名，不过，即使他们记得，也从来没叫过。人们只叫他普菲库斯，是因为爱吹口哨的人都叫这名字，这就是"普菲库斯"这个词的意思。他老是喜欢吹一首叫《拉德茨基进行曲》的曲子，镇上所有的男孩子都会大叫着他的名字，也吹同样的曲子。这个时候，普菲库斯会改变平时的走路姿势（弯着腰，迈着大步，双手背在雨衣后面），直起身来准备骂人。接下来，他的破口大骂会打破所有宁静。

这个时候，莉赛尔也和鲁迪一起嘲笑起普菲库斯来，就像条件反射一样。
"普菲库斯！"她附和着，迅速吸纳了孩子们在童年时产生的那点残酷。她的口哨吹得很难听，谁让她是没练习过就吹上了呢。

他追赶着他们，叫骂着，开头是"狗娘养的"，后来就越来越难听了。最初，他的目标只是鲁迪，可很快就对着莉赛尔开火了。

"你这个小婊子！"他冲她咆哮着。这句话一下子把莉赛尔打蒙了。"我可从来没见过你呀！"竟然把一个十岁大的女孩骂做婊子，普菲库斯就是这样的人。人们都说他和霍茨佩菲尔夫人真是天生一对。"滚过来！"这是鲁迪和莉赛尔听到他骂的最后一句话，他们赶紧跑开了，一口气跑到了慕尼黑大街上。

"快来，"等他们一缓过劲，鲁迪就说，"到这边来。"

他把她带到了休伯特椭圆形运动场，这里是杰西·欧文斯事件发生的地方。他们站在那儿，手插在裤袋里。跑道就从面前延伸了出去。在这儿只能做一件事。鲁迪开始使用激将法："我们跑几百米吧，我敢打赌你跑不赢我。"

莉赛尔才不会上当呢。"我打赌我能赢。"

"你拿什么赌呢，小母猪？你有钱吗？"

"当然没有。你有吗？"

"没有。"可鲁迪想到个主意，这个主意只有恋爱中的男孩才想得出来。"要是我赢了，我就亲你一下。"他蹲下身开始挽裤脚。

莉赛尔警惕起来，想收回赌注。"你为什么想亲我？我身上可脏啦。"

"我也是。"鲁迪不觉得身上不干净会影响这件事，他们俩都有一段时间没洗澡了。

她一边打量对手瘦长的双腿，一边考虑着。那两条腿和她的差不多，他不可能打败她。于是，她郑重地点点头，就这样定了。"要是你赢了就亲我一下。可要是我赢了，以后踢足球时我就不当守门员了。"

鲁迪想了想。"行，还算公平。"他们俩握手达成协议。

天阴沉沉的，密密麻麻的雨点开始落下来。

跑道实际上比看上去更泥泞。

两名参赛者已做好准备。

鲁迪把一块石头扔到空中当发令枪。石头一落地，他们就开跑了。

"我看不见终点线了。"莉赛尔抱怨起来。

"那我就能看到了？"鲁迪反问道。

石头掉进了泥里。

他们紧挨着跑起来，边跑边推搡对方，好让自己领先。他们脚下的泥浆被踩得劈啪作响。在离终点大约二十米的地方，他们滑倒了。

"我的妈啊！"鲁迪大声惨叫着，"我浑身都糊上屎了！"

"不是屎，"莉赛尔纠正他的说法，"是泥。"虽然她也觉得有点像屎。离终点五米时，他俩又摔倒了。"算成平局得了。"

鲁迪咧着嘴，眯缝着细长的蓝眼睛思量了番，他的脸上沾了好多泥巴。"平局的话，我还是可以亲亲你吗？"

"做梦都别想。"莉赛尔爬起来，拍拍衣服上的泥巴。

"我也不让你当守门员了。"

"让你的守门员见鬼去吧。"

等他们回到汉密尔街时，鲁迪说："莉赛尔，总有一天，你会主动想亲我的。"

可是，莉赛尔知道。

她发誓。

只要鲁迪和她自己还活着，她就永远不会亲这头肮脏的蠢猪，尤其是在这一天。他们没什么事可干了，就打算回家。她低头看看自己衣服上的泥，清楚地意识到：

"她会杀了我的。"

她，当然是指罗莎·休伯曼，那个被叫做妈妈的人。的确，罗莎差点杀了莉赛尔。"小母猪"这个词总是伴随着惩罚一起降临，妈妈差点把她变成一堆肉馅。

杰西·欧文斯事件

在莉赛尔的记忆里，她好像亲眼目睹了鲁迪小时候的那桩糗事。事实上，她已经成为他幻想的观众中的一员了。早就没人提这件事了，但显然鲁迪是念念不忘的，以至于当莉赛尔回想往事时，对那个全身涂成黑色的小男孩在草地上跑步的样子，简直历历在目。

事情发生在1936年的柏林奥运会上，当时希特勒已经统治了德国。

杰西·欧文斯跑完了4×100米接力赛，赢得了他在本届奥运会上的第四枚金牌。据说因为他是劣等的黑人，希特勒拒绝和他握手。这件事传遍了全世界。不过，即使是最喜欢种族歧视的德国人也为他取得的成绩而惊奇不已，街头巷尾都在议论着他的胜利。但没人比鲁迪·斯丹纳更崇拜他了。

斯丹纳家的人都在起居室里，只有他悄悄溜出来，跑到了厨房里。他从炉子里拿出些木炭，在手里捏碎。"我现在准备好了。"他暗自微笑。

他用木炭仔细地涂抹着身体，把全身上下都涂上了一层厚厚的黑色，连头发上都抹了一遍。

男孩看着窗户玻璃上自己的影子，激动地咧开嘴笑了。他穿上背心和短裤，偷偷地把哥哥的自行车推出来，蹬上脚踏板朝大街上骑去，准备去休伯特椭圆形运动场。他的裤子口袋里还装着几块用来"补妆"的木炭。

在莉赛尔的脑海里，那天晚上的月亮躲进了云层，周围的黑云把它遮得严严实实。

锈迹斑斑的自行车停在休伯特椭圆形运动场的栅栏外。鲁迪翻过栅栏，一溜小跑，到了百米跑道的起点。他兴致勃勃地做起了热身运动，那副模样真是笨拙。接着，他又开始在地上挖起跑点。

他四处溜达，等待着那个属于他的时刻的到来。周围一片黑暗，只有月亮和重重黑云密切关注着他的动静。

"欧文斯的状态看来很不错，"他开始做现场解说，"这可能是他最伟大的一次胜利……"

他与想象中的其他运动员握手，祝他们好运，虽然他知道他们已经没有机会赢他。

发令员示意他们就位。休伯特椭圆形运动场的每一处角落里都挤满了观众。他们都在欢呼着一个人的名字，不断为他加油——那人当然是鲁迪，只不过他现在叫杰西·欧文斯。

全场安静下来。

他赤裸的双脚紧抓着地面，他能感觉到脚趾缝里全是泥土。

应发令员的要求，他改成了蹲式起跑——发令枪在夜空中发出清脆的响声。

前三分之一赛程里，比赛波澜无惊，但浑身涂成黑炭的欧文斯最后的冲刺，马上就要到来。

"欧文斯跑在前面。"男孩尖叫起来，庆祝他跑完空荡荡的直道，跑向那喧闹的人群。他们在为奥林匹克的辉煌胜利而欢呼。他甚至能感觉到自己冲向终点时，终点线在他胸前裂成了两段，世界上跑得最快的人诞生了！

在他赢得了胜利的跑道上，梦想变成了令人心酸的现实。欢呼的人群中，他爸爸就像个恶魔一样站在终点线上，或者至少是个穿着西装的恶魔。（我们先前提到过，鲁迪的爸爸是个裁缝，他喜欢西装革履地出现在众人面前，不过，此时，他里面胡乱穿了件衬衣，外面套了件西服。）

"你在干吗？"看到变成黑炭的儿子带着胜利的喜悦出现在他面前，他吼道，"你到底跑到这儿来干什么？"观众们一下子无影无踪了，一阵微风吹过来。"我正在椅子上打瞌睡，科特说你不见了。大伙儿都在找你。"

斯丹纳先生平时是个彬彬有礼的人，可要是在某个夏夜发现自己的孩子成了一块"黑炭"，这显然是件非同小可的事情。"这家伙疯了。"他嘟囔着。他不得不承认，生了六个孩子，肯定会有这种事发生，六个里头总会出现一个"坏蛋"。这会儿，他看着这个"坏蛋"，等着听儿子的解释。"说吧。"

鲁迪弯下腰，嘴里还在喘气，他把双手放在膝盖上。"我是杰西·欧文斯。"他回答道，仿佛这是最自然的一件事。他的语气里甚至还有一种得意的暗示：我看上去怎么样？等他看到爸爸睡眼蒙胧的样子，这种洋洋自得的感觉就立刻消失了。

"杰西·欧文斯？"斯丹纳先生是个木讷的人。他的声音干巴巴的；人长得又高又壮，像棵橡树；头发像是头顶上的一头碎片。"他又是怎么回事？"

"爸爸，他就是那个'黑色闪电'。"

"我来给你点黑色闪电。"他用大拇指和食指揪住儿子的耳朵。

鲁迪惨叫起来："噢，痛死我啦！"

"是吗？"他爸爸更在乎手上沾的木炭灰。这小子真的用木炭把全身都抹了一遍？他爸爸想。上帝啊，连耳朵眼里都有！"快走。"

回家的路上，斯丹纳先生决定尽其所能和儿子谈谈政治。鲁迪要过几年才能懂政治——那时再明白可就晚了。

亚力克斯·斯丹纳充满矛盾的政治信念

第一点：他虽然是一名纳粹党徒，却不仇恨犹太人，或者其他这类人。

第二点：当他看到犹太人开的商店被迫关闭时，他私下里不禁有种解脱感（或者甚至可以说是喜悦感）——因为纳粹的政治宣传告诫他，犹太裁缝如同瘟神，迟早会抢走他的生意。

第三点：但这是否意味着他们该被赶尽杀绝呢？

第四点：他的家庭，他得支撑这个家，这是理所应当的事情。如果这意味着要加入纳粹党，那就参加好了。

第五点：他心里的某个地方长着一个疮，但他得小心避免揭开这个伤疤，他害怕随之产生的后果。

他们拐过了几条街，回到汉密尔街。亚力克斯警告鲁迪："儿子，你再也别把浑身涂成黑色到街上乱跑了，听懂了吗？"

鲁迪觉得很有趣，却又迷惑不解。这时，月亮从厚厚的云层里钻了出来，在夜空中自由穿行，柔和的月光洒在鲁迪脸上，使他的脸显得更朦胧更昏暗，就像他此刻的思维。"为什么不能呢，爸爸？"

"因为他们会把你带走的。"

"为什么？"

"因为你不应该变成黑人或犹太人或者别的……不属于我们的人。"

"谁是犹太人？"

"你还记得我们的老主顾，考夫曼先生吗？我们常在他那儿买鞋子。"

"记得。"

"对，他就是个犹太人。"

"我不明白。当个犹太人得花钱吗？得办个执照吗？"

"不，鲁迪。"斯丹纳先生一手把着自行车，一手把着鲁迪，却把握不住这次谈话。他的手一直摸着儿子的耳垂，自己却并没有察觉这一点。"这就像你是个德国人，或是个天主教徒一样。"

"哦，那杰西·欧文斯是天主教徒吗？"

"我不知道！"自行车的一个脚踏板把他绊了一下，他松开了儿子的耳朵。

他们又沉默着走了一阵儿。鲁迪说："爸爸，我就是希望我能像杰西·欧文斯一样。"

这回，斯丹纳先生把手放在儿子头上向他解释："我知道，孩子——不过，你有一头金发，还有一双大大的安全的蓝眼睛。你应该为此高兴，清楚了吗？"

可鲁迪什么也没弄清楚。

鲁迪什么也不懂，那个晚上只不过是个前奏。两年半过后，考夫曼的鞋店变成了一堆碎玻璃。所有的鞋子都被装进鞋盒子里，然后被扔上了一辆卡车。

砂纸的背面

我想，人们总会遇到某些意义非凡的决定性时刻，尤其是在他们的孩提时代。对某个人来说，它是杰西·欧文斯事件。对另一个人来说，则是吓到尿床引起的一件事。

1939年5月末的一个晚上，那晚与别的晚上没什么不同。妈妈在熨衣服，爸爸出去了，莉赛尔擦干净了前门，仰望着汉密尔街的夜空。

刚才，这里进行过一次游行。

穿着咖啡色衬衣的民族社会主义德意志工人党（通常称为纳粹党）极端分子，沿着慕尼黑大街游行。他们骄傲地扛着旗帜，高昂着头，就好像下面有根棍子在撑着一样，嘴里一直高唱着《德意志高于一切》①。

人们也像往常一样欢呼鼓掌。

他们一路上情绪高昂，没有人知道他们的目的地到底是何处。

站在街上围观的人群中，有的手臂笔直地行举手礼；有的把手掌都拍红了；有些人像迪勒夫人一样矜持地绷着脸；还有一些人，像亚力克斯·斯丹纳，散布在人群中，像木头桩子似的站着，缓慢、服从地拍着手，尽职尽责。

莉赛尔和爸爸、鲁迪一起站在小路上。汉斯·休伯曼阴沉着一张脸。

一份重要数据

1933年，百分之九十的德国人表示无条件支持阿道夫·希特勒。这就意味着，有百分之十的人没有做出这种表态。

汉斯·休伯曼就在这百分之十中。他这样做是有原因的。

那晚，莉赛尔又做噩梦了。起初，她梦到了那些穿着咖啡色衬衣游行的人，可是很快他们就让她上了一辆火车，等着她的依然是那可怕的一幕——弟弟睁着双眼凝视着她。

莉赛尔尖叫着醒来时，立刻发现有什么事情不对劲。她感到床单下面暖暖的、湿漉漉的，还能闻到一种味道。开头她还企图说服自己什么事也没有发生，可是爸爸走进来搂住她时，她哭了，趴在爸爸耳边承认了这件事。

"爸爸，"她悄悄说，"爸爸。"这两个字就够了，他可能闻出来了。

① 二战时期德国国歌。——译者注

他温柔地把她从床上抱下来，带她到盥洗室里。几分钟后，关键的一刻来临了。

"我们把床单扯下来。"爸爸说。等他伸手扯床单的时候，有个东西跟着床单啪的一声落到了地上。是一本黑色的印着银色字母的书，恰好落在这高个子男人两脚中间。

他低头看了看书。

他又看了看女孩。她胆怯地耸耸肩。

然后，他专注地看着书，响亮地读出了书的名字——《掘墓人手册》。

原来它叫这个名字，莉赛尔想。

沉默在他们之间静静蔓延。这个男人，这个女孩，这本书都无声无息。男人拾起书，用温和的声音说起话来。

两人的对话

"这是你的吗？"

"是的，爸爸。"

"你想读它吗？"

仍然是："是的，爸爸。"

一个疲惫的微笑。

一双闪烁着光芒的眼睛。

"那我们最好待会儿再来读。"

四年后，当莉赛尔在地下室里开始写作时，这次不幸的尿床事件让她有如下的感慨：首先，最庆幸的是爸爸发现了那本书。（幸好以往要收洗床单的时候，罗莎都让莉赛尔自己铺床叠被。"快点弄好，小母猪！你要磨蹭一整天吗？"）其次，她为汉斯·休伯曼在她的教育中所起的作用而感到无比骄傲。她写道：

> 你不会想到，教会我读书的不是老师，而是我爸爸。别人都以为他不是个聪明人，虽然他确实读得不快。但不久我就了解到，文字和写作曾经拯救过他的生命。或者，至少说，是文字和一个教他拉手风琴的人救了他……

"眼下，"那晚，汉斯·休伯曼把床单洗干净并且晾好之后回到了房间，"得开始我们的午夜课堂了。"

昏黄的灯光亮了起来。

莉赛尔坐在冰冷的干净床单上，又害臊，又兴奋。她一想到自己尿床的事就觉得无地自容，可是她要开始读书了，她要开始读那本书了。

这个念头让她兴奋不已。

一个十岁的读书天才即将诞生。

假如能够那么容易的话。

"实话告诉你吧，"爸爸事先解释道，"我自己也不太会读书。"

但这并不影响他缓慢地阅读。如果说有什么影响，那就是他的缓慢的朗读速度反而帮助了莉赛尔，减轻了女孩因为不识字而产生的沮丧感。

最初，汉斯·休伯曼手里拿着书审视了一番，觉得有些不妥。

他走过来，挨着她坐在床上，背靠着墙，两腿悬垂在床边。他又看看那本书，把它扔在毯子上。"你这样的好姑娘怎么会读这种书呢？"

莉赛尔又耸耸肩。要是那个学徒一直读的是歌德的全集或是别的名著，那摆在他们面前的就会是那些书了。她准备解释解释："我——在……雪地里发现它的，还有……"她的柔声细语轻轻落下，像粉末一样飘落在地板上。

爸爸知道这时该说什么，他从来都很清楚该怎么对莉赛尔说话。

他用一只手拢了拢凌乱的头发，说："好了，莉赛尔，答应我一件事。要是我什么时候死了，记住要把我埋得妥妥当当的。"

她点点头，表情诚挚。

"可别漏掉第六章，还有第九章里的第四步，"他笑起来，就像发现她尿床时一样，"我真高兴能提前把后事安排好。那我们现在就开始读书吧。"

他换了个姿势，骨头嘎吱嘎吱地响，好像人踩在地板上的声音。"我们有好戏瞧了。"

一阵风吹开了书，夜晚显得更加宁静。

回顾当时的情形，莉赛尔完全能体会到爸爸在浏览《掘墓人手册》时的想法。他肯定意识到这本书不容易读懂，学这本书可不是什么好主意，里头有些字连他自己都不认识，更别提那些不适合小孩子的内容了。可女孩对这本书是如饥似渴，根本不在乎能不能理解其中的内容。在某种程度上，她也许是想确认弟弟是被妥善安葬了的。不管出于什么动机，她想读这本书的愿望是如此之强烈，不亚于任何一个同龄人身上所能表现出的饥渴。

书的第一章名叫"第一步：选择精良的装备"。简短的引言里列出了下面二十页里提到的所有东西。有各种类型的铲子，镐头，手套等等，全部都分门别类，登记在册，还注明了这些工具的保养方法。掘墓可是一件严肃的事情。

爸爸翻看着书，感觉到莉赛尔在注视着他。她投过来的目光中饱含着期待，期待着从他嘴里发出的声音。

"这儿，"他又调整了一下坐姿，把书递给莉赛尔，"看看这一页上面你认识多少字。"

她看了看书——只好撒谎。

"大概有一半。"

"给我读几个。"她当然读不出来。她顺着爸爸的手指一行行读，只找出了三个认识的字——三个在德语中表示"这"的词，而这一页上大约有两百个词。

这比我想象的要糟糕，他想。

虽然仅是一瞬间的念头，莉赛尔还是看穿了他的想法，

他起身又走出房间。

这次，他回来时说："我想了个好办法。"他手里拎着一只油漆匠用的粗铅笔和一叠砂纸。"我们先从涂鸦开始吧。"莉赛尔没有理由反对。

在砂纸背面的左侧一角，他画了一个一寸见方的正方形，并用力在正方形里写了一个大写字母A，又在右下角写上一个小写的a。字写得挺漂亮的。

"A。"莉赛尔念道。

"说个以A开头的单词。"

她笑着说："Apfel（苹果）。"

他把这个单词写得大大的，又在它下面画了个歪歪扭扭的苹果——他只是个粉刷匠，不是艺术家。画完后，他看看莉赛尔，说："接下来是B。"

他们一个一个字母学着，莉赛尔的眼睛越睁越大。她在学校和幼儿园都学过字母表，但都没有这次认真。她是唯一的一个学生，而且也不再是傻大个了。她看着爸爸的手写下一个个单词，再慢慢勾出一幅幅图画。

"啊，来吧，莉赛尔，"看着她绞尽脑汁的样子，爸爸说，"说一个以S开头的单词，小菜一碟，要不我就对你太失望了。"

她还是想不出来。

"快点，"他对她耳语，"想想妈妈。"

那个词一下子闪过她的脑海，她咧开嘴笑了。"Saumensch（母猪）。"她叫出声来。爸爸也捧腹大笑起来，可马上又止住了笑。

"嘘，我们得小声点。"可他还是忍不住笑着写下了这个词，还画了张图画。

典型的汉斯·休伯曼的画作

"爸爸，"她悄悄说，"画上的我怎么没有眼睛？"

他摸摸女孩的头发，她已经完全沉迷到他的"诡计"里了。"要是像这样大笑的话，"汉斯·休伯曼说，"就看不见眼睛了。"他拥抱了她一下，又注视着那幅画，脸上带着柔和温暖的笑意。"下面该学T了。"

他们学完了字母表，又进行了多次复习。然后，爸爸俯身对她说："今晚就学到这儿吧？"

"再学几个单词吧？"

他意志坚定。"行了。你早晨醒来的时候，我会给你拉手风琴。"

"谢谢，爸爸。"

"晚安，"一个无声的微笑，"晚安，小母猪。"

"晚安，爸爸。"

他关上灯，走回来坐在椅子上。莉赛尔在黑暗中睁大了双眼，她还在看着那些单词。

友谊的味道

学习继续进行。

从接下来的几周一直到夏天，午夜课堂都会在每晚的噩梦后开始。又发生了两起尿床事件，汉斯·休伯曼依旧重复着洗床单的活儿，然后接着进行写写画画的学习。凌晨时分，即使是小声说话也显得格外响亮。

一个星期四，刚过了下午三点，妈妈让莉赛尔准备和她一起去送洗好的衣物，爸爸却另有打算。

他走进厨房，说："对不起，妈妈，她今天不跟你一起出去了。"

妈妈查看着洗衣袋，连眼皮都懒得抬一下。"哪个在问你，蠢猪？走，莉赛尔。"

"她在读书，"爸爸说着冲莉赛尔眨眨眼，脸上露出坚定的微笑，"和我一起读书。我在教她读书。我们要去安佩尔河上游，我练习手风琴的地方。"

他的话终于引起了妈妈的注意。

妈妈把衣物放到桌子上，准备给他们泼点冷水。"你说啥？"

"我觉得你听得很清楚了，罗莎。"

妈妈笑了。"你他妈的要教她学啥？"她的脸上皮笑肉不笑的，又给爸爸当头一棒，"好像你挺能耐，你这只蠢猪！"

厨房里的人都等待着。爸爸开始反击了。"我们替你去送衣服。"

"你这个下流——"她停下来考虑，脏话暂时没从嘴里蹦出来，"天黑前滚回来。"

"天黑了我们就没法读书了，妈妈。"莉赛尔说。

"你说啥，小母猪？"

"没什么，妈妈。"

爸爸咧开嘴巴笑起来，他指指女孩。"书、砂纸、铅笔，"他命令道，"还有手风琴！"她差点忘了带上琴。不一会儿，他们就站在汉密尔街上了，手里拿着书、乐器和洗衣袋。

他们朝迪勒太太家走去，不时回头看看妈妈是不是还站在门口监视他们。她的确这样做了，还冲他们大声嚷嚷，"莉赛尔，把衣服拿高点儿，别弄皱了！"

"好的，妈妈。"

等他们又走了几步。"莉赛尔，你穿得暖和吗？"

"你说什么？"

"肮脏的小母猪，你耳朵聋了！你身上穿得暖不暖和？待会儿会更冷的！"

在拐弯处，爸爸弯下腰系鞋带。"莉赛尔，"他问，"能帮我卷支烟吗？"

没有什么比这更让她高兴了。

他们一送完衣服就往回走，来到安佩尔河边。这条河从小镇旁边流过，朝着达豪集中营的方向流去。

河上有一座用长长的木板搭成的桥。

他们坐在离桥三十多米远的一片草地上，写下一个个单词，并大声朗读着这些单词。夜幕降临时，汉斯拉起了手风琴。莉赛尔看着爸爸，欣赏着他的演奏，虽然她没有马上注意到那晚爸爸拉琴时脸上复杂的表情。

爸爸的脸

他的眼神游离而迷茫，从他脸上看不到任何答案。

至少现在看不出。

他身上起了点变化，微小的变化。

她看出来了，不过，要等到后来所有真相都浮出水面时她才能明白这一切。她没有看到过爸爸拉琴时走神，她不了解汉斯·休伯曼的手风琴的故事。在不久的将来，这个故事会在一天凌晨到达汉密尔街三十三号，外面穿着肩头皱巴巴的，满是褶子的夹克，随身携带着一个手提箱，一本书，还有两个问题。这是一个故事。故事之后的故事。故事里的故事。

至于说现在，只用在乎莉赛尔一个人的感受，她沉醉在音乐中。

她躺在茂密的草丛中。

她闭上双眼，聆听着每一个音符。

当然，也有让她烦心的事。有几次，爸爸差点对她发火了。"快点，莉赛尔，"他会催促她，"你知道这个单词，你知道的！"她总是在一切看上去挺顺利的时候出岔子。

天气晴朗的时候，他们下午就去安佩尔河边学习。天气不好的时候，他们就在地下室里学习，这主要是因为妈妈的缘故。起初，他们是打算在厨房里学习的，可惜不现实。

"罗莎，"有一回，汉斯忍不住打断了她那滔滔不绝的话匣子，"你能帮帮忙吗？"

她从炉子上抬起头看看他。"啥事？"

"我请求你也好，恳求你也好，拜托你把嘴巴闭上五分钟，行吗？"

你可以想象得出妈妈的反应。

最后他们只好搬到地下室去。

地下室里没有电灯，他们就拿了一盏煤油灯下去。渐渐地，从学校到家里，从河边到地下室，从风和日丽的日子到阴云密布的日子，莉赛尔学会了读书和写字。

"要不了多久，"爸爸告诉她，"你就是闭上眼睛都能够读那本可怕的掘墓的书了。"

"我就可以从那些小矮人的班上升级了。"

她的话里包含着很强的自尊意识。

一次，在地下室上课时，爸爸没有用砂纸（砂纸快用光了），他拿出了一支刷子。休伯曼家没有什么奢侈品，但油漆管够，用在莉赛尔的学习上是绰绰有余。爸爸说一个单词，女孩就要大声拼出来，并写在墙上，一直到她说对写对为止。过了一个月，这面墙上写满了单词，爸爸会再刷上一层水泥。

在地下室学了好些个晚上以后，莉赛尔蹲在盥洗室里，听到了厨房里传来的说话声。

"你身上臭死了，"妈妈对汉斯嚷道，"一股子烟味和煤油味。"

莉赛尔坐在水里，琢磨着爸爸衣服上的那股子味道。那不是别的味道，那是友谊的味道，她在自己身上也能闻到同样的味道。她笑着闻闻自己肩膀上的味道，连洗澡水渐渐冷了都浑然不觉。

校园里的重量级冠军

1939年的夏天匆匆过去了，至少莉赛尔是匆匆过完了这个夏天。她的时间花费在如下方面：和鲁迪及别的孩子在汉密尔街上踢足球（他们一年到头都可以玩这项运动），和妈妈一起到镇上送衣服，还有读书识字。夏天仿佛才刚刚开了个头就结束了。

这一年的下半年，发生了两件事情。

1939年9月到11月

1. 第二次世界大战开始了。

2. 莉赛尔·梅明格成了校园里的重量级冠军。

战争开始的那天，莫尔钦镇天气凉爽，我的工作量却从此大大增加了。

全世界都沸腾了。

各种报纸都在标题上大肆渲染。

元首的声音在德国的电台里咆哮。我们决不放弃。我们决不停止。我们一定会赢得胜利。属于我们的时代即将来临。

德国开始入侵波兰，随处可见聚集在一起听广播的人群。德国的每一条大街都因为战争而变得喧闹无比，慕尼黑大街也不例外。那些味道，那些声音充斥着整条大街。几天前，墙上写着要实行配给制——现在正式实行了。英国和法国发表宣言对德宣战。借用汉斯·休伯曼的一句话：

有好戏瞧了。

宣战的那天，爸爸幸运地找到点活儿干。在回家路上，他拾起了一张废弃的报纸。他没有停下来把报纸慌忙地塞到手推车上的油漆桶中间，而是把报纸展开，偷偷塞到他的衬衣里面。等他回到家把报纸取出来时，汗水已经把报纸上的油墨印到他皮肤上了。报纸虽然铺在桌子上了，可新闻却印在他胸口，像一个文身。他撩开衬衣，在厨房昏暗的灯光下看着身上的新闻。

"报纸上是怎么说的？"莉赛尔问他。她一会儿看看他身上的黑色文字，一会儿又看看报纸。

"希特勒攻占了波兰。"汉斯·休伯曼回答完毕，重重地跌坐在椅子上，"德国要统治世界。德意志高于一切。"他小声说，口气一点也不像一个爱国者。

那种表情又出现了——拉手风琴时的表情。

战争就是这样开始的。

莉赛尔很快会陷入另一场战争。

学校开学后一个月左右，她就升到了本该就读的年级。你或许会认为这是由于她的读写水平提高了的缘故，不过，事情并非如此。虽然她取得了一些进步，但是她读起书来还是有许多困难。句子读起来总是很吃力，一个个单词仿佛总在捉弄她。导致她升级的主要原因是她在小孩子的班上越来越爱捣乱了，她总抢着替别的孩子回答问题，还把答案大声说出来。不久，她在走廊里接受了一次"处罚"。

一个解释

处罚，就是沉痛教训

她被带进教室，安排在边上的椅子上坐下。老师还警告她要闭上嘴，这位老师刚好是位修女。在教室的另一头，鲁迪朝这边看着，还向她挥挥手。莉赛尔也挥挥手，强忍住脸上的笑意。

在家里，她和爸爸一起顺利地读着《掘墓人手册》一书。他们把她不理解的生词画上圈儿，第二天带到地下室去学。她以为这样就足够了，但这远远不够。

十一月初，学校进行了一系列的水平测试，其中一项就是测验阅读水平的。每个孩子都得站到教室前面，朗读老师给他们准备的一篇文章。那天早晨虽然气温很低，可是阳光灿烂。孩子们眉头紧锁。一轮光晕悬在死神——考官修女玛丽亚的头上。（顺便说一下，我喜欢人们创造出的死神形象——披黑袍，持镰刀。我喜欢他们手里的大镰刀。它让我觉得很有趣。）

老师在光线充足的教室里随意喊着孩子们的名字：

"沃登海姆，勒曼，斯丹纳。"

他们都站起来朗读了一篇文章，各人水平不一。鲁迪居然读得不错。

整个考试过程中，莉赛尔坐在座位上，心情极为复杂，既热切期待，又极度恐惧。她焦急地等待着检验自己的水平，想看看自己到底学得怎么样了。她的水平会比这个高吗？她能接近鲁迪或其他人的水平吗？

玛丽亚修女每次看名单的时候，莉赛尔都觉得全身的神经一下子绷紧了，开始是她的胃部神经，然后慢慢地向上蔓延，很快就到了她的脖子，像有根绳子在勒着她。

汤米·穆勒结束了他平平淡淡的朗读，莉赛尔环顾了下教室。所有人都朗读过了，她是唯一没有接受测试的人。

"很好，"玛丽亚修女点点头，查看了一遍名单，"每个人都考过了。"

什么？

"不！"

一个声音几乎同时从教室的另一头叫出来，声音是一个长着淡黄色头发的男孩发出来的。课桌下，他那骨瘦如柴的腿隔着裤子互撞着。他举手说道："玛丽亚修女，我想您忘了莉赛尔。"

玛丽亚修女没有一点动静。

她砰的一声把文件夹放到面前的桌子上，用哀叹的眼神审视着鲁迪。真让人伤脑筋。为什么，她叹息着，为什么她得忍受鲁迪·斯丹纳呢？他简直管不住他的嘴巴。为什么呀，上帝，为什么？

"不，"她毫不留情地说，娇小的身体微微前倾，"恐怕莉赛尔读不了这些，鲁迪，"她朝这边看看以便确定此事，"她待会儿再读给我听。"

女孩清了清嗓子，挑战似的说："我现在就能读，修女。"大部分孩子都在安安静静地旁观，其中有几个很会背地里嘲笑别人。

修女再也无法忍受了。"不，你不可以！……你要干什么？"

——因为此时莉赛尔走下了座位，缓缓地，意志坚定地走到教室前面。她拿起书本，随意翻到其中一页。

"那好吧，"玛丽亚修女说，"你想读吗？那就读来听听吧。"

"是的，修女。"莉赛尔飞快地瞥了一眼鲁迪，然后垂下眼睛研究起这一页书来。

等她抬起头来的时候，教室里的孩子们都离开了座位，围了过来。所有的孩子都在她面前挤成一团。有一阵子，她想象着自己流利地、一字不差地读完了这一页书。

一个关键词

想象

"快读吧，莉赛尔！"

鲁迪打破了沉默。

偷书贼低头看了看，看着那些文字。

快点，这次鲁迪不出声地动动嘴巴，快点啊，莉赛尔。

她感到血一直往上涌，眼前的文字变得模糊起来。

这张白色的书页上的字好像成了外语，眼泪禁不住涌入她的眼眶。她连这些外语都看不清了。

还有阳光，倒霉的太阳光透过窗户玻璃照遍了每一处角落——直射在这个无助的女孩身上，像是在对着女孩的脸大叫："你会偷书，却不会读书！"

她突然想到了一个解决办法。

她深吸了几口气，开始朗读，不过，她读的不是面前的这本书，而是《掘墓人手册》里的内容。第三章：下雪时的注意事项。她把爸爸念的内容记得滚瓜烂熟。

"要是下雪，"她读着，"你必须找一把好铁铲。你得挖个深深的洞，不要偷懒，不要漏掉角落处，”她又深吸一口气，“当然，天气暖和的时候挖起来要容易一点，当——”

声音戛然而止。

她手里的书被一把夺走，接着只有一句话："莉赛尔，到走廊上去。"

这算一个小小的惩罚。她能够听到从教室里传来的孩子们的笑声，夹杂着玛丽亚修女的喝止声。她看得见他们，那些挤做一团的孩子们，他们在阳光下咧开嘴大笑，每个人都在嘲笑她，除了鲁迪。

下课后，她遭到了嘲弄。一个叫路德威格·舒马克的男孩拿着一本书走过来。"嗨，莉赛尔，"他问她，"我不认识这个单词，你能帮我读读吗？"他笑了——露出一个十岁男孩那沾沾自喜的笑，"你这个白痴。"

一大群人逐渐围拢过来，越来越多的孩子开始对她起哄，欣赏她愤怒的样子。

"别理他们。"鲁迪建议道。

"你说起来倒是很容易，你不是那个笨学生。"

课间休息结束前，嘲笑过她的人已经有十九个。她对第二十个人进行了反击。这个人是舒马克，他打算再次捉弄她。"来吧，莉赛尔，"他拿了一本书放到她鼻子底下。"帮帮我吧，好吗？"

莉赛尔的确好好帮了他一把。

她站起身，从他手里抢过书，趁他昂着头朝别的孩子得意地微笑时，她一把将书扔得远远的，随后用尽全身力气朝他的腹股沟踢去。

接下来的事你们可以想象得到，路德威格·舒马克被打得弯下了身子，就在他弯腰的当儿，耳朵上又挨了一拳。他被打倒在地后再次遭到攻击，这攻击来自一个狂怒的女孩，她对他又打又抓，仿佛想彻底干掉他一样。他的皮肤既温暖又柔软。她的手指和指甲虽然小小的，此时却令人如此恐惧。"你这只猪猡，"连她的叫声都好像要吃了他似的，"你这只蠢猪，你会写蠢猪两个字吗？"

哦，连天上的流云也飘过来，聚拢在一堆。

好大一团云。

阴暗而又浓密的云。

它们互相碰撞着，彼此道歉，再挪挪窝，找个合适的地方。

孩子们都喜欢看热闹，马上就围了过来。他们围得水泄不通，叫喊声、喝彩声此起彼伏。他们都想瞧瞧莉赛尔·梅明格是怎么修理路德威格·舒马克的。

"上帝啊,"一个女孩尖叫着下了个结论,"她快把他给宰了!"

莉赛尔没有杀掉他。

但是也离杀掉他不远了。

事实上,唯一促使她停手的是汤米·穆勒那张微微抽搐的咧嘴大笑的脸。莉赛尔体内的肾上腺激素还在升高,一眼瞥见了还在蠢笑的汤米,一下子把他拖倒在地,又开始揍他了。

"你要干啥?"他号啕大哭起来,等他挨了三四拳后,一股鲜血从他鼻子里冒出来,她这才住手。

她大口吸着气,听着躺在地上的两个人的呻吟,看着周围旋涡般闪动的脸,大声宣布:"我不是白痴。"

没有人表示反对。

等所有人都退回教室以后,玛丽亚修女才发现路德威格·舒马克那副惨不忍睹的样子。首当其冲被怀疑的是鲁迪和其他几个孩子,因为他们是捣乱分子。"把手伸出来。"每个男孩都得到命令,可每双手都是干干净净的。

"我可不敢相信,"玛丽亚修女小声说,"不可能。"显然,当莉赛尔出列,伸出她的双手时,路德威格·舒马克吓得不敢动弹了。"到走廊上去。"修女命令她。这是她这一天的第二次受罚了,实际上也是这个小时里的第二次受罚。

这一回可不是普通的惩罚,是一次严厉的惩罚。随后的一个星期里,莉赛尔都没有被允许坐进教室。教室里再没有传出笑声,更多的是害怕被莉赛尔听到。

这天放学的时候,莉赛尔和鲁迪还有斯丹纳家的其他孩子一起回家。快走到汉密尔街时,莉赛尔心里突然乌云密布,她身上发生的一切不幸——背诵《掘墓人手册》的失败,离散的家人,午夜的噩梦,这天所受的耻辱,聚拢到了一起。她蹲到水沟边哭起来。

鲁迪站在一旁,盯着地面。

开始下雨了,细密的雨幕笼罩着他们。

科特·斯丹纳在叫他们,可他们都没有理会。一个痛苦地坐在雨中,另一个站在旁边,等着她。

"他为什么会死了呢?"她问。可鲁迪没有吱声,也没有动弹。

最后,等莉赛尔哭完了站起身来,他伸手搂住她,就像是好哥儿们一样,一起向前走去。他没有提出吻她的请求,也没有类似的请求。如果你愿意,可以把这作为喜欢鲁迪的理由。

你千万别踢我的下身。

这就是鲁迪当时的想法，但他没有告诉莉赛尔。大约四年后，他才把这些话告诉她。

现在，鲁迪和莉赛尔冒雨往汉密尔街走去。

他是个敢把自己涂成黑色，想赢得全世界的狂小子。

她是个不识字的偷书贼。

不过，请相信我，那些文字就快来了，等它们到达的时候，莉赛尔会把它们像云一样攥在手里，再像拧出云里的雨一样把这些字拧出来。

PART TWO

第二章

耸耸肩膀

特别介绍：

黑暗女孩——香烟带来的快乐——镇上的步行者——

石沉大海的信件——希特勒的生日——

百分之百的纯日耳曼汗水——盗窃之门——火中书

黑暗女孩

一些统计数据

第一本偷来的书：1939年1月13日

第二本偷来的书：1940年4月20日

两次偷窃的间隔时间：463天

如果你是个轻率的人，你会说莉赛尔第二次偷书全凭了那场篝火，还有当时在场的喧闹的人群。你会说莉赛尔·梅明格就是想去偷第二本书，哪怕它在她手里冒着烟，哪怕它灼伤了她的胸部。

然而，问题是：

没有时间来做这些轻率的评论。

现在不是搜肠刮肚寻找答案的时候——因为偷书贼偷第二本书时，不仅有许多因素激发了她对书的渴望，而且这桩偷窃行为还引发了一系列后果。它将给她提供继续偷书的场所，它将鼓励汉斯·休伯曼实施援助一个犹太拳击手的计划，它也将让我再次看到，一个机会直接引发了另一个机会，就像一次冒险引起了更多的冒险，一个生命将生产出更多的生命，一次死亡将导致更多的死亡一样。

从某种程度说，一切都是命中注定。

人们可能会告诉你纳粹德国是建立在反犹太的基础之上，再加上一个疯狂的领导人和全国上下充满仇恨的追随者。不过，如果德国人不那么热衷于参加一项特别的活动——焚烧东西的话，一切还不至于如此糟糕。

德国人喜欢焚烧东西。商店，犹太教堂，国会大厦，房屋，个人物品，被杀死的人，当然，还有书籍。他们喜欢看焚书时燃起的熊熊大火——这给了喜欢书的人一个机会，让他们能够接近那些无缘收藏的印刷品。有个人正有此打算，我们知道，就是那个骨瘦如柴的叫做莉赛尔·梅明格的姑娘。她大概已经等了四百六十三天了，但这等待是值得的。那个下午充满了兴奋，充斥着邪恶，还有一只受伤的脚踝，以及她信赖的人给她的一记耳光。莉赛尔·梅明格的第二本书——《耸耸肩膀》终于弄到手了。这本书的封面是蓝色的，上面印着红色的书名，下面画着一只布谷鸟，也是红色的。莉赛尔回忆的时候，并没有因为偷这本书而感到羞愧。相反，装在她那小小胸膛里的更多是骄傲。愤怒和隐藏的仇恨激发了她偷书的欲望。事实上，在4月20日——元首的生日这天——当她从一堆灰烬中抢出那本书的时候，莉赛尔成了一个黑暗的女孩。

当然，问题在于，她为什么要这样做？

有什么事值得她愤怒呢？

在过去的四五个月里，什么事情引起了她的愤怒呢？

简而言之，答案要从汉密尔街说起，一直说到元首，再说到她那不知去向的生母，最后再说回来。

与大多数灾难相同，这个故事有一个快乐的开头。

香烟带来的快乐

到1939年年底时，莉赛尔已经适应了在莫尔钦的生活。她仍然会做有关弟弟的噩梦，仍然思念她的妈妈，可是她的生活中也有了慰藉。

她爱爸爸汉斯·休伯曼，甚至也爱她的养母，虽然养母让她干家务，还喜欢骂人。她对好友鲁迪·斯丹纳是又爱又恨，这十分正常。还有，尽管她在教室里的测试课上栽了跟头，可是她的读写水平取得了明显进步，很快就会让人刮目相看了，这一点也让她高兴。所有这些或多或少给她带来了某种满足，快乐就是建立在这种满足的基础之上的。

几件快乐的事

1. 读完了《掘墓人手册》。

2. 躲开了怒火冲天的玛丽亚修女。

3. 收到了圣诞节礼物——两本书。

12月17日。

她清楚地记得这一天，因为它恰好是在圣诞节前一周。

和往常一样，午夜噩梦再次出现，然后汉斯·休伯曼把她唤醒。他的手摸着她那被汗水打湿的上半截睡衣，低声问："梦到火车了？"

莉赛尔承认："是的。"

她深吸了一口气，做好学习的准备。他们开始阅读《掘墓人手册》的第十一章。三点刚过，他们就学完了这一章，只剩下最后一章"对墓地的尊重"没有读了。爸爸那双银色的眼睛因为疲倦而浮肿了，下巴上也冒出了胡茬，他合上书，想再睡上一会儿，可惜他的这个愿望没能实现。

刚刚关灯不到一分钟，莉赛尔就在黑暗中对爸爸说：

"爸爸？"

他只在喉咙里哼了哼。

"你没睡着吧，爸爸？"

"对。"

一只胳膊碰碰他。"我们能把那本书读完吗？求你了。"

屋里传来一声长长的呼吸声，爸爸伸手挠挠胡茬，打开灯。他翻开书，开始读起来："第十二章：对墓地的尊重。"

天亮前的几个小时里，他们都在读书，把她不认识的生词圈出来，写下来，再继续翻到下一页。有几回，爸爸的上下眼皮直打架，头也垂了下来，他差点就睡着了。他每次打瞌睡的时候莉赛尔都瞧在眼里，可她既没有无私地让他继续睡，也没有感到不愉快。现在的她是个一心要读书识字的女孩。

当黎明的曙光划破黑暗的时候，他们终于读完了这本书。书的最后一段是：

> 我们——巴伐利亚公墓协会，希望能通过本书，对掘墓工作和安全措施及掘墓人的职责进行充分的解释和说明，祝你们在殡葬行业取得成功，希望本书能给予你们一些帮助。

他们合上书，对视了一眼。爸爸说："我们学完了，嗯？"

莉赛尔的身体半裹在毯子里。她在研究着手里的这本黑色的书和书上银光闪闪的字母。她点点头，觉得口干舌燥，饥肠辘辘。这会儿他们疲倦到极点了，不仅是因为刚刚攻克了手中的书本，还因为他们熬了整整一个通宵。

爸爸紧闭双眼，握紧拳头，舒展着手臂。这天早晨看上去不会下雨。他们两个都站起来，走到厨房里，尽管窗外雾气蒙蒙，他们还是能看到汉密尔街每家每户被雪覆盖的房顶上的粉红色晨曦。

"快看那颜色。"爸爸说。如果一个人不但能留意到这些色彩，还能让别人也来欣赏它们,你没法不喜欢这样的人。

莉赛尔手里仍拿着那本书,看着变成橙色的雪,她的手握得更紧了。她可以看到一个小男孩坐在一处房顶上,仰望着天空。"他的名字叫威尔纳。"她说,这句话是不由自主冒出来的。

爸爸说:"我知道了。"

那段时间,学校里没有再进行阅读测试。不过,莉赛尔逐渐有了信心。一天早晨,她捡起一本掉在地上的课本,想看看自己能认识多少里面的字。她能读出每一个字,可是她的速度远远比其他同学慢。这一点让她意识到,真正学会读书要比只懂一点皮毛困难得多,她还需要时间。

一天下午,她经不起诱惑,想从教室的书架上偷一本书,可坦白地说,一想到有可能被玛丽亚修女再次弄到走廊上,她就被吓住了,不敢轻举妄动。另外,她内心其实并没有从学校偷书的欲望,很有可能是十一月的那次严重失败使她不再有这样的兴趣,不过,她也不能完全肯定。她只是知道有这种可能。

在班上,她不太爱说话。

事实上,她并不像看上去那样愚钝。

入冬以后,她就不再是玛丽亚修女的惩罚对象了,相反,她也很有兴致地看着别人站到走廊上去领受"奖赏"。虽然他们在半道上挣扎时发出的声音不是那么悦耳,但好在那是别人的事情,这即便算不上什么安慰,好歹也是一种解脱。

圣诞节来临,学校放了几天假。回家之前,莉赛尔甚至还对玛丽亚修女说了句"圣诞快乐"。她知道休伯曼一家需要不断归还欠债和付房租,支出大大超过了收入,基本上没任何积蓄,所以她并不指望能收到任何礼物,只想兴许能有点好东西吃就行了。让她惊喜的是,平安夜晚上,等她和妈妈、爸爸、小汉斯和特鲁迪一起在教堂里做完祷告后回家,发现圣诞树下有一个报纸包着的包裹。

"是圣诞老人送来的。"爸爸说道,可女孩并不傻。她来不及掸去肩头的雪花就去拥抱养父母。

她拆开报纸,里面是两本书。第一本是《小狗浮士德》,是一个叫马修斯·奥特伯格的人写的,她将把这本书读上十三遍。圣诞节晚上,她坐在厨房的餐桌上读了这本书的前二十页,而爸爸和小汉斯却一直在为一个她不懂的东西争论不休，那个东西叫政治。

后来，他们又在床上读了许多页书，仍然沿用老办法：把她不认识的生词划上圈，再写下来。《小狗浮士德》上有图画，画上有漂亮的曲线，还有一幅德国牧羊人的幽默画，这个人是个馋嘴猫，还喜欢絮絮叨叨的。

第二本书叫《灯塔》，是个叫英格丽·里普斯坦的女作家写的。这个故事很长，莉赛尔只来得及读了九遍。她的阅读速度需要大量的阅读训练来提高。

圣诞节的几天后，她才问了关于这些书的一个问题。当时，他们正在厨房里吃饭。她看到妈妈把一勺汤送进嘴里后，就决定把注意力转向爸爸。"我想问你一件事。"

起初，爸爸没有回答。

"啥事？"

是妈妈说的，她的嘴里还有食物。

"我只想知道你们是怎么弄到钱给我买书的？"

爸爸嘴里含着勺子笑了。"你真的想知道吗？"

"当然了。"

爸爸从口袋里面掏出剩下的配给烟叶，开始裹香烟。莉赛尔有点儿不耐烦了。

"你不打算告诉我吗？"

爸爸笑了。"可我正在告诉你呢，孩子，"他裹完一支香烟，把烟飞快地放到桌子上，又接着裹下一支，"就像这样。"

妈妈"咕噜"一声喝完汤，压下一个嗝，替爸爸回答了这个问题。"这只蠢猪，"她说，"你晓得他干了些啥好事吗？他裹好了那些臭烘烘的烟，然后趁赶集的时候把它们拿到市场上，和吉卜赛人换了这些书。"

"八支烟换一本书，"爸爸得意地把一支烟塞进嘴里，点着了，吸了一口，"为了香烟，赞美上帝，是吧，妈妈？"

妈妈只是白了他一眼，脱口而出的是她使用最频繁的一个词："猪猡。"

莉赛尔和爸爸交换了一个眼神，喝完了汤。同往常一样，她的旁边放着一本书。不可否认，这个答案令她非常满意，没有几个人能说他们的教育是用香烟换来的。

不过，妈妈却认为，要是汉斯·休伯曼还懂点事的话，就该用香烟给她换一件急需的新衣服或是新鞋子什么的。"啥都没有……"她在水槽旁边发完了这通牢骚，"一说到我，你哪怕把配给的烟叶都抽完也不会给我买点啥，是不是？说不定还要把隔壁家的烟都抽完。"

不过，几天后的一个晚上，汉斯·休伯曼捧着一盒子鸡蛋回家了。"妈妈，对不起，"他把鸡蛋放到桌上，"鞋子卖完了。"

妈妈没有抱怨。

她煎鸡蛋的时候，甚至还哼起了歌。看来，香烟还能制造无穷的乐趣，它给休伯曼一家带来了一段快乐的时光。

这快乐几周后就到头了。

镇上的步行者

情况是从送衣服时开始变糟的，很快就变得越来越糟糕。

莉赛尔陪着罗莎·休伯曼去莫尔钦镇上送洗好的衣服时，她们的一个主顾，恩斯特·沃格尔说他再也付不起洗衣费了。"这世道，"他解释道，"我有什么好说的呢？世道是越来越艰难了。战争让大家的日子都过得紧巴巴的，"他看了看那个女孩，"我想，你靠抚养这个小家伙还能挣点津贴，对吧？"

面对一脸惊愕的莉赛尔，妈妈无话可说。

她身旁的袋子空空如也。

走吧，莉赛尔。

这句话没有从妈妈嘴里说出来，她只是推搡着莉赛尔往前走。

沃格尔向前走了一步，对着他们大声说着话。他大约有一米八的个子，一缕油腻腻的头发搭在额头上。"对不起，休伯曼太太。"

莉赛尔对他挥手再见。

他也挥挥手。

妈妈表现出强烈的不满。

"别对那只猪猡挥手，"她说，"快点走。"

当晚，给莉赛尔洗澡的时候，妈妈用力地擦着她的身体，嘴里一直对沃格尔这头猪猡骂骂咧咧。她每隔两分钟就会模仿着他的语气说："我想你靠抚养这个小家伙还能挣点津贴吧……"她一边搓着莉赛尔的身体一边骂，"你哪有那么值钱，小母猪，我靠你可发不了财。"

莉赛尔坐在水里，默默承受着这一切。

这件事情发生后没过几天，罗莎把莉赛尔拖到厨房里。"来，莉赛尔，"她把莉赛尔抱到桌子上坐下，"反正你有大把大把的时间浪费在大街上踢足球，不如用来干点正事。"

莉赛尔只敢看着自己的双手问道："什么事，妈妈？"

"从今儿起，你得替我去揽活儿，收衣服，送衣服，都该你去跑腿。要是你一个人站在他们面前，那些阔佬就不能对你说不了。要是他们问起我，你就说我病了。你得可怜巴巴地瞧着他们。你瘦得像根竹竿，他们会可怜你的。"

"可沃格尔没这么想。"

"得了……"她显得烦躁不安，"其他人会的，不许再狡辩了。"

"好的，妈妈。"

她的养母好像打算安慰她一下，看样子打算拍拍她的肩头。

乖女孩，莉赛尔，好孩子。

她并没有这样做。

罗莎·休伯曼站起来，挑了一把木勺，把勺子伸到莉赛尔鼻子底下晃了晃。在她看来，这样做才是必要的。"你带上洗衣袋，把衣服送到各家各户，完事后马上把袋子送回家。还有钱，哪怕是点零钱也要给我拿回来。不许去找你爸，他在干活。也不许和鲁迪·斯丹纳那头小蠢猪搅和到一块儿，你得立马回家。"

"是的，妈妈。"

"还有，手里头的袋子要拿好，不许甩来甩去，不许掉到地上，不许把衣服弄皱，也不许把袋子扛在肩膀上。"

"是的，妈妈。"

"是的，妈妈，"罗莎·休伯曼最擅长也最喜欢模仿别人说话的腔调，"你最好留点神，小母猪，要是让我发现你不听话，看看我会咋收拾你，听懂了吗？"

"是的，妈妈。"

要想活命，就得学会说这几个字。莉赛尔只能听从妈妈的吩咐。从此以后，她就开始了这段旅程——从莫尔钦镇上的穷人区走到富人区，把洗好的衣服给别人送去，再把接来的活儿带回家。开始的时候，她总是一个人去，从来不抱怨什么。当她第一次拿着袋子穿过镇上时，刚一拐上慕尼黑大街，她就抡着口袋使劲一甩——甩了一大圈——然后赶紧检查里面的东西。谢天谢地，衣服没起皱，一点也没有褶皱。莉赛尔笑笑，心里暗暗发誓以后再也不甩衣服了。

总的来说，莉赛尔挺喜欢去跑腿。虽然妈妈不会分给她一分钱，但好歹能走出家门，到大街上转转，没有妈妈在一旁，简直像到了天堂。没有人拿手指着她，也没人骂她，再也不会因为没拎好袋子而挨骂了。一切是那么宁静。

她也开始喜欢上那些主顾们了。

* 潘菲胡佛家一般会把衣服仔细检查一遍，再说："真的，真的，非常好，非常好。"莉赛尔怀疑他们一家人是不是都要把一句话重复两遍。

* 温柔的海伦娜·舒密特会伸出因关节炎而弯曲的手把钱付给她。

* 魏因加特纳家那只翘着胡子的猫总会和主人一起来应门。它叫小戈倍尔，希特勒得力助手的名字。

* 还有镇长夫人，赫曼太太，她总是披着一头柔软的头发冷冷地站在她家空旷阴冷的门厅里，孑然独立，一言不发。

有时，鲁迪也陪她一块去。

"你能挣多少钱？"一天下午，鲁迪问道。天快黑了，他俩正走过商店，准备回汉密尔街去。"你知道迪勒太太的秘密吗？有人说她藏着糖果，只要价格合适就……"

"你就别打这钱的主意了，"莉赛尔像往常一样把钱捏得紧紧的，"对你来说无所谓——反正你又不用向我妈妈交差。"

鲁迪耸耸肩膀说："这可值得一试哦。"

一月中旬，学校里的老师着手教他们写信。教完信件的基本格式后，老师要求每个学生写两封信，一封写给一个朋友，一封写给其他班里的某个人。

鲁迪给莉赛尔的信是这样写的：

亲爱的小母猪：

    你的球还踢得和以前一样臭吗？但愿如此，那样的话，我就能像奥运会上的杰西·欧文斯一样从你身边冲过去了……

玛丽亚修女看了这封信后，"和蔼可亲"地问了他一个问题。

玛丽亚修女的问题
"你想到走廊上去站站吗，斯丹纳先生？"

不用说，鲁迪的回答是否定的，他把信撕掉又重新写起来。这次，他写给一位叫莉赛尔的女孩，想问问她有什么爱好。

莉赛尔在家里完成写信的作业时，才发觉要是给鲁迪或别的哪头蠢猪写信真是太可笑了，这样的信毫无意义。她一面在地下室里写着信，一面和爸爸搭话，爸爸又在刷地下室的墙壁了。

爸爸带着一股油漆味转过身来问："什么破事？"这样的字眼是德国人能说出来的最难听的话了，可是爸爸说起来的时候却给人一种愉快的感觉。

"我可以给妈妈写封信吗？"

沉默。

"你为什么想给她写信呢？你每天都要受她的气，"爸爸脸上露出狡黠的笑容，他是在打趣她，"还不够你受的吗？"

"不是这个妈妈。"她咽了口唾沫。

"噢，"爸爸又转身刷起墙来，"好吧，我想这样得了，你把信寄给那个叫什么来着——寄养处那个带你来这儿，偶尔来瞧瞧你的人。"

"是亨瑞奇太太。"

"对了，寄给她，她可以把信转给你妈妈。"即便这样，他的话听上去还是不可信，他并没有提供更有价值的建议，因为亨瑞奇太太在为数不多的几次来访中，绝口不提她生母的情况。

莉赛尔没有问爸爸这到底是怎么回事，她立刻动手写起信来，不愿再琢磨心里逐渐产生的不祥的预感。她花了三个小时，前后修改了六次，终于完成了这封信。在信中，她对妈妈讲述了镇上的许多事情，她的爸爸和手风琴，古怪又有趣的鲁迪·斯丹纳，还有罗莎·休伯曼的"光辉"事迹。她在信里骄傲地谈到了自己已经学会了读书，还学了点写作。第二天，她就把信寄给了亨瑞奇太太，信封上贴着一张在厨房抽屉里找到的邮票。然后，她就开始了等待。

在她写完信的那天晚上，她偷听到了汉斯和罗莎之间的谈话。

"她干吗给她妈写信？"妈妈问道。令人惊奇的是，她说这番话时语气平和，忧虑。你能想象得出，这一点让莉赛尔大为担忧。她宁愿听到他们争吵不休。大人们要是说悄悄话，就表示有可疑的事情发生了。

"她问我，"爸爸回答，"我又不能说不让她写，我怎么能那样说呢？"

"老天爷，"妈妈又悄悄说，"她最好忘掉她妈。天晓得她妈这会儿在啥地方呢。鬼才晓得他们拿她妈咋样了。"

莉赛尔躺在床上，身子紧紧缩成一团。

她想念着妈妈，反复思量着罗莎·休伯曼的话。

她在哪儿？

他们对她怎么了？

可关键是，"他们"是谁呢？

石沉大海的信件

故事跳到1943年9月，地点是休伯曼家的地下室。

一个十四岁大的女孩正在一个黑色封面的小本子上写着什么。她虽然很瘦，身子却不弱。她已经经历过许多事情了。爸爸坐在她旁边，手风琴就放在他的脚边。

他说话了："莉赛尔，你知道吗？我差点想给你写封回信，在信后边签上你妈妈的名字。"他伸手挠挠大腿，那儿的石膏刚被拆掉，"可是我没写，因为我不知道该怎么写。"

一月份剩下的日子，再加上整个二月份，莉赛尔天天都要去查看信箱里有没有她的信。有几次，她的举动让养父的心都快碎了。"对不起，"他告诉她，"今天没有信，嗯？"事后，她终于明白了，一切都没指望了。要是妈妈能写信，她早就会和寄养处的人联系了，或者早就直接和自己或休伯曼夫妻联系了。但是，没有任何音信。

雪上加霜的是，二月中旬的一天，莉赛尔收到一个海德大街的老主顾，潘菲胡佛夫妇的信。夫妻俩的个子都很高，他们站在门口，把信递给她，并用忧郁的眼神望着她。"给你妈妈的信，"男人说着把一个信封递给她，"告诉她我们很抱歉，真的十分抱歉。"

这天晚上，休伯曼家又不得安宁了。

即使莉赛尔躲进地下室去写给妈妈的第五封信（它们中只有一封被寄出去了），她也能听见罗莎在上面不停咒骂着潘菲胡佛家的这群猪猡，还有可恶的恩斯特·沃格尔。

"他们得一个月都撒不出尿来，他们准会被尿活活憋死。"她听到妈妈嚷嚷着。

莉赛尔继续写着信。

等莉赛尔的生日到来的时候，她没有收到生日礼物。没有礼物是因为没钱买，那段时间，爸爸连烟都不抽了。

"我早就警告过你，"妈妈指着爸爸的鼻子说道，"我让你甭在圣诞节的时候就把两本书都给她，可没用，你哪肯听我的话，对吧？"

"我知道！"爸爸缓缓地转过身，对女孩道歉，"对不起，莉赛尔，我们没钱给你买礼物。"

莉赛尔却一点都不在意。她不吵不闹，也没有跺脚发脾气。她独自品尝着失望的痛苦，决心干一件蓄谋已久的事情——自己给自己弄件礼物。她要把给妈妈写的信都攒起来，装到一个信封里，再用收到的洗衣费中的一小部分把信寄出去。她肯定要挨打，多半是在厨房里，她不会有半句怨言。

三天后，计划实现了。

"钱的数目不对，"妈妈把钱数了四遍，莉赛尔靠在炉子旁，这儿暖和一点，也让她的血流速度加快，"怎么回事，莉赛尔？"

她撒了谎："可能是他们给少了点。"

"你没数吗？"

她招供了："是我把钱花了，妈妈。"

罗莎走过来，这可不是个好兆头，她离那些木头勺子太近了，"你干了些啥好事？"

莉赛尔还没有来得及回答，一把木勺就抡过来打在她身上，就像上帝在她身上踩了一脚一样。她的皮肤上马上留下了红印，火辣辣地灼痛起来。妈妈发泄完以后，莉赛尔趴在地板上，抬起头准备解释这事。

她的眼前直冒金星，不得不眯缝着眼睛。"我拿钱寄信了。"

接下来，莉赛尔能感觉到的只有积满灰尘的地板，还有衣服仿佛不是穿在自己身上的感觉，以及突如其来的醒悟——她的妈妈永远不可能给她回信了，她再也见不到妈妈了。这个残酷的现实是给她的第二顿痛打，同时也刺痛了她的心，持续了许久，许久。

头顶上罗莎的样子变得模糊起来，不过，当罗莎把她的纸板脸凑过来的时候，她的样子又逐渐清晰了。胖墩墩的罗莎颓然地站在那儿，手里像拎棍子一样拎着把木勺。"对不起，莉赛尔。"

莉赛尔十分清楚，她的养母不是因为打了她而道歉。

红印慢慢扩散开来，她的皮肤上留下了斑斑点点的痕迹。她趴在地上，趴在尘土和污秽中，昏暗的灯光照着她。她的呼吸平静，一滴浑浊的泪水从脸上流了下来。她能感觉到自己的身体抵着地板，感到自己的前臂、膝盖、手肘、脸颊、小腿都挨着地面。

地板冰凉，尤其是脸颊挨着的那块地方，更是凉透了，但她却不能动弹。

她再也见不到妈妈了。

她就这样在厨房的餐桌下面趴了将近一个小时，一直到爸爸回到家拉起了手风琴的时候，她才站起身，清醒过来。

当她写到那晚的情形时，心里一点不恨罗莎·休伯曼，也不恨自己的妈妈。对她来说，她们只不过是当时那个环境下的牺牲品。在她眼前不断闪现的是那滴浑浊的泪水。她觉得，要是屋子里是漆黑一片的话，那滴眼泪就会变成黑色的。

"可屋里的确是黑漆漆的。"她自言自语道。

尽管她清楚当时灯是亮着的，也无数次试图回忆起那个场景，但在内心却总是这样一幅图画：她是在黑暗中被殴打的，她躺在冰冷的黑漆漆的厨房里，甚至连爸爸的音乐都是黑色的。

连爸爸的音乐都变成黑色的了。

奇怪的是，这样的想法仿佛给她带来了某种安慰，而不是痛苦。

黑暗，光明。

两者有什么区别呢？

当偷书贼逐渐悟出一切真相后，她陷入到无边的噩梦中不能自拔。这件事至少让她做好了某种准备，为她在元首生日那天，出于困惑和愤怒所做出的举动埋下了一个伏笔。

莉赛尔·梅明格做好了准备。

生日快乐，万岁，希特勒。

许多快乐会由此产生。

1940年，希特勒的生日

从三月份一直到四月份，莉赛尔每天下午都要去看看信箱里面有没有她的信。这期间，在汉斯的请求下，亨瑞奇太太到家里来了一趟。她的解释是寄养处也和波拉·梅明格完全失去了联系。可是，那女孩还是没有放弃，你可以想象那情形：她每天兴致勃勃打开信箱，里边却空空如也。

德国举国上下都开始筹备希特勒的生日，莫尔钦镇也不例外。这一年尤其特别。随着德军的节节胜利，希特勒的地位日益稳固，莫尔钦镇上纳粹党党部希望这次生日庆祝会能更为隆重。他们将举行一次游行。大家一起游行，在音乐的伴奏下唱歌，还要点上一堆篝火。

莉赛尔在莫尔钦镇上送衣服的时候，纳粹党徒们也在四处活动收集燃料。有那么一两回，莉赛尔碰巧遇到有人敲着别人家的门，问这些人有没有不需要或者打算扔掉的东西。爸爸拿回家的《莫尔钦快报》上面宣称，要在镇上的广场为庆祝会生一堆火，当地所有希特勒青年团的成员都要参加。这次活动不仅是为了庆祝希特勒的生日，更是为了庆祝他战胜了敌人，结束了第一次世界大战后各国对德国的遏制。"所有的东西，"报上这样写道，"那个时期以来的东西——报纸，海报，书籍，旗帜——我们的敌人用于宣传的任何东西都要送到慕尼黑大街的纳粹党党部来。"

甚至连正在等待改造的舒勒大街——著名的黄星之街——也最终被彻底搜查了一番，以便找出点什么，随便是什么东西，好以元首的名义来烧掉。如果说某个纳粹党徒仅仅为了增加燃料的数量而去印出一千多"毒书"或"毒海报"来，那也不足为奇。

一切准备就绪，四月二十日的庆祝会将成为一次盛典，这一天将充满火焰和欢呼声。

还有图书偷盗事件。

那天早晨，在休伯曼家一切如常。

"那只蠢猪又在看窗子外头了，"罗莎·休伯曼骂道，"天天看，今儿你又有啥好瞧的？"

"噢。"爸爸高兴地回应着，窗子上头的旗帜遮住了他的背，"你该来瞧瞧这个女人，"他扭头瞟了妈妈一眼，又对莉赛尔咧咧嘴，"我真想跑出去追求她，你可比不上她哦，妈妈。"

"猪猡！"妈妈冲他挥舞着木勺。

爸爸继续看着窗外，凝视着那个假想中的女人和那一排真真切切的旗帜。

那一天，莫尔钦镇的大街小巷都为了庆祝元首的生日而张灯结彩。有的地方，像迪勒太太家，连玻璃都被擦得锃亮，簇新的纳粹党旗迎风飘扬，那符号就像镶嵌在红底白心的毯子上的珠宝。而有些人就把旗帜搭在壁架上，像是在晾什么东西一样，可没有人管它。

起初，休伯曼一家差点大难临头，因为他们找不着旗帜了。

"他们要来找茬了，"妈妈警告她丈夫，"他们要来把我们抓走了。"又是一个"他们"。"我们得赶紧找出来！"爸爸差点就跑到地下室去在废旧的床单上画一面旗帜了。谢天谢地，旗帜终于钻出来了，原来是藏在柜子里的手风琴后面了。

"这个破手风琴太碍手碍脚了！"妈妈转身喊道，"莉赛尔！"

女孩很荣幸地把这面旗帜钉在窗框上。

后来，小汉斯和特鲁迪都回到家来吃饭，就像过圣诞节和复活节时一样。现在，该详细介绍一下这两个人了。

特鲁迪，人们又常常把叫她特鲁黛尔，只比她妈妈高几厘米。她继承了罗莎·休伯曼的缺点，走路时老迈着鸭步，除此之外，其他方面要比她妈妈好一点。她在慕尼黑的富人区做女佣，住在那户人家里。看上去，她已经腻烦了小孩，可对莉赛尔至少还能笑着说说话，她的嘴唇柔软，声音轻柔。

小汉斯的眼睛和个头都像他爸爸。不过，他的眼睛里闪烁着的银光可不像爸爸一样充满暖意——那光芒是属于元首的。他比爸爸略胖些，一头金发，皮肤就像米白色的油漆。

他们俩是一块儿从慕尼黑乘火车回家的。到家不久，父子俩又开始剑拔弩张了。

汉斯·休伯曼与儿子对峙的缘由

在小汉斯眼里，爸爸属于旧德国——那时候别的国家都可以任意欺凌这个国家，而它的人民只能默默承受这一切。长大以后，小汉斯发现别人把爸爸叫做"犹太人的粉刷匠"，因为爸爸要替犹太人刷房子。接着就发生了我马上要提到的这一幕——汉斯快要加入纳粹党的当口，他却失去了这次机会。所有人都清楚他不应该刷掉犹太人商店外墙上那些谩骂犹太人的话。这种行为既有损于德国，也对那些犹太罪人不利。

"那他们还是没让你参加了？"小汉斯旧话重提，这是圣诞节没有谈完的话题。

"参加什么？"

"当然是纳粹党了。"

"没有，我想他们已经把我忘了。"

"你没再去试试吗？你不能光坐在这儿，等着新世界来接纳你，你得走出去，成为其中的一分子——虽然你过去犯过错误。"

爸爸抬起头来。"错误？我这辈子犯过不少错误，可没参加纳粹不是错误。我向他们递交了申请的——你知道这件事——可我不可能天天跑去问他们。我只是……"

此时，一股寒风袭来。

它随着空气吹进窗户。或许，这是来自第三帝国的和风，里面积蓄着更为强大的力量；或许，这显示出欧洲还一息尚存。不管这是什么风，它从怒目圆睁着的父子俩中间吹过。

"你从来不关心这个国家，"小汉斯说，"至少是不够关心。"

爸爸的眼睛慢慢变得柔和起来，可这并没有消除小汉斯心头的怒气。不知为什么，他看着那女孩。莉赛尔把她的三本书都堆在桌上，正在读其中的一本。她的嘴在无声地蠕动着，好像在和谁说话似的。"这孩子在读什么垃圾啊？她该读读《我的奋斗》。"

莉赛尔抬起头。

"别理他，莉赛尔，"爸爸说，"读你的书吧，他不知道自己在讲什么。"

可小汉斯没有就此罢休。他走近一步，说道："你得选择，要么支持元首，要么反对他——我看你是反对派。你一直都是。"莉赛尔观察着小汉斯的脸，注视着他薄薄的嘴唇和尖利的下齿。"你太丢人了——如今全国上下都忙着清理那些人渣，好让德国成为一个伟大的国家，你一个大男人怎么好意思袖手旁观。"

特鲁迪和妈妈坐在那里不敢搭话，她们和莉赛尔一样被吓坏了。空气中弥漫着豌豆汤的味道，还有一股浓浓的火药味。

他们都在等着下一句话。

这句话是儿子说的，只有五个字。

"你是胆小鬼。"他对着爸爸的脸吼了这句话，然后就飞快地离开厨房，冲出家门。

虽然明知没有用，爸爸还是走到门口对儿子大喊："胆小鬼？我是胆小鬼？！"接着，他又跟到门口，恳求似的去追儿子。妈妈急忙跑到窗子边，用力扯下旗帜，推开窗户。她和特鲁迪、莉赛尔三个人一起挤在窗户旁看着爸爸追上儿子，抓住儿子的手臂，求儿子回去。她们什么都听不见，可却能清清楚楚地看到小汉斯拼命挣脱爸爸的样子，爸爸只好望着儿子远去。这一幕她们看得明明白白。

"汉斯，"妈妈终于大声叫嚷起来，特鲁迪和莉赛尔都被她的大嗓门吓了一跳，"快回来。"

可那小子还是走掉了。

是的，那小子走了，我真希望能把后来发生在小汉斯·休伯曼身上的事都告诉你们，可惜不行。

元首生日庆祝会那晚，他从汉密尔街上消失后，很快就进入到另外一个故事的场景里去了。那个故事的每一步都把他引向了那场发生在苏联的悲剧。

苏联的斯大林格勒。

关于斯大林格勒的一些情况

1. 1942年和1943年初，每天早晨，这个城市的上空都如同漂白过的床单一样白。

2. 每天，当我穿过这个城市，带走属于我的灵魂时，这张白床单上都会溅上鲜血，直到最后血流成河。

3. 每天晚上，这张床单又被拧干、漂白，等待着下一个黎明的到来。

4. 战斗是白天唯一可做的事情。

儿子走后，汉斯·休伯曼又站了一会儿。街道看上去异常空旷。

等他回到家，妈妈看着他，两人都没有说话。她没有训斥爸爸，要是在过去，这是极有可能发生的事情。也许是因为她感觉到，被唯一的儿子贴上了胆小鬼的标签，他心里肯定很难受吧。

晚饭后，他默默无语地坐在桌旁。难道真的像儿子残忍地指责的那样，他是个胆小鬼吗？当然，在第一次世界大战时，他考虑的只有他一个人，正因为如此，他才能活下来。然而，恐惧会让人胆怯吗？是因为庆幸自己还活着所以才胆怯的吗？

他两眼盯着桌子，心潮起伏。

"爸爸，"莉赛尔叫他，可他并没有抬起头来看她，"他刚才在说什么？他是什么意思……"

"没什么，"爸爸回答道，他对着桌子轻声说，"没什么意思。忘了他的话吧，莉赛尔。"大约过了一分钟，他又说："你是不是准备好了？"这次他看了她一眼，"你不是打算去看篝火吗？"

"准备好了，爸爸。"

偷书贼换上了她的希特勒青年团制服。半小时后，他们离开家，去青年团总部。孩子们将在那儿列队前往镇上的广场。

有人将在那儿发表演讲。

还会点燃一堆篝火。

有一本书会被偷走。

百分之百的纯日耳曼汗水

人们站在街道两旁看着这些德国青年向市政大厅和广场方向前进。在这样的场合里，莉赛尔忘记了她的亲生母亲和别的困扰她的问题。人群朝着他们欢呼鼓掌，她的情绪也随之高涨。有的孩子向父母挥手示意，可也只敢挥了几下——他们得到了详尽的指示：一直前进，不要东张西望，不要向人群挥手。

当鲁迪所在的队伍走进广场并按照命令停下来时，发生了一个小插曲，是汤米·穆勒引发的。这个团的其他人都停止了前进，只有他直挺挺地撞上了前面的一个男孩。

"白痴！"那个男孩吐了一口唾沫，转过身来。

"对不起，"汤米·穆勒抱歉地伸出手臂，他的脸又开始抽搐，"我听不见。"这虽然是个小插曲，不过却预示着麻烦将接踵而至。这个麻烦既与汤米有关，也与鲁迪有关。

游行接近尾声时，希特勒青年团获令将队伍解散。熊熊的篝火点亮了他们的眼睛，使他们兴奋不已，再让他们保持队形是几乎不可能的。他们齐声高喊了一句"万岁，希特勒"就散开了。莉赛尔寻找着鲁迪的影子，可孩子们四下散开后，到处都是穿着制服的人和高声的呼喊。孩子们都在找自己的伙伴。

下午4点30分，天气已十分寒冷。

人们开玩笑说他们需要暖和一下了。"这堆垃圾就只有这点好处。"

手推车把它们全运进来了，它们被倾倒在广场中央，上面还浇上了味道挺好闻的东西。有些书、纸张和别的东西滑落下来，又被重新扔回去。从远处看来，它就像一座火山，或是一个降落在广场中间的神奇的不速之客，需要有人将其尽快消灭。

浇在上面的东西产生了一股气味，这股味道向站在远处的人群飘过来。大约有一千多人聚集在广场四周，有的站在市政大厅前的台阶上，有的站在广场周围建筑的屋顶上。

莉赛尔在人群中穿梭着，一阵劈劈啪啪的声音让她误以为火已经点着了，其实并没有，那不过是人流涌动发出的声音。

他们没有等我就开始了。

虽然她的身体里有个声音告诉她这是一种罪恶——毕竟，她拥有的最宝贵的财富就是她的三本书——她还是忍不住想去看看那些燃烧的书籍。我猜想人类喜欢看到毁灭的场景。沙滩上的城堡、多米诺骨牌搭成的房子就是最好的例子，人类拥有的超凡能力就是把毁灭升级。

莉赛尔透过人墙中的一条缝隙窥见那堆罪恶的东西还没有被点燃，心里顿时觉得宽慰了许多，她还没有错过这场好戏。人们朝着那堆东西乱戳一气，甚至朝那上面吐痰。这让她联想到一个不受欢迎的孩子，孤苦伶仃，四顾茫然，无力改变自己的命运，没人喜欢他，他只能低下头，把两手插进衣袋里，永远地为自己祈祷。

越来越多的碎片落在这堆东西的边上，莉赛尔搜寻着鲁迪的影子。这头蠢猪上哪儿去了？

等她抬起头时才发现天空已经暗下来了。

纳粹党的旗帜四处林立，穿制服的人随处可见，挡住了她的视线。没有用，到处人头攒动，无论怎么挤，无论怎么想办法，都无法出去。你只能融入其中，与其他人一起唱着歌等待着篝火燃起。

讲坛上的一个男人要求大家安静下来，他的身上穿着件亮闪闪的褐色制服，衣服上熨过的痕迹还依稀可见。人们开始安静下来。

他的第一句话是："万岁，希特勒！"

他的第一个动作是：向元首行举手礼。

"今天是个光辉的日子，"他继续说，"不仅因为今天是我们伟大元首的生日，也是因为我们又一次打败了敌人，我们阻止了他们对我们思想的腐蚀。"

莉赛尔还在努力从人群中挤出来。

"我们结束了过去二十年来在德国大地上肆虐的瘟疫，"他在表演一种叫做演讲的东西——那是充满激情的技艺高超的表演——告诫人们要当心，要警觉，要寻找并摧毁图谋颠覆祖国的一切阴谋，"共产主义分子！无耻！"又是这个词，是从前听到过的，在那阴暗的屋子里，那些穿制服的人。"消灭犹太人！"

演讲进行到一半的时候，莉赛尔放弃了挤出人群的努力。"共产主义分子"一词引起了她的注意。四面八方纳粹党徒们的附和声如波浪般席卷而过，消失在他们脚下的德国土地上。这应和之声犹如潮水，女孩仿佛踏在潮水之上，反复思考着"共产主义分子"一词。

迄今为止，在青年团里，他们都被告知日耳曼人是上等民族，除此外就没有再特别提起什么人了。当然，每个人都清楚犹太人是危害日耳曼理想的要犯。但是，从来没有人提到共产主义分子，一直到现在，虽然抱有这样政治信仰的人也受到了惩罚。

她不得不挤出人群。

她前面站着个女人，她的一头金发从中间分开，两条辫子静静地垂在肩头。这使莉赛尔回忆起过去待过的那些阴暗屋子，妈妈回答着那些只有一个词的讯问。

一切仿佛在眼前重现。

挨饿的妈妈，失踪的爸爸。共产主义分子。

死去的弟弟。

"现在，我们就对这堆垃圾，这堆毒药说再见吧！"

正当莉赛尔觉得恶心准备离开时，那个穿着亮闪闪的棕色制服的家伙从讲坛上走下来，从一个同伙手中接过一支火把，点燃了下面那堆受尽诅咒的东西。"万岁，希特勒！"

围观的人群也高喊："万岁，希特勒！"

一群人从看台上跳下来，围着书堆继续点火，好像是得到了大家的赞同，周围爆发出阵阵欢呼声。纯日耳曼的汗水开始冒出来，接着，汗水出得越来越多，人们挥汗如雨，如同在汗水中游泳一样。叫喊声，汗水，微笑。我们记住这微笑吧。

人们兴高采烈地评论着，一起大喊着"万岁，希特勒"。你相信吗，这让我十分好奇，会不会有人在这个过程中瞎了一只眼或是伤到一只手或手腕。只要你不小心在错误的时间把头转向错误的方向，或者靠某人太近，完全有此可能。也许真的有人受了伤。我个人的所见是，这次事件没有造成人员死亡，至少没有造成肉体上的死亡。当然，这次世界大战结束后，我带走了大约四千万人的灵魂，不过，这是后话了。让我们还是回到火堆那儿去吧。

橘黄色的火焰在人群中舞动，纸张和印刷品都消失在火光中，燃烧的碎片从书上脱落下来。

在另一端，隔着模糊不清的火焰，可以看到许多棕色衬衣和做出卐字形状的手。你看不见人，只能看到制服和手势。

天空中的鸟儿都飞了下来。

它们被火光吸引，围绕着火堆飞行——直到受不了火焰的热度。或者，是人类的狂热？显然火焰的热度比不上人类的狂热。

莉赛尔正打算逃离，一个声音叫住了她。

"莉赛尔！"

她循着声音扭头望去，想找到发出声音的人。噢，天哪，原来是路德威格·舒马克。他没有像她料想的那样讥笑她或开她的玩笑，或是说点别的话。他只是把她拉到身边，把自己的脚踝指给她看，他在狂欢中受了伤，可怕的污血正从袜子里渗出来。他那一头金发乱成一团，脸上充满了无助的表情，就像一只动物，不是一头灯光下的鹿，不是这么典型或是特殊，就是一只动物，在同类的混战中受了伤，就快要被他的同类踩死了。

她扶着他站起来，把他拖到人群后面，那里的空气好些。

他们蹒跚着走到教堂一侧的台阶上，这里没有什么人，他们终于松了一口气，坐下来休息。

舒马克长长出了一口气，清了清嗓子，准备说点什么。

他把身子坐好，抬起脚踝，然后看着莉赛尔·梅明格的脸说："对不起。"他没有看着她的眼睛，而是看着她的嘴巴说，"还有……"他们的脑海中都是学校操场上那滑稽的一幕，还有他们的打斗，"你知道，我觉得对不起你。"

莉赛尔再次听到人们叫着那个词。

共产主义分子。

但是，她选择把注意力转移到路德威格·舒马克身上。"我也觉得抱歉。"

然后，他们俩都静静地呼吸着，因为没什么可说了，他们之间已经没有过节了。

路德威格·舒马克想着他正在流血的肿胀脚踝。

那女孩却在想着另一件事。

在他们左手边，火焰和燃烧的书籍就像在迎接英雄一样欢舞。

盗窃之门

她坐在台阶上等爸爸，眼前是一片灰烬，灰烬中还有没有燃烧完的书籍的残骸。放眼望去，满目凄凉，那红色和橘红色的灰烬就像被人丢弃的糖果。人群大多已经散去。她看到迪勒太太心满意足地离去；满头白发的普菲库斯也走了，他身上穿着件纳粹党的制服，脚上还趿拉着那双破鞋子，嘴里得意洋洋地吹着口哨。现在，只剩下清理工作了，很快，这里就像什么都没发生过一样了。

不过，你们还能闻到味道。

"你在干什么呢？"

汉斯·休伯曼走上教堂的台阶。

"嗨，爸爸。"

"你该在市政大厅前面等我的。"

"对不起，爸爸。"

他挨着她坐在地上，俯下身撩起她的一缕头发，用手轻轻把头发别在她耳朵后面。"莉赛尔，出什么事啦？"

有好一阵子，她一句话不说，默默地在心里计算着，虽然她早已知道结果。

一道加法题

"共产主义分子"一词+一堆篝火+一堆石沉大海的信+亲生妈妈的遭遇+弟弟的死亡=元首

元首。

他就是她第一次给妈妈写信的那晚，汉斯和罗莎·休伯曼口中谈论的那个"他们"，她知道这点，但她还是得问问。

"我妈妈是共产主义分子吗？"她盯着爸爸的眼睛直截了当地问，"我来这儿之前，他们老是问她事情。"

汉斯往前面挪挪，准备撒谎。"我不清楚——我没见过她。"

"是元首把她给带走了吗？"

这个问题让他们两人都吃了一惊。爸爸被迫站起来，他看了看那些穿着褐色衬衣铲着火堆灰烬的人，他甚至都能听到他们的铲子嗤地一下戳进去的声音。他心里又想好一个谎言，可他发现自己没法说出口。他说："我想可能是的。"

"我知道，"这句话掷地有声，莉赛尔能够感受到自己心头的愤怒，她的胃也因此而开始绞痛，"我恨元首，"她说，"我恨他。"

汉斯·休伯曼该怎么办呢？

他该怎么做，他该怎么说呢？

他会像他真正希望的那样，弯下腰，给他的养女一个拥抱吗？他会对她，她的妈妈，还有她弟弟的遭遇表示同情吗？

没有。

他紧闭双眼，然后睁开眼，狠狠地给了莉赛尔·梅明格一记耳光。

"不许再这样说！"他的声音虽然不大，却很清晰。

女孩浑身哆嗦着，耷拉着脑袋坐在台阶上。他坐在她身边，双手捧着头。也许他的样子不过就是一个歪坐在教堂台阶上的心烦意乱的高个子，但事实不仅如此。此时，莉赛尔并不了解，她的养父，汉斯·休伯曼，正处于一个德国公民无法面对的、进退维谷的危险之中。不仅如此，这个问题将困扰他近一年的时间。

"爸爸？"

她声音里的惊恐奔涌而出，使得她无法动弹。她想跑却跑不动。等爸爸下决心再次开口说话，他才把手拿了下来。

"你在我们家里可以说这些话，"说完，他严肃地看着莉赛尔的脸颊，"可你决不能在大街上，在学校里，在青年团里这么说，绝对不行！"他站在莉赛尔面前，用力抱起她，摇晃着她的身体，"你听到我的话了吗？"

莉赛尔的眼睛被迫鼓得大大的，她顺从地点点头。

其实，这算是未来的一次谈话的预先排练。那次谈话发生在晚些时候，在十一月的一天凌晨。那时，汉斯·休伯曼最惧怕的事情发生在汉密尔街上。

"好的，"他把她放下来，"现在，让我们来试试……"爸爸笔直地站在台阶的最下面，伸出手臂，与身体呈四十五度角，"万岁，希特勒！"

莉赛尔站起身，也伸出手臂，带着所有的痛苦，她重复道："万岁，希特勒！"这个场面令人感动——一个十岁大的女孩，站在教堂的台阶上，强忍住眼泪，向元首致敬。她的声音越过了爸爸的肩膀，凌乱地散落在背后的黑暗之中。

"我们还是朋友吗？"

大约一刻钟之后，爸爸手里拿着一支香烟，像是一根表示友好的橄榄枝——那是他刚得到的卷烟纸和烟叶。

莉赛尔一句话也没说，阴沉着脸走过来，开始卷香烟。

他们一起坐了好长时间。

烟雾飘过爸爸的肩头。

十分钟以后，盗窃之门会裂开一条缝隙，莉赛尔·梅明格会把这条缝隙弄大，然后钻过去。

两个问题

门会在她的身后关闭吗？

她还能从大门里回来吗？

正如莉赛尔随后发现的那样，一个技术精湛的小偷需要各种不同的能力。

秘密行动，胆识过人，动作迅速。

不过，还有一点尤为重要。

运气。

事实上。

忘了这十分钟吧。

大门现在已经开启。

火 中 书

夜幕慢慢降临，香烟快抽完了，莉赛尔和汉斯准备起身回家。要想从广场出去，他们得绕过篝火堆，再穿过一条小路，就到了慕尼黑大街。他们没来得及走那么远。

一个叫沃夫冈·埃德尔的中年木匠叫住了他们。他负责为纳粹党的这次盛会搭讲坛，现在又要负责拆除它。"汉斯·休伯曼？"他脸上的络腮胡子一直长到了嘴边，他用沙哑的嗓子叫着："汉塞尔①！"

"嗨，沃夫冈。"汉斯应道。他向木匠介绍了女孩，女孩回敬了一个举手礼。"做得好，莉赛尔！"

开头几分钟，莉赛尔只是待在他们附近五米之内的范围里。他们的交谈断断续续传到她耳朵里，可她并不太关心。

---

① 汉斯的昵称。——译者注

"活儿多吗？"

"不多，现在找活儿挺困难的。你知道这是怎么回事，再加上我又不是纳粹党员。"

"你说过正在争取，汉塞尔。"

"我试过，可我犯了个错误——我想他们还在考虑这事呢。"

莉赛尔漫无目的地朝堆积如山的灰烬走去。好像那是块磁铁，是一个奇妙的东西。就像黄星之路一样，充满着无力抵制的诱惑。

莉赛尔目不转睛地径直走过去，就像她刚才一心只想看人们点燃篝火一样。她的头脑中从来没有要保持安全距离的概念。火堆吸引着她，她开始围着火堆转圈。

在她头顶上，黑暗一如既往地将天空渐渐覆盖，可远方的山腰上还闪烁着点点灯光。

"当心点，孩子。"一个穿制服的人对她说，他正在把灰烬铲上推车。

离市政大厅不远处的一盏路灯下，几个黑影正站着说话，可能是还在为焚烧书籍的壮举而欢欣鼓舞。莉赛尔只能听到谈话声，却听不清他们谈话的具体内容。

有好一阵，她观察着那些人铲灰的过程，要先拍打火堆的两边，让里面塌下来，这样火堆的体积就变小了，然后再用手推车把灰烬运到一辆卡车上，这样来来回回跑了三趟以后，小山似的灰烬已经快见底了，有些没有烧透的东西从灰烬下冒了出来。

那些没烧透的东西有
半面红旗、两张宣传犹太人诗歌的海报、三本书、一面写着希伯来语的木牌。

也许是因为它们太潮湿了，也许是火力不强，没有把放在下面的这些东西烧透。不管是什么原因，它们现在紧缩在灰烬中，好像还在颤抖。它们是幸存者。

"三本书。"莉赛尔小声说着，看了看那些人的背影。

"快点干，"他们中的一个说，"你们得抓紧点时间，我的肚子都饿了。"

他们朝着卡车走去。

那三本书没有被他们发现。

莉赛尔动手了。

当她靠近那堆灰烬时，仍能感受到火堆的余热。她的手伸进去时被烫了一下，但第二次伸手时，她的速度极快，一手就抓住了离她最近的那本书。这本书封面是蓝色的，边缘被火烧了，但其余部分没有损坏。

书的封面就像是镶满了密密麻麻的丝线。这些丝线里面嵌入了红色的字母。莉赛尔只来得及看清楚头两个字——"肩膀"，没时间看剩下的字了。还有一个麻烦，那就是烟。

烟从书的封面冒出来，她那拎着书匆匆离开的样子，跟耍杂技似的。她埋着头，每走一步，那可怜的神经就要紧绷一下。等她走了十四步后，身后传来一个声音。

她一下子就被钉在那儿了。

"喂！"

她差点就跑回去把书扔到火堆上，但她没有力气跑，唯一做得到的动作就是转过身。

"还有点东西没烧完！"一个负责清理的人说道，他不是在对女孩说话，而是对站在市政大厅旁的那些人说话。

"把它们再点着！"这就是他得到的答复，"看着它们全烧完！"

"我看它们太湿了！"

"上帝啊，难道什么事都得我操心吗？"一阵脚步声传来。来人是镇长，他的纳粹制服外面套着件黑色外套。他没有注意到不远处站着的那个女孩。

现实
一尊偷书贼的塑像立在广场中央……
这太不同寻常了，你不这样认为吗？在偷书贼没出名前就有了一尊她的塑像？

她松了口气。
因为没被人发现而激动不已！

莉赛尔觉得那本书已经冷却下来，可以塞进制服里了。刚开始，书贴着她的胸膛，又暖和又舒服。然而，等她开始迈步时，书又烧起来了。

她揣着书回到爸爸和沃夫冈·埃德尔身边时，书已经让她有了灼痛感，它好像真的烧起来了。

那两人都朝她看过来。

她笑了笑。

笑完之后，她立刻察觉到了别的东西，更准确地说，是别的人。没错，她有种被人监视的感觉，这种感觉传遍了全身。她壮起胆子朝市政大厅投下的阴影看去，她的感觉得到了证实。在那堆灰烬旁边，大约几米远，还站着一个黑影。莉赛尔意识到两件事。

莉赛尔确认的几件小事
1. 黑影的身份，还有，
2. 它目睹了整个经过。

那黑影的双手插在外衣口袋里。

它有一头松软的头发。

要是它有一张脸，那张脸上一定会是受伤害的表情。

"真倒霉。"莉赛尔用只有自己才能听得见的声音说。

"我们可以走了吗？"

就在这紧急关头，爸爸和沃夫冈·埃德尔告别完毕，准备和莉赛尔一起回家。

"可以了。"她回答道。

他们开始离开犯罪现场。那本书现在确确实实把她的身体烧痛了，《耸耸肩膀》使她的胸部火辣辣地痛。

他们从市政大厅的暗影下经过时，偷书贼显然有些畏缩。

"怎么了？"爸爸问。

"没什么。"

可是，显然出了岔子：

一股烟正从莉赛尔的衣领里冒出来。

她脖子周围被热出了一圈汗水。

她的衬衣下面，一本书正在吞噬着她。

PART THREE

第 三 章

我的奋斗

特别介绍：

回家的路

《我的奋斗》。

这本书是元首亲手书写的。

这是莉赛尔·梅明格得到的第三本意义重大的书。只有这一次，她没有去偷。在莉赛尔从每晚必经的噩梦中惊醒后又再次入睡的一小时后，这本书出现在汉密尔街三十三号。

有人或许会说，她能拥有这本书是奇迹。

事情得从篝火燃烧那晚的回家途中说起。

他们快走到汉密尔街时，莉赛尔再也忍受不了了。她弯下腰，取出书来，还不得不两手地轮换着颠来倒去。

等书彻底冷却以后，他们俩都盯着书看了一阵，等着对方先开口。

爸爸问："见鬼，这是什么东西？"

他伸手抓过这本《耸耸肩膀》，无须解释，这本书是女孩从火堆里偷出来的。书又热又潮，封面是蓝色和红色的——让人局促不安的颜色——汉斯·休伯曼翻了翻书，三十八页。"还有吗？"

莉赛尔摸摸肋下。

是的。

还有一半。

"看来，"爸爸提议道，"我用不着再拿烟去换书了，是吗？至少，你偷书要比我买书速度快。"

相比之下，莉赛尔无言以对。或许这是她第一次明白人赃俱获、无法抵赖的道理。

爸爸研究着书名，他可能很好奇这本书究竟能怎么毒害德国人民。他把书还给莉赛尔之后，发生了一件怪事。

"上帝啊，圣母玛利亚啊，约瑟夫啊。"他把这几个词拖得长长的。

小偷按捺不住了。"什么事，爸爸？出什么事了？"

"当然了。"

像所有被新发现吓得目瞪口呆的人一样，汉斯·休伯曼木然地站在那儿，冥思苦想。接下来是该冲她大声叫嚷，还是该保持沉默？或许最好把刚才的话重复一遍。

"当然了。"

这次，他的声音像是一只拳头猛砸在桌子上。

他好像发现了什么，正从头到尾迅速观察着，像是在观看一场赛跑。可惜，跑道太远了，莉赛尔看不见。她哀求着："快点说，爸爸，这是本什么书？"她担心爸爸会把这本书的事情告诉妈妈，和其他人一样，她只关心这一点。"你会告发我吗？"

"什么？"

"你知道的。你会把这件事告诉妈妈吗？"

汉斯·休伯曼仍旧遥望着那又高又远的地方。"什么事？"

她举起书。"关于这书的事。"她在空中挥舞着这本书，像是挥舞着一把枪。

爸爸疑惑不解地问："我为什么要告诉她呢？"

她讨厌这种问题，因为这些问题迫使她承认一桩丑恶的事实，揭露了她肮脏的偷盗天性。"因为我又偷东西了。"

爸爸蹲下身，又站起来，把一只手放到她头上。他用那只又粗又大的手轻轻抚摸着她的头发，说："当然不会了，莉赛尔。你是安全的。"

"那你要干什么呢？"

问题就在于此。

慕尼黑大街那稀薄的空气能让汉斯·休伯曼想出什么好办法呢？

在我告诉你们答案之前，我想我们该来看看汉斯·休伯曼在做出决定前看到的是什么。

爸爸脑子里闪过的念头

首先，他看到了女孩的书：《掘墓人手册》《小狗浮士德》《灯塔》。

现在，还要加上《耸耸肩膀》。然后是厨房里喜怒无常的小汉斯，他看到餐桌上女孩经常读的那些书后，说："这孩子在读什么垃圾啊？"他还建议给女孩更多适合她阅读的书籍，之后又把这句话重复了三遍。

"听着，莉赛尔，"爸爸把手搭在她肩头，和她并排走着，"这本书是我们俩的秘密。我们可以晚上在地下室里读这本书，就像我们学其他书一样——可你得向我保证一件事。"

"什么事都行，爸爸。"

这个夜晚静谧宜人，万物都在屏息聆听。"要是今后我要你替我保守一个秘密，你得办到。"

"我保证。"

"好了，我们赶紧走吧。要是再晚点回去，妈妈会杀了我们俩的。我们当然不愿意这样，是吧？别再偷书了，嗯？"

莉赛尔咧着嘴笑了。

后来她才知道，几天后，她的养父用香烟换来了另一本书，这时仅有的一次，不是为她换书。他敲响了莫尔钦镇上的纳粹党党部大门，借机问问他申请入党的事情。问完这事后，他掏出兜里仅剩的一点钱和十来根香烟。作为回报，他得到了一本旧的《我的奋斗》。

"好好读读。"一个纳粹党徒说。

"谢谢你。"汉斯点点头。

他站在大街上都能听见里面的说话声。有一个声音特别清晰。"他永远都别指望得到批准，"那人说，"哪怕他买上一百本《我的奋斗》，都不行。"他的这番话得到一致赞同。

汉斯右手拿着书，心里想着寄书的邮费，没有香烟的日子，还有给了他这个灵感的养女。

"谢谢你。"他重复着刚才的话，一个路人问他在说什么。

汉斯一如既往和蔼可亲地回答："没什么，什么事都没有。万岁，希特勒！"他沿慕尼黑大街走着，手里拿着元首写的书。

此时此刻，他心里一定百感交集，因为汉斯·休伯曼的灵感不仅来自莉赛尔的启发，更受到他儿子的影响。他是否害怕再也见不到儿子了呢？另一方面，他也享受着这灵感带来的狂喜，不敢再想象它的复杂、危险和极度愚蠢。现在看来，只要有了这个主意就足够了，它是可行的。好的，把它变为现实吧，这是需要一些合力才能完成的。不过，现在我们可以让他暂时享受一下这个灵感带来的快乐吧。

我们会给他七个月时间。

然后，再来看看他。

噢，我们会怎么样来看他啊。

镇长家的书房

汉密尔街三十三号肯定有大事要发生，只不过莉赛尔现在对此还一无所知。她的麻烦将会接二连三地到来：

她偷了一本书。

有人看到了。

偷书贼做出了反应，正常的反应。

每分每秒她都在担心，确切地讲，她简直像患了妄想症。人们犯罪后通常会如此，孩子们更是免不了。他们会幻想出各种各样被人抓住的情景，比方说：大街小巷里随时会跳出个人来逮捕自己；学校的老师突然对自己的罪行了如指掌；每有开门声都可能是警察来了。

对莉赛尔来说，这种妄想本身已经成为了一种惩罚，到镇长家送衣服也成了一种惩罚。我敢肯定你们猜得到，她不是因为疏忽大意而忘了去格兰德大街上的这所房子。她给患关节炎的海伦娜·舒密特送去衣服，又从喜欢猫的魏因加特纳家收走脏衣服，唯独漏掉了镇长海因斯·赫曼和他太太伊尔莎。

第一次，她声称只是忘了去那家——这在我听来，明显是个借口，因为那所房子雄踞于小山之上，俯视着全镇，没有人会漏掉它。等她第二次空手而归的时候，她又谎称他们没人在家。

"没人在家？"妈妈表示怀疑，这念头让她真想抢起木勺打人，她冲莉赛尔挥舞着木勺咆哮，"给我滚回去，要是你拿不回脏衣服，就甭指望回家。"

"真的吗？"

莉赛尔把妈妈的话告诉鲁迪，他的反应居然是这样，"你愿意和我一块儿逃跑吗？"

"我们会饿死的。"

"我已经离饿死不远了！"他们狂笑起来。

"不，"她说，"我只好到那儿去一趟了。"

像往常一样，鲁迪陪着莉赛尔向镇上走去。他经常想表现得绅士一些，比如替莉赛尔拎拎口袋，可惜每次都遭到拒绝。莉赛尔的心总是悬着，老有一种被监视的感觉，因此，只有她自己拿着口袋才能放心。别的任何人都可能使劲拉扯它，把它甩来甩去，让它受些不大不小的虐待，她可不敢冒这个险。另外，如果鲁迪替她拎了衣服，肯定会乘机索要报酬，好来亲亲她，这样可太不划算了，何况她早已习惯了洗衣袋的重量，走上一百步她就换一下肩膀，好让两边肩膀轮流得到休息。

莉赛尔走在左边，鲁迪走在右边。大部分时间都是他在讲话，从汉密尔街上最近的一次足球比赛一直说到他爸爸店里的活儿，凡是他脑子里想到的东西，他都滔滔不绝地讲出来。莉赛尔努力跟着他的思路，可怎么也听不进去，恐惧填满了她的耳朵。他们离格兰德大街越近，这恐惧也渐渐加剧。

"你在干吗呢？这不是到了吗？"

莉赛尔点点头，鲁迪说得对。她本来打算走过这所房子，好多点时间考虑。

"好了，你去吧，"男孩催促着她，莫尔钦镇已经黑下来了，寒冷从地面上冒了出来，"快点去，小母猪。"他留在大门口。

人行道的前面是通向房子的八级台阶，那扇大门就像个怪物。莉赛尔对着黄铜门环皱起眉头。

"你在磨蹭什么呢？"鲁迪嚷起来。

莉赛尔转身面向大街。有什么地方，不管是哪里，可以让她逃避这一切吗？还有没有她没想到的借口，或者直截了当地说，还有别的谎话可以应付妈妈吗？

"我们可没多少工夫了，"鲁迪遥远的声音又传过来，"你到底磨叽啥呢？"

"闭上你的臭嘴，斯丹纳！"这声喊叫却像是在说悄悄话。

"啥？"

"我让你闭嘴，蠢猪！"

说完，她又转身面对大门，抬起黄铜门环缓缓敲了三下。门里传来一阵脚步声。

最初，她不敢看那女人，只是把注意力放在手里的口袋上。她检查了一下拴口袋的细绳，再把袋子递给女人，女人把钱给她，除此之外，没有发生任何事情。寡言少语的镇长夫人只是披着浴袍站在那儿，柔软蓬松的头发在脑后系了个短短的马尾巴。屋里传出一阵气味，莉赛尔猜想是那些未燃尽的残骸的味道。镇长夫人还是不说一个字，莉赛尔鼓起勇气看她，发现她脸上并未流露出责备的神情，仅仅是冷漠。她的目光越过莉赛尔的肩头，瞥了男孩一眼，然后就点点头，走回屋里，关上了大门。

莉赛尔望着那扇木门发了好一阵呆。

"嗨，小母猪。"没有反应。"莉赛尔！"

莉赛尔转过身。

小心谨慎地。

她从台阶上走下来，边走心里边合计。

也许那女人根本没有看见她偷书。那时天已经黑了，有时也许你会感到有人在盯着你，可事实上他们却是在看别处或者只是在做白日梦。不管答案是什么，莉赛尔都不打算进一步分析了。这事与她无关，这就行了。

想到这儿，她转身像往常一样走下台阶，一步跨过最后三级台阶。

"我们走吧，猪猡。"她甚至笑起来。十一岁的妄想是疯狂的，十一岁的解脱是心满意足的。

不能让她完全心满意足的小麻烦

她什么也没有摆脱。镇长夫人的确看见了她。她只是在等待恰当的时机。

几个星期过去了。

汉密尔街上还在进行着足球比赛。

每天凌晨两点到三点之间从噩梦中惊醒后，或者是下午，莉赛尔都在地下室读着《耸耸肩膀》。

这期间，她又去了一次镇长家，平安无事。

仿佛什么都没有发生过。

一直到……

下一次，鲁迪没有陪莉赛尔去镇长家，那一刻终于到了。这天，莉赛尔去取脏衣服。

镇长夫人打开门，没有像往常一样拿着洗衣袋。相反，她向门边一闪，用笔杆一样细的手打了个手势，示意女孩进屋去。

"我只是来取衣服的。"莉赛尔觉得浑身的热血都要凝固了。她站在台阶上，差点崩溃。

接着，镇长夫人第一次开口说话了。她伸出冰凉的手说："等等。"当她确信女孩已经平静下来后，就转过身，匆匆走进房里。

"感谢上帝，"莉赛尔长吁一口气，"她终于去拿它了。"它指的是脏衣服。

然而，那女人拿回来的却不是那种东西。

她颤巍巍地在门边站稳，手里抱着一大摞书，书从她的腹部一直摞到齐胸高的地方。空旷的门厅把她映衬得如此羸弱。她那长长的、柔软的睫毛流露出非常细微的表情，那是一个建议。

进来看看。

她要来折磨我了，莉赛尔想，她会把我弄进去，点燃壁炉，再把我和那些书都扔到火里，要么就是把我关到地下室里，不给我饭吃。

但是，不知出于什么原因——十有八九是书在引诱她——她发现自己居然走了进去。鞋子踩在木地板上的声音让她胆怯。她踩到一块松了的地板，它嘎吱嘎吱地响起来，吓得她几乎停下脚步。镇长夫人没有呵斥她，只是回头看了一眼就继续朝前走去，来到一扇栗色木门前。现在，她的脸上带着询问的神气。

你准备好了吗？

莉赛尔伸伸脖子，好像想透过这扇门看到里面的情形。显而易见，这是等待开门的暗示。

"上帝，圣母玛利亚啊……"

她大声说，这句话在这间满是冰冷的空气和书籍的屋子里弥漫开来。到处都是书。每堵墙都被一尘不染的书架挡住，书架上堆满了书，几乎都看不见墙上刷的漆了。有黑色的、红色的、灰色的，各种颜色的书，书脊上印着各式各样、大小不一的字体。这是莉赛尔·梅明格见过的最美丽的景色之一。

她出神地望着它们，笑了。

原来还有这么一处好地方。

她试图用手臂遮住脸上流露出的一丝微笑，不过，她立刻意识到这个举动毫无意义。她能感到那女人的目光在自己身上游走，等到她望着那女人的时候，女人把目光集中到了她的脸上。

沉默比她想象的还长，就像一根被拉长的松紧带，快要被拉断了。女孩打破了沉默。

"我可以吗？"

这几个词在空荡荡的、铺着木地板的空间里回荡，那些书好像远在数里之外似的。

女人点点头。

是的，你可以。

这间屋子不断缩小，小到偷书贼能够触摸得到离她几步之遥的书架。她用手背触碰着第一个书架，聆听着指甲划过每本书的书脊的声音，听上去就像一件乐器在演奏，或是一阵奔跑的脚步声。她的两只手都派上了用场，不停地抚摸着书架，一个接着一个。她笑起来，笑声远远地传了出去。最后，她停下来，站在屋子中央，一会儿看看书架，一会儿又瞧瞧自己的手指。

她摸到了多少本书呢？

她感受到了多少本书呢？

她来来回回走动着，重复着刚才的举动。这一次要更慢一些，而且她把手向前伸，用手掌心抚摸着每本书的书脊，那种感觉很不真实，是魔术，是梦幻，是枝形吊灯上洒下的点点光芒。有几次她差点抽一本书出来，可她还是不敢打扰它们，它们真是太完美了。

那女人出现在她左边，站在一张大书桌旁，仍抱着那堆小山似的书。她愉快地弯着腰，嘴角挂着微笑。

"你愿意让我——"

莉赛尔没有继续问下去，而是自己动手作了答。她走过去，从女人的手里轻轻接过书，把它们放回到敞开的窗户旁的空书架上。窗外的冷空气正灌进屋子。

她考虑要不要关上窗子，但仔细想想，这不是她的房子，不要擅自做主。于是，她回到了站在她背后的女人身旁。

这位夫人刚才温暖的微笑此刻僵硬地挂在脸上，她纤细的双臂软弱无力低垂在身体两侧。

现在该怎么办？

一种难堪的气氛在屋里蔓延。莉赛尔飞快地瞥了这满壁的书籍最后一眼。话已经到嘴边，她犹豫了一阵，还是脱口而出："我该走了。"

她犹豫再三后离开了这间书房。

她在门厅里等了几分钟，可女人没有出来，她又回到书房门口，看到女人坐在书桌旁，盯着其中一本书发呆。莉赛尔没有去打搅她，转身到门厅拿起了洗衣袋。

这次，她避开了地板上松动的地方，靠着左边的墙壁一直走到了走廊。当她关上身后的大门时，黄铜门环那清脆的撞击声传到她耳朵里。她把洗衣袋放在旁边，伸手摸着木门。"我得走了。"她说。

她茫然地朝家里走去。

满屋的书籍，吃惊而伤心的女人带来的离奇体验一直伴随着她，她甚至可以在两边的建筑物上看到这一幕，就像在看一出戏，也许这有点像爸爸得到《我的奋斗》后的感觉。不管她往哪儿看，都会看到镇长夫人和她手里的书。在街角，她能听到自己的手划过书架的声音。她看到那打开的窗户，枝形吊灯那迷人的灯光，她看到她自己离开，没有说一句表示感谢的话。

很快，她那昏昏沉沉的脑子里就充满了烦恼和自责。她开始责备自己。

"你什么都没说，"她一边急匆匆地赶路，一边使劲摇摇头，"没有说再见，没有说谢谢，也没有说这是我见过的最美丽的景色，什么话都没说！"虽然她是个偷书贼，但并不意味着她不懂礼貌，也不意味着她不是个有礼貌的人。

她走了许久，内心一直在斗争着，举棋不定。

她走到慕尼黑大街时不再犹豫不决了。

她刚看到"斯丹纳裁缝店"的招牌，就转身往回跑。

这一次她毫不迟疑。

她重重地敲着门，黄铜门环发出一阵回音，声音穿透了木门。

天哪！

站在她面前的不是镇长夫人，而是镇长本人。匆忙中，莉赛尔没有注意到停在外面大街上的汽车。

这个留着小胡子、穿着黑西装的人说话了。"有什么事吗？"

莉赛尔什么也说不出口，至少现在是这样。她弯着腰，觉得自己喘不过气来。幸运的是，等她刚缓过一点劲来，那女人就出来了。伊尔莎·赫曼站在她丈夫的后侧。

"我忘了，"莉赛尔说着举起了手中的洗衣袋，对镇长夫人示意。尽管她已经上气不接下气了，可仍把这话透过门厅的间隙——镇长和门框之间的间隙——传到了女人耳朵里。以下就是她断断续续挤出来的话。"我忘了……我的意思是，我只是，想说，"她说，"谢谢，你。"

镇长夫人脸上又出现了忧伤的表情。她走上来站在丈夫身边，微微点点头，略等了一下便关上大门。

莉赛尔过了一阵才离开。

她站在台阶上微笑着。

走近奋斗者

现在，让我们把故事的场景切换到另一处吧。

到目前为止，我们讲的这个故事太简单了，不是吗，我的朋友们？让我们把莫尔钦镇暂且放到一边吧。

这会对我们有好处的。

对这个故事也很重要。

让我们走远一点，来到一处秘密的储藏室，那儿有我们应该看到的东西。

探访一个受苦的人

在你左边，或许是右边，或许就在你面前，你发现了一间小黑屋。

里面坐着一个犹太人。他是被社会遗弃的垃圾，饥肠辘辘，惊恐万状。

请你——不要掉转你的头。

几百里外的西北方，在远离偷书贼、镇长夫人和汉密尔街的斯图加特市，有个人坐在黑暗里。他们觉得这是最好的地方，在黑暗中寻找一个犹太人要困难得多。

他坐在自己的手提箱上，等待着。已经过了几天了？

他唯一的食物就是自己呼出的污浊的空气，连那呼吸，也是饥饿的。仿佛已经过了几个星期，还是没有任何音讯。外面偶尔有人经过，有时，他真盼望有人叩响这扇门，打开它，然后把自己拖出去，拖到刺目的阳光下。可现在，他只能坐在手提箱上，双手撑着下巴，手肘摩擦着大腿。

他还能睡觉，饥肠辘辘地睡眠，还有半梦半醒时的烦恼，连硬邦邦的地板也在折磨他。

不要管那生癣的脚。

不要挠脚掌。

不要有太大的动静。

要尽力让一切保持原状，不要出任何意外。随时都可能离开这里。光线会像武器一样伤害你的眼睛。随时都可能离开这里。随时都可能，快醒来吧，现在就醒，该死的！快点醒来。

门被打开了又关上，一个黑影弯着腰走过来。来人用一只手撩起衣服的一角扇着浑浊的空气，带来一点凉风。随后，响起一个声音。

"马克斯，"来人耳语道，"马克斯，快醒醒。"

他的双眼没有像通常被惊醒的人那样迅速睁开，或是猛地一惊。人从噩梦中醒来时经常会有这样的反应，但如果醒来后要进入的是另一场噩梦的话，情况就不同了。不，他的双眼费力地把自己撑开，从黑暗处返回到光亮中。他的身体的反应是，耸耸肩膀，伸出一只手想抓住空气。

那声音安慰着他："对不起，耽搁了这么长时间。我总觉得别人在监视我，做身份证的人用的时间也比我预料的长，但是……"他停顿了一下，"这张身份证是你的了，虽然质量一般，但在紧急关头还是派得上用场的。"他蹲下身子冲手提箱挥挥手，另一只手里拎着一样平平整整、沉甸甸的东西。"活动活动吧。"马克斯顺从地站起来，挠挠痒，他能感觉到自己的骨头都绷得紧紧的。"身份证就在这里面。""这"是指一本书。"你要把地图也夹到里头，还有路线说明。还有一把钥匙——黏在书的封里上了。"他啪的一声打开箱子，轻手轻脚地把书放进去，像是在放一颗炸弹。"我过几天就回来。"

来人留下了一个小袋子，里面装着面包、肥肉和三根小胡萝卜，旁边还有一瓶水。他没有对此感到抱歉。"我能找到的只有这么多了。"

门打开了，又被关上。

又只剩下一个人。

他立刻听到了是声音。

他独自一个人的时候，黑暗中传来的任何一点声音都显得非常嘈杂。每次，只要他一动，衣服上的每条褶皱都会发出声响，好像他的衣服是纸做的一样。

食物。

马克斯把面包分成三份，把其中两份放到一旁，随即狼吞虎咽地吃起手里的那份。面包顺着干涩的喉咙滑下去。肥肉又冷又硬，难以下咽，但他还是三口两口就嚼完了。

然后是胡萝卜。

他同样留了两根胡萝卜，捧着第三根啃起来，咀嚼声大得让人吃惊，大概连元首本人都能听到他嚼碎胡萝卜的声音。每吃一口都差点把他的牙蹦掉。喝水时，他才感到自己真的是在一口口下咽，他决定下一次得先喝点水才行。

等一切声音都消失后，他壮着胆子伸手摸了摸，颇感欣慰，每颗牙齿都还在原处，完好无损。他想笑一笑，却没能成功。他只能勉强想象自己长着一口残缺不全的牙齿的样子。他连续摸了几个小时的牙齿。

他打开手提箱，取出书。

黑暗中，他看不见书名，也不敢冒险擦亮一根火柴。

他开口说话了，轻声低语着。

"请求您，"他说，"请求您。"

他在和一个素未谋面的人讲话。他从别处得知了那人的姓名。汉斯·休伯曼。他对着自己，也对着远方的陌生人说起话来。他在恳求。

"请求您。"

夏天的要素

现在你清楚了。

你完全了解在1940年底，汉密尔街上会发生什么事了。

我知道。

你知道。

不过，莉赛尔·梅明格不在知情人之列。

对偷书贼来说，这年夏天仅仅由四个主要部分或四个元素构成。有时，她禁不住想哪个部分最精彩。

获得这项提名的是……

1. 每晚阅读《耸耸肩膀》，并且不断取得进步。

2. 坐在镇长家的书房地板上看书。

3. 汉密尔街上的足球比赛。

4. 不期而至的偷窃机会。

她觉得《耸耸肩膀》棒极了。每天晚上，当她从噩梦中恢复平静后，马上就会为自己头脑清醒、能够读书而高兴不已。"读几页书吗？"爸爸问她，莉赛尔会点头同意。有时，他们会在第二天下午到地下室里读完一个章节。

纳粹当局显然不喜欢这本书，书里的主角是个犹太人，书里还对他进行了正面描写，这是件不可饶恕的事情。他是个有钱人，厌倦了平淡的生活——对于尘世间凡人的种种苦与乐，他的提议就是耸耸肩膀，不去理会。

在莫尔钦镇的这个初夏，莉赛尔和爸爸读到此人到阿姆斯特丹谈生意，书中的天气是大雪纷飞。女孩喜欢看这一部分——纷飞的雪花。"下雪时就是这个样子的。"她告诉汉斯·休伯曼。他们俩一起坐在床上，爸爸睡眼迷离，女孩却十分清醒。

有时，她会在爸爸睡觉时端详他的模样，从他脸上多少能看出点被别人忽视的东西。她常常听到他和妈妈议论着他找不到活儿干，或是沮丧地说起汉斯去看望儿子，却发现这个年轻人已经离开了他的住处，十有八九是去打仗了。

"好好睡吧，爸爸，"这种时候，女孩总是这样说，"好好睡吧。"她悄悄从他身边溜过，跳下床把灯关掉。

我已经提到过，下一个要素是镇长家的书房。

拿六月末的某一天来说吧，这一天天气凉爽。而鲁迪，委婉点说，这天十分不满。

莉赛尔·梅明格以为她是谁，居然敢说今天她要一个人去取脏衣服？难道他陪着她在街上走是件很丢脸的事吗？

"别抱怨了，蠢猪，"她训斥着他，"我只是觉得这样不好，耽误你踢球了。"

他扭头看看。"得了，要是你这样想的话，"他顿了顿，"你就个自儿去吧。"他立刻往足球队那边跑去了。莉赛尔走到汉密尔街的尽头时，回头刚好看见鲁迪站在最近的临时球门前，在冲她挥手。

"蠢猪。"她笑了，当她也抬起手臂时，清楚地知道他这会儿正骂她是头小母猪呢。我想这是十一岁孩子对爱情最深入的理解吧。

她跑了起来，朝着格兰德大街，朝着镇长家跑去。

当然，她得付出汗流浃背、气喘吁吁的代价。

但是，她可以读书。

镇长夫人第四次同意女孩进屋来，她自己则坐在桌前，埋头读书。莉赛尔第二次来时，镇长夫人就允许她抽出一本书来读，看完一本再取下一本。女孩一口气浏览了六七本书，有的书紧紧夹在她腋下，有的则拿在她空着的那只手里。

这一回，莉赛尔站在屋子里阴凉的角落里，肚子饿得咕咕直响，可眼前这个沉默的、忧伤的女人却没有反应。她还穿着浴袍，有时她会抬眼观察女孩，可时间并不长。她似乎更关注身边某个失落的东西。窗户敞开着，一阵大风偶尔会从方方正正的窗口吹进来。

莉赛尔坐在地板上，书散落在她身旁。

四十分钟后，她把每本书都放回原处，离开了书房。

"再见，赫曼太太，"这突如其来的几句话吓人一跳，"谢谢你。"镇长夫人付了洗衣费后，她就离开了。任务顺利完成，偷书贼跑回了家。

随着盛夏的临近，装满图书的那个房间越来越热。每次去收取或送还衣服时，那里的地板不再是冷冰冰的了。莉赛尔喜欢放一小堆书在她身旁，每本书她都要读上几段，试着记住那些生词的拼写，回家后问爸爸。后来，当莉赛尔成长为一个少女时，再次写到这些书的时候，她已经记不住那些书的名字了，当初真应该把它们都记下来。

她能记起的是，在其中一本图画书的内封上歪歪扭扭地写着一个名字。

一个男孩的名字

约翰尼·赫曼

莉赛尔咬咬下嘴唇，可还是忍不住好奇心。她坐在地板上，回身抬头望着穿着浴袍的女人，问："约翰尼·赫曼，这个人是谁？"

女人盯着女孩的身旁，在她膝盖旁的某个地方。

莉赛尔连忙道歉："对不起，我不该问这个问题……"她的话没有人答复。

女人脸上的表情没有丝毫变化，可不管怎么说，她毕竟慢慢开口了。"他早已不在人世了，"她解释道，"他是我的……"

记忆的片段

哦，是的，我当然记得他。天空灰暗阴沉，如同一片流沙。一个年轻人浑身缠着带刺的铁丝，像是一顶荆棘编织的巨大皇冠。我解开铁丝，把他带了出去。我们瘫倒了下去，膝盖再也支撑不住沉重的身体了。那是发生在1918年某一天的事情。

"没有别的可能，"她说，"他是被冻死的。"她摆弄着双手，又说，"他是冻死的，我敢肯定。"

我相信，镇长夫人这类人比比皆是。你一定曾多次见过她，在你的故事里，你的诗歌里，在你想看到的这样的场景里。他们到处都有，为什么不能出现在这里呢？为什么不能出现在一个德国小镇那风景秀丽的小山上呢？这个地方也像别处一样充满了苦难。

关键在于，伊尔莎·赫曼决心让苦难成为她的胜利。既然无法逃避苦难，那就接受它，拥抱它。

她本来可以开枪自杀，或是把自己抓得伤痕累累，或是沉溺于其他形式的自虐中，但她选择了她自认为最懦弱的方式——至少忍受天气带来的不适。莉赛尔所知道的是，她祈祷夏天变得阴冷潮湿。大多数时候，她都生活在这座豪宅里。

那天，莉赛尔离开时，不安地说了一些话。这些话翻译出来主要有三个大字。这几个字被她扛在肩上，然后乱糟糟地落在伊尔莎·赫曼的脚边。因为女孩改变了它们的方向，无力再承受它们的重量，所以它们歪扭扭地落了下来。它们一起落在地板上，庞大，嘈杂，笨拙。

三个大字是

对不起

镇长夫人又看了看身边，面无表情。

"为什么要说对不起？"她问，可惜慢了一步。女孩已经走出了房间，快走到大门口了。莉赛尔听到这句问话时停了一下，但没有回头，而是悄无声息地退出了房门，走下台阶。在进入莫尔钦镇之前，她看了一眼小镇，心里涌起一阵对镇长夫人的怜悯。

有时，莉赛尔考虑是否应该让那女人单独待着，但伊尔莎·赫曼引起了她的兴趣，而且，从书架上取出书来读也太具有吸引力了。对莉赛尔来说，文字曾经毫无用处，但现在，她坐在地板上，镇长夫人坐在她丈夫的书桌旁，莉赛尔感受到一种与生俱来的力量。当她认识了一个生词或是把一句话连贯起来后，她就感受到了这股力量。

她是个女孩。

生活在纳粹德国。

这些文字是多么精准、恰当。

　　然而，几个月后，她会感到如此难受（随后也如此高兴！）。那时，镇长夫人不让她来了，她马上释放出了这种新力量。怜悯之心会飞快消失，并迅速变成别的面目全非的东西……

　　1940年的夏天，她无法预见到未来路上等待着她的是什么，而且，还不止一条路。她只是目睹了一个伤心的女人，她拥有满屋子莉赛尔喜欢看的书，仅此而已。这是这个夏天里她生活中的第二个重要部分。

　　第三个部分，感谢上帝，这是一件稍微轻松点的事——汉密尔街上的足球比赛。

　　请允许我向你们描述一幅图画。
　　许多只脚在地上踢来踢去。
　　男孩子们气喘吁吁。
　　高声叫嚷着："这儿！往这儿传！天哪！"
　　足球在大街上横冲直撞。

　　随着盛夏来临，汉密尔街上什么都有了，其中还包括道歉的声音。
　　道歉者是莉赛尔·梅明格。
　　道歉是给汤米·穆勒的。

　　六月初，她终于让他相信了她是不会杀他的。从去年十一月莉赛尔揍了他一顿后，汤米一直都在躲避她。在汉密尔街的足球集会上，他说得十分清楚。"你永远都不知道她什么时候会把手指头拗得啪啪响，蓄势待发准备打人。"他向鲁迪透露倾诉，边说边抽动着他的脸。

　　莉赛尔辩解道，她从来都没有放弃过让他放松的努力。她已成功地与路德威格·舒马克和解，却不能和无辜受牵连的汤米·穆勒和好，这一点让她十分沮丧。那件事发生后，他只要一看到莉赛尔，就会把身子一缩。

　　"我怎么知道你那天不是在嘲笑我呢？"她不断问他。

　　她甚至让他来当了一阵守门员，直到别的队员都求他快点退回原地。

　　"一边待着去！"最后，一个叫哈罗德·穆伦豪尔的男孩发出命令。"你一点用都没有。"刚才他正要射门，汤米却把他绊倒了。本来汤米犯了规，他应该罚一个点球，只可惜汤米和他是一个队的。

　　莉赛尔又回来踢球了，她总是负责盯人——鲁迪。他们俩都争相抢球，想方设法给对方使绊，还大叫着对方的名字。鲁迪的评价是："这回她过不了人，愚蠢的小母猪，只会抓别人的屁股，别指望她了。"看来他喜欢管莉赛尔叫"抓屁股的人"，这也是童年的乐趣之一。

当然，还有一个乐子，那就是偷东西。这是1940年夏天的第四部分。

公平地说，莉赛尔和鲁迪走到一块儿是有很多原因的，但巩固这友谊的却是偷窃。他们是有机可乘才去偷东西的，这也是被一个不可避免的力量所驱使的——鲁迪的饥饿感。这男孩永远都饿得发慌，总想找点吃的。

在配给制执行得最严厉的时候，他爸爸的生意也不太好做了（犹太人的竞争威胁不存在了，可犹太主顾也同时消失了）。斯丹纳一家的日子过得紧巴巴的。像镇上住在汉密尔街这类贫民区的人一样，他们需要拿东西去换食物。莉赛尔倒是想从自己家拿点吃的给他，可是自己家的食物也不够。妈妈老是煮豌豆汤。每周日晚上妈妈就煮上一锅汤——不光是够一两次吃的，她煮的汤要吃到下周六。然后，下个周日再煮下一锅。每天吃的都是豌豆汤、面包，有时加一点点土豆和肉。吃完一份，就别指望能再多添一点，也不要抱怨，完全没用。

最初，他们用别的事情来忘掉饥饿。

要是他们在街上踢球，鲁迪就不会觉得饿；或者他们从他哥哥那里借到了自行车，骑上车去亚历克斯·斯丹纳的裁缝铺，或去找莉赛尔的爸爸。要是汉斯·休伯曼那天找到了活儿的话，他会和他们坐在一起，在落日的余晖中给他们讲笑话。

天气很热的那几天，另一个消遣就是到安佩尔河里学游泳。河水还有一点冷，可他们还是要去。

"来吧，"鲁迪骗她，"就在这儿，水不深。"她看不见前面河底的大洞，一下子就沉了下去。她一阵狗刨，总算没丢小命，可也差点被河水呛死。

"你这头蠢猪。"她瘫倒在河岸边，咒骂着鲁迪。

鲁迪和她保持着一定距离，因为他见识过莉赛尔是如何对付路德威格·舒马克的。"你现在会游泳了，不是吗？"

她回去的时候，并没有因为这一点而高兴。她的头发耷拉在一边，鼻涕从鼻子里流了出来。

他追着她说："照你的意思，我教会你游泳还不能亲你一下了？"

"猪猡！"

他真是个厚脸皮。

一切都不可避免。

没完没了的豌豆汤和鲁迪的饥饿最终促使他们去偷窃。一群偷农场东西的半大小子大大地鼓舞了他们。偷水果的贼。一场球赛后，莉赛尔和鲁迪都懂得了目光敏锐的好处。他们坐在鲁迪家门前的台阶上，看到弗利兹·哈默——以前的一个对手——正在啃一个苹果。这种苹果是水晶苹果——六月到八月间成熟——他手里的苹果看上去是如此诱人，还有三四个苹果把他的上衣口袋胀得鼓鼓的。他们走到他身边。

"你从哪儿弄到这东西的？"鲁迪问。

男孩开头只是撇撇嘴。"嘘。"接着他又从口袋里掏出个苹果来，擦了一遍。"只准看，"他警告他们，"不准吃。"

第二次，他们又看到这男孩穿着同一件夹克，那天的天气穿夹克可太热了。他们紧跟着他。他把他们带到了安佩尔河上游的一处地方，这儿离莉赛尔和爸爸第一次学习的地方不远。

有一群男孩站在那里等他，一共五个，有几个个子瘦长，其余的又瘦又小。

那个时候，莫尔钦镇有好几个这样的团伙，有的最小的成员才六岁。他们这群家伙的头儿是个十五来岁的叫阿瑟·伯格的。他瞅瞅四周，瞧见了他们后面那两个十一岁大的孩子。"你们来干什么？"他问。

"我饿坏了。"鲁迪回答。

"他跑得很快。"莉赛尔补充。

伯格看看她。"我记得没有问你，"他已经发育得像个小伙子了，脖子长长的，脸上粉刺密布，"可我挺喜欢你。"他的语气带着种年轻人的油腔滑调，"安德尔[1]，是不是她揍了你弟弟一顿？"他们打的那场架可是尽人皆知。

另一个男孩——又瘦又小的一个——他留着蓬乱的金发，皮肤白皙，向这边瞧瞧。"我想就是她。"

鲁迪证实了这一点。"是她。"

安迪·舒马克走过来上上下下打量着她，思索了一阵后，突然笑起来。"干得好，孩子。"他甚至拍了拍她的后背，碰到了她瘦削的肩胛骨。"要是换了我，我得抽他一顿鞭子。"

①　安迪的昵称。——译者注

阿瑟走到鲁迪跟前。"你就是那个所谓的杰西·欧文斯？"

鲁迪点点头。

"很明显，"阿瑟说，"你是个白痴——不过，是和我们同类的白痴。来吧！"

他们就这样入了伙。

他们到达田边时，有人扔给莉赛尔和鲁迪每人一只大口袋。阿瑟·伯格紧紧捏着他的粗麻布口袋，伸手捋捋本来就服服帖帖的头发。"你们俩谁偷过东西？"

"当然是我了，"鲁迪申明，"我一直都在偷东西。"他的话听上去可不那么令人信服。

莉赛尔说得更明确点。"我偷了两本书。"阿瑟对此大加嘲讽，脸上的粉刺都笑得挤到了一起。

"你可不能拿书当饭吃，甜心。"

他们在田里侦察了一番苹果树，这些树歪歪扭扭地栽了一长串。阿瑟·伯格下了命令。"等等，"他说，"别碰着篱笆。被篱笆钩住就要掉队了，懂吗？"孩子们点头或应声以示明白。"第二，一个人上树，一个人在树下，再找个人来把苹果收拢到一堆。"他搓着两只手。他喜欢这样发号施令，"第三，要是看见有人过来，就大吼一声，声音要大得能吵醒死人——然后我们一起逃走。听明白了吗？""明白。"大伙齐声说。

两个初次偷苹果者的悄悄话

"莉赛尔——你肯定吗？你还想跟着他们干吗？"

"瞧瞧那些铁丝网，鲁迪，太高了。"

"别，别那样，瞧，你得把口袋搭在篱笆上。看到了吗？像他们一样。"

"好吧。"

"那就干吧？"

"我不行！"一阵迟疑，"鲁迪，我——"

"快走，小母猪！"

他推搡着她走到篱笆边，把空口袋搭在铁丝网上翻了过去，紧紧跟在其他人后面。鲁迪爬上离他最近的一棵树，开始朝下扔苹果。莉赛尔站在树下，把苹果装进口袋。口袋装满后，他们发现了另一个问题。

"我们怎么从篱笆上翻回去呢？"

答案有了，他们注意到阿瑟·伯格正在爬上离他最近的篱笆桩。"那儿的铁丝要牢实些。"鲁迪看出来了。他把口袋先扔过篱笆，再让莉赛尔过去，最后自己一下跳到她身旁，落在从口袋里散落出来的苹果中间。

长了一双长腿的阿瑟·伯格站在一旁，饶有兴趣地看着这一幕。

"不错，"他的声音传过来，"真是不错。"

他们回到河边，藏在树丛里。阿瑟·伯格拿走了口袋，留了一打苹果给莉赛尔和鲁迪。

"干得好。"这是他对这件事的最后评价。

这天下午，鲁迪和莉赛尔回家前的半小时内就吃完了各自的六个苹果。开始，他们还为能和各自的家庭成员一起分享这些苹果而兴奋不已，可后来，他们估计到了这样可能带来的危险。他们决不愿意去解释苹果的来历。莉赛尔想过把这事告诉爸爸，但她不想让他觉得自己和犯罪有牵连，所以她把苹果都吃了。

在她学习游泳的那片河滩上，他们消灭了所有的苹果。他们完全不适应这样奢侈的享受，预感自己可能会因此生病。

但他们还是要吃。

"小母猪！"这天晚上，妈妈责骂她，"你咋吐得这么凶？"

"可能是因为吃了豌豆汤。"莉赛尔辩解道。

"说得对，"爸爸也在一旁帮腔，他又站在窗户边往外看，"肯定是这个原因，我也觉得有点不舒服。"

"哪个在问你，猪啰？"妈妈转身对正呕吐的小母猪说，"啊，这是啥？这是啥？你这头肮脏的猪？"

莉赛尔什么也没说。

是苹果，她愉快地想着，是苹果，她再次呕吐起来。

雅利安裔老板娘

他们站在迪勒太太店外，靠着粉刷过的墙壁。

莉赛尔·梅明格嘴里吃着糖。

太阳光直射她的眼睛。

尽管有些不方便，她还是能说话，能和鲁迪争论。

鲁迪和莉赛尔之间的另一场对话

"快点，小母猪，已经有十下了。"

"不对，八下——还有两下。"

"那快点吧。我告诉过你，我们最好弄把刀把它切成两半……好了，够十下了。"

"好吧，给，别一口吞了。"

"我是白痴吗？"

短暂的停顿。

"味道不错，对不？"

"当然了，小母猪。"

夏末，八月下旬，他们在地上捡到了一芬尼①，简直太棒了。

这枚铜币是在送衣服的途中发现的，它孤零零地躺在尘土里，快要锈蚀掉了。

"快看这个！"

鲁迪扑了上去。他们跑回迪勒太太店里时，心里还在狂喜，完全没有想过一芬尼也许买不到任何东西。他们冲进店里，站在这位雅利安店主面前，后者正轻蔑地看着他们。

"我在等着呢。"她说。她把头发扎在脑后，穿一件紧绷绷的黑裙。墙上相框里的元首正注视着他们。

"万岁，希特勒。"鲁迪带头说。

"万岁，希特勒。"她回答道，柜台后面的身体挺得笔直。"还有你呢？"她瞪着莉赛尔，莉赛尔赶紧向她说了声："万岁，希特勒。"

鲁迪从衣袋里掏出铜币，把铜币稳稳当当地放到柜台上。他盯着迪勒太太眼镜片后面的两只眼睛说："买点糖果。"

迪勒太太笑了，她嘴里的牙齿称得上是犬牙交错（牙齿们都在争抢地盘）。她这出人意料的亲切也感染了鲁迪和莉赛尔，可惜好景不长。

她弯下腰，在柜台里搜罗着，然后站起身朝着他们俩。"给，"说着她把一块糖扔到柜台上，"你们自己砸开分吧。"

---

① 德国铜币，一马克的百分之一。——译者注

商店外，他们撕开糖纸打算把糖分成两半，可糖却像玻璃一样硬，任凭鲁迪像野兽一样用牙使劲咬也咬不动。最后，他们只好一人吮一口把它吃完。鲁迪十下，莉赛尔十下，一人吮一头。

"这就是，"鲁迪咧开包着糖的嘴巴宣布，"美好生活。"莉赛尔没有反对。他们吮完糖后，两个人的嘴巴都染上了红色。回家途中，他们相互提醒要把眼睛睁大点，说不定还能发现一枚铜币。

当然，他两什么也没发现。一年都难得碰上一次这样的好运气，更别想一下午能碰上两次了。

他们走回汉密尔街，嘴巴是红的，眼睛也是红的。两个人一路走，一路在地上搜寻。这天真是个伟大的日子，纳粹德国是个让人惊奇的地方。

奋 斗 者（续篇）

现在，我们朝前看看，在一个寒冷的夜晚的挣扎，等会儿再来看偷书贼。

11月3日，他的脚踩着火车车厢的地板。他的面前摆着《我的奋斗》，这是他的救星。他的双手出汗了，手指印留在了书上。

偷书贼的成果
官方印刷
《我的奋斗》
阿道夫·希特勒著

在马克斯·范登伯格身后，斯图加特这座城市嘲弄地张开了双臂。他在那里并不受欢迎，他极力不去回忆过去，他的胃正在费劲地分解馊面包。过了会儿，他的思绪又回到了现在，看着路灯从眼前一闪而过。

要表现出自豪来，他警告自己，不能一副吓坏了的模样，盯着书，对它微笑。这是一本巨著——你读过的最伟大的作品。别管对面的那个女人，好在她已经睡着了。来吧，马克斯，只有几小时的路程了。

一切如那人所说，他对黑暗小屋的再次拜访没有相隔太久，只有一周半。随后，一周又一周过去，直到马克斯对时间的流逝已没有感觉。他被再次转移到另一间更小的储藏室，那儿光线明亮些，那人来看他的次数也要多些，还带来了更多的食物。不过，时间已经不多了。

"我马上就要离开这里了，"来人——他的朋友沃尔特·库格勒告诉他，"你知道是什么原因——我得去参军打仗了。"

"对不起，沃尔特。"

沃尔特·库格勒是马克斯从小到大的死党。他把手放在这个犹太人肩上。"情况可能会更糟，"他看着那双犹太人的眼睛，"我也可能有和你相同的遭遇。"

这是他们最后一次见面。一个袋子被放到墙角，这是最后一个了，还多了一张车票。沃尔特打开《我的奋斗》，把车票塞进去，紧挨着书中夹着的地图。"第十三页，"他笑笑，"但愿好运，对吗？"①

"但愿有好运。"两个人拥抱在一起。

关好门后，马克斯打开书，查看着车票。斯图加特到慕尼黑的帕辛。火车是两天后的晚上开，刚好能赶上最后一班到莫尔钦的汽车，然后再走到那个地方。地图已经印在他脑子里了，还是折得四四方方的。钥匙也还粘在书的封面里。

他坐了半小时，然后走到袋子旁，打开它。除了食物以外，包里还有几样别的东西。

沃尔特·库格勒送的额外礼物
小剃须刀、勺子——最方便取代镜子的东西、剃须膏、小剪刀。

他离开时，储藏室里除了地板就别无他物了。

"再见。"他悄悄说。

马克斯在这里见到的最后一样东西是一小团头发，孤零零地粘在墙上。

再见。

他把脸刮得干干净净的，头发没分整齐，却梳得妥妥帖帖。他面目一新地走出这幢房子。事实上，他是作为一个德国人走出来的，在这一刻，他是德国人，或者，准确地说，他曾经是个德国人。

他的胃里混合着兴奋和恶心的感觉。

他向车站走去。

---

① 西方人一般认为十三是个不吉利的数字。——译者注

他出示了车票和身份证，现在，他坐在一个火车包厢里，处于危险的聚光灯下。

"证件。"

这是他最怕听到的一句话。

在站台上被人拦住时就已经够受的了，他明白自己无法经受第二次考验。

双手在颤抖。

带着罪恶的气味——不，是恶臭。

他简直不能再忍受了。

幸运的是，他们很快走过来，只是验了验车票。现在，包厢里只剩下窗外闪过的一个个小镇和点点灯光，还有对面鼾声不断的女人。

旅途中大部分时间他都在翻阅这本书，绝不抬一下头。

他嘴里念念有词，好像在读着书中的文字。

奇怪的是，他一章接一章地读下去，嘴里反复念诵的却只有四个字。

我的奋斗。

只有这本书的名字一遍一遍在他心头回味，伴随火车隆隆前进，驶过一个又一个德国小镇。

我的奋斗。

这是他的救星。

搞恶作剧的人们

或许，你会认为莉赛尔·梅明格的日子要轻松点，当然，与马克斯·范登伯格相比，她的日子好过多了。虽然，她弟弟死在了她的怀里，她妈妈也抛弃了她。

不过，这总比当一个犹太人强。

马克斯来之前，他们又失去了一个洗衣服的主顾，这次是魏因加特纳家。厨房里照例又传来一阵咒骂。好在还有两家，莉赛尔安慰自己，其中一家是镇长，镇长夫人，还有书。

莉赛尔还有其他活动——她和鲁迪·斯丹纳还在继续惹乱子。我得说他们的花招越来越高明了。

他们跟着阿瑟·伯格一伙又去干了几票，好证明自己的价值，顺便扩大偷窃的范围。他们从一个农场偷点土豆，又从另一处顺点洋葱。不过，最辉煌的胜利是他们两人单独取得的。

前面我们说过，在镇上溜达的一个好处是可以在地上寻到"宝物"，另一个好处是可以趁机观察别人，尤其是那些长期重复一件事的人。

学校里有个叫奥图·斯德姆的男孩子就是这样的人。他每周五下午都骑着自行车去给教堂的神父送货。

他们观察了整整一个月，发现他无论刮风下雨，总是雷打不动地骑车去教堂。鲁迪擅自决定：十月里一个寒冷的星期五，奥图的货将送不到教堂里去。

"神父们一个个都是肥头大耳，"他们走在镇上，鲁迪向她解释，"要是一个星期不吃东西，他们也能撑下去。"

莉赛尔只得同意。首先，她不是天主教徒；其次，她也饿得发慌。她像往常一样提着衣服。鲁迪提着两桶冷水，他说这是两桶未来的冰。

两点前，他开始行动。

他毫不犹豫把水准确地泼在奥图准会经过的一处街角上。

莉赛尔只能由他去了。

开始他们还有点犯罪感，可这计划太完美了，至少是接近完美。每周五下午，两点刚过，奥图·斯德姆就会骑着满载农产品的自行车转过街角，骑上慕尼黑大街。可这个星期五，他只能到此为止了。

路面结了冰，不过鲁迪多穿了一件外衣，他乐得嘴巴都快合不拢了。

"来，"他说，"我们藏到灌木丛里去。"

大约过了十分钟，这个恶毒的阴谋得逞了，可以这样说吧。

鲁迪伸出手指拨开树叶。"他来了。"

奥图骑着车拐过街角，就像一只待宰的羔羊。

他的车猛地失去控制，在冰面上滑出去老远，他本人也脸朝下摔在地上。

眼看他一动不动躺在地上，鲁迪警觉地瞅瞅莉赛尔。"仁慈的上帝啊，"他说，"我猜我们可能把他弄死了！"他慢慢爬出灌木丛，捡起篮子，赶紧和莉赛尔一起逃跑了。

"他还有气吗？"跑了一阵后，莉赛尔问道。

"没气啦。"鲁迪说着，手里紧紧抓着篮子，不知所措。

他们站在山脚下，远远地看见奥图从地上爬起来，抓抓脑袋，又挠挠裤裆，四处蹑摸他的篮子。

"白痴。"鲁迪撇撇嘴。他们清点着赃物，有面包、摔破的鸡蛋，还有一块庞然大物，是熏肉。鲁迪把这块肥腻腻的熏肉放到鼻子底下，陶醉在肉的香味里。"太棒了。"

尽管他们想独吞胜利果实，可是，对阿瑟·伯格的一片忠心占了上风。他们来到阿瑟·伯格居住的贫民窟肯弗街，向他展示战利品。阿瑟无法掩饰对他们的赞许。

"你们从哪儿搞来的？"

鲁迪回答了这个问题："奥图·斯德姆。"

"好吧，"他点点头，"不管是哪个倒霉蛋，我都得谢谢他。"他回到屋里，拿上一把切面包的餐刀，一口煎锅和一件上衣。三个小偷来到公寓门口。"我们再叫上其他人。"他们走出门时，阿瑟·伯格说，"我们虽然是小偷，但不是不讲义气的人。"像偷书贼一样，他的心里也有一条底线。

他们敲响了更多家的房门，他们站在大街上对住在楼上的同伙大呼小叫。不一会儿，阿瑟·伯格水果盗窃团伙的全部人马都朝安佩尔河边走去。他们在河对岸的一块空地上生了一堆火，破鸡蛋被打到锅里煎起来，面包和熏肉也切好了。大家挥动着双手和刀叉把奥图·斯德姆的供应品一扫而光，没有被神父发现。

只是在快结束时，他们对篮子产生了小小的争执。大部分男孩子赞成烧掉它，弗利兹·哈默和安迪·舒马克却想留下它。不过，阿瑟·伯格却显示出了与众不同的道德水准，他出了个好主意。

"你们俩，"他对鲁迪和莉赛尔说，"也许该把它送还给那个斯德姆。我看那可怜的家伙大概急需这东西。"

"噢，别这样，阿瑟。"

"我不想听废话，安迪。"

"耶稣基督啊。"

"耶稣也不爱听这话。"

这帮人都笑了，鲁迪·斯丹纳拾起篮子。"我把它送回去，挂在他家信箱下面。"

他只走了二十多米，莉赛尔就赶了上来。也许她会因为回家太晚而挨骂，但是她很清楚她得陪鲁迪·斯丹纳穿过小镇，到镇子另一侧斯德姆家的农场去。

他们默默无语地走了很长一段路。

"你觉得不舒服吗？"最后，莉赛尔问。他们已经踏上了归途。

"关于什么事？"

"你知道的。"

"当然喽，不过我没有那么饿了，我敢打赌他也饿不着的。别老惦记了，用不着担心，要是他家里的东西不够再送到教堂去，神父能找到别的食物。"

"他的头碰得很厉害。"

"别跟我说这事了。"

鲁迪·斯丹纳却忍不住微笑起来。后来的日子里，他会成为一个施舍面包的人，而不是小偷——这再次证明了人性中的自相矛盾，有一点善，有一点恶，只需加点水和和。

那苦乐参半的胜利后的第五天，阿瑟·伯格再次出现在他们面前，邀请他们参加下一次行动。星期三，他们在放学路上撞见了他。他身上穿着希特勒青年团的制服。"我们明天下午去。你们有兴趣吗？"

他们忍不住问："上哪儿？"

"土豆田。"

二十四小时后，莉赛尔和鲁迪又勇敢地爬上了铁丝网，口袋里装得满满当当。他们正要离开时，麻烦来了。

"老天爷！"阿瑟喊道，"农场主！"他的下一句话更吓人，那变了调的声音让人误以为他已经遭到了袭击。他张大嘴巴喊出了那个词，是"斧子"。

等他们转过身，马上弄明白了，那个农夫正朝他们飞奔而来，手里高举着那件武器。

这伙人朝篱笆边飞奔起来，想要翻过篱笆。离得最远的鲁迪也赶上来，可惜还是不可避免地落在最后。当他抬腿翻越铁丝网时，却被铁丝缠住了。

"喂！"

这是困境中的求救。

这伙人停下脚步。

莉赛尔本能地往回跑。

"快点！"阿瑟叫着。他的声音很遥远，好像话还没出口就被吞噬了一样。

天空是白色的。

其他人都跑开了。

莉赛尔跑到篱笆旁，开始拽他的裤子。鲁迪的眼睛瞪得大大的，充满了恐惧。"快，他来了。"他催促着。

他们听到弃他们而去的那些人的脚步声越来越远，这时，有一只手突然抓住铁丝，把它从鲁迪的裤子上解开，一块布被铁丝上的金属疙瘩扯了下来，但男孩能逃跑了。

"现在快跑。"阿瑟命令他们。不多时，农夫赶到了，他一面咒骂着，一面喘着粗气，手里抡着的斧子也落到了脚边。这个被抢劫的人骂骂咧咧，说的全是废话。

"我要把你们抓起来！我会找到你们的！我查得出你们是谁！"

接下来是阿瑟·伯格的答复。

"是杰西·欧文斯！"他飞快地赶上了莉赛尔和鲁迪，"杰西·欧文斯！"

他们跑到了安全地带，大口大口喘着气。他们坐下来后，阿瑟·伯格凑近他们身边。鲁迪不愿意看他。"这事可能发生在我们每个人身上。"阿瑟说，他觉察到了鲁迪的沮丧。他是在撒谎吗？他们不能肯定，也永远无法知道。

几个月后，阿瑟·伯格要搬到科隆去了。

在莉赛尔送衣服的路上，他们又见到了他。在慕尼黑大街后面的一条偏僻小巷里，他递给莉赛尔一包装在棕色纸带里的板栗。他得意洋洋地笑着。"我又和烘烤生意有了点往来。"他把搬家的消息告诉这两个人后，长满粉刺的脸上挤出一个微笑，又拍拍他们的额头。"可别把东西一下子吃完了。"从此，他们再也没有见过阿瑟·伯格。

而我，可以确定无疑地说，我还见过他。

阿瑟·伯格还在人间的证明
科隆的天空是黄色的，其边缘正在腐烂脱落。
他靠墙坐着，怀里搂着个孩子，是他的妹妹。
她咽气时，和他在一起，我猜他会把她抱上几个小时。
他的口袋里还揣着两个偷来的苹果。

这回，他们聪明多了。一人只吃了一个板栗，然后就挨家挨户地推销剩下的栗子。

"要是你有几个芬尼的零钱，"莉赛尔对每家人都重复着同样的话，"我可以卖点栗子给你。"他们总共赚了十六枚铜币。

"走，现在去报仇。"鲁迪笑得合不拢嘴。

当天下午，他们再次出现在迪勒太太的店里。他们喊完了"万岁，希特勒"后，就等着迪勒太太的下文。

"又是来买糖果的？"她嘲笑地问。他俩点点头，把钱抖落到柜台上，迪勒太太的笑容僵硬了。

"是的，迪勒太太，"两人齐声说，"请拿点糖果。"

相框里的元首看上去也替他们骄傲。

这是暴风雨来临前的欢乐。

奋 斗 者（终篇）

这两个人的把戏要完了，而另一个人的挣扎还未结束。我一边是莉赛尔·梅明格，另一边是马克斯·范登伯格。不久我就会让他们汇合，只需再读上几页就可以看到。

奋斗者的故事。

要是他们今晚杀掉他，至少他是作为一个活生生的人死去的。

现在，火车开走了，那个打鼾的女人很可能还在被她当做床的车厢里酣睡，随着火车驶向前方。而马克斯，要想活下来还得匆匆赶路，赶路时还在思考和怀疑。

他按照脑海里的地图从帕辛走到了莫尔钦。小镇在他眼前出现时，天色已晚。他已经走得腰酸腿疼，不过就快到了——那将是最危险的地方，它就在眼前。

循着地图上的标记，他找到了慕尼黑大街，然后沿着这条路一直走下去。

千钧一发的时刻即将来临。

街灯闪闪烁烁。

周围的建筑阴沉沉的。

市政大厅就像一个笨手笨脚的大汉杵在那里。他抬头看看教堂，它的上半部分消失在黑暗之中。

周围的一切都在监视着他。

他警告自己："睁大眼睛。"

（德国的孩子睁大双眼是为了搜寻地上的硬币，德国的犹太人睁大眼睛是为了躲避追捕。）

他先前把十三特意当做了幸运数字，为了保持一致，他现在也十三步十三步地数着步子。他鼓励自己，已经走了十三步了，来吧，再走十三步。约莫走完九十个十三步后，他终于站在了汉密尔街的拐角处。

他一只手拎着行李箱。

另一只手里还握着《我的奋斗》。

两件东西都沉甸甸的，两只手也都攥出了汗。

他转过街角，向三十三号走去，抑制着想笑的冲动，也抑制着想哭的冲动，甚至根本不敢想安全就在前面。他提醒自己现在不是心存幻想的时候。尽管希望就在前方，他却没有谢天谢地的想法，相反，他还在寻思着，如果在最后一刻被捕该如何应对，或者，如果那所房子里等着他的碰巧不是他要找的人该怎么办。

当然，负罪感也在折磨着他。

他怎么能这样做？

他怎么能出现在别人前，请求别人为自己而冒生命危险？他怎么能如此自私？

三十三号。

他凝视着这所房子。它似乎也在打量着它。

房子的外表颜色黯淡，一副病容，大门是铁的，里面还有一扇褐色木门，上面残留着痰迹。

他从口袋里掏出那把钥匙。钥匙没有光泽，只是静静地躺在他的手掌心里。他用力捏了捏钥匙，仿佛想把它捏得粉碎，让碎屑从他手上滑落。钥匙却纹丝不动，金属片又硬又扁，上面的齿痕清晰可见。他再次使劲捏，直到钥匙划破他的手掌。

奋斗者的身体慢慢前倾，脸颊靠在木门上。他把钥匙从拳头里拔了出来。

PART FOUR

第四章

监视者

特别介绍：

手风琴手——信守诺言的人——好女孩——犹太拳击手——

罗莎的愤怒——一次训诫——沉睡者——交换噩梦——

还有，地下室里的几页纸

手风琴手（汉斯·休伯曼的秘密）

一个年轻人站在厨房里，手里紧攥着的钥匙仿佛要长到他手掌里似的。他没有说你好，或是请救救我等诸如此类的话，只是问了两个问题。

问题一
"汉斯·休伯曼吗？"

问题二
"你还在拉手风琴吗？"

年轻人十分不自在地看着眼前的人，他那刺耳的声音从黑暗中传来，好像这是他唯一残存的东西了。

爸爸警觉而惊恐地走过来。

他对着厨房的方向低声说："是的，还在拉。"

事情要追溯到多年以前，第一次世界大战的时候。

这些战争如此奇怪。

它们充满了血腥和暴力——但同时又充满了同样多的难以置信的故事。"这是真的，"人们小声说，"我不管你是否相信我的话，可真的是一只狐狸救了我一命。"或者说，"我旁边的人都死了，只剩下我站在那儿，毫发无伤。为什么是我活下来了呢？为什么是我而不是他们？"

汉斯·休伯曼的遭遇与之相似。我读完偷书贼写的故事后，发现在那次战争期间，我和汉斯·休伯曼曾擦肩而过，虽然我们没有刻意安排这次见面。就我个人而言，我有许多工作要做；而对汉斯·休伯曼来说，我想他是在尽全力躲避我。

我们第一次接触时，汉斯刚满二十二岁，正在和法国人打仗。他所在的那个排的大部分年轻人都热衷于打仗，汉斯的想法却不同。我带走了一些年轻人的灵魂，却从未靠近过汉斯。要么是他太幸运了，要么是他是值得活下去的，或者他有充分的理由保全生命。

在军队里，他从来不冲在最前面，也不会落在最后面。他总是跑在队伍中间，混在大家中间爬上墙头。他的射击术一般，既不至于糟糕到惹长官生气，又不会精湛到被选拔至阵地前沿去，他总是在和我捉迷藏。

值得一提的小事
多年来，我见过不少自认为可以冲到别人前面去的年轻人。
不过，他们没有冲到别人前面。他们是冲到我面前来了。

他在法国结束他的士兵生活时，已经打了六个月的仗了。表面上看，是一桩奇怪的小事救了他一命。另一个观点则是，在无聊的战争中，这桩小事其实至关重要。

总的来说，从参军的那一刻起，他就为在这次大战中的所见所闻震惊不已。一切就像一部连续剧，日复一日重复着：
枪林弹雨。
休息的士兵。
世界上最下流的笑话。
冰冷的汗水——这是要人命的朋友——总是把人的腋下和裤子打湿。

他最喜欢玩扑克，还有下棋（尽管他棋艺不佳），还有音乐。
一个比他大一岁的队友——埃里克·范登伯格——教会了他拉手风琴。由于都对战争缺乏兴趣，两个人逐渐成为了朋友。他们都喜欢抽烟，不管刮风下雨都要卷烟来抽。他们宁愿掷骰子也不愿去碰子弹。他们的友谊是建立在赌博、抽烟和音乐之上的，当然，还有希望自己活下来的共同愿望。但是，不久之后，埃里克·范登伯格的残骸散落在一处绿草如茵的山丘上。他双眼圆睁，结婚戒指被偷走了。我从他的残骸上捡起他的灵魂，飘向远方。地平线那乳白的颜色像溢出来的新鲜牛奶，洒在尸体上面。

埃里克·范登伯格留下了些财产，包括一些私人物品和一部手风琴，琴上残留着他的指印。他的遗物都被送回家中，除了那件笨重的乐器。带着屈辱，这部手风琴被搁在营房里他的行军床上，留给了他的朋友，汉斯·休伯曼，此人恰好是战争结束后唯一的幸存者。

他是这样幸存下来的

那天，他根本没有参战。

为此，他得谢谢埃里克·范登伯格，或者，更准确地说，得感谢埃里克·范登伯格和中士的牙刷。

那天早晨，他们开拔前不久，史蒂芬·舒雷德中士走进营房，让每个人立正站好。因为他富于幽默感，爱搞恶作剧，所以深受士兵欢迎，不过，最重要的原因是，他从不跟在别人屁股后面冲锋，他总是冲在最前面。

有的时候，他喜欢趁部下们休息的时候，走进他们的房间，问他们这样的问题："谁从帕辛来？"或是"谁的数学学得好？"或者是那个决定汉斯·休伯曼命运的问题，"谁的字写得漂亮？"自打他第一次这么问过之后，就再也没人愿意第一个来回答问题。那次，一个急于表现的叫菲利浦·舒勒克的愣头青骄傲地起身回答："是，长官，我从帕辛来。"他立刻得到了一把牙刷，奉命刷洗便池。

你当然能够理解了，当中士问到谁的字写得好时，没人愿意挺身而出。他们以为又会接受一个全面的卫生检查，或去擦干净古怪中尉那双踩上屎的靴子。

"快点说，"中士捉弄起他们来，他的头发上抹了点油，显得油光水滑的，不过，头顶上却老有一小撮头发警惕地翘着。"你们这群废物里总该有人能把字写好吧？"

远处传来枪声。

枪声促使他们做出反应。

"听着，"舒雷德中士说，"这次与以前不同，要刷上整整一早上，说不定还要更长时间。"他忍不住笑了，"你们这帮家伙玩纸牌的时候，舒勒克却在洗茅坑，这回该轮到你们了。"

要活命还是要自尊。

他非常希望有一个部下能机灵点，能活下来。

埃里克·范登伯格和汉斯·休伯曼交换了一下眼神。如果这当口有人站出来，这代表着他将保全生命，但那是排里全部弟兄用余生为他换来的，这将让他生不如死，没人愿意当懦夫，不过，要是有人推荐另一个人的话……

还是没人站到队伍前面，可是，一个声音飘了出来。那声音听上去轻飘飘的，但发力不小。“汉斯·休伯曼。”声音来自埃里克·范登伯格，显然，他认为今天不是朋友送死的日子。

中士在队伍前走了一圈。

“谁在说话？”

史蒂芬·舒雷德是一个杰出的步测者，一个说话、做事、打仗都急匆匆的小个子。他在两列士兵面前踱来踱去。汉斯目视前方，等待命令。也许是某个护士生病了，需要有人给手受到感染的伤员解开绷带再重新包扎好；也许是有一千封信需要有人舔舔信封，把信粘牢，再把这些装着死亡通知书的信寄回阵亡将士的家中。

就在这时，那声音又说话了，他的话越过所有人的头顶，让大家都听得清清楚楚。“休伯曼，”埃里克·范登伯格平静地说，“他的字写得整齐漂亮，长官，非常漂亮。”

“问题解决了，”中士噘嘴一笑，“休伯曼，就是你了。”

这个瘦瘦的高个子走上前一步，问他的任务是什么。

中士叹了口气。“上尉要找个人替他写寄几十封信，他的手有风湿的毛病，就是关节炎。你去干吧。”

没有时间争辩。舒勒克还被派去洗厕所呢，另一个，那个被派去舔信封的菲勒根，差点没累死，他的舌头都被染成蓝色了。

“是，长官。”汉斯点点头，事情到此结束。他的字写得好坏姑且不论，但他运气确实不错。他竭尽全力写好每一封信的同时，其他人都上了战场。

无人生还。

这是汉斯·休伯曼第一次从我身边逃脱，在第一次世界大战的时候。

他就要第二次从我身边逃脱了，那是1943年，在艾森。

两次战争，两次逃脱。

一次是在他年轻时，一次是在他的中年。

很少有人能幸运地欺骗我两次。

那次大战中，他一直随身携带着这部手风琴。

等他退伍后，查问到地址，来到埃里克·范登伯格在斯图加特的家里，范登伯格的妻子告诉他可以保存下那把琴。她的公寓里已经乱丢着好几把琴了，因为她曾教过手风琴。范登伯格留下的这部琴会勾起她的伤心往事，她不愿再看到它，其余的已经足以留做纪念了。

"是他教会我拉手风琴的。"汉斯告诉她，或许这能给她带来一丝安慰。

也许果真如此，伤心的女人问他能否给她演奏一曲。她默默地流着泪，听他笨拙地按着琴键拉完了一曲《蓝色的多瑙河》，这首曲子是她丈夫的最爱。

"你知道吗，"汉斯对她解释道，"他救了我一命。"屋里的灯光微弱，气氛沉重。"他——如果您有什么需要的话……"他在桌上的一张纸上飞快地写下自己的姓名和地址，"我是个油漆匠。如果您愿意，我会随时替您免费粉刷房子。"他明白这是笔毫无用处的补偿金，但他还是执意要提供。

女人把纸片拿走了。过了一会儿，一个小男孩走进屋来坐在她膝上。

"他叫马克斯。"女人说。可是孩子年纪太小，不好意思和陌生人讲话。他瘦得只剩皮包骨头，头发很柔软，一双深邃的大眼睛目不转睛地盯着这个陌生人。汉斯在这样压抑的气氛中又拉了一首曲子。孩子瞅瞅拉手风琴的人，又瞅瞅一旁啜泣的母亲。这和从前不一样的音乐声使她两眼发酸，难以控制自己的悲哀。

汉斯离开了埃里克·范登伯格家。

"你从来没有告诉过我，"他对死去的埃里克·范登伯格和斯图加特渐渐远去的地平线说，"你从没说过你有个儿子。"

短暂的摇头叹息以后，汉斯回到慕尼黑，以为再也不会有这家人的音信了。没有想到，他会给予他们至关重要的帮助，不是帮他们刷房子，而且还要等到二十年后。

几周后，他开始了干起了粉刷房子的活儿。天气好的时候，他干得十分卖力，甚至在冬天也不放松。他经常对罗莎说，虽然生意不会像倾盆大雨一样落下来，但至少偶尔能下点毛毛雨。

二十多年来，一直如此。

小汉斯和特鲁迪出世了，慢慢长大，他们会去看他干活，把油漆拍到墙上，还会帮他清洗刷子。

1933年希特勒掌权的时候，刷房子的活儿受了一点点影响。汉斯没有像大多数人那样参加纳粹党。他是经过深思熟虑才做出这个决定的。

汉斯·休伯曼的想法

他既没有受过良好的教育，也对政治一窍不通，但事实上，他是一个追求公正的人。他无法忘记犹太人救过他一命。他不能参加一个以这种方式反对犹太人的政党，还有，像亚历克斯·斯丹纳那样的，他的一些老主顾都是犹太人。他像许多犹太人一样相信，对犹太人的仇恨是不会持久的，不做希特勒的追随者是件明智的事。可是，从许多方面来说，这是一个灾难性的决定。

随着对犹太人迫害的升级，他的生意越来越清淡了，起初影响不大，但是很快顾客就急剧减少。看来，一大群主顾已经消失在冉冉升起的纳粹德国的空气中了。

一天，他在慕尼黑大街上碰到一个老朋友，赫伯特·林格。此人来自汉堡，腆着肚子，说一口标准德语——他朝这人走过去，那人赶紧低下头，眼睛越过隆起的肚子注视着地面，但当他的眼光再次回到油漆匠身上时，明显有些不自在。汉斯不想问这个问题，可他还是脱口而出。

"怎么回事，赫伯特？我的顾客都快跑光了。"

赫伯特·林格不再畏缩了，他挺直身板，用一个反问来回答这个问题。"好吧，汉斯，你是党员吗？"

"什么党员？"

事实上，汉斯·休伯曼完全明白他在说什么。

"得了，汉塞尔，"林格继续说，"别逼我把话说白了。"

这个高个子的粉刷匠朝他挥挥手，走开了。

几年过去了，犹太人在全国境内被肆意虐待。1937年春，汉斯·休伯曼屈辱地顺从了。经过一番咨询，他递交了加入纳粹党的申请。

他到慕尼黑大街上的纳粹党总部递交了申请表，刚出来，就看到有四个人朝一家叫克莱曼的服装店扔砖头。这是莫尔钦镇上少数还在营业的犹太人商店之一。店里，一个小个子男人一边结结巴巴嘟囔着，一边清理着脚下的碎玻璃。他的门上涂着一颗深黄色的星星，旁边写着"犹太猪"几个大字。店里渐渐没有了动静。

汉斯走上前，探头朝里面看看。"你需要帮助吗？"

克莱曼先生抬起头，无力地拿着一把满是灰尘的扫帚。"不需要，汉斯，你走吧。"去年，汉斯替乔尔·克莱曼油漆过房子，记得他有三个孩子，虽然叫不出他们的名字，可还记得他们的模样。

"我明天来，"他说，"把门再刷一遍。"

他真的这样做了。

这是两个错误中的第二个。

第一个错误是在看到这件事以后犯下的。

他回到纳粹党总部，用拳头使劲砸着门，窗户玻璃被震得沙沙直响，可还是没人回答。所有人都收拾好东西回家了，最后出门的一个人已经走在慕尼黑大街上了。他听到窗户玻璃的响动，回头看到了油漆匠。

他走回来问汉斯有什么事。

"我不想入党了。"汉斯说。

这个人被震惊了。"为什么？"

汉斯看了看他右手的指关节，咽了一口唾沫，他能够尝到这个错误的味道，就像嘴里含着块金属一样。"我忘了原因。"他转身朝家走去。

背后传来那人的几句话。

"你再考虑考虑，汉斯·休伯曼，然后再告诉我们你的决定。"

他没有告诉他们。

第二天一早，就像他承诺过的那样，他比平时更早起床，但还是不够早。克莱曼服装店的门上还有露珠，汉斯擦干门，尽量把门刷成与原来一样的颜色，给门穿上了一层厚实的外衣。

不料，有个人从旁边经过。

"万岁，希特勒！"他说。

"万岁，希特勒。"汉斯回答。

三件小事

1. 从他身边走过去的那人叫鲁尔夫·费舍尔，是莫尔钦镇最忠实的纳粹党徒之一。

2. 十六小时之内，一句新的诅咒又被写到这扇门上。

3. 汉斯·休伯曼没有被吸纳为纳粹党员，直到现在也没有。

第二年，汉斯开始庆幸没有正式撤回他的入党申请。这年，许多人立刻被批准入党，而汉斯，考虑到他对党的猜疑，被列入了等候入党的名单。到1938年底，在盖世太保策划了"水晶之夜"①后，犹太人遭到了彻底的清除。盖世太保搜查了汉斯·休伯曼的房子，没有发现可疑的东西。他算得上幸运了，没有被抓走。

可能因为他们知道至少他在等待申请被批准，才没有逮捕他，还有，他是个出色的粉刷匠。

他还有一个救星。

最有可能把他从流放的厄运中拯救出来的是手风琴这件乐器。慕尼黑到处都有粉刷匠，可是，只有他，经过埃里克·范登伯格的教导，再加上近二十年的长期练习，他已经成为莫尔钦镇上首屈一指的手风琴手了。他琴艺出众，不是因为技艺纯熟，而是他的琴声中流露出的热情能感染人，哪怕他弹错了也丝毫不会影响这种感觉。

他和别人打招呼时会说"万岁，希特勒"，在重大的节日里也会悬挂纳粹旗帜，没有犯明显的过错。

1939年6月16日（这个日子现在看来就像一剂黏合剂），就在莉赛尔到达汉密尔街的六个月后，一件事不可避免地改变了汉斯·休伯曼的生活。

这一天，他找到点儿活干。

早晨七点，他准时离开家。

他拉着装着油漆的小车，丝毫没有察觉到自己被人跟踪了。

等他到达工作的地点后，一个年轻的陌生人走上前来。这人一头金发，高个儿，神情严肃。

两人相互打量着对方。

"你是汉斯·休伯曼吗？"

汉斯冲他点点头，伸手去拿刷子。"是的，我是。"

"你会拉手风琴吗？"

这时，汉斯停下手里的活，又点了一下头。

陌生人摸摸下巴，四下看看，然后用低沉而清晰的声音问："你是一个信守诺言的人吗？"

---

① 1938年11月，纳粹党策划一个反犹太集会，被称为"水晶之夜"，在这个集会中，有很多犹太人的商店和犹太会堂被破坏。——译者注

汉斯取下两个油漆桶，请来人一起坐下。年轻人与他握了握手，自我介绍道："我叫沃尔特·库格勒，从斯图加特市来。"

他们坐在一起密谈了大约十五分钟，安排晚上晚些时候再见面。

好 女 孩

1940年11月，马克斯·范登伯格走进汉密尔街三十三号的厨房时，已经二十四岁了。身上的衣服好像能把他压垮，他的身子疲乏得快散架了。他站在门廊里，浑身哆嗦，被吓坏了。

"你还在拉手风琴吗？"

当然，这个问题的真实含义是："你会帮助我吗？"

莉赛尔的爸爸走到前门，打开门，小心谨慎地朝外查看了一番，然后回来肯定地说："外面没人。"

这个犹太人，马克斯·范登伯格，闭上双眼，因为有了安全感而完全放松下来。虽然认为这很幼稚，但他依然愿意这样想想。

汉斯检查了下窗帘，看是否拉严实了，还好，没有一点缝隙。此时，马克斯已经忍不住蹲下身子，握紧双手。

黑暗将他轻轻包围。

他的手指上残留着手提箱的味道，还有金属钥匙，《我的奋斗》和幸存的味道。

只有当他抬起头来的时候，门厅里微弱的光线才射进了他的眼睛。他注意到一个穿着睡衣的女孩站在那里，她目睹了一切。

"爸爸？"

马克斯站起身，就像一根被点燃的火柴。黑暗在他周围弥漫开来。

"没什么事，莉赛尔，"爸爸说，"回去睡吧。"

她又逗留了一阵，才拖着双腿准备走回卧室。她停下来最后又偷偷看了厨房里的陌生人一眼，认出桌上有一本书的轮廓。

"别害怕，"她听到爸爸悄声说，"她是个好孩子。"

接下来的一个小时里，这个女孩清醒地躺在床上，倾听着厨房里传来的嘀嘀咕咕的谈话声。

一张百搭牌①很快就要上场了。

这个犹太拳击手的故事

马克斯·范登伯格生于1916年。

他在斯图加特长大。

从小，他就爱上了拳击，除此之外，没有别的爱好。

打第一场比赛的时候，他只有十一岁，瘦得像一根被削过的扫帚杆。

温泽尔·格鲁伯。

是他的对手。

那个叫格鲁伯的小子长着一张利嘴，一头卷发。他们的较量是在当地的操场上进行的，两个孩子都没有意见。

他们就像拳击冠军一样出拳。

比赛只进行了一分钟。

正当他们打得精彩的时候，两个孩子被一个警惕的家长提溜着领子拉开了。

鲜血一滴滴从马克斯嘴角流下。

他舔了舔，觉得味道还不错。

他的街坊里没有谁喜欢打架，即使他们爱打架，也不会使用拳头。那时候，人们都说犹太人只喜欢站着赚钱，默默忍受折磨，再慢慢向上爬。显然，不是所有的犹太人都一样。

父亲离开人世时，他只有两岁。父亲被炸死在一个绿草如茵的山坡上。

他九岁时，母亲彻底破产了。她卖掉了比公寓大一倍的音乐教室，搬到了叔叔家。他和六个堂兄妹一起长大。他们打打闹闹，亲亲热热。和年纪最大的堂兄伊萨克打架是他拳击生涯的开始。每晚，他都惨败。

十三岁时，灾难又降临了，他的叔叔去世了。

从比率来看，他的叔叔不像马克斯一样容易冲动。他为了一点点微薄的薪水默默地辛勤工作。他不善交际，凡事都为家庭考虑。他死于胃里的一个毒瘤，它长得像保龄球那么大。

---

① 纸牌游戏中能代替任何牌的一张牌。——译者注

和其他家庭一样，一家人围在他床前，眼看着他断气。

马克斯·范登伯格如今是个有一双铁拳的少年了，他的眼睛被打得乌黑，牙齿又酸又痛。在悲伤和迷惘中，他也有一些失望，甚至有点不快。他看着叔叔在床上一点点咽下最后一口气，发誓决不让自己像这样死去。

叔叔的脸上是一副听天由命的表情。

他脸色蜡黄，面容祥和，虽然他的面部明显具备暴力特征——下巴宽得好像有几公里，颧骨高耸，眼睛深陷下去。他的脸是这么平静，男孩不禁想问他几个问题。

他为什么不挣扎呢？男孩想知道。

他为什么没有留住生命的愿望呢？

当然，对一个十三岁的孩子来说，这些问题有点过于严肃了。他没有在这张脸上看到我的影子，还没有见到呢。

他和别的亲属一起站在床前，看着这个人死去——从生到死，平平静静地从世上消失。窗户里透进来的光是灰黄色的，像夏天里皮肤的颜色。叔叔停止最后一次呼吸时，像是得到了解脱。

"当我落入死神之手时，"男孩发誓，"我会让他的脸尝尝我拳头的厉害。"

我个人非常喜欢这一点，这样一个莽夫。

是的。

我十分喜欢。

从那一刻起，他开始更有规律地打拳了。一群死党和敌人聚集在斯德伯街上——那儿有一小块他们的专用场地——在夕阳下干上一架。不论是典型的德国人，还是古怪的犹太人，或者是东方来的男孩，都可以成为对手。打架是十几岁男孩发泄过盛精力的好办法。敌人也可以很快成为朋友。

他喜欢周围密不透风的人墙和那些未知的东西。

未知的甜酸苦辣。

是赢还是输？

这个想法在他内心上下翻腾，搅得他不得安宁，一直到他觉得再也不能忍受了。唯一的治疗办法是抡起胳膊，挥动拳头。马克斯可不是那种喜欢冥思苦想的孩子。

现在，他回想过去，发现了他最喜欢的一次比赛，那是和一个叫沃尔特·库格勒的高个野孩子的第五次较量。那时，他们刚十五岁。沃尔特赢了前四场，可第五次，马克斯感觉到了不同，他的身体里流淌着新的血液——胜利的血液——这血液既让他恐惧，又令他兴奋。

像往常一样，他们周围是密密麻麻的人群，地面上污秽不堪，围观者们的脸上差不多都带着微笑，脏兮兮的手里捏着钱，叫好声、欢呼声不绝于耳，除此之外，听不到别的声音。

上帝啊，这里充满着了快乐和恐惧，是多么辉煌的一场骚乱。

两个拳击手被这种气氛强烈感染了，脸上的表情丰富又夸张，双眼圆睁，直勾勾地盯着对手。

他们相互打量了一两分钟后，开始慢慢靠近，准备出拳。这只是场街头拳击赛，终究不是一小时长的冠军争夺战，他们没有一整天的时间来打架。

"快点，马克斯！"他的一个朋友叫喊着，助威声此起彼伏。"快点，马克斯，大力士马克斯，你打中他了，犹太小子，你打中他啦，你打中他啦！"

马克斯要比对手矮一个头。他头发柔软，被揍得鼻青脸肿，两眼湿润。他的拳击完全谈不上有什么风度，他一直弯着腰，伸出拳头朝库格勒脸上打上一阵快拳。那个男孩显然更强壮，更有技巧。他一直保持直立姿势，朝马克斯的脸颊和下巴上不断猛击。

马克斯步步紧逼。

哪怕在重拳的袭击之下，他也没有停下脚步。鲜血染红了他的嘴巴，很快会在他的牙齿上凝固。

他被击倒时，发出一声怒吼。下了注的观众们以为胜负已定，开始算账了。

马克斯却站了起来。

但，他又被打倒在地了。随后，他改变了战术，引诱沃尔特·库格勒站得更近一些。等沃尔特一站过来，马克斯立刻一记快拳打在他脸上。打中了，刚好打在鼻子上。

一瞬间，库格勒眼冒金星，向后退去。马克斯抓住机会追到右边，又是一拳，对着他暴露的肋骨重重一击。接着，右手一拳打在他下巴上，让他彻底倒下。沃尔特·库格勒躺在地上，金发上沾着灰尘，双腿叉开成了一个V字型，晶莹的泪水流下来，不是在哭泣，眼泪是被打出来的。

围观的人群数着数：一，二……

每次他们总是这样数数。声音和数字在耳边回响。

按照惯例，比赛后失败的一方要举起赢家的手。库格勒终于爬起来了，他不情愿地走到马克斯·范登伯格身旁，把他的手举到空中。

"谢谢。"马克斯对他说。

库格勒回敬他的是一个警告。"下次我会干掉你。"

随后的几年里，马克斯·范登伯格和沃尔特·库格勒一共进行了十三次较量。沃尔特·库格勒一直伺机为马克斯从他手里夺走的首次胜利报仇，而马克斯还想重温辉煌。最后，比赛记录是沃尔特十胜三负。

他们一直打到1933年，两人十七岁的时候。内心的嫉妒变成了真挚的友谊，他们不再有打架的冲动了。两个人都有了工作，直到1935年，马克斯和其他犹太人一起被杰得曼工厂解雇。那时，纽伦堡法令刚颁布不久，这条法令剥夺了犹太人的德国国籍，也禁止德国人和犹太人通婚。

一天晚上，他们在从前比赛的一个小角落里见面了。"上帝啊，"沃尔特说，"日子不好过了，对吗？怎么会出这种事？"他嘲讽地看了看马克斯袖子上的黄星，"我们现在不能像以前那样打架了。"

马克斯反驳道："不，我们能。你不能娶一个犹太人，可没有哪条法律禁止你打一个犹太人。"

沃尔特笑起来。"也该有条法律来奖励我们——只要你赢了的话。"

接下来的几年，他们只能偶尔见上一面。马克斯和其他犹太人一样，逐渐被社会抛弃，不断被人践踏，而沃尔特则忙于他的工作——一家印刷公司。

如果你是个好奇的人，当然，我得告诉你，那些年里，也有几个女孩子和马克斯在一起。一个叫塔尼亚，另一个叫海蒂，两个人都没有和马克斯来往太久，很有可能是不安全感和巨大的压力造成的。马克斯得找工作，他能为女孩子提供什么呢？到了1938年，日子已经过不下去了。

然后是11月9日，著名的"水晶之夜"，这晚，许多犹太人家里的玻璃被砸得粉碎。

正是这次事件给犹太人带来了灭顶之灾，但也给马克斯·范登伯格提供了逃跑的绝好机会。这一年，他二十二岁。

只要有敲门声响起，就有犹太人的住宅遭到暴力袭击，并被洗劫一空。马克斯和他的婶婶、母亲、堂兄弟及他们的孩子们一起挤在起居室里。

"开门！"

一家人相互望着，都想逃到别的房间去，可是恐惧是世界上最奇怪的东西，他们竟然动弹不了。

又是一声。"开门！"

伊萨克起身走到门边。木头门仿佛有了生命似的，被一阵阵敲门声震得嗡嗡作响。他回头看看那几张写满恐惧的脸，转身拧开门锁。

不出所料，门口站着个纳粹党徒，身上穿着军装。

"决不！"

这是马克斯的第一个反应。

他一只手拉着母亲，另一只手拉着离他最近的一个堂妹萨拉。"我不走，要是我们都跑不了，我也不跑。"

他在撒谎。

家人把他推出来时，那种解脱的感觉在他内心蠢蠢欲动着。这是他不愿有的感受，但是，他确实由衷地高兴。这简直让他唾弃自己。他怎么能这样？怎能这样？

但他的确这样做了。

"什么也别带。"沃尔特·库格勒告诉他，"穿上衣服就行了。我会给你其他东西。"

"马克斯。"妈妈在叫他。

她从抽屉里取出一张发黄的纸塞进他的上衣口袋里。"要是万一……"她最后一次拉住他的胳膊，"这可能是你最后的希望。"

他看着母亲衰老的面容，重重地吻了她一下，吻了她的嘴唇。

"走吧。"沃尔特拉着他往外走，家里人纷纷和他道别，塞给他一些钱和值钱的东西。"外面一片混乱，我们得赶紧趁乱离开。"

他们走了，没有再回头。

他为此自责不已。

要是他离开公寓时再回头看一眼家人，也许心中的负罪感还不会那么强烈，但他没有最后说一声再见。

没有最后看他们一眼。

就离开了。

随后的两年里，他一直躲在一间空储藏室里。这间屋子在沃尔特先前工作过的一幢大楼里，屋里没有多少食物，漂浮着猜疑的空气。附近有钱的犹太人忙着移民，没钱的犹太人也企图移民，但却不知道怎么才能成功。马克斯一家就属于后者。为了避免引起怀疑，沃尔特只是偶尔才去看看他的家人是否还在。一天下午，打开房门的是陌生人。

马克斯听到这个消息时，身体仿佛被揉成了一团。他就像一张被画得乱七八糟的纸，像一堆垃圾。

生活在对自我的厌弃和对幸存的欣慰中，他每天都试着让自己解脱并振作起来。虽然自己遭了难，却还没有崩溃。

1939年年中，在躲藏了六个月后，他们决定采取新的行动。他们查看了马克斯弃家出逃前得到的那张纸片。是的——他不光逃走了，还抛弃了自己的家庭，在他荒诞的解脱感下，他就是这样看待自己的行为的。我们现在已经知道纸片上写的是什么了。

一个名字，一个地址
汉斯·休伯曼
莫尔钦镇，汉密尔街三十三号

"情况越来越糟了，"沃尔特告诉马克斯，"他们随时都可能发现我们。"黑暗中，他们只能弓着腰讲话，"我们不知道会发生什么事情。我可能会被抓住，也许你该找找这个人……我害怕得很，不敢找别人帮忙。他们也许会揭发我，"办法只有一个，"我要去那儿找这人。要是他当了纳粹——这很有可能——我就只好回来。至少我们知道了这一点，对吗？"

马克斯把身上最后的几芬尼都给他做盘缠。几天后，沃尔特回来了，拥抱完毕，马克斯屏住了呼吸。"怎么样？"

沃尔特点点头。"他为人不错，还在拉你妈妈说的那部手风琴——你父亲留下的那部。他不是纳粹党员，还给了我些钱。"这个时候，汉斯·休伯曼只是一个抽象的名字，"他很穷，结了婚，还有个孩子。"

这话让马克斯产生了顾虑。"多大的孩子？"

"十岁，你不能指望事事如意。"

"是啊，孩子可能会走漏风声。"

"就这样我们都算幸运了。"

他们沉默着坐了一会儿，然后，马克斯打破了沉默。

"他肯定已经嫌弃我了，对吧？"

"我想不会。他还给了我钱呢，不是吗？他说承诺就是承诺。"

一周后，汉斯·休伯曼来了一封信。他在信中告知沃尔特·库格勒，自己会尽可能提供帮助。信里夹着一张莫尔钦镇和整个慕尼黑市的地图，还有从帕辛（这个火车站更安全）到他家门前的路线说明。他信中的最后几个字非常显眼。

要小心。

1940年5月中旬，《我的奋斗》一书寄到了斯图加特市，书的内封还粘着一把钥匙。

这个人真是个天才，马克斯想，心情舒展很多。可一想到要坐车去慕尼黑，仍然十分恐慌。和其他有类似经历的人一样，他内心里下意识地逃避这次旅程，因为他得面对太多未知。

你不可能事事顺心。

尤其是在纳粹德国。

时间飞逝而过。

战争一步步升级。

马克斯藏在另一间与世隔绝的空屋子里。

一直到不可避免的事情发生。

沃尔特得到通知要前往波兰，以加强德国当局对波兰人和犹太人的控制。波兰人的日子也不比犹太人好过多少。时间到了。

时间到了，马克斯该去慕尼黑市的莫尔钦镇了。现在，他坐在一个陌生人的厨房里，渴望得到帮助，并准备承受责难，他觉得受责难是理所当然的。

汉斯·休伯曼和他握握手，做了自我介绍。

他摸黑给马克斯冲好了咖啡。

女孩回卧室好一会儿了，但还有别的脚步声因为他的到来而响了起来。那张百搭牌出现了。

黑暗中，他们三人都是孤独的。他们互相凝视着。只有那女人说了话。

罗莎的愤怒

莉赛尔刚要重新进入梦乡，忽然听到了说话声，那无疑是罗莎·休伯曼的。

"这是谁？"

她的好奇心占了上风，她想象罗莎会滔滔不绝地咒骂一番。的确，厨房里传来一阵动静，还有拖椅子的声音。

经过十分钟激烈的思想斗争，莉赛尔冒着挨打的风险来到门厅，看到一幅着实让她吃惊不小的景象：罗莎·休伯曼正站在马克斯·范登伯格的身边，看着他咕嘟咕嘟大口喝着她最"拿手"的豌豆汤。餐桌上放着烛台，烛光闪烁。

妈妈神情严肃。

她在忧虑。

不过，她的脸上也带着某种成就感，不是因为帮助别人逃离迫害后的成就感，它的潜台词是："看到没有，至少他没有抱怨我的汤难喝。"她看看汤，又看看这个犹太人，最后把目光落到汤碗上。

她再次开口的时候，只是问他是不是想再喝一点。

马克斯没有接受她的好意，而是跑到水槽边呕吐起来。他的背剧烈抽动着，手臂伸开，两手紧紧抠着水槽的金属边沿。

"上帝啊，"罗莎嘟囔着，"又来一个饿鬼。"

马克斯转身道歉。因为刚刚呕吐过，他的话含混不清。"对不起，我想我可能是吃得太多了。我的胃，你们知道，这么长时间以来……我想它受不了这么——"

"让开。"罗莎命令他，然后动手收拾起残局来。

等她收拾好，发现那个年轻人坐在餐桌旁，没精打采的。汉斯坐在他对面，双手搭在桌布上。

莉赛尔从门厅里都能看见陌生人那张拉得老长的脸，还有他后面，妈妈脸上那焦急的表情。

她看着她的养父母。

这些人到底怎么了？

给莉赛尔的训诫

准确地说，汉斯和罗莎·休伯曼是什么样的人，这个问题不是很容易回答的。善良的人？可笑的无知的人？还是心智不正常的人？

最容易解释的是他们面临的困境。

汉斯和罗莎·休伯曼的处境

十分艰难。事实上，是极其艰难。

要是一个犹太人在凌晨出现在你家里，在这个纳粹主义诞生的地方，你完全可能经历极度不安的时刻。焦虑，怀疑，妄想。每种情绪都会出现，每种情绪都会引起一个潜在的怀疑，一个毋庸置疑的结果在等待着这怀疑。恐惧闪耀着微光，在冷酷地逡巡。

令人惊奇的一点是，尽管这恐惧在黑暗中闪烁，他们还能控制住自己，没有变得歇斯底里。

妈妈让莉赛尔走开。

"回你的床上去，小母猪。"她的声音冷静而坚定，太不同寻常了。

几分钟后，爸爸走进卧室，揭开了另外那张空床上的床罩。

"你没什么事吧，莉赛尔？"

"没事儿，爸爸。"

"你也看见了，我们来了个客人。"黑暗中，她只能依稀辨认出汉斯·休伯曼的身影。"他今晚要在这里睡觉。"

"好的，爸爸。"

几分钟后，马克斯·范登伯格悄无声息地摸着黑走进卧室。这个人没有呼吸，没有任何动静，好像是从门口一下来到床边，钻进了毯子下面。

"还好吗？"

还是爸爸的声音，不过这次他是在问马克斯。

马克斯的嘴里冒出一声回答，好像凝成了一个污渍粘在天花板上。这是他的羞耻感在作祟。"还好，谢谢你。"当爸爸走到床边经常坐的那张椅子边时，他又说了一遍，"谢谢你。"

又过了一个小时，莉赛尔才睡着。

她睡得又沉又香。

第二天早晨八点三十分，一只手摇醒了她。

手的那头传来一个声音，告诉她今天不用上学了。显而易见，她求之不得。

她彻底清醒过来后，看着对面床上的陌生人，他露在毯子外面的只有一撮歪到一边的头发。他没有一点声音，仿佛接受过无声睡觉的训练似的。她小心翼翼地走过他床边，跟着爸爸来到客厅。

厨房里，妈妈静悄悄的，这还是头一遭。这是一种因困惑而失语的沉默。让莉赛尔感到放松的是，这沉默只持续了几分钟。

只有吞咽食物的声音。

妈妈宣布了今天的安排。她坐在餐桌旁说："莉赛尔，你听好了，爸爸今天要和你说点要紧事。"这事看来挺严肃——因为她没有再叫莉赛尔小母猪了，这是对个人爱好的一种扼杀，"你可得听仔细了，明白吗？"

女孩还在吃东西。

"听清楚了吗，小母猪？"

这就对了。

莉赛尔点点头。

当她再回房间拿衣服时，对面床上的那个人翻了个身，把身子卷了起来，他不再像根直木，变成了Z字形，从床的这头弯到那头。

现在，在晨曦中，她能看清他的脸了。他的嘴巴张开着，皮肤的颜色像蛋壳一样，下巴上长满了胡须，耳朵又硬又扁，脸上长着个形状奇怪的小鼻子。

"莉赛尔！"

她转过身。

"出来！"

她走出来，向盥洗室走去。

刚走到门厅，她就发现去不了盥洗室了。爸爸站在通向地下室的门前，带着勉强的笑意，手里还举着一盏灯。他领着她走下楼。

她坐在床罩堆里，四周充斥着油漆的味道。爸爸让她放松些，他们只是聊聊。那些学过的生字还涂在墙上。"我要告诉你一些事情。"

莉赛尔坐在近一米高的床罩堆里，爸爸坐在一个容积十五升的油漆桶上。开头几分钟，他搜肠刮肚，考虑该如何开口。想好之后，他揉了揉眼睛，站起身开口说话。

"莉赛尔，"他低声说，"我从没想到会发生这样的事情，所以一直没有告诉你，关于我，关于上面这人的故事。"他从地下室的一头踱到另一头，灯光将他的影子放大，把他变成了一个巨人，在墙上晃来晃去。

等他停下脚步后，他的影子也逼近他身后，监视着他。总有人喜欢监视别人。

"你记得我的手风琴吗？"他说，故事从这儿开始。

他解释了第一次世界大战以及埃里克·范登伯格的情况，还有他对这个阵亡士兵的妻子的拜访。"那天走进房间的小男孩就是楼上的那个人。明白吗？"

偷书贼坐着听完了汉斯·休伯曼的故事。这个故事讲了近一个小时，直到一切真相大白，直到牵扯到一个至关重要的誓言，才暂时中断。

"莉赛尔，你必须听好了。"爸爸让她站起来，握住她的手。

他们面向着墙壁。

墙上的影子微微晃动；两人之间的对话在地下室回旋。

他紧握着她的手指头。

"记得元首生日那天——我们从篝火堆旁回家的那个晚上吗？记得你答应过我什么？"

女孩想起来了。她对着墙壁说："要保守一个秘密。"

"说得对。"那些涂在墙上的生字到处都是，散布在爸爸和莉赛尔的影子中间，有的停在他们肩头，有的歇在他们头上，有的悬在他们手臂上。"莉赛尔，要是你把楼上那人的事情告诉任何一个人，我们就会有大麻烦。"他的话说得恰到好处，既唬住了女孩，又让她能保持足够的冷静。讲完这些话后，他就用他金属般明亮的眼睛观察着她，绝望而平静地看着她。"最起码，我和妈妈会被抓走。"汉斯很害怕会吓着她，但他尝试着冒此风险，宁愿选择吓唬吓唬她，也不愿让她不重视这件事。对于这件事，女孩得绝对地，永远地服从。

末了，汉斯·休伯曼看着莉赛尔·梅明格，确定她的注意力已集中到这件事上了。

他给她列出一张清单。

"要是你把这人的事情告诉了……"

她的老师。

鲁迪。

无论是谁。

重要的是，你都会因此受到惩罚。

"首先，"他说，"我会拿走你所有的书——再把它们统统烧掉。"这番话冷酷无情，"我会把它们都扔进炉子或壁炉里。"他的样子像个十足的暴君，但这是必要的态度，"明白了吗？"

这番话产生了强烈的震撼。

泪水涌进她眼眶。

"是的，爸爸。"

"然后，"他不得不再严厉些，他需要巩固这种效果，"他们就会把你从我们身边抢走。你愿意这样吗？"

现在，她已经急得哭起来了。"不愿意。"

"那好，"他用力捏捏她的手，"他们会抓走这个人，也许还会带走我和妈妈——我们永远，永远都回不来了。"

这句话更加有效。

女孩开始难以自控地抽泣起来，爸爸真想把她紧紧抱在怀里。但他没有这样做。他蹲下身子，直盯着她的双眼，终于说出了最柔和的一句话："你听懂了吗？"

女孩点点头。现在，她哭泣着，难过无比，伤心欲绝。在煤油灯下，在那充满油漆味的空气中，爸爸搂住了她。

"我懂了，爸爸，我懂了。"

在他的怀抱中，她的声音显得有些沉闷。他们就这样待了好几分钟。莉赛尔泣不成声；爸爸轻轻拍着她的脊背。

他们爬上楼梯，回到上面时，发现妈妈独自坐在厨房里，沉思着。看到他们后，她站起身，招手让莉赛尔过来。她发现了莉赛尔脸上的泪痕，忙把女孩搂进怀里，给她一个喘不过气来的拥抱。"你没事儿吧，小母猪？"

女孩用不着回答。

她没事。

但也很糟糕。

沉睡者

马克斯·范登伯格一连睡了三天。

在他熟睡的时候，莉赛尔观察过他。你可以想象，到第三天的时候，这种观察变成了一种牵挂，得去看看他，得去看看他是否还有呼吸。现在，她说得出能证明他还有气的特征了，他嘴唇的蠕动，他撅起的胡子，那几缕微微摆动的头发——可能是他在做梦，都证明他还活着。

她时常站在他面前，想象这样的场面：他刚刚醒来，他的眼睛倏地睁开，盯着她——眼对眼地盯着她。这种被当场抓住的想法让她既烦恼又兴奋。她害怕这样的念头，又老想着它。只有妈妈的呼唤才能让她离开。当他醒来时，她可能不在场，这感觉让她有些宽慰，同时又让她失望。

有时，在这样马拉松式的长眠中，他也会说梦话。

他嘴里嘟嘟囔囔地念叨着一长串名字。

伊萨克，鲁思婶婶，萨拉，妈妈，沃尔特·库格勒。

家人，朋友，敌人。

他们都和他一起躺在毯子下面。有一次，他像是在和自己争辩。"不，"他低声说，这个词被重复了七次，"不。"

在一旁观察的莉赛尔早已看出这个陌生人和自己的共同之处了。他们都是在焦虑不安中到达汉密尔街的。他们都做噩梦。

他是在令人不快的迷茫中醒来的。他先睁开双眼，然后张开嘴巴，接着坐起身来，直挺挺地坐起来。

"啊！"

他嘴里发出了这个声音。

他看到一个女孩颠倒的脸——她正在俯视他。由于陌生感，他感觉到一阵烦躁不安，他努力回忆着——他试图回忆起身在何处。几秒钟后，他才挠挠头（听上去是在沙沙作响），瞅着她。他手足无措。既然他睁开了眼睛，女孩就能看到它们了，那是一双温暖湿润的褐色眼睛，浑浊，忧虑。

莉赛尔本能地朝后退。

但还是慢了一步。

陌生人抓住了她的前臂，他那只手在被窝里捂得暖暖的。

"求您了。"

他的声音也像长着手指甲似的伸了过来，将她牢牢抓住。

"爸爸！"莉赛尔大叫起来。

"求您了。"他小声说。

快到黄昏时分了，天色灰暗，只有一点暗淡的光线透过窗帘射进了这间屋子。你们要是乐观，可以把这光线想象成是古铜色的。

爸爸进来前，已经在门口看到了这幕——马克斯·范登伯格紧紧抓着莉赛尔的手和他那张绝望的脸，这两者都不肯让莉赛尔离开。

"看来，你们已经认识了。"爸爸说。

马克斯的手指渐渐变冷了。

交换噩梦

马克斯发誓再也不在莉赛尔的房间睡觉了。第一天晚上他想了些什么呢？正是这些想法克制了他。

对于自己能顺利到达，他已经颇感幸运，所以只能允许自己这样做。按他目前的想法，地下室是唯一适合他待的地方，尽管那里只有寒冷和孤独。他是个犹太人，如果能有个容身之地，那只能是在地下室或其他这类的藏身之所。

"对不起，"在通往地下室的楼梯上，他对汉斯和罗莎说，"从现在起，我就待在下面，你们不会听到我发出的声音，我不会弄出什么响动的。"

在眼下的困境中，汉斯和罗莎内心都充满了绝望，他们没有提出异议，甚至也没顾虑地下室里的寒冷。他们抱了些毯子下来，给煤油灯灌上煤油。罗莎抱歉地表示食物不是太充足，马克斯强烈要求给他点残羹剩饭就行了，而且还要在他们都吃不下的时候。

"不，不，"罗莎向他保证，"有你吃的，我会尽力而为的。"

他们还把莉赛尔房间里空床上的床垫拿了下来，代之以篷布——真是完美的交换。

楼下，汉斯和罗莎把床垫放在楼梯底下，用床罩在旁边垒起一堵墙。这些高高的床罩足以遮住整个三角形的入口。没有人的时候，马克斯可以把它们挪开来透透气。

爸爸抱歉地说："我觉得这地方太委屈你了。"

"总比什么都没有强，"马克斯安慰他，"比我想象的好多了——谢谢你。"

汉斯在外面又精心地摆放了一些油漆桶，的确能让人误以为这不过是随意堆在墙角的一堆废品，不碍事的。问题在于别人只需要移开几个油漆桶，再搬掉开一两张床罩，就能嗅出犹太人的味道。

"我们尽量往好处想吧。"他说。

"只能这样想了，"马克斯爬进去，又说了一遍，"谢谢你。"

谢谢你。

对马克斯·范登伯格来说，这是他所说的最让人同情的两句话之一，另一句与之相配的是——"对不起"。由于受犯罪感的折磨，他总是想说这话。

在开头那段清醒的时间里，他有多少次想走出地下室，离开这所房子？他肯定不止一次这样想过。

然而，每次都不过是一阵痛苦的挣扎。

这使得一切更加糟糕。

他想走出去——上帝，他太想了（或至少愿意这样想）——可他知道他不能。这就像他在虚假的忠诚的掩盖下，离开斯图加特的家人一样。

要活下去。

生存就是生存。

还要以牺牲罪恶感和羞耻感为代价。

他待在地下室的头几天里，莉赛尔没有去看过他。她想否认他的存在。他那沙沙作响的头发，他那冰冷光滑的手指。

他所受的苦难。

爸爸和妈妈。

他们俩的表情一直很严肃，还进行过多次毫无结果的讨论。

他们考虑是否能给他换个住处。

"可是上哪儿去呢？"

没有答案。

在这种情形下，他们孤立无援，无计可施。马克斯·范登伯格无处可去，只有靠汉斯和罗莎两个人了。莉赛尔从未见过他俩这么频繁地看着对方，或者说这么严肃地看着对方。

他们俩负责把吃的端下去。马克斯用一个空油漆桶来方便，由汉斯负责悄悄倒掉马克斯的排泄物。这些都要小心翼翼的进行。罗莎提了几桶热水下去给他洗澡，这个犹太人太脏了。

现在是十一月份，每次莉赛尔离开家的时候，门外迎接她的总是阵阵寒风。

蒙蒙细雨下个不停。

地上落叶堆积。

很快，轮到偷书贼到地下室去送饭了，是爸爸妈妈让她去的。

她犹豫着走下楼梯，心里清楚用不着叫他，脚步声肯定把他惊醒了。

她站在地下室中间等着，感觉自己像是站在一大片黑土地中央，太阳正落到一堆晒干的床罩后面。

马克斯出来的时候，手里拿着《我的奋斗》。他到这里后就把书还给了汉斯·休伯曼，可汉斯让他自己保留此书。

当然，正端着晚饭的莉赛尔无法把目光从这本书上移开。她曾经在青年团里见过这本书，但他们集会时并没有阅读或使用过这本书。曾经有人提及这本书的伟大之处，并且许诺，来年他们升入希特勒青年团更高一级的部门后，就有机会学习它了。

马克斯注意到她的目光，也翻了翻这本书。

"这？"她低声说。

她的声音干涩嘶哑，像夹着条奇异的线。

犹太人把头靠拢过来。"对不起，你说什么？"

她把豌豆汤递给他，转身匆匆上了楼，觉得自己很愚蠢，脸都羞红了。

"这本书好看吗？"

她在盥洗室的镜子面前反复练习着自己想说的那句话。空气中仿佛还残留着小便的气味，因为在她下楼前马克斯刚解过小便。真难闻，她想。

别人的小便总是比自己的臭。

日子一天天艰难地熬下去。

每晚入睡前，她都听见爸爸和妈妈在厨房里讨论已经做了些什么，现在在做什么，下一步该干什么。同时，马克斯的形象浮现在她眼前。他的脸上总是一副忧伤的、感激涕零的神情，还有那双潮湿的眼睛。

只有一次，厨房里爆发出一句话。

这话是爸爸说的。

"我知道！"

他的声音很粗暴，但他马上就压低了嗓门。

"我必须得去，至少一周去一次。我不能一直在家里待着，我们需要钱，要是我不去拉琴，会引起他们的怀疑，他们可能会猜我为什么不去了。上周我说你生病了，可现在我们得和以前一样才行。"

他们面前摆着这道难题。

生活本来就十分艰难了，可他们还得装出若无其事的样子。这是必须的。

想想挨了一记耳光后强颜欢笑的感受，想想一天二十四小时都得保持这种笑容的感觉。

这就是藏匿一个犹太人的代价。

几个星期过去了。现在，尽管他们为这些事情烦恼，可还是接受了现实——这一切都是战争、诺言和那部手风琴带来的后果。还有，也可以这么说，休伯曼失去儿子的半年后，得到一个危险的替补。

最让莉赛尔吃惊的是妈妈的变化。不管是她分食物时的样子，还是她那张嘴巴，都收敛了许多，连她板着的脸也温和了许多。总而言之，有一件事是越来越清楚了。

罗莎·休伯曼的品质

她是一个善于应付危机的善良女人。

马克斯到汉密尔街的一个月后，患关节炎的海伦娜·舒密特取消了洗衣服的服务，即使这个时候，她也只是坐在桌子前，把汤端到自个儿跟前，说了句："今晚的汤还挺好喝的。"

那晚的汤其实难以下咽。

每天早晨，莉赛尔上学前，或是要冒险到外面踢足球的时候，妈妈都会小声对女孩说："记住，莉赛尔……"她指指自己的嘴巴，不再多说。等莉赛尔点完头，她会说："好姑娘，小母猪，现在可以去玩了。"

看来爸爸说的话是真的，现在，她成了一个好姑娘。她每到一处都闭紧嘴巴，把秘密深埋在心底。

像往常一样，她和鲁迪一起在镇上走着，鲁迪东拉西扯说着闲话。有时，他们会对一对在希特勒青年团里记的笔记。鲁迪第一次提到了团里一个叫弗兰兹·德舒尔的"暴君"，此人是个小头目。如果鲁迪不谈残忍的德舒尔，就要卖弄每次他打破的记录，为他上一次在汉密尔街足球场上的射门当解说员，以供消遣。

"我知道，"莉赛尔会为他作证，"当时我在场。"

"那又怎么样？"

"我全瞧见了，蠢猪。"

"我怎么知道你到底在哪儿呢？我猜你最多是躺在地上某个地方，舔着我射门时溅到你身上的泥巴呢。"

可能多亏了鲁迪，她的神经才能保持正常。多亏了他的废话，他淡黄色的头发，还有他的自负。

他内心一直自信地认为，生活不过是一场游戏——是由没完没了的射门、恶作剧以及连篇累牍的废话组成的。

还好，还有镇长夫人和在她丈夫的书房里读书的乐趣。现在，那个地方也冷起来了，每去一次就觉得更冷一点，但莉赛尔是不会离开的。她会选好满满一堆书，把每本书都读上一小部分，直到某天下午，有一本书让她爱不释手为止。这本书叫《吹口哨的人》。她最初被这本书吸引，因为书名让她联想到汉密尔街上偶尔一见的吹口哨的人——普菲库斯。她能回忆起他弯腰驼背的样子，还有元首生日那天篝火晚会上他的身影。

书里发生的第一件事就是谋杀。有人被刺死在维也纳的一条街上，离维也纳的标志性建筑——史蒂芬大教堂不远。

《吹口哨的人》中的一个小片段

她躺在血泊中，惊恐万分，耳旁响起一首奇怪的曲子。她记起了那把刀，捅进她的身体又抽了出去，还有一个微笑。像平常一样，吹口哨的人逃跑时还在微笑，他跑进了阴森的谋杀之夜……

莉赛尔浑身发抖，她不清楚是因为这些文字，还是窗外吹来的冷风。每次她到镇长家送衣服的时候，她都会哆嗦着读上三页，不过，她不会一直抖下去。

同样，马克斯·范登伯格再也不能忍受这间地下室了。他没有抱怨——他没有这个权利——但他能感觉到自己在寒冷中越来越焦虑。最后，他找到的自我拯救方式是读书和写作，还有一本叫《耸耸肩膀》的书。

"莉赛尔，"一天晚上，汉斯叫道，"过来。"

自从马克斯来后，莉赛尔和爸爸的读书活动就中断了一段时间，他显然觉得现在是重新开始的时候了。"来吧，"他对她讲，"我可不想让你荒废学习，去把你的书拿过来，就拿《耸耸肩膀》怎么样？"

等到她手里拿着书回来，爸爸却打了个手势，让她跟着他到下面的老地方——地下室去。

"可是，爸爸，"她想阻止他，"我们不能——"

"什么？下面有个怪物吗？"

现在是十二月初，天寒地冻。他们越往下，就越是冷得发抖。

"爸爸，太冷了。"

"你以前可没抱怨过。"

"是，可从来也没这么冷过……"

他们走下楼来。爸爸悄悄问马克斯："我们能借用一下煤油灯吗？"

床罩和铁罐被马克斯惶恐不安地挪开了。他把灯递出来，交到爸爸手里。汉斯看着火苗摇摇头。"简直是疯了，对不对？"里面那只手伸出来拉回床罩时，他抓住了它。"马克斯，你也出来吧，好吗？"

罩单被缓缓地拉到一旁，露出了马克斯·范登伯格那消瘦的身体和憔悴的脸庞。他浑身不自在地站在如豆的灯光下。他在发抖。

汉斯碰碰他的手臂，让他靠近点。

"上帝啊，你不能再待在下面了，你会被冻死的。"爸爸转过身，"莉赛尔，把澡盆装满水，别太烫。"

莉赛尔跑上楼去。

"上帝啊。"

她跑到门厅时又听到了这句话。

马克斯走进盥洗室后，莉赛尔躲在门口听着里面的动静，想象着冒着热气的水在温暖他冻僵的身体。妈妈和爸爸在起居室兼卧室的那个房间里争得不可开交，他们压得低低的声音透过墙壁传了过来。

"他在下面会冻死的，我敢打赌。"

"那要是有人往里头看呢？"

"不，不，他只有晚上才上来。白天，我们可以敞开大门表示没藏着掖着什么。而且，我们让他睡这个房间，不是厨房，这样能避开前门。"

一阵沉默。

然后，妈妈开口了。"好吧……对，你说得对。"

"如果我们要为一个犹太人赌上性命，"爸爸又说，"我宁愿为一个活着的犹太人下赌注。"从这一刻起，一个新的日程安排诞生了。

每天晚上，爸爸和妈妈房间里的壁炉生好后，马克斯就会悄然现身。他坐在角落里，缩成一团，一脸迷茫。这些历经苦难的幸存者们最能体会到温暖的可贵。

窗帘被拉得紧紧的，他睡在地板上，头下枕着个垫子。炉火一直燃烧着，直到最后变成一堆灰烬。

早晨，他又回地下室去。

一个无声无息的人。

一只犹太老鼠，回到自己的洞穴里。

圣诞节来临，也带来了额外的危险。不出所料，小汉斯没有回家（这让人既安心又失望），但特鲁迪和往常一样回了趟家，平安无事。

平安无事的标准
马克斯待在地下室里。特鲁迪来了又走，没有发现任何可疑的迹象。

他们下了结论，尽管特鲁迪举止温和，但还是不能信任。

"我们只能相信不得不相信的人，"爸爸宣布，"就是我们仨。"

马克斯得到了额外的食物和一个道歉，虽然这不是他所信奉的宗教节日，但这却是一个风俗习惯。

他没有抱怨。

他有什么理由抱怨呢？

他解释说，他生来就是个犹太人，血液里流淌的是犹太人的鲜血，但犹太人现在更多地成为了一个最不幸的标志。

接着，他又为休伯曼的儿子没回家而表示遗憾。爸爸告诉他这种事情是无法控制的。"毕竟，"他说，"你自己也知道——年轻人还是孩子，孩子有时候有固执己见的权利。"

他们的谈话到此为止。

在壁炉前睡觉的头几个星期里，马克斯一直寡言少语。他每周都能洗上一次澡了，他的头发不再像鸟窝，可莉赛尔觉得那还是一堆飘动的羽毛。她在这个陌生人面前依然感到害羞，就偷偷告诉了爸爸。

"他的头发像鸟的羽毛。"

"什么？"炉火发出的劈啪声掩盖了她的话。

"我说，"她把身子靠过去，又低声说，"他的头发像羽毛一样……"

汉斯·休伯曼看了对面一眼，点头同意。我敢肯定，他希望自己的眼睛也能像女孩一样敏锐。他们都没有意识到这番话字字句句都被马克斯听在耳朵里了。

有时，他会把《我的奋斗》带上来，借着火光读书，对书中的内容感到怒火中烧。他第三次把书带上来时，莉赛尔终于鼓起勇气问了一个困扰她已久的问题。

"这本书——好看吗？"

他从书本上抬起头，一只手握成了拳头，又慢慢松开。他用这种方式发泄完愤怒后，对女孩微微一笑，伸手拂了拂额前羽毛般的长发，以免遮住眼睛。"这是最好的一本书，"他看看爸爸，又看了看女孩，"它救了我的命。"

女孩动了动，把两条腿交叉起来。她平静地问了下一个问题。

"怎么救的？"

于是，起居室里每晚就有了一段讲故事的时间，声音只能让对方听见。那是一个犹太拳击手谜一样的生活片断，它们将在这里被拼凑起来。

有时，马克斯·范登伯格的语言会幽默起来。虽然，那话的质地依然粗糙，像一种摩擦——就像一块石头在另一块大岩石上摩擦一样。石头上一些地方留下了深深的擦痕——马克斯的悔恨，另外有些地方被磨平了，有时，这块石头甚至被磨断了———个笑话，或是一番自我谴责。

"钉在十字架上的耶稣。"这话是对马克斯·范登伯格的故事最常用的评价，后面还常常跟着别的问题。

另外的问题

你在那间屋子里待了多久？

沃尔特·库格勒现在在哪儿？

你知道你的家人怎么样了吗？

火车上那个打呼噜的女人去什么地方？

十比三的失败记录！那你干吗还要和他比赛？

莉赛尔回顾她一生的经历时，对那些在起居室里一起度过的夜晚还记忆犹新。她还能看到映照在那张椭圆脸上的火光，还能品味得到他故事中的温情。他逃脱的全过程环环相扣，仿佛他正从自己身上把它们一块块切下，盛在盘子里。

"我真是太自私了。"

他说这话时用手臂遮住自己的脸。"我扔下了家里人，自个儿来到这里，还连累了你们……"讲完后，他的脸上交织着悲伤和孤寂，又开始为自己的行为道歉，"对不起，你相信吗？我真的感到抱歉，实在是对不起，我——！"

他的手臂碰到了火舌，赶紧缩回来。

父女俩默默地看着他。最后，爸爸站起身，走到他身边，挨着他坐下。

"烫着你的胳膊了吗？"

一天晚上，汉斯、马克斯和莉赛尔围坐在壁炉旁，妈妈在厨房里忙活。马克斯又在读《我的奋斗》。

"你知道吗？"汉斯说着把身子向火边靠了靠，"其实，莉赛尔是个喜欢读书的孩子。"马克斯放下书。"你猜不到，她和你还有多少共同点。"爸爸确认罗莎没有进来后继续说，"她也像个优秀的拳击手。"

"爸爸！"

快满十二岁的莉赛尔依然像竹竿那么瘦，她靠墙坐着，听到爸爸的话，吓了一跳，忙申辩："我可从来没打过架。"

"嘘！"爸爸开心地笑了。他向莉赛尔挥挥手，让她压低嗓门，接着凑近她说："得了，你想否认暴打路德威格·舒马克的事吗，嗯？"

"我从来没有——"她住了口，想抵赖是徒劳的，"你怎么知道这回事的？"

"我在科勒尔酒吧碰到过他爸爸。"

莉赛尔害臊得用双手捂住了脸，她把手放下来后，马上提了一个要紧的问题："你对妈妈讲了吗？"

"你在开玩笑吧？"他冲马克斯眨眨眼，偷偷对女孩说，"你还活得好好的呢，对吧？"

那晚也是几个月来爸爸第一次在家里拉起手风琴。他拉了半个小时左右，然后问了马克斯一个问题。

"你学过吗？"

他的脸藏在角落里,凝视着壁炉里的火焰。"学过,"隔了好一会儿,他又说,"只学到九岁。那时,我母亲卖掉了音乐教室,也停止了授课。她只保留了一件乐器,但我拒绝学琴。后来,她也就放弃了教我。我是个笨蛋。"

"不,"爸爸纠正他的说法,"因为你是个男孩子。"

夜里,莉赛尔和马克斯·范登伯格还有一个共同之处。他们睡在各自的房间里,都会做噩梦,并从梦中惊醒。一个人是在床上尖叫着醒来,另一个人则是在冒着烟的炉火旁喘息着醒来。

有时,莉赛尔和爸爸一起读书,读到近凌晨三点时,他们会听到马克斯醒来时的动静。"他像你一样在做噩梦。"爸爸这样说。有一次,莉赛尔对马克斯的焦虑感到好奇,决定下床去看看他。听了他的故事后,虽然她不能准确地说出他每晚梦境的具体内容,但也能猜到他的噩梦里可能会出现什么。

她轻手轻脚地走过门厅,来到起居室兼卧室的那个房间。

"马克斯？"

她悄悄地喊了一声,睡意蒙眬中,她的话有些含混不清。

开头,他没有答应,但很快他就坐起来,在黑暗中搜寻着。

爸爸还待在她的卧室里,莉赛尔挨着马克斯坐在壁炉旁。妈妈在他们身后睡得正香。火车上那个女人要拼尽全身力气才能打出比妈妈更响的呼噜来。

炉火只剩下一团烟雾,没有一点火星。这天清晨,他们进行了一次谈话。

噩梦的交流

女孩:"告诉我,你做这种梦的时候会梦到什么？"

犹太人:"……我看到自己转过身,挥手告别。"

女孩:"我也在做噩梦。"

犹太人:"你梦到了什么？"

女孩:"一列火车,还有我死去的弟弟。"

犹太人:"你弟弟？"

女孩:"他死在来这儿的路上了。"

女孩和犹太人同时说:"是啊——是啊。"

如果自打这次短短的交谈后,莉赛尔和马克斯就再也没梦到类似的可怕场面，那就太好了。可惜，这只是个良好的愿望，不是事实。他们仍然会做噩梦。那噩梦就像是对方球队里最棒的队员，你听到谣传说他受伤了，或者是生病了——可是他却出现在你眼前，和其他球员一起做热身运动，准备上场；也像是一列按照时刻表运行的火车，停靠在夜晚的站台，后面用一根绳子牵引着许多回忆，一长串的回忆，引发了一连串可怕的碰撞。

唯一的变化是，莉赛尔告诉爸爸，自己已经长大了，可以应付那些噩梦了。有那么一瞬间，他有种受伤的感觉，但爸爸总归是爸爸，他的话总是很得体。

"哦，感谢上帝，"他似笑非笑地说，"至少现在我可以睡个安稳觉了。那把椅子把我硌得难受死了。"他伸手搂着女孩，一起走进厨房。

时光流逝，莉赛尔生活的两个世界——汉密尔街三十三号里面和外面——之间产生了一条明显的分界线。她学会了把两者截然分开的技巧。

在外面的世界里，莉赛尔也学到了一样东西，那就是事物可以有多种用途。一天下午，在她拎着空洗衣袋回家的路上，瞥到一张报纸露在垃圾桶外，那是一份周刊——《莫尔钦快报》。她把报纸带回家里，递给马克斯。"我想，"她告诉他，"你可能愿意填填报上的字谜游戏，可以打发时间。"

马克斯对她的好意深表感谢，为了证明她带回来的东西有价值，他把报纸从头到尾细读了一遍。几小时后，他把自己填的谜底拿给她看，只有一个没有填出来。

"该死的第十七列。"他说。

1941年2月，莉赛尔十二岁生日这天，她收到了一件礼物——一本旧书，心里非常感激。这本书叫《泥人》，写一对古怪的父子。她紧紧抱着妈妈和爸爸，高兴得不行，而站在一旁的马克斯心里却不好受。

"生日快乐，"他的笑很勉强，"衷心祝你生日快乐。"他把双手插在衣兜里，"我不知道今天是你的生日，否则会送点东西给你。"这是彻头彻尾的谎言——他根本没什么可以送人的，也许除了《我的奋斗》，但是他不能把这样的政治宣传品送给一个德国女孩，这等于一头羔羊送给屠夫一把锋利的刀。

他脸上的微笑极不自然。

她拥抱了她的妈妈和爸爸。

马克斯看上去那么孤单。

莉赛尔咽了一口唾沫。

然后，她走到他身边，紧紧拥抱他。"谢谢你，马克斯。"

最初，他只是木然地站着，可等她抱他的时候，他的双手慢慢抬了起来，轻轻地抚摸着她的肩膀。

事后，她才想起马克斯·范登伯格脸上那无助的表情，她忽然明白，他就是在那一瞬间决定要送她一点东西的。我时常想象这番景象：他整晚躺着，无法入睡，反复思量可以送她什么东西。

结果，一周后，他送来一份画在纸上的礼物。

他要在凌晨时分把礼物带给她，在回到水泥台阶下面——他所谓的"家"之前。

地下室里的书页

一周以来，莉赛尔完全被拦在地下室以外，只有妈妈和爸爸负责给马克斯送吃的下去。

"不行，小母猪，"只要她一开口，妈妈就会这样说，而且总能找到新借口，"你在上面干点正事得了，比如帮我把衣服熨完？你觉着送衣服挺有趣的？那就再试试熨衣服好了。"如果你有出了名地凶，就能轻而易举完成这项保密工作，的确很管用。

在这个星期里，马克斯从《我的奋斗》里裁下一些纸张，把它们刷成了白色。然后，他在地下室里绷了一根绳子，把这些纸挂在绳子上面。等纸干透以后，最困难的部分就开始了。他学会了如何勉强过活，但显然不是一个作家，也不是一个画家。除此之外，他还得在脑海里构思写作，直到他能准确无误地描述出来。只有这样，他才敢在纸上写故事，它们晾干后变得凹凸不平，还残留着气泡。他用的是一支小号的黑色油漆刷。

故事叫做《监视者》。

他估计要用十三页纸，因此刷了四十页，预计至少重复两次就能大功告成。他先用《莫尔钦快报》来做实验，好把自己那拙劣的绘画水平提高到可以勉强接受的程度。他工作时，仿佛能听到女孩在悄悄说："他的头发，"她不停地在他耳边嘀咕，"就像鸟的羽毛。"

画完后，他用一把小刀在这些纸的一侧戳了个洞，用绳子穿上。这本十三页小册子的成品是这个样子的：

我这一生都在恐惧之中，因为周围总是有监视我的人。

I suppose my first standover man was my father,

but he vanished before I could remember him.

　　我想第一个监视我的人应该是我的父亲。可是，我还没来得及记住他的样子，他就消失了。

For some reason, when I was a boy, I liked to fight. A lot of the time, I lost. Another boy, sometimes with blood falling from his nose, would be standing over me.

也不知道怎么回事，从小我就喜欢打架。我多次被打败。另一个男孩常和我较量，有时他的鼻子也会流血。

Many years later, I needed
to hide. I tried not to sleep
because I was afraid of who
might be there when I woke up.

But I was
lucky.
It was always
my friend.

　　许多年后，我不得不东躲西藏。我努力不让自己睡着，因为我害怕醒来时会发现有人站在我面前。不过，我很幸运，站在那儿的总是我的朋友。

When I was hiding, I dreamed of a certain man. The hardest was when I traveled to find him.

我躲起来的那些日子，总会梦见一个人。我找他的那段旅途，危险丛生。

凭着运气，我走了长长的一段路，到了他家。

I slept there for a long time. Three days, they told me... and what did I find when I woke up? Not a man, but someone else, standing over me.

我在他家一连睡了好些天。他们说是三天……等我醒来时，我发现了什么？站在一旁监视我的不是一个男人，而是另一个人。

随着时间的流逝，女孩和我都意识到我们有共同之处：火车、噩梦、拳头。

But there is one strange thing.

The girl says I look like something else.

但有一件事情很奇怪，女孩说我看上去像别的东西。

Now I live in a basement.
Bad dreams still live in
my sleep.
One night, after my usual
nightmare, a shadow stood above
me. She said, "Tell me what you
dream of." So I did.

现在，我住在一间地下室里，噩梦缠绕着我。一天晚上，噩梦过后，一个影子出现在我面前。她说：“告诉我你梦见什么了。”

于是，我告诉了她。

作为交换，她也向我讲述了她的梦境。

Now I think we are friends,
this girl and me. On her
birthday, it was she who
gave a gift- to me.

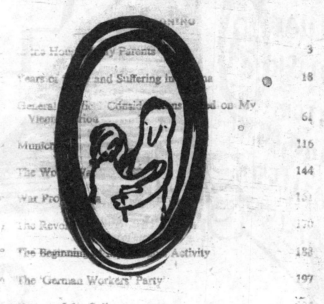

It makes me understand
that the best standover man
I've ever known is not a
man at all...

如今，我认为女孩和我成了朋友。她生日那天，她反倒送给我一件礼物。它让我明白了一点，我所认识的最好的监视者根本不是一个男人……

珍贵的、珍贵的、珍贵的、珍贵的、阳光、水、活动、阳光、阳光

　　二月下旬的一天，莉赛尔在凌晨醒来了，看到一个黑影走进她的房间。这是典型的马克斯风格，一个悄无声息的影子。

　　莉赛尔在黑暗中搜寻，却只能感觉到有个人在靠近她。

　　"喂？"

　　没有人回答。

　　他走近床边，把那些书页放在地板上她的袜子旁边。周围一片寂静，只有他那近乎无声的脚步。书页只微微发出了一点声音，其中一页被卷着压在地板上。

　　"喂？"

　　这次有了一点反应。

　　她不清楚这些话来自哪个方向，重要的是它们传到了她的耳朵里。它们传了过来，低低地传到了床边。

　　"一份迟到的生日礼物。早晨再看，晚安。"

　　有一阵子，她觉得脑子迷迷糊糊的，怀疑自己是在做梦，是否梦见马克斯走了进来？

　　清晨，她醒来了，一翻身就瞧见了地板上放着的小册子。她伸手把它拿起来。纸张被翻动时发出了哗哗声。

　　"我这一生都在恐惧之中，因为周围总是有监视我的人。"

　　她翻书时，书页响个不停，好像这本书带有静电似的。

　　"……等我醒来时，我发现了什么？"

　　她翻着书，这些被刷过的《我的奋斗》的书页在油漆下仿佛快要窒息了。

　　"它让我明白了一点，我所知道的最好的监视者……"

　　莉赛尔把马克斯·范登伯格的礼物读了三遍，也研究了三遍，每次都能发现一条陌生的漆痕或一个陌生的词语。读完第三遍后，她尽量轻手轻脚地从床上下来，走到妈妈和爸爸的房间，壁炉旁划给马克斯的那块地方是空的。

　　她想了想，意识到该去他创作这本书的地方感谢他，应该说这是最好的，甚至是完美的做法。

　　她走下通往地下室的楼梯，看见墙上有一摊水渍，仿佛一幅相框——里边是一个在对她微笑的秘密。

　　再走几米，经过一段长长的通道，就到了那堆床罩和七零八落的油漆桶旁了，它们掩护着马克斯·范登伯格。她把床罩挪开一条缝，朝里面张望着。

她最先看到的是他的肩膀，她缓缓地，艰难地把手从缝隙中一点点伸进去，直到把手放到他肩上。他衣着单薄，但还没有被惊醒。

她能感觉到自己的手随着他的呼吸和肩膀轻轻地上下移动。她观察了一会儿，然后靠墙坐下来。

这昏昏欲睡的气氛也感染了她。

他先前写下的文字还完整地保留在楼梯边的墙上，字迹歪歪扭扭的，带着点孩子气。这些文字看着躲在此地的犹太人和小女孩挨在一块儿亲密地入睡。

他们在呼吸。

德国人和犹太人的肺都在呼吸。

墙边，《监视者》一书无声地、满足地待在一旁，像是莉赛尔·梅明格脚上一个美丽的癣。

PART FIVE

第 五 章

吹口哨的人

特别介绍：

漂流之书——赌徒们—— 小幽灵——两次理发——

鲁迪的青春——失败者和素描——《吹口哨的人》和几只鞋子——

三个愚蠢的举动——还有双腿冻僵的受惊吓的男孩

漂流之书（之一）

一本书漂浮在安佩尔河上，顺流而下。

一个男孩跳下河去，捞起书，用右手举起。他咧着嘴大笑。

寒冬腊月，他站在齐腰深的、冰冷的河水里。

"亲一个怎么样，小母猪？"他说。

四周的空气寒冷逼人，更别提那刺骨的河水带来的疼痛了，从脚趾头一直疼到屁股。

亲一个怎么样？亲一个怎么样？

可怜的鲁迪。

有关鲁迪·斯丹纳的一个预告

他不应该那样死去。

你们会看到那本肮脏的书还握在他手中，你们会看到他冷得头发都直哆嗦，你们会像我一样主观地断定，鲁迪当天就会被冻死。可事实并非如此。这样的往事只会提醒我，他不该有两年后那样的命运。

从许多方面来看，带走鲁迪那样的孩子，简直是抢劫——他的生命力是那么旺盛，他有太多活下去的理由——可是，尽管如此，我相信他会喜欢的，喜欢那晚令人恐怖的瓦砾堆和膨胀的天空。只要他能看到偷书贼跪在那儿，抚摸着他毫无生气的躯体，他会抑制不住地大声叫喊，会兴奋地转圈圈，会由衷微笑的。他会乐于亲眼目睹这幕：她亲吻着他被炸弹炸伤的灰扑扑的嘴唇。

是的，我知道他会这样想。

在我黑暗的内心深处，我知道，他会喜欢这一切的。你看到了吗？

即使死神也有一颗心啊。

赌徒们（骰子有七面）

当然，我太鲁莽了。我不仅破坏了全书的结尾，也破坏了书的这一部分。

我提前讲了两件事，因为我没有多少兴趣制造悬念。悬念使我厌烦。我知道发生了什么事情，你们也同样明白，是把我们推向那里的阴谋，激怒了我，使我困惑，吸引我，并使我震惊。

有许多问题值得我们沉思。

有许多故事。

当然，还有一本《吹口哨的人》值得我们讨论。它同时带来一个问题：1941年圣诞节的前夕，它怎么会浮在安佩尔河上顺流而下的？我们先得解决这个问题，不是吗？

就这么决定了。

我们先来看看这个问题。

开始是一场赌博，隐藏犹太人就像是掷骰子赌博，这就是你生活的方式。下面就是这场赌博。

◾ 理发：1941年4月中旬

生活至少有开始恢复正常的迹象了。汉斯和罗莎·休伯曼在起居室里争论着，当然声音比平时小得多。莉赛尔依旧是个旁观者。

争执的起因是这样的，前一天晚上，汉斯和马克斯分别坐在地下室的油漆桶和床罩上，谈论到一个话题。马克斯想问罗莎能否帮他剪剪头发。"我的眼睛都被遮住了。"他说。

汉斯的答复是："我看看怎么办。"

现在，罗莎在抽屉里东翻西找，猛地向站在破烂堆里的爸爸扔过去一句话。"该死的剪刀跑哪儿去了？"

"不是在下面那个抽屉里吗？"

"我早翻过了，没有。"

"可能你没看到。"

"我是瞎子吗？"她抬起头来大吼一声，"莉赛尔！"

"我在这儿呢！"

汉斯投降了。"该死的婆娘，差点把我耳朵震聋，你声音咋不再大点呢？"

"闭嘴，猪猡！"罗莎边找边问女孩，"莉赛尔，剪刀钻到哪儿去了？"可是莉赛尔也不清楚。"小母猪，没一点用处，我说得没错吧？"

"别难为她了。"

头发上扎着橡皮筋的女人和眼里闪着银光的男人唇枪舌剑吵个没完。最后，罗莎砰的一声关上抽屉。"算了，说不准我会给他剪得很难看。"

"难看？"闹到这会儿，爸爸看上去气得差点要把他自己的头发扯掉了，可是他的声音还是像在说悄悄话。"谁会去看他？"他还打算再说一遍，可是顶着鸟窝的马克斯·范登伯格的出现分散了他的注意力。马克斯安安静静地站在门厅里，局促不安。他拿着自己的剪刀走了过来，他没有把剪刀递给汉斯或是罗莎，而是给了那个十二岁的女孩，她是此刻最心平气和的人，是他最好的选择。他的嘴唇微微哆嗦着，问："你来好吗？"

莉赛尔接过剪刀，打开一看，有的地方锈迹斑斑，有的地方还锃亮如新。她转身看着爸爸，等到爸爸点了头，她才跟着马克斯走到地下室去。

犹太人坐在一个油漆桶上，脖子上围着一小块床罩。"随便你怎么剪都行。"他告诉她。

爸爸站在楼梯上看着他们。

莉赛尔撩起马克斯·范登伯格的第一缕头发。

她剪他那羽毛一样长的头发时，对剪刀发出的声音感到很好奇，不是对剪发时的嚓嚓声好奇，而是剪刀的金属刀臂剪掉每一撮头发时发出的嘎吱嘎吱的声音，让她觉得非常有趣。

头发剪完了，有的地方被剪得太多了，有的地方又被剪得歪歪扭扭的。她拿着被剪下的头发走上楼梯，把它们扔进了炉子里，再划着一根火柴，看着这些头发被烧得卷起来，随着橘红色的火焰化为乌有。

马克斯再次出现在门厅里，不过，这次，他只是站在通往地下室的最高一级台阶上。"谢谢你，莉赛尔！"他的声音高而沙哑，里面还暗藏着微笑。

他一说完这番话就消失了，回到了地下。

■ 报纸：五月初

"我家地下室里有个犹太人。"

"有个犹太人在我家地下室里。"

莉赛尔·梅明格坐在镇长家的书堆里，仿佛听到了这一句话。她旁边放着一袋子脏衣服。镇长夫人那幽灵似的身影弓着腰，坐在书桌前。莉赛尔面前摆着《吹口哨的人》，她正读到二十二和二十三页。她抬起头，想象自己走了过去，轻轻把那柔软的头发撩到一旁，对着那女人耳语。

"我家地下室里有个犹太人。"

书在她大腿上微微颤动，秘密就挂在她嘴边。这个秘密仿佛在舒舒服服地把两条腿交叉着。

"我得回家了。"她终于开口了。她的手在颤抖。远处有久违的阳光。一阵微风从窗户吹进来，带了锯末一样的雨丝。

莉赛尔把书放回原处时，女人坐的椅子在地板上发出"咯吱"的声音，她走过来了，每次结束时都是这样。她走过来，重新取出莉赛尔看的那本书，脸上那些悲伤造成的皱纹显得更深了。

她把书递给女孩。

莉赛尔吃惊地退到一边。

"不，"莉赛尔说，"谢谢您。我家里的书已经够了，下次再来看吧。我和爸爸正在重新读一本。你知道，就是那天晚上我从火堆里偷走的那本。"

镇长夫人点点头。如果莉赛尔·梅明格还有一件事情值得称赞，那就是，她的偷窃行为不是因贪婪而起。她只偷自己想拥有的书。现在，她的书已经足够了。她把《泥人》读了四遍，也喜欢重新阅读《耸耸肩膀》。还有，每天晚上上床前，她都会翻开那本面面俱到的《掘墓人手册》。《监视者》夹在这本书里面。她读着书上的文字，抚摸着画上的鸟儿，慢慢地翻看着窸窣作响的书页。

"再见，赫曼太太。"

她走出书房，经过铺着木地板的大厅，从空旷的门厅出来。她喜欢在台阶上多站一会儿，俯瞰下面的莫尔钦镇。这天下午，镇子上空笼罩着一层黄色的薄雾，薄雾轻抚着屋顶，好像在抚摸一个宠物。街道在薄雾中若隐若现，仿佛在洗淋浴。

走下台阶来到慕尼黑大街时，偷书贼突然转过身，抛下那些打着伞的男人和女人们——她身上像装了发条一样，从一个垃圾桶跑到另一个垃圾桶。雨幕掩护着女孩，让她忘记了羞耻。

"在这儿！"

她对着乌沉沉的浮云大笑起来，为自己的发现庆幸不已。她伸手捡起一张被揉成一团的报纸，虽然报纸的第一版和最后一版都被雨水泡成了黑糊糊的一团，但她仍然把它折叠得整齐的，夹在胳膊下面。几个月来，每周二她都会这么做。

现在，莉赛尔·梅明格只有周二用送衣服。这一天她通常会有所收获。当她找到一张《莫尔钦快报》或别的印刷品时，她会抑制不住胜利的喜悦。只要能发现一张报纸，这一天就没有白过。要是这张报纸的字谜游戏碰巧没人填过的话，那这一天就太完美了。她会跑回家，关上身后的大门，把报纸拿到地下室去。

"有字谜吗？"他会问。

"空白的。"

"好极了。"

犹太人笑着接过报纸，开始在地下室微弱的灯光下阅读。莉赛尔就在一旁观察他，看他专注地读报，然后填字谜，最后从头到尾把报纸重读一遍。

天气暖和的时候，马克斯会一直待在地下室里。白天，通往地下室的门敞开着，好让一缕阳光从门厅射进地下室里。虽然门厅里本身光线也不充足，但在这种特殊年代，你得量入为出。有点光总比没有强，虽然煤油还没有少到可怜的地步，但最好尽量节省。

莉赛尔总是坐在床罩上。她读书，马克斯填字谜游戏。他们相隔几米远，不大说话，只能听到翻书的声音。她经常在上学时把书留给马克斯看。汉斯·休伯曼和埃里克·范登伯格由音乐结成了朋友，马克斯和莉赛尔却是因为分享无声的文字而走到一起的。

"嗨，马克斯。"

"嗨，莉赛尔。"

然后他们就坐下来读书。

有时，她会观察他。她觉得最好能用简明的语言来概括他的大致模样：浅褐色皮肤，眼窝深陷，呼吸的声音像逃犯，内心虽然绝望，外表却不动声色，只有起伏的胸膛证明他还活着。

更多的时候，莉赛尔会闭上双眼，让马克斯对她老是认错的单词提问。还是记不住时，她会恶狠狠地咒骂。然后站起身，把它们都刷在墙上，有时甚至要写上十几次。马克斯·范登伯格和莉赛尔·梅明格一起闻着油漆和水泥的味道。

"再见，马克斯。"

"再见，莉赛尔。"

她躺在床上，难以入睡，脑子里开始构想他在地下室里的样子。在她的想象中，他总是和衣而睡，连鞋子都穿在脚上，随时准备再次逃走，甚至入眠后都还睁着一只眼睛。

◨ 天气报告员：五月中旬

莉赛尔打开门，同时张开了嘴巴。

她的足球队在汉密尔街上以六比一打败了鲁迪那个队，她欣喜若狂地冲进厨房，把她进球的情形告诉了妈妈和爸爸。接着，又冲到地下室把详情告诉了马克斯。马克斯放下报纸，专心听着，和女孩一起放声大笑。

等她讲完了进球的故事，他们沉默了好几分钟，直到马克斯抬起眼睛。"莉赛尔，你能帮我个忙吗？"

莉赛尔还沉浸在汉密尔街的胜利中，她从床罩上跳起来，没有说话，但她的行动充分表明了她愿意为他效劳。

"你讲了你们射门的情形，"他说，"可是我不清楚上面的天气如何。我不知道上面是阳光普照，还是阴云密布。"他伸手摸摸剪得太短的头发，湿润的眼睛在恳求着一件最简单的事情。"你能上去看看，然后告诉我外面的天气如何吗？"

莉赛尔飞快地跑上楼，站在距离大门两三米远的地方——门上有口痰，观察着天空。

回到地下室后，她告诉他。

"今天的天空是蓝色的，马克斯，有一溜细长的白云，就像一根绳子一样伸展出去，云的尽头是太阳，它就像一个黄色的洞。"

这个时候，马克斯知道，只有孩子才能这样描述天气。他在墙上画了一根长长的绳子，绳子的一头拴着一个如水滴般坠落的黄色太阳，好像你能跳进去潜水一样。他在绳子似的白云上画了两个人——一个瘦削的女孩和一个干瘪的犹太人——两人手挽手向那个正在滴落下来的太阳走去。他在这幅画的下面写了几句话。

马克斯·范登伯格写在墙上的话
今天是星期一，他们沿着一条绳子向太阳走去。

◨ 拳击：五月末

对马克斯·范登伯格来说，只有冰凉的水泥地面和大把大把的时间可以供他消磨。

每一分钟都是残酷的。

每一个小时都是惩罚。

在他清醒时，他的头顶上总是有只时间之手，毫不犹豫地要将他榨干。它微笑着，挤压着，让他活下来。要出于怎样的恶意，才会让一个人这样活下去啊。

汉斯·休伯曼每天至少会走下楼来一次，和他聊聊天。偶尔，罗莎也会端一点干硬的面包下来。然而，只有莉赛尔来的时候，马克斯才会对生活重新产生兴趣。最初，他试图抵制这种兴趣，但每天都要进行抵制是很困难的，因为女孩每次都会带来一份新的天气报告，要么是湛蓝的天空，硬纸板一样的云彩，要么是突然钻出来的太阳，就像上帝吃撑了把它吐了出来一样。

他独自一人时，有一种强烈的感觉——自己正在消失。他的衣服都是灰色的，好像它们已经开始准备消失了——从裤子到套头毛衣再到上衣，都是灰色的，它们就像水一样要从他身上滴下来了。他经常查看他的皮肤是否也在剥落，因为他的身体好像在融化似的。

他需要的是一系列新活动。首先就是做运动。他开始做俯卧撑，先让腹部朝下趴在地下室冰凉的地板上，再用手臂把自己的身体支撑起来。每做一下，他都感觉自己的手臂要断了似的，他疑心自己的心脏会跳出来，悲惨地掉在地上。在斯图加特市，当他还是一个少年时，他一次能做五十个俯卧撑。而现在，二十四岁的他只能做十个了，虽然他比正常体重轻了有六七公斤。一周后，他能连续做十六个俯卧撑和二十二个仰卧起坐了，并可重复两遍。练习完后，他挨着油漆桶旁边靠墙坐下，牙齿里都能感觉到脉搏的跳动，身上的肌肉摸上去像块蛋糕。

他不时考虑这样强迫自己做运动是否值得。不过，有的时候，在他心跳平稳、身体运转正常时，他会熄了灯，独自站在黑漆漆的地下室里。

他二十四岁了，可仍喜欢幻想。

"在蓝角里，"他小声当着评论员，"我们能看到世界冠军，日耳曼民族的杰出领袖——元首，"他吸了一口气，转过身子，"在红角里，站着脸色阴暗的犹太挑战者——马克斯·范登伯格。"

周围的一切都仿佛是真实的。

白色的灯光打在拳击台上。观众们站在四周悄悄嘀咕着——人们的说话声真是美妙。这里的每个人怎么会同时有话要讲呢？拳击场本身完美无缺，完美的帆布带，可爱的围栏绳，连紧绷的发带下散落的几缕头发也是完美无缺的，它们在灯光下熠熠生辉。屋子里充斥着香烟和啤酒的味道。

阿道夫·希特勒和他的随从站在斜对面的角落里。他的两条腿从一件红白相间的长袍里斜伸出来，长袍的背后印着一个卐。他脸上的胡子拧成了一小撮。教练戈培尔正在对他耳语。他换脚弹跳着，脸上始终带着微笑。拳击场上的讲解员历数他的辉煌战绩，他大笑起来，周围仰慕他的观众爆发了一阵雷鸣般的掌声。"他是长胜将军！"拳击场的老板宣布，"他打败了许多犹太人，打败了其他威胁德意志梦想的人！元首先生，"他总结道，"我们向您致敬！"人群高呼："万岁！"

等大家都安静下来后，轮到介绍挑战者了。

拳击场老板转向马克斯，只见他一个人站在挑战者的角落里。没有长袍，没有随从，只是一个孤独的年轻犹太人。他呼吸沉重，上身赤裸，手脚酸软。当然，他的短裤是灰色的。他移动着双脚，但移动的步幅很小，为的是保持体力。为了让体重达标，他在体育馆里做了大量训练。

"这位挑战者！"拳击场老板拖长了声音，"是，"他故意停顿了一下，"犹太人。"人群嗷嗷叫嚷起来，好像是一群食尸怪。"他的体重是……"

下面的话听不清楚了，它被露天看台上传来的辱骂声淹没了。对方脱掉了长袍，走到拳台中央，听取比赛规则并和他握手。

"你好，元首先生。"马克斯点点头，但元首只是咧咧嘴，露出满口黄牙，然后就闭上了。

"先生们，"一个身着黑裤、蓝T恤的矮矮胖胖的裁判开始说话，他的脖子上系着个蝴蝶领结，"至关重要的是，我们需要一场干净利落的比赛。"下面的话是只对元首说的，"当然，除非是希特勒先生占下风的时候。除此以外，不管你用什么招数把这个又脏又臭的犹太人揍扁，我都会睁一只眼闭一只眼。"他彬彬有礼地点点头，"您清楚了吗？"

元首这时才开口说了第一句话："我完全清楚。"

裁判警告马克斯："至于你，我的犹太朋友，我是你的话，就会步步小心，事实上，得加倍小心才是。"然后，他们俩就回到了各自的位置。

片刻的安静。

哨声响起。

元首首先冲过来。他摇晃着瘦弱的身体，迈着笨拙的步子冲到马克斯身边，照着他的脸就是一记重拳。人群欢呼雀跃，喧声在他们耳边回荡，人人都笑逐颜开地围在拳击台边。希特勒的双手又朝马克斯脸上一阵猛击，打中了好几次，拳头落在他的嘴唇上、鼻子上、下巴上——而马克斯甚至还没来得及走出他那一角。他抬起手来试图抵抗,可元首又瞄准了他的肋骨、肾脏和肺部打过来。哦,眼睛,元首的那双眼睛是美丽的褐色——和犹太人的眼睛一样——元首的双眼流露出无比坚定的意志,仅仅是透过挥舞的拳击手套的间隙看了那双眼睛一眼,马克斯也不禁呆了一下。

比赛只有一个回合,却持续了几个小时,大部分时间,情形是一样的。

元首打得那个拳击沙袋似的犹太人节节后退。

犹太人的鲜血洒得到处都是。

就像一朵朵红云洒在他们脚下的帆布上。它本来是无垠的天空。

最后,马克斯的双膝开始颤抖,他的颧骨在无声地呻吟。元首那张兴奋的脸还在逼近,不断地逼近,直到这个犹太人耗尽气力,被一拳击倒,重重地摔在地板上。

开始是一阵吼叫声。

然后是一阵沉默。

裁判数着数。他满口金牙,长着浓密的鼻毛。

慢慢地,马克斯·范登伯格,这个犹太人,站了起来,挺直了身体。他的声音含混不清,发出了一个邀请。"来吧,元首。"他说。这一次,当阿道夫·希特勒靠近时,马克斯闪到了一旁,猛地把他推到角落里,朝他打了七拳,目标一致。

他的胡子。

马克斯的第七拳没有打中目标,元首的下巴挨了这一记拳头。元首立刻碰到了围栏的绳子,把绳子都绷弯了。元首双膝着地倒了下去。这一回,裁判没有数数,而是畏缩在角落里。观众退回看台,喝起啤酒来。元首双膝跪地,查看自己是否流了血,伸手从右到左抚平了头发。他再次站起身时,数以千计的观众为他喝彩。他走到拳击台旁,做了一件奇怪的事情。他背对着犹太人,摘下了拳击手套。

观众们惊呆了。

"他放弃了。"有人悄悄议论。可是,很快,阿道夫·希特勒站在粗大结实的绳子上,对着全场观众演讲起来。

"我的日耳曼兄弟们,"他叫道,"今晚你们看见了一些事情,不是吗?"他光着上身,眼里闪烁着胜利之光,指着马克斯说,"你们应该看到,我们面对的敌人比想象的更阴险、更强大。你们看到了吗?"

他们回答："是的，元首。"

"你们看到了吗，这个敌人找到了办法——卑鄙的办法——穿透我们的盔甲，非常明显，我不能在这里和他单打独斗，对不对？"这番话就像宝石一样从他嘴里蹦出来，其效果显而易见。"看看他！好好看看。"人们都看着还在流血的马克斯·范登伯格。"正如我们所说的那样，他鬼鬼祟祟地混进你们中间，就生活在你们附近。他利用他的家庭来骚扰你们。他——"希特勒厌恶地瞥了他一眼，"很快就会夺走你们的一切，最后，他不仅站在你们杂货店的柜台上，还要坐在柜台后面抽他的烟斗。还没等你醒悟过来，你就不得不为了一点微薄的薪水替他打工，他的荷包里却装得鼓鼓的，重得连路都走不动了。你们难道就站在这里眼睁睁地看着他为所欲为吗？当他们把你们的土地送给别人，当他们把你们的国家廉价卖给别人，你们能像以前的领袖一样袖手旁观吗？你们会站到他们那边去吗，软弱的人们？或者，"他又爬高了一梯，"你们愿意和我一起迎击他们吗？"

马克斯发抖了，他的心中充满恐惧。

阿道夫·希特勒结束了他的演讲。"你们能爬到这上面来，好让我们一起来打败这个敌人吗？"

即使是在汉密尔街三十三号的地下室里，马克斯·范登伯格仍能感觉到全体德国人的拳头打在他身上的滋味。他们一个个轮番上阵，把他打倒在地。他们让他流血，让他承受痛苦。好几百万人都涌过来——直到最后，他抱着脚，缩成一团。

他看着下一个人钻过绳子，这是个女孩。她缓缓走过拳击台的帆布地面时，一滴眼泪从她的左腮流下。她右手拿着一张报纸。

"字谜，"她轻声说，"空白的。"她把报纸递给他。

黑暗。

现在只剩下黑暗。

只剩下地下室和这个犹太人。

🎲 新的梦境：几天后的晚上

一天下午，莉赛尔下来时，马克斯正在做俯卧撑。

她瞧了好一会儿，马克斯却没有发现她的到来。后来，她走过来坐在他身旁，他才站起来靠着墙壁。"我告诉过你吗？"他问，"我最近又在做一个新的梦了。"

莉赛尔摇摇头，注视着他的脸。

"可我醒来的时候还在继续做这个梦，"他指了指那盏没有点亮的煤油灯，"有时，我点燃这盏灯，站在这儿等。"

"等什么？"

马克斯纠正她："不是等什么，是等谁。"

莉赛尔沉默了一阵子，这样的谈话是需要一些时间的。"那你在等谁呢？"

马克斯一动不动。"等元首，"他实话实说，"这就是我锻炼身体的原因。"

"做俯卧撑？"

"对，"他朝水泥楼梯走去，"每天晚上，我都在黑暗中等待着元首走下楼梯。他走下来，我和他进行几小时的拳击。"

这时，莉赛尔倏地站了起来。"谁赢了？"

起初，他想说没有赢家，但后来他注意到那些油漆桶、床罩，和周围日益增多的报纸。他看着墙上写的字，长长的云朵和人。

"我赢了。"他说。

他好像掰开了她的手掌，把这些话放进她的掌心，然后再合上。

在德国慕尼黑市的地底下，有两个人站在一间地下室里交谈，这听上去像是一个笑话的开头：

"地下室里有一个犹太人和一个德国人，对吗？……"

不过，这不是一个玩笑。

⊞ 粉刷匠们：六月初

马克斯的另一项工程是《我的奋斗》这本残破的书。书里的每一页纸都被裁了下来，放在地板上等着刷油漆，然后再挂起来吹干，最后重新夹到封面和封底中间。一天，莉赛尔放学后走下楼梯，发现马克斯、罗莎和她爸爸都在刷着各人面前的书页。许多页纸都被挂在一条绷得长长的绳子上，就像他们做《监视者》那本书一样。

三个人同时抬起头来说话。

"嗨，莉赛尔！"

"给你一把刷子，莉赛尔。"

"小母猪，来得正好，你到哪儿晃了半天？"

莉赛尔开始刷油漆时，还在思考着马克斯·范登伯格和元首比赛的事情，想象着他描述的那番景象。

1941年6月，地下室的想象

人们殴打完马克斯，纷纷爬出围栏。马克斯和元首为了各自的性命而搏斗，两人都被对方打得撞到了楼梯。元首的胡子上沾上了鲜血，脑袋右侧的头发上也有血迹。"来吧，元首，"犹太人说着挥挥手，让元首过来，"来吧，元首。"

幻觉消失时，她刚好刷完了第一页。爸爸对她眨眨眼。妈妈嫌她油漆泼得太多了。马克斯查看着每一张、每一页，也许是在计划要画点什么。许多个月以后，他会把这本书的封面也刷上油漆，在里面写下一个故事，配上插图，再加上一个新标题。

这天下午，在汉密尔街三十三号下面的秘密处所，休伯曼夫妇，莉赛尔•梅明格和马克斯•范登伯格一起准备好了《撷取文字的人》一书所需的纸张。

当油漆匠的感觉真好。

■ 一决胜负：6月24日

现在轮到骰子的第七面了。是在德国进攻苏联的两天以后，英国和苏联加入同盟国的三天以前。

七点。

你掷下骰子，看着它滚过来，你清楚地意识到这是一个不同寻常的骰子。你知道它预示不幸，但你也一直清楚它一定会到来。你把它带进屋子，桌子都能从你的呼吸中嗅出它的味道来。这个犹太人从一开始就从你的口袋里冒出来，他是你口袋外沿上的一个污点。你掷骰子时，明白自己一定会掷到七点——那是别人找来伤害你的一个理由。骰子落地，它盯着你的两只眼睛，奇妙，却又令人厌恶。你移开视线，它却还靠吸你胸口的鲜血来维持生命。

只不过是运气不好。

你这样说。

这并不重要。

这就是你让自己相信的——因为在你的内心深处，知道运气的这一小小转变是危险来临的信号。你隐藏了一个犹太人，就要付出代价。无论如何，你都要付出代价。

莉赛尔事后告诉自己这算不了什么，也许是因为她在地下室里开始写自己的故事时已经发生了太多变故，她已经习以为常。在整件事情中，她认为罗莎被镇长夫人解雇根本算不上什么不幸，与窝藏犹太人完全无关，倒是与战争密切相关。可是，那个时候，的确让人有种受到惩罚的感觉——因窝藏犹太人而受到惩罚。

事情在6月24日前一周就有了征兆。莉赛尔像往常一样在垃圾堆里替马克斯·范登伯格找到一张报纸。她把手伸进慕尼黑大街上的一个垃圾桶里，翻出一张报纸夹在腋下。她把报纸递给了马克斯，他开始读第一遍时，瞟了她一眼，然后指着头版上的一张照片说："这不是你替他们洗衣服的那人吗？"

莉赛尔从墙边走过来，她本来一直在写"争论"一词，在马克斯的画作——长绳似的云朵和水滴一样的太阳——旁写了六个"争论"。马克斯给她看报纸，她确认了一下。"是他。"

她继续读这篇文章，里面引用了镇长海因斯·赫曼的话，说虽然战事进展顺利，但，和全体有强烈责任感的德国人一样，莫尔钦镇的居民也应当做好充分准备，以度过更大的难关。"你们永远不知道，"他声称，"我们的敌人在想些什么，或者他们准备如何打垮我们。"

一周后，镇长的话成为了可怕的现实。莉赛尔依然出现在格兰德大街上镇长家的书房里，她坐在地板上读《吹口哨的人》。镇长夫人并没有反常的表现（或者坦白说，没有其他暗示），直到最后莉赛尔要离开的时候，她把《吹口哨的人》递给莉赛尔，并且坚持让女孩收下。"请你拿着吧。"她几乎是在恳求女孩，她把书郑重而坚决地塞到女孩手里，"拿着吧，请你拿着吧。"

莉赛尔被她奇怪的举动打动了，不忍心再让她失望。她正要问脏衣服在哪儿的时候，身穿浴袍的镇长夫人用忧郁的眼神看了她一眼，把手伸进五斗橱，取出一个信封，挤出一句话。"对不起，这是给你妈妈的。"

莉赛尔屏住了呼吸。

她猛然感到两只脚在鞋子里是那么空荡荡。她的喉咙哽咽，身体颤抖。当她终于伸出手要碰到信封时，听到了书房里的时钟走动的声音。她悲伤地意识到，时钟那"滴滴答答"的声音不仅冷漠而坚硬，更像是一把锤子发出的声音，它被人抢起来，不紧不慢地砸在地上。这是掘墓的声音。要是我的墓地已经挖好就好了，她这么想着——因为这时候，莉赛尔·梅明格一心只想死掉。别人不来洗衣服没多大关系，还有镇长和他的书房在，还有她和镇长夫人之间的关系存在。这也是最后一家顾客了，是最后的希望，现在也消失了。这次，她觉得遭到了最可耻的背叛。

她怎么去面对妈妈？

对罗莎来说，这点微薄的收入可以填补许多亏空，意味着能多买一点面粉，多买一块肉。

伊尔莎·赫曼这会儿急于摆脱莉赛尔。她紧了紧裹住身上的长袍——莉赛尔由此看穿了她的想法。虽然她笨拙地想表示歉意，但她显然也打算摆脱这尴尬的处境。"告诉你妈妈，"她又说起话来，而且声音已经变了调，还把一句话分成了两句来说，"我们很抱歉。"她开始领着女孩朝门口走。

莉赛尔觉得肩膀疼痛，这是最终被抛弃的打击造成的。

就这样吗？她在心里问道，你就这么把我扫地出门了？

莉赛尔慢慢拿起她的空袋子，向门口走去。她在门外转过身，盯住了镇长夫人，这是她这一天里倒数第二次盯着镇长夫人。她注视着对方的眼睛，脸上带着近乎野蛮的骄傲。"非常感谢。"她说。伊尔莎·赫曼无奈地笑了笑。

"如果你还想来看书，"这个女人在撒谎（在处于震惊和悲伤中的女孩看来，这是个谎言），"欢迎你再来。"

此时此刻，莉赛尔对这间空荡荡的门厅感到吃惊。这里的空间太大了。人们为什么需要这么大的地方来进出呢？要是鲁迪在场，他准会叫她白痴——这里可以住得下他全家了。

"再见。"女孩说。门缓缓关闭，仿佛它也带着重重忧郁。

莉赛尔没有离开。

她坐在台阶上，久久地注视着小镇。天气不冷不热，莫尔钦镇宁静祥和，像装在一个广口瓶里一样。

她打开信。镇长海因斯·赫曼在信中委婉地列举了不再需要罗莎·休伯曼服务的原因。大部分内容都集中在一个原因上——如果镇长继续享受这小小的奢侈，却建议别人渡过难关的话，他就太像个伪君子了。

最后，她站起身朝家里走去，当她看到慕尼黑大街上"斯丹纳裁缝店"的招牌时，终于又有了反应。她内心的悲伤消失了，取而代之的是愤怒。"该死的镇长，"她小声说，"可恶的女人。"要渡过难关，最好的办法就是继续雇佣罗莎，相反，他们却解雇了她。尽管莉赛尔相信他们自己能洗衣服、熨衣服，像普通人一样，像穷人一样。

她手里的《吹口哨的人》被紧紧攥着。

"所以你给我这本书，"女孩心想，"想可怜我——好让你自己好受点……"镇长夫人在此之前就打算把书送给她的事实已经不重要了。

她像上次一样转身朝格兰德大街八号走去，她竭力控制自己跑过去的冲动，好有时间准备待会儿要说的话。

然而，她失望地发现镇长不在家，他的车没有稳稳地停在街上的空位里，也许这也是件好事。要是他的车子停在那儿，在这场富人和穷人的较量中，说不准她会对它干出点什么事儿来。

她三步并作两步走上台阶，使劲敲打着门环，手都被震痛了。她喜欢这痛苦。

镇长夫人看到女孩时显然吃了一惊。她那柔软的头发还有点湿润。当她注意到莉赛尔原本苍白的小脸上流露出的愤怒表情时，她脸上的皱纹加深了。她张开嘴，却没有说出话来，因为莉赛尔抢先开了口。

"你觉得，"她说，"你用这本书就能收买我吗？"她的声音虽然在颤抖，却让这个女人闭上了嘴。狂怒让她难以控制自己的情绪，但她还是坚持说下去，说到了惹得她眼泪都流出来的地方，"你给我这本该死的书，以为这样做，我回去告诉我妈妈最后一个顾客也没了的时候，就不会感到难受了？你就可以安安稳稳地坐在你的大房子里了？"

镇长夫人的手臂。

举了起来。

她的脸沉了下来。

然而，莉赛尔却没有胆怯。她把她的话直接射进了这女人的眼睛里。

"你和你丈夫，坐在这里。"现在，她变得恶毒起来，出人意料地恶毒和刻薄。

语言的伤害。

是的，语言的残酷折磨。

她想到了唯一能伤害这个女人的话，朝着伊尔莎·赫曼扔过去。

"是时候了，"她告诉那女人，"该轮到你自己洗你们的臭衣服了。你该面对现实了，你儿子已经死了。他被杀死了！他被人掐死，被剁成肉酱已经二十几年了！他是冻死的吗？不管他是怎么死的，反正是死了！他死了，你活该倒霉，要坐在你们的大房子里发抖，你要忍受这一切。你以为你是唯一的倒霉鬼吗？"

很快。

她的弟弟站到了她身旁。

他低声劝她住口。但他也是死人，不用听他的话。

他死在一列火车上。

他们把他埋在雪地里了。

莉赛尔瞟了他一眼，但她没办法停止，还不能。

"这本书，"她继续说着，她要把男孩推倒在台阶上，让他滚下去，"我不要。"这几句话的语气要缓和多了，但还是让人难受。她把《吹口哨的人》扔到那女人穿着拖鞋的脚下，听到它落到地上发出"啪"的一声。"我不想要你这本该死的书……"

现在，她把话说完了，陷入了沉默。

她的喉咙里空空的，再也没有什么话要说了。

她的弟弟抱着膝盖消失了。

片刻的静默后，镇长夫人走到门边，捡起书。她受到了沉重的打击，脸上再也没了笑容。莉赛尔可以看到，有鲜血从她鼻子里流出来，一直流到嘴边。她的眼睛更暗淡了。伤口被撕开，一串伤痕出现在她的皮肤上，一切都是莉赛尔这番话造成的。

伊尔莎·赫曼手里拿着书，蹲着的身子直了起来，她又准备说抱歉，但这话始终没有说出口。

扇我耳光吧，莉赛尔想，扇我耳光吧。

伊尔莎·赫曼没有扇她耳光，仅仅是退后几步，退回到这所漂亮的大房子污浊的空气中去。莉赛尔被再次留在外面，呆立在台阶上。她不敢转身，因为她知道，只要一转身，就会发现罩着莫尔钦镇的广口瓶已经被打碎了。

那封信是她最后一笔订单，她又把它读了一遍。快走出大门时，她用力把信纸揉成一团，朝那所房子的木头门扔过去，像是在扔一块石头似的。我不知道偷书贼希望有怎样的效果，但那纸团打在了结实的木门上，骨碌碌滚下台阶，又回到她脚边。

"十足的，"她说着把纸团踢进了草丛，"窝囊废。"

回家的路上，她在想，下一次下雨时，当罩着莫尔钦镇的被补过的玻璃瓶倒过来后，那纸团会有怎样的命运。她甚至都能看见信上的字一个个溶化在雨里，最后一字不剩，只有纸，只有泥土留存。

莉赛尔走进家门，真是不巧，罗莎正好在厨房里。"喂，"她问，"衣服呢？"

"今天没有要洗的。"莉赛尔告诉她。

罗莎走过来，在餐桌旁坐下。她明白了。她仿佛突然就衰老了。莉赛尔在想罗莎头发披在肩上会是个什么形象，大概会像一块灰色的毛巾吧。

"你这头小母猪，你都干了些啥好事？"这句话算不上刻薄，她一时也想不出更恶毒的话了。

"是我的错，"莉赛尔回答道，"都是我的错。我骂了镇长夫人，让她别再为她死了的儿子嚎个没完，我叫她可怜虫，这就是他们解雇你的原因。来吧。"她走到木勺边，抓了一大把勺子放到自己跟前，对罗莎说："你挑一把吧。"

罗莎顺手拿起一把勺子，举了起来，却没有用它打莉赛尔。"我才不信你的话。"

莉赛尔在痛苦和迷茫中煎熬着，这个时候，她迫切希望妈妈打她，却不能如愿！"是我的错。"

"不对，"妈妈说，她甚至还站起来摸了摸莉赛尔油腻腻的头发，"我晓得你不会说这些话的。"

"我说了。"

"得了，就算你说过吧。"

莉赛尔离开房间时，听到妈妈把木勺放回了原来装勺子的金属罐。但是，她走到自己的卧室后，所有的勺子，包括那个罐子，都一齐被甩到了地上。

隔了一阵儿，她走进地下室，马克斯正站在黑暗中，很有可能是在和元首打架。

"马克斯？"出现了一点如豆的灯光——就像一枚红色的硬币漂浮在角落里。"你能教我做俯卧撑吗？"

马克斯给她做了示范，必要时还帮她支撑身体。莉赛尔虽然外表瘦弱，但身体很结实，双手能够稳稳地撑起身子。她没有数一共做了几下，但这天晚上，在地下室昏暗的灯光下，偷书贼做了许多次俯卧撑，以至于全身酸痛了好几天。马克斯提醒她不要做得太多，但她没有理会，坚持做了许多。

她和爸爸坐在床上看书时，爸爸看出她有点异常。一个月以来，爸爸第一次进来和她坐在一起，她得到了某种安慰，虽然只有一点点。汉斯·休伯曼总是知道该说什么，什么时候该和她待在一起，什么时候该让她独自待着。也许，他是真正了解莉赛尔的人。

"是因为洗衣服的活儿吗？"他问。

莉赛尔摇摇头。

爸爸好几天没有刮胡子了，他每隔两三分钟就摸摸扎人的胡茬。他那双银色的眼睛平和宁静，带着暖意，每次他都用这样的眼神看着莉赛尔。

快读完书时，爸爸睡着了。这时，莉赛尔才说出了埋藏在心底的话。

"爸爸，"她低声说，"我想我会下地狱的。"

她双腿温暖，膝盖却是冰凉的。

她回忆起尿床的那些夜晚，爸爸洗净床单，然后再教她认字母表。现在，他躺在毯子下面呼吸着。她亲了亲爸爸扎人的脸颊。

"你该刮刮胡子了。"她说。

"你不会下地狱的。"爸爸回答。

她盯着爸爸的脸看了好一会儿，然后躺下来，靠在爸爸身上，和爸爸一起入睡。他们是在慕尼黑沉沉入睡的，不是在德国这颗骰子的第七面上。

鲁迪的青春

最后，她只得吻了他。

他知道该如何表现。

鲁迪·斯丹纳的一幅肖像画：1941年7月

他的脸上沾着几滴泥浆。领带像一根早已停摆的钟摆。

一头蓬乱的淡黄色头发，脸上挂着悲伤的，怪诞的微笑。

他站在离台阶几米开外的地方，极其坚决、极其快乐地说着话。

"到处都是狗屎。"他宣称。

是的。

1941年的上半年里，当莉赛尔忙于隐藏马克斯·范登伯格、偷报纸、斥责镇长夫人的时候，鲁迪正经历着自己一段崭新的人生，那是在希特勒青年团里度过的人生。二月初开始，他每次开会回来时，心情都比去的时候更糟糕。一路上，汤米·穆勒总陪伴在他左右，和他有同样的感受。这种痛苦出于三个原因。

三层烦恼

1. *汤米·穆勒的耳朵。*

2. 弗兰兹·德舒尔——希特勒青年团愤怒的头头。

3. 鲁迪不能坐视不管。

六年前，汤米·穆勒没有在慕尼黑历史上最冷的日子里失踪七个小时，要是没这回事就好了。他那双受伤的耳朵和受损的神经一直影响着希特勒青年团前进的队形。我向你们保证，这可不是什么好事。

起初，事情变糟的速度相对缓慢，可是，几个月后，希特勒青年团的头头们渐渐把矛头对准了汤米，尤其是在齐步走的时候。还记得头一年希特勒生日那天发生的事吗？最近，汤米耳朵的感染愈发严重，直到他的听力真的出了问题。在列队前进时，他听不清队伍的口令，无论是在大厅里还是在雪地里，在泥巴地里还是在雨里。

让每个人都同时停止，这是队伍前进时的目标之一。

"声音要整齐划一！"他们总是得到这样的命令，"这才是元首想听到的。每个人的行动都要一致，就像是一个人一样！"

接下来，汤米出现了。

我想他左耳的毛病最严重，当那声声嘶力竭的"立定！"传到其他人耳朵里的时候，只有汤米没有察觉，还在可笑地前进。他能把前进的队伍眨眼间弄得七零八落的。

特别是七月初的一个星期六，三点半刚过，在汤米破坏了队伍一次又一次前进的准备后，弗兰兹·德舒尔（这个最忠实的小纳粹）简直受够了。

"你这傻瓜——"他浓密的金发气得直抖，他冲着汤米劈头盖脸地骂道："怎么回事？"

汤米站在后面吓蔫了，可他的左脸却扭曲成一副激动而愉快的模样。他看上去不仅是在洋洋得意地傻笑，更像是在兴高采烈。弗兰兹·德舒尔无法忍受了，他瞪大了双眼，仿佛要把汤米吃掉。

"好吧，"他问，"你有什么要为自己辩解的？"

汤米的脸抽搐得更厉害了，越来越快，越来越严重。

"你敢嘲笑我？"

"万岁，"汤米抽搐着，徒劳地想赢得一点赞许，可他却没能说出"希特勒"几个字。

这时，鲁迪站了出来。他面对弗兰兹·德舒尔，仰头看着对方。"他有毛病，长官——"

"我看得出来！"

"是他的耳朵，"鲁迪想把话说完，"他不能——"

"行了，就到这儿，"德舒尔搓着双手，"你们俩——去跑六圈。"他们服从了命令，跑步的速度却不够快。"快点！"他的声音就跟在他们后面。

六圈跑完了，紧接着又是卧倒，起立，再卧倒，漫长的十五分钟后，他们又奉命来到操场，这应该是最后一次训练了。

鲁迪盯着地面。

地上一圈歪歪扭扭的泥巴好像在咧着嘴笑他。

你看上去像什么？

泥巴圈好像在这么问。

"卧倒！"弗兰兹命令。

鲁迪马上倒在泥巴地上，肚子紧贴地面。

"起立！"弗兰兹笑着，"向后一步走。"他们照做无误。"卧倒！"

口令十分清晰，这一次鲁迪也接受了。他扑倒在泥巴地上，屏住呼吸，把耳朵贴在潮湿的土地上。训练结束了。

弗兰兹·德舒尔彬彬有礼地说："十分感谢，我的绅士们。"

鲁迪爬了起来，掏掏耳朵，朝汤米看去。

汤米闭上了双眼，他的脸在抽搐。

这天，他们回到汉密尔街时，莉赛尔正在和一群小孩子们玩跳房子的游戏，她身上还穿着少女队的制服。她从眼角的余光看到两个身影郁郁寡欢地走近自己，其中一个把她叫了过去。

斯丹纳家的房子就像个水泥鞋盒，他们就在这鞋盒前的台阶上碰了头，鲁迪把这一天发生的插曲一五一十地告诉了她。

十分钟后，莉赛尔坐了下来。

又过了十一分钟，汤米挨着她坐下了，对她说："都是我的错。"可是，鲁迪却挥挥手让他走开，同时，一边对莉赛尔说着话，一边笑着用手指把泥巴搓成碎末。"是我的——"汤米又准备开口，但这次鲁迪干脆打断了他，指着他说："汤米，请你，"鲁迪脸上有一种奇怪的满足的神情，莉赛尔从没见过有谁遇上了这等倒霉事还能像这样心满意足，"就坐在郏儿抽抽脸，或者干点别的事儿好啦。"他又继续讲他的故事。

他来回踱着步子。

他正了正领结。

他的话一句句扔到她身边，落在水泥台阶上的某个地方。

"那个德舒尔，"他轻描淡写地总结着，"他整了我们，对吗，汤米？"

汤米点点头，脸抽搐着，开了口，忘了先前的命令。"都是因为我。"

"汤米，我说过什么话？"

"什么时候？"

"现在！保持安静！"

"是，鲁迪。"

汤米最后一个人孤零零地回家了，不久，鲁迪准备玩个看起来不错的新花样。同情。

他坐在台阶上，仔细打量了一番制服上结成硬壳的泥巴，然后无助地看了看莉赛尔的脸。"小母猪，怎么样？"

"什么怎么样？"

"你心里清楚。"

莉赛尔的反应一如既往。

"蠢猪。"她笑了，向不远处的家门走去。泥巴和可怜是一回事，要吻鲁迪·斯丹纳则完全是另一回事。

他在台阶上伤心地笑着叫她，一只手还捋了捋头发。"有一天，"他警告她，"总有一天，莉赛尔！"

两年后，在地下室里，有些时候，莉赛尔非常渴望去隔壁看看他，即使在凌晨写作的时候。同时她也意识到，很可能就是因为那些在希特勒青年团的伤心往事，才使得他，后来也包括她自己，有了犯罪的冲动。

尽管雨一场接一场地下，可夏天已经快来了。水晶苹果应该已经成熟了，还会发生一些盗窃事件的。

失 败 者

说起偷东西，莉塞尔和鲁迪都认为集体行动会更安全。安迪·舒马克召集他俩到河边开会。一个偷水果的计划将被提上议事日程。

"那你现在当头儿喽？"鲁迪曾问过安迪，可他却失望地摇摇头。他当然也希望自己能有这个机会。

"不，"他那冷酷的声音里带着不同寻常的耿耿衷心，莫名其妙的，"另外有人了。"

新的阿瑟·伯格

他有风一样的头发，一双浑浊的眼睛。

他是那种有偷窃癖的少年犯。

他的名字是维克多·切默尔。

与大多数热衷于偷窃的人不同，维克多·切默尔是以此为乐。他住在莫尔钦镇富人区的一幢别墅里，犹太人被赶出后，这里消了毒。维克多有钱，还有香烟。不过，他想要得到更多。

"想多要点东西算不上犯法，"他躺在草丛里对周围的男孩们宣称，"这是我们作为德国人最起码的权利。我们的元首是怎么说的？"他自问自答道，"我们必须拿走属于我们的东西！"

从表面上看，维克多·切默尔的话显然是在胡说八道，但不幸的是，当他想表达自己的意见时，这话总有一种特殊的魅力，一种"跟着我干"的魅力。

莉赛尔和鲁迪靠近河边这群人的时候，听到他正问另一个问题。"你们吹捧的那两个怪人跑到哪儿去了？都已经四点十分了。"

"我的表还没到呢。"鲁迪说。

维克多·切默尔用一只胳膊撑着地，直起身说："你可没带表。"

"我要是有钱买表还用上这儿来吗？"

这个新头头笑着坐了起来，露出洁白整齐的牙齿，然后又漫不经心地瞥了女孩一眼。"这个小婊子是谁？"莉赛尔早已习惯了尖酸刻薄的脏话，她只是盯着他雾蒙蒙的眼睛。

"去年，"她一一道来，"我偷了至少三百个苹果，还有好几打土豆。我翻铁丝网的本事不逊于任何人。"

"真的？"

"当然，"她没有胆怯或退缩，"我所要的只是一小部分。随便拿一打苹果，给我和我朋友剩点就行了。"

"嗯，我想这是小菜一碟。"维克多点燃一支香烟送到嘴边，猛吸了一口，然后把满口的烟雾使劲喷到莉赛尔脸上。

莉赛尔没有咳嗽。

这群人和去年一样，唯一不同的是换了个头儿。莉赛尔感到奇怪，其他男孩怎么只是面面相觑而不去当领头的。她意识到他们都没这个能耐。他们偷起东西来十分老练，但需要有人告诉他们怎么干。他们乐意听从别人的指挥，而恰好维克多·切默尔又喜欢对别人发号施令，这简直是某个社会的绝妙缩影。

有一阵子，莉赛尔盼望着阿瑟·伯格的重新出现。他会服从切默尔的领导吗？这一点并不重要。莉赛尔只知道阿瑟·伯格骨子里并不残暴，而这个新头头比他要残暴几百倍。去年，她知道她要是卡在树上了，阿瑟·伯格一定会回来救她，不会抱怨。而今年，她本能地预感到，维克多·切默尔可能连头都懒得回。

他站在那里，盯着豆芽菜一样瘦长的男孩子和营养不良的女孩子。"那你们想和我一起去偷了？"

他们能有什么损失呢？他们赶紧点点头。

他靠近一步，抓住鲁迪的头发。"我想听听你的话。"

"当然是。"鲁迪说，然后被切默尔抓着头发往后猛地一操。

"你呢？"

"当然。"莉赛尔飞快地回答，免得遭到同样对待。

维克多微微一笑，掐灭了烟头，他深吸一口气，挠挠胸口。"我的绅士们，我的小婊子们，该去购物了。"

这群人出发了，莉赛尔和鲁迪走在队伍的最后，就像从前一样。

"你喜欢他吗？"鲁迪偷偷问。

"你呢？"

鲁迪停了一下。"我认为他是个十足的下流胚。"

"我也是。"

他们掉队了。

"快点，"鲁迪说，"我们落在后面了。"

走了几英里后，他们到了第一个农场，眼前的景象让他们大吃一惊。想象中挂满水果的枝头现在看上去如同霜打的茄子一样无精打采，每个枝头只挂了几个可怜的苹果。接下来的农场也是同样的景象。或许是今年的收成不好，或许是他们错过了收获的季节。

傍晚时分，所有的赃物都被分配一空，莉赛尔和鲁迪两人只得到了一个小得可怜的苹果。公平地说，大家的收获都少得可怜，但维克多·切默尔这样做是在戏弄他们。

"你把这东西叫什么？"鲁迪把苹果放在手掌上问维克多。

维克多头也不回。"它看上去像什么？"这句话从前面传来。

"一个烂苹果？"

"给你，"一个被咬了一口的苹果扔到了他们脚边，啃过的那面正好朝下。"你还可以拿上这个。"

鲁迪愤怒了。"见鬼去吧。我们走了二十几里路可不是为了半个烂苹果，对不对，莉赛尔？"

莉赛尔没有回答。

她是没来得及回答，因为维克多·切默尔还没等她开口就抓住了鲁迪，用膝盖压住鲁迪的胳膊，用双手掐住他的喉咙。在维克多的威逼下，安迪·舒马克很快捡起了苹果。

"你弄伤他了。"莉赛尔说。

"是吗？"维克多狞笑起来。她讨厌这样的笑。

"他伤不了我。"鲁迪挤出一句话，他的脸涨得通红，鼻子里开始流血。

维克多又使劲压了他一会儿才松开手，漫不经心地走到一边。他命令鲁迪："站起来，小子。"这回鲁迪放聪明了，照他的话做了。

维克多又漫不经心地走过来，正对着鲁迪。他摸了摸鲁迪的胳膊，咧嘴笑了笑，对着鲁迪耳语："除非你想血流成河，否则我建议你早点滚开，小子，"他看看莉赛尔，"别忘了带上这个小婊子。"

他们没有动弹。

"喂，你们还在等什么？"

莉赛尔拉着鲁迪起身离开，但是很快，鲁迪回转身朝维克多的脚上吐了一口带血的痰。这个举动引发了一个最后通牒。

维克多·切默尔对鲁迪·斯丹纳的小小威胁

"你早晚会遭殃的，我的朋友。"

随便你认为维克多是什么样的人，可有一点，他很有耐心，记忆力也很好。大约五个月后，他把这个威胁变成了现实。

素　描

1941年的夏天，莉赛尔和鲁迪的爱好都落空了，与此同时，写作和绘画却融入了马克斯·范登伯格的生活。地下室里孤寂的日子里，文字开始在他的脑子里慢慢堆积。事物的形象开始进入他的脑海，在那里扎下根来。有时，他的笔端会涌出一些文字。

他拥有限额配给的工具：

一本被漆过的书。

一大把铅笔。

满脑子的想法。

他就像填字谜一样把这些文字拼到一起。

起初，马克斯只打算写他本人的故事。

他的想法是写下他的所有遭遇——他是怎么到汉密尔街的——但后来却没有这样写。马克斯的流亡生涯创造出完全不同的东西，这是一堆杂乱无章的思想，然而他却深信不疑。它们比他写给家人和朋友沃尔特·库格勒的信更为真实，那些信也许永远无法寄达。那些被裁下来的《我的奋斗》的书页变成了一张张素描，这些素描反映出了改变他生活的一系列事件。其中一些素描只花了几分钟就完成了，有一些则花了几个小时。他决定写完后，要把它送给莉赛尔，等她长大一点，最好是等到这荒唐的一切都结束以后。

从他在第一次动笔以来，他总是把书带在身边。甚至有时入睡了还拿在手上。

一天下午，他做完俯卧撑和仰卧起坐以后，靠在地下室的墙上睡着了。莉赛尔下来时，发现那本书就斜靠在他的大腿上。她的好奇心被勾了起来，于是弯腰拿起书，原以为会把他惊醒，他却没有醒，还坐在那里沉睡。他的头和肩膀靠在墙上，她甚至听不到他此起彼伏的呼吸声。她打开书，随手翻了几页……

Not the Führer- the conductor!

他不是元首——是乐团指挥

多么美好的一天啊……

她被看到的东西吓坏了，赶忙把书放回原处，重新靠在马克斯腿上。

一个声音让她吃了一惊。

"非常感谢。"这个声音说。她循声望去，一种满足的表情出现在犹太人的嘴唇上。

"上帝啊，"莉赛尔倒吸一口气，"你把我吓坏了，马克斯。"

他又睡着了，女孩上了楼，心里还是这样想着。

你把我吓坏了，马克斯。

《吹口哨的人》和鞋子

夏去秋来，日子就这样一成不变地过下去。鲁迪在希特勒青年团里竭尽全力挺过来了。马克斯每天做俯卧撑和仰卧起坐，还画他的素描。莉赛尔四处寻找报纸来读，然后把生词写在地下室的墙上。

值得一提的是，他们每个人的生活方式都或多或少有些特别之处，有时这个人突显出来，有时又落到后面几页去。其中，最重要的人物是鲁迪，或者说，至少是鲁迪和一片新近施过肥的运动场。

十月下旬，一切如常。一个脏兮兮的男孩沿着汉密尔街走来。几分钟后，他的家人就能见到他了。他通常会谎称希特勒青年团对每个人都增加了额外训练，他的父母甚至可以听到几声放声大笑。可今天，他们却听不到这样的话了。

今天，鲁迪完全没有心思笑，也没有心情撒谎。

在这个星期三的下午，莉赛尔凑近鲁迪看时，才发现鲁迪·斯丹纳没有穿衬衣，而且，他的脸上全是愤怒的表情。

"怎么回事？"他拖着沉重的步子走过莉赛尔身边时，她问道。

他回转身，把衬衣递过来。"你闻闻。"他说。

"是什么？"

"你聋了吗？叫你闻闻衣服。"

莉赛尔不情愿地靠过来，闻到了褐色衬衣上传来的一阵恶臭。

"上帝啊，圣母玛利亚！这不是——"

男孩点点头。"我的下巴上也有。我的下巴！没吃进嘴里真算运气好！"

"上帝啊，圣母玛利亚！"

"希特勒青年团的训练场里刚施了肥,"他又朝衬衣投去厌恶的一瞥,"我猜是牛粪。"

"那个叫德舒尔的事先知道这事吗?"

"他说不知道,可他还咧着臭嘴嘲笑我。"

"上帝啊,圣母玛利亚!"

"你就别老说这话了!"

此时此刻,鲁迪急需取得一次胜利。他在与维克多·切默尔的较量中败下阵来,在希特勒青年团里又忍受了一个接一个的折磨。他迫切需要取得一点小小的胜利,他决心要得到它。

他继续往家走,不过,走到水泥台阶时,他改变了主意。他慢慢地回到女孩身旁。

他小心翼翼地试探着。"你知道什么事才能让我高兴起来吗?"

莉赛尔退缩了。"要是你以为我会——在这种情况下……"

他看上去对她非常失望。"不,我说的不是那个,"他叹了一口气,走近她跟前,"是别的东西。"他思索了一阵,稍稍抬起头,"看着我,我浑身脏兮兮的,有股牛粪或狗屎的味道,随你怎么说。还有,我像以前一样饿得前胸贴后背了。"他停顿了一下,"我需要一次胜利,莉赛尔,真的。"

莉赛尔明白。

要不是他身上的那股味儿,她会靠近他的。

偷东西。

他们得去偷点东西。

不。

他们得偷到点东西。不管是什么,越快越好。

"这次就你和我两个人去,"鲁迪提议,"别叫上切默尔,也别叫舒马克,只有你和我。"

女孩无法反对。

她双手痒痒,心跳加速,嘴角一直挂着微笑。"听上去不错。"

"那就一言为定。"尽管鲁迪努力不泄漏兴奋之情,他沾着牛粪的脸上还是露出了笑意。"明天就去?"

莉赛尔点点头。"明天。"

他们的计划完美无缺，只可惜少了一样东西。

他们没有目标。

水果早已过季。鲁迪对洋葱和土豆又不屑一顾。他们对奥图·斯德姆和他自行车上载的农产品也不打主意了。偷他一次已经是不道德了，两次就是十足的恶棍了。

"那我们到底上哪儿去呢？"鲁迪问。

"我怎么知道？是你出的主意，不是吗？"

"这不是说你就可以一点都不管了。不可能凡事都赖着我。"

"什么事赖过你了？"

他们一路走，一路吵个不停。在郊外，他们看到了头几个农场。果园的果树好像形容憔悴的雕像，树干灰蒙蒙的。他们抬头看了看，除了空荡荡的树枝和同样空荡荡的天空，什么也没有。

鲁迪吐了口唾沫。

他们穿过莫尔钦镇往回走，一路上商量着。

"迪勒太太的商店怎么样？"

"那怎么对付她？"

"也许我们先说'万岁，希特勒'，再偷东西就没问题了。"

他们在慕尼黑大街上漫无目的地游荡了近一个小时后，天色渐渐暗下来，他们已经快要放弃这个念头了。"没用的，"鲁迪说，"我越来越饿了，看在上帝的份上，我都快饿死了。"他又走了几步，然后停下来，扭头看看。"你怎么了？"只见莉赛尔静静地站在那里，脸上出现了一种恍然大悟的表情。

怎么没早点想到她呢？

"怎么了？"鲁迪有点不耐烦了。"小母猪，出啥事了？"

这个时候，莉赛尔还在犹豫。她真的能这样干吗？她能这样去报复那个人吗？她能这样去蔑视一个人吗？

她开始朝相反的方向走去。鲁迪赶上她时，她放慢了脚步，心里还在七上八下。毕竟，邪念已经产生了，湿润的泥土让种子开出了邪恶的花朵。她心里掂量着自己能否真的要付诸行动。到下一个路口时，她停了下来。

"我知道一个地方。"

他们过了河，沿着山路向上走。

格兰德大街上每户人家的大门都擦得锃亮，屋顶上的瓷砖像精心梳理过的假发，墙壁和窗户装饰得漂漂亮亮的，烟囱里冒着一个个烟圈。

鲁迪驻足不前。"镇长家？"

莉赛尔认真地点点头，停了一下后说："他们解雇了我妈妈。"

他们慢慢朝那里走去。鲁迪说天知道怎么才能进去，可是莉赛尔知道。"你真是个孤陋寡闻的人，"她回答道，"孤——"可等他们观察了通向书房的窗户时，她不禁打了个寒战。窗户是紧闭着的。

"怎么办？"鲁迪问。

莉赛尔转过身，急于离开。"今天不去了。"她说。鲁迪笑了。

"我知道，"他赶上前来，"我知道，你这头肮脏的小母猪，就算有钥匙你也没胆量进去。"

"你管得着吗？"她走得更快了，毫不理会鲁迪的挖苦，"我们只不过要等个好机会。"在她的内心，她试图摆脱那扇紧闭的窗户带来的某种喜悦。她严厉地责备自己。为什么，莉赛尔？她问自己，为什么他们解雇妈妈时你要愤怒呢？你怎么不闭上你的大嘴巴呢？你应该知道，你对镇长夫人嚷嚷了一通之后，情况已经截然不同了。也许她已经解决了问题，振作起了精神；也许她永远都不会再让自己在那所房子里发抖了，窗户也将永远关闭……你这头愚蠢的小母猪！

不过，一个星期以后，他们第五次造访莫尔钦镇的上半城时，窗户是打开的。

那扇打开的窗户是用来通气的。

这就是它打开的原因。

鲁迪首先停住脚步，他用手背敲敲莉赛尔的肩胛骨。"是那扇窗户吗？"他悄悄问，"开着的那扇？"他的声音中流露出某种焦急，像一只手臂搭在莉赛尔的肩头。

"当然是它。"她回答道。

她的心脏开始发烫了。

前面几次，当他们发现窗户紧闭时，莉赛尔外表的失望掩盖了她内心强烈的解脱感。她会有勇气进去吗？事实上，她是为了谁，为了什么东西进去的呢？要找点食物吗？

不，令人心烦的真相是：

她一点都不在乎吃的东西。无论她多么努力抵制这个想法，在她的计划里，鲁迪是排在第二位的。她要的是书，《吹口哨的人》。她不能忍受一个可爱又可怜的老妇人送给她这本书。偷书，从另一方面来说，看上去更容易接受。偷出这本书，从某种病态的意义上来说，更像是自己挣回来的。

灯光在树荫中忽明忽暗。

这两个人是被这座一尘不染的豪宅吸引来的。他们在窃窃私语。

"你饿吗？"鲁迪问。

莉赛尔回答："饿极了。"让她饥饿的是一本书。

"看——有盏灯被端上楼了。"

"我看见了。"

"还饿吗，小母猪？"

他们忐忑不安地笑了笑，然后开始讨论谁进去，谁望风。在这种情形下，作为一个男人，鲁迪觉得理所应当是自己进去，但是莉赛尔显然更熟悉这里的地形，应该让她进去，她知道窗户里边有什么。

她也说了同样一句话。"只能是我进去。"

莉赛尔闭上双眼，紧紧闭着。

她强迫自己回忆，回忆镇长和他妻子的模样。她看到自己和伊尔莎·赫曼逐步建立起来的友谊，确信这友谊已经被狠狠踹了一脚，扔在了路边。这办法奏效了，她开始憎恨他们了。

他们侦察了一番大街上的情况，然后悄无声息地穿过院子。

现在，他们蹲在一楼那扇开了一条缝隙的窗户下，两个人的呼吸声清晰可闻。

"来，"鲁迪建议，"把鞋子给我，这样才不会弄出声。"

莉赛尔毫无异议地解开黑色的旧鞋带，把鞋子放在地上。她站起身，鲁迪轻轻地把窗户开到刚好容身的宽度。窗户打开时就像一架低空飞行的飞机在头顶上轰鸣。

莉赛尔爬上窗台，扭动着身体爬进了窗户里面。她意识到，脱掉鞋子真是个好主意，因为她落地时的声音比她想象的更重，她疼得踮起了脚。

屋子里一切如故。

在灰蒙蒙的微弱光线下，莉赛尔抛掉了怀旧的感觉。她一边向前爬，一边让两眼逐渐适应周围的环境。

"怎么样？"鲁迪在外边小声问。但她冲他摆摆手，意思是让他保持安静。

"吃的，"他提醒她，"找点吃的，还有香烟，如果你找得到的话。"

然而，在她的头脑中，这两样东西却是排在最后面的。她又回家了，身处镇长家各色各样的书籍中，每本书上都印着银色或金色的字母。她能闻到这些书页的味道。她几乎能品尝到这些文字的味道，它们就堆在她身旁。她的双脚把她引向右边墙壁。她知道她想要去哪个地方——确切的位置——可是，当她走到书架通常放《吹口哨的人》的地方时，它却不在那儿，那个位置上有个小小的空缺。

她听到头顶上传来了脚步声。

"那盏灯！"打开的窗户里传来鲁迪小声的提醒，"灯出来了！"

"他妈的。"

"他们下楼了。"

电光火石间，她做了决定。她用眼睛扫视了一下房间，发现《吹口哨的人》正安静地摆在镇长的书桌上。

"快点。"鲁迪警告她。不过，莉赛尔保持镇定，直接走过去，拿起书，小心翼翼地往窗外翻。她先伸出头，然后爬出窗子，让双脚先着地，再一次体会到疼痛的感觉，这次是脚踝在疼。

"来吧，"鲁迪恳求她，"快跑，快跑，快点。"

他们又转过街角，顺着公路跑到河边，回到慕尼黑大街。她停下来，弯着腰喘气。她的身子垂得低低的，嘴里呼出的空气都差点结成冰了，她的心跳砰砰砰地敲打着她的耳朵。

鲁迪也是一样。

鲁迪朝这边看时，发现了她手臂下夹着的书。他挣扎着说出一句话："这本书，"他吃力地说，"有什么用？"

现在，黑暗真的降临了。莉赛尔喘着气，她喉咙里的空气仿佛解了冻。"我能找到的就只有这个。"

不幸的是，鲁迪闻得出来谎言的味道。他扬起头，告诉她自己知道真相是什么。"你进去不是想找吃的？你拿的就是你想要的东西……"

莉赛尔直起腰，很快意识到另一件事，吓坏了。

鞋子。

她看看鲁迪的双脚，又看看他的双手，接着瞅了瞅他周围的地面。

"什么事？"他问，"怎么了？"

"蠢猪，"她骂道，"我的鞋子到哪儿去了？"鲁迪的脸刷地白了，这更证实了她的怀疑。"鞋子掉在那所房子外面了,"她猜,"对不对?"

鲁迪在身边绝望地摸索着,不顾眼前的现实,祈祷着鞋子可能就在自己身边。他想象自己手上拿着鞋子,但愿这一切都是真的——但鞋子不在那里。它们留在那里不仅没有作用,而且更糟糕的是,它们是罪证,堂而皇之地躺在格兰德大街八号的墙边。

"傻瓜!"他骂了一句,又扇了自己一记耳光。他不好意思地看着莉赛尔脚上那双黑糊糊的袜子。"白痴!"他立刻决定该干什么了。他一本正经地说:"你等着。"说完拔腿就往回跑。

"别被抓住。"莉赛尔在后面叫他,可他没听见。

鲁迪走后,时间一分一秒过得很慢。

现在,四周一片漆黑,莉赛尔十分肯定到家要挨揍了。"快点啊。"她嘀咕着。可是鲁迪还是没有出现。她仿佛听到呼啸而来的警笛声,看到不停闪烁的警灯。

还是没有动静。

最后,当她穿着湿漉漉的脏袜子回到两条街的十字路口时,终于看到了他。鲁迪得意洋洋地昂着头一溜小跑过来。他龇牙咧嘴地笑着,手里晃荡着两只鞋。"它们差点要了我的命,"他说,"可我还是拿回来了。"一过了河,他就把鞋子递给莉赛尔。她把它们随手扔在地上。

她坐到地上,抬头看了看她最好的朋友。"谢谢。"她说。

鲁迪鞠躬致意。"这是我的荣幸,"他又试探了一下,"我想问问你,为这事可不可以亲亲你呢?"

"就因为你把你扔下的鞋子给我捡回来了?"

"扯平了。"他举手投降。两人继续走,鲁迪一路说个不停,莉赛尔尽量不理他。她只听到了最后一段话。"可能我根本就不想亲你——要是你嘴里的味道就像你的臭鞋子一样怎么办?"

"你让我作呕。"她警告他,同时希望他没看见,有一丝不易察觉的笑意倏然消失。

回到汉密尔街后,鲁迪抢走了那本书。他在路灯下读出了书名,对书的内容十分好奇。

莉赛尔小声介绍:"就是一个杀人犯的故事。"

"就这么简单?"

"还写了一个想逮捕他的警察。"

鲁迪把书还给她。"说点正事，我想我们俩回家后都会吃点苦头的，特别是你。"

"为什么是我？"

"你知道的——你妈。"

"她怎么啦？"莉赛尔在行使家庭成员内部的特权。他们可以互相抱怨、责怪或是批评，却不允许这个家以外的其他人有这样的权力。这是你保护自己的家庭，显示自己对家庭的忠诚的时刻。"她有什么问题吗？"

鲁迪只好让步。"对不起，小母猪。我不想伤害你。"

即便现在是晚上，莉赛尔也能看出鲁迪的确长大了。他的脸变长了，头发的颜色也有点变深了，体形看上去也有些改变。但有一件事情永远不会改变。你不会对他生很久的气。

"你家今晚有好吃的吗？"他问。

"我猜没有。"

"我也是。你不能把书给吃掉，真是遗憾。阿瑟·伯格曾经说过这样的话，记得吗？"

余下的路途中，他们都在回忆着过去的美好时光。莉赛尔不时瞅瞅《吹口哨的人》，看看它那灰色的封面和上面印的黑色书名。

他们各自回家前，鲁迪停下来说："再见，小母猪，"他笑了，又说，"晚安，偷书贼。"

这是莉赛尔第一次得到这个封号。她无法掩饰对这个名字的喜爱。正如我们所知，她以前就偷过书，但是从1941年10月末起，这件事得到了承认。从这天晚上起，莉赛尔·梅明格正式成为了偷书贼。

鲁迪·斯丹纳干的三件蠢事

鲁迪·斯丹纳，十足的天才

1. 他从当地的杂货商玛默家偷了个最大的土豆。

2. 在慕尼黑大街上对抗弗兰兹·德舒尔。

3. 逃避希特勒青年团的集会。

鲁迪干的第一件蠢事是由贪婪造成的。这是1941年11月中旬一个沉闷的下午。

最初，他在手握配给券的女人堆里若无其事地钻来钻去——我敢说，他还是有点干坏事的天分，几乎没有人注意他。

他本人虽然不显眼，但他竟然想偷货架上最大的土豆——排队的人里有好几个都一直盯着这个土豆呢。他们都看到了——一个十三岁小孩的拳头伸过去抓住了土豆。一群矮胖的女人指着他。托马斯·玛默朝这个脏兮兮的男孩气冲冲地走过来。

"我的土豆，"他说，"我的土豆啊。"

土豆还捧在鲁迪的两只手里（用一只手拿不了），围在他身边的女人们就像一群摔跤手，他必须得想点办法。

"我的家里人，"鲁迪辩解着，一股清鼻涕开始从他鼻子里流出来，他故意没擦，"我们都快饿死了。我妹妹需要一件新外套。她最后一件衣服被偷了。"

玛默可不是那么好糊弄的，他一只手拎着鲁迪的衣领问："你打算给她穿件土豆外套吗？"

"不是，先生。"他只能斜着眼睛看着玛默的一只眼睛。玛默长得像个圆桶，眼睛像两个子弹洞，牙齿就像一群踢足球的人一样挤作一团。"三个星期前，我们用全部家当换了件外套，家里现在已经断粮了。"

杂货店老板一手拎着鲁迪，一手拿着土豆，对他妻子喊出了那个可怕的字眼："警察。"

"别，"鲁迪哀求着，"别叫警察。"虽然他后来告诉莉赛尔他一点都不害怕，可我相信当时他的心肯定提到嗓子眼儿了。"别叫警察，求你了，别叫警察。"

"快叫警察。"玛默丝毫不为之所动，任凭这个男孩在半空中扭动挣扎。

这天下午排队的人群中还有一位教师，林克先生。他在学校里属于少数几个既非神父又非修女的教师之一。鲁迪发现了他，急忙盯着他的眼睛恳求。

"林克先生，"这是他最后一个机会了，"林克先生，求您告诉他，我家里有多穷。"

杂货店老板用询问的目光注视着这位老师。

林克先生走上前一步，说道："是的，玛默先生。这孩子家里很穷，他住在汉密尔街。"人群中大多数妇女都议论起来，她们知道，汉密尔街可不是莫尔钦镇田园诗般生活的缩影，它是远近闻名的贫民窟。"他家里还有八个兄弟姊妹。"

八个。

鲁迪只得忍住笑，虽然他还没有被释放，但至少他让老师撒了谎。林克先生往斯丹纳家头上凭空添了三个孩子。

"他经常不吃早饭就来上学。"妇女群中冒出这么一句话。这番话仿佛给整件事披上了一层外衣，为事情的发展推波助澜。

"难道说这样就允许他来偷我的土豆了？"

"而且是最大的一个！"一个女人突然喊道。

"安静，莫茨夫人。"玛默警告那女人，她马上闭了嘴。

起初，人们所有的注意力都集中在鲁迪和他脖子上的围巾上。后来，注意力又从男孩身上转移到土豆上，最后再回到玛默身上——从最美的到最丑的——到底是什么原因使得杂货店老板决定饶恕鲁迪的？人们不得而知。

是男孩那副可怜样儿吗？

是林克先生的尊严吗？

还是莫茨夫人的多管闲事？

不管是出于什么原因，玛默把土豆放了回去，放开了鲁迪，用穿着长筒靴的右脚踹了他一脚，说："不准再回来了。"

鲁迪站在店外，看着玛默回到柜台和下一个顾客开玩笑："我猜不出您想买哪个土豆了。"他一边说一边警惕地监视着鲁迪。

对鲁迪来说，还有一次失败在等着他。

他干的第二件蠢事也同样危险，但是起因不同。这次特别争论的结果是，鲁迪被打得鼻青脸肿，肋骨受了伤，连头发都被剪了。

在希特勒青年团的集会上，汤米·穆勒又遇到了麻烦，而弗兰兹·德舒尔正等着鲁迪来插手，他没有等多久。

等其他人都到室内学习战术时，鲁迪和汤米却被留在外面进行综合操练。他们在寒风中跑着步，一边还扭头看窗户里那些温暖的脑袋和肩膀。即便他们又加入到了其他人中，他们的训练也没有结束。鲁迪一头扑在角落里，飞快地对着窗户拍打着袖子上的泥巴，这时，弗兰兹·德舒尔用希特勒青年团里最喜欢的问题来考他。

"我们元首阿道夫·希特勒的生日是什么时候？"

鲁迪抬起头。"什么？"

问题又被重复了一次，鲁迪·斯丹纳尽管清楚答案是1889年4月20日，可顽固不化的他每次都回答耶稣的生日，他甚至还加上伯利恒[①]来巩固自己的答案。

弗兰兹搓了搓两只手。

这可不是个好兆头。

他朝鲁迪走过来，命令鲁迪回到外面的操场上再跑几圈。

鲁迪独自跑着。每跑完一圈，弗兰兹就再问一遍元首的生日是哪天。他跑了七圈后，终于给出了正确答案。

更大的麻烦发生在几天后的一次集会后。

在慕尼黑大街上，鲁迪看到德舒尔和几个朋友沿着人行道走过来，他准备朝德舒尔扔块石头。你最好问问他到底在想什么。答案可能是什么都没想。他或许会说他是在练习上帝赋予他的权利——愚蠢。也许是因为这个缘故，或者是看到了德舒尔才让他产生了自我毁灭的冲动。

石头击中了目标的脊背，尽管打得不如预想的那么重，弗兰兹·德舒尔还是迅速转过了身，高兴地发现鲁迪还站在原地，旁边是莉赛尔、汤米·穆勒和汤米的妹妹，克里思蒂娜。

"我们快跑吧。"莉赛尔催促鲁迪，可他一动不动。

"我们现在可不是在希特勒青年团。"他告诉她。大孩子们已经过来了。莉赛尔还是决定站在她朋友身旁，抽抽脸的汤米和弱小的克里思蒂娜也站了过来。

"斯丹纳先生。"德舒尔只说了这一句话，然后就把他拎起来扔到人行道上。

鲁迪又站起来。现在那群大孩子都在嘲笑他们的朋友，这对鲁迪可不是什么好消息。"你不能让他尝尝你的厉害吗？"他们中个子最高的一个人怂恿着德舒尔。这人两眼湛蓝冰冷，如同天空的颜色。弗兰兹正需要这样的话作动力。他决心要把鲁迪摔倒在地，让他再也爬不起来。

更多人围观过来。鲁迪朝德舒尔的肚子打去，却没打中。与此同时，他感到自己左眼窝挨了一拳，火辣辣地疼，然后眼前直冒金星，他一下倒在地上，还没有反应过来就倒下了。他又被一拳打中同一个部位，他能感觉到受伤的地方立刻变成了黄、蓝、黑三种颜色，令人兴奋的三种层次的疼痛感。

围拢过来的人们不怀好意地笑着，想看看鲁迪是否还能爬起来。他没有爬起来。这一次，他躺在冰冷潮湿的地上，寒气渗进衣服，又散了出去。

---

① 耶稣的诞生地。——译者注

他眼前还在冒着金星。等他注意到弗兰兹站在他头顶旁，掏出一把崭新的小折刀时，为时已晚。弗兰兹蹲下身子准备剪他的头发。

"不！"莉赛尔抗议道，可高个子男孩把她拉了回去，她的耳边响起一句熟悉的话。

"别担心，"他向她保证，"他不会那样干的，他没有那个胆量。"

他说错了。

弗兰兹单腿跪着，斜靠到鲁迪身边对他小声说话。

"我们元首的生日是哪一天？"每一个字都清清楚楚地传进鲁迪的耳朵里，"快说，鲁迪，他是什么时候出生的？你说得出来，没事，别害怕。"

鲁迪呢？

他会做何回答？

他是会慎重回答，还是会意气用事，愚蠢地被扔入更深的泥沼？

他快活地注视着弗兰兹·德舒尔那双苍白的蓝眼睛，回答："星期一，复活节。"

几秒钟后，小折刀就开始割他的头发了。这是莉赛尔这些日子以来第二次看到别人剪头发。一个犹太人的头发被一把生锈的剪刀剪掉了；她最好的朋友被一把闪闪发光的小刀割掉了头发。她明白没人会为这样的理发付钱。

对鲁迪来说，这一年来，他吞过泥巴，洗过大粪澡，被一个少年罪犯扇过耳光，现在，又正在遭遇一件最倒霉的事——在慕尼黑大街上被公开侮辱。

他前额上的刘海被小刀肆意地割掉，但每次总会有一缕流连不去的头发被无情地扯掉，鲁迪的脸也会随之痛苦地抽搐一下。他那双黑眼睛眨个不停，两肋也痛苦地起伏着。

"1889年4月20日！"弗兰兹训斥完他就领着一帮同伙跑了，围观的人群也渐渐散去，只剩下莉赛尔、汤米和克里思蒂娜陪着他们的朋友。

鲁迪静静地躺在地上，躺在越来越湿冷的地上。

最后，只剩下他干的第三件蠢事了——逃避希特勒青年团的集会。

他不是立刻就缺席了，那样只会让德舒尔认为他害怕了。在几周之后，鲁迪才消失在集会上。

他骄傲地穿着制服从汉密尔街走出去，一直向前走。旁边是他忠实的伙伴汤米。

他们没有去参加希特勒青年团的集会，相反，他们出了小镇，沿安佩尔河而行。他们在石头上跳来跳去，朝河里扔几块大石头，只是图个好玩。他故意把制服弄脏回家好糊弄妈妈。就这样，直到家里收到希特勒青年团的第一封来信，他才听到厨房里传来妈妈的惊叫声。

开始，父母威胁他，他还是不去。

他们转而恳求他，他依然拒绝。

最后，一个参加另一部门的机会终于让鲁迪走上了正轨。真是幸运，如果他再不露面，斯丹纳一家就要因他的缺席而被罚款了。有人问他哥哥科特，鲁迪是否愿意加入航空师，这个组织是专门教授有关飞机和飞行的知识的，他们的主要任务是制造先进的飞机，那里也没有德舒尔这类人。鲁迪同意加入，汤米也参加了。这是他一生中唯一一次用愚蠢行为带来了良好后果。

在新组织里，每次别人问鲁迪关于元首的同样问题时，他总是微笑着回答："1889年4月20日。"然后，他会扭头对汤米说一个不同的日期，比如贝多芬、莫扎特或施特劳斯的生日，他们在学校里都听说过这些作曲家。虽然鲁迪有点傻乎乎的，可在这些方面，他却比一般人聪明。

漂流之书（之二）

十二月初，胜利终于来到了鲁迪·斯丹纳身边，虽然和以往不同。

这天，天气寒冷，四周一片沉寂，快要下雪了。

放学后，鲁迪和莉赛尔在亚历克斯·斯丹纳的裁缝铺待了一会儿。当他们向家里走去时，看见了鲁迪的"老朋友"弗兰兹·德舒尔，他正从街角走过来。莉赛尔这几天习惯性地带着《吹口哨的人》，她喜欢手里握着书的感觉，光滑的书脊和粗糙的纸边都让她爱不释手。她最先看到了德舒尔。

"快看，"她连忙指给鲁迪看，德舒尔和一个希特勒青年团的头头正朝他们跑过来。

鲁迪哆嗦了一下，摸了摸刚刚康复的眼睛。"这次他们可没门儿，"他四下里看看，"要是我们从教堂那边过去，可以沿着河边走，再转回到大路上来。"

莉赛尔二话没说，跟在他后面。他们成功地避开了烦人的德舒尔——径直跑到另外一条路上去了。

起初，他们没有留意。

桥上走来的那群抽烟的人也许是别的什么人，但事实并非如此。双方认出对方时，要想回头已经太迟。

"噢，糟糕，他们看见我们了。"

维克多·切默尔狞笑起来。

他说起话来和和气气地，这却意味着凶多吉少。"哎呀，这不是鲁迪·斯丹纳和他那个小婊子吗？"他慢条斯理地走过来，一把从莉塞尔手中夺过《吹口哨的人》，"让咱们瞧瞧这是什么东西？"

"这是你我之间的事，"鲁迪还想和他理论一番，"与她无关，快点，把书还给她。"

"《吹口哨的人》，"他问莉赛尔，"好看吗？"

莉赛尔清清嗓子。"还行。"不幸的是，她的眼睛流露出局促不安的神情，暴露了她的担忧。她知道，从此刻起，维克多·切默尔决定把这本书当成筹码。

"我告诉你们，"他说，"拿五十马克①来，就能把书赎回去。"

"五十马克！"这回，说话的是安迪·舒马克，"得了，维克多，你可以买一千本这种书了。"

"我让你发言了吗？"

安迪的嘴巴仿佛立刻被贴上了封条。

莉赛尔竭力保持镇静。"你拿着好了，反正我都看完了。"

"书的结尾是怎么写的？"

该死！

她还没有看到那个地方呢。

她迟疑了一下，维克多·切默尔马上醒悟了过来。

鲁迪朝他冲过来。"快点，维克多，别纠缠她。你要找的人是我。随便你怎么对付我。"那个大孩子只是推开他，把书举得高高的，纠正着他的话。

"不对，"他说，"是随便我干什么。"说完，他朝河边走去，所有人都连走带跑，跟在他后面。一些人表示反对，另一些人则催促他快走。

一切发生在瞬间。一个故作友好的声音嘲弄地问了一个问题。

"告诉我，"维克多说，"上一届柏林奥运会的铁饼冠军是谁？"他转身看着他们，做起了准备活动，"是谁呢？该死，名字就到了我嘴边了，是个美国人，

---

① 德国货币单位，1马克等于100芬尼。——译者注

对不对？是叫卡彭特还是……"

鲁迪说："求你了！"

水面上轰然一声。

维克多·切默尔手一甩。

书在空中划了一条优美的弧线。书在空中飘动着，哗哗作响。但它降落得太快了，好像忽然被吸到了河面上。书啪的一声落在水面，顺着河水向下漂去。

维克多摇摇头。"高度不够，一支可怜的箭。"他又微微一笑，"不过我还是赢了，对吧？"

莉赛尔和鲁迪没有留在原地听别人的嘲笑。

尤其是鲁迪，他已经跑下了河岸，好看清楚书的确切位置。

"你看得见吗？"莉赛尔大声问。

鲁迪沿着河边奔跑。

他跑到河边，把书的位置指给她看。"在那儿！"他停下脚步，指了指，又继续追下去，想跑到书的前面。很快，他脱下外套，跳进河里，朝河中心蹚去。

落在后面的莉赛尔也能看出他每走一步的痛苦。河水冰冷刺骨。

她走近后发现书正从他身边漂过，不过，他立即抓住了它。他的手伸进水里，抓住湿透的纸壳和书页。"是《吹口哨的人》！"男孩大叫起来。这天，安佩尔河漂着的只有这一本书，可他觉得，还是有必要宣布一下。

另外，最有趣的一点是，鲁迪拿到书后并没有马上离开寒冷刺骨的河水，他在河里又待了一分钟。他一直没有对莉赛尔解释，不过我想莉赛尔非常清楚原因，这原因有两个。

鲁迪·斯丹纳愿意挨冻的动机

1. 几个月来连续失败后，这是他唯一沉醉在胜利中的时刻。

2. 这种无私的表现是对莉赛尔旧事重提的最佳时机。她怎么能忍心拒绝呢？

"亲一个怎么样，小母猪？"

他在齐腰深的水中站了好一阵，然后才爬上岸，把书递给她。他的裤子紧贴在身上，他没有停下脚步。事实上，我想他是在害怕。鲁迪·斯丹纳害怕偷书贼的吻，虽然他期待已久，虽然他那么让人难以置信地深爱着她，但从此他再也没有向她索要过亲吻，直到他进入坟墓前也没有得到。

PART SIX

第 六 章

梦的挑夫

特别介绍：

死神的日记——雪人—— 十三件礼物——下一本书——

一具犹太尸体的噩梦—— 一张报纸的天空——来访者——

得意的微笑——中毒的脸颊上的最后一个吻

死神的日记：1942年

好久没有碰上这样的年份了，举几个例子来说，就像公元79年或1346年一样①。该死的，忘了长柄大镰刀吧，我需要的是一把扫帚或是拖把，我还需要一个假期。

一个事实

我没有带镰刀。

只有天冷时我才会穿一件带兜帽的黑色斗篷。

我没有长着一张骷髅脸，那样的话，你们老远就能认出我。

你们想知道我到底长什么样吗？

我来帮帮你。我接着往下讲的时候，请你站在镜子前面吧。

此时此刻，我感到太纵容自己了，不停地谈论着我，我，我，我的行程，1942年我的见闻。另一方面，你们是人类——你们应该理解自恋的感觉。关键在于，我有理由解释那期间的见闻。这些事情会对莉赛尔产生深远的影响。它们也让战争离汉密尔街更近了，是它们拉着我一路走来。

这一年，我要在地球上巡回好几次，从波兰到苏联到非洲，最后又回来。你可能会说我每年都要这么循环几次，但是人类有时喜欢加快速度，他们制造了更多的尸体和逃避的灵魂。几枚炸弹就可以达到这个效果，几间毒气室或是几声遥远的枪声也可以。

如果上述行为都没有加快速度，它至少让人们脱离了原来的生活轨迹，无家可归的人随处可见。

当我在这些被扰乱的城市中穿行时，他们经常紧随我身后，乞求我把他们带走，完全不顾我有多么繁忙。

"你们的大限会到的。"我向他们保证这一点，努力不回头看他们。有时，

---

① 公元79年，维苏威火山爆发，将罗马古城庞贝埋葬于地下，庞贝城变成了一座巨大的墓地；1346年，黑死病在欧洲流行，死亡人数巨大。——译者注

我希望自己能说："你们难道看不出我的盘子里已经装满了吗？"但是，我从未这样说过。我干活时心里不断抱怨。有些年头里，这些灵魂和躯体不只是增加一点点，他们在成倍增长。

1942年的花名册（删节版）

1. 绝望的犹太人——当我们坐在屋顶上冒烟的烟囱旁边的时候，他们的灵魂就在我的大腿上。

2. 苏联士兵：他们只有少量弹药，依靠那些倒下的人剩下的子弹。

3. 法国一处海滩上许多具湿透的躯体，他们被海水冲到海边的礁石和沙滩上。

我还可以继续列举，不过，我觉得这三个已经足够了。

不说别的，就这三个例子就能让你品尝到苦涩的滋味，这正证明了这一年中我的存在。

这么多人类。

这么多的色彩。

他们激起我内心的波澜，困扰着我的记忆。我看见他们堆得高高的尸体，一具压在另一具上面。空气如同塑料，地平线如同用来粘底座的胶水。人们制造出一片片天空，再把它们刺穿，让它们漏气。还有那柔软的碳黑色的云朵，砰砰地跳个不停，像是一颗黑色的心脏。

接下来。

还有死神。

在其间穿行。

他表面上毫不慌张，不知疲倦。

而在他的内心，却是毫无勇气，软弱无力。

人们说战争是死神的密友，对这个说法，我必须提出异议。对我来说，战争就像一个让人难以忍受的新老板，他站在你肩头不停地重复着："快点干，快点干。"于是，你加倍努力干活，完成了任务，然而，你的老板却不会为此感谢你，他还要更多。

我经常极力回忆那段日子种下的美好片段。我在各种故事堆成的图书馆里辛勤耕耘。

事实上，现在我找到了一个。

我相信你们已经猜到了一半，如果你们跟着我一起，会看到余下的部分，我将向你们展示偷书贼的第二部分故事。

她毫不知情，还在等待我一分钟前提到的那些事情发生，但她也在等待着你们。

她把许多雪运到了地下室里。

一捧捧冰冷的雪能让所有人微笑，不过，它却不能让他们遗忘。

她来了。

雪　人

对莉赛尔·梅明格来说，1942年的年初可以这样总结：

她快满十三岁了，胸部却依然平坦，也没有来例假。地下室的那个年轻人还躺在她床上。

问题和答案
马克斯·范登伯格后来怎么会睡在莉赛尔的床上？
因为他病倒了。

尽管他们看法不同，但罗莎·休伯曼还是坚持认为，是去年圣诞节时埋下的祸根。12月20日那天，他们又冷又饿，可是居然得到了一个大奖赏——没有客人在家里逗留得太久。小汉斯此时正在和苏联人交战，继续伤他父母的心。特鲁迪只是在圣诞节前的周末回家待了几个小时。她要和她的主人一家去外地过节，这一家人属于德国的另一个阶层。

平安夜的晚上，莉赛尔用双手捧了一堆雪作为礼物送给马克斯。"闭上眼，"她说，"伸出手来。"马克斯的手一碰到雪，就颤抖了一下。他笑了，可还是没有睁开眼睛。开始，他只是舔了舔雪，让它在舌头上融化。

"这是今天的天气报告吗？"

莉赛尔挨近他站着。

她温柔地碰碰他的手臂。

他又把雪送到嘴边。"谢谢,莉赛尔。"

一个最快乐的圣诞节就这样开始了。虽然食物少得可怜,也没有礼物,但是,他们的地下室里有一个雪人。

第一捧雪送到地下室后,莉赛尔看了看外面,四周都没有人。她就尽力拿了许多锅碗瓢盆出来,把落在汉密尔街——世界上这么一个小角落上的雪都往锅里、桶里装,装满之后,就把它们统统拿进屋子,送到地下室里。

她先朝马克斯扔了个雪球,自己肚子上也马上挨了一下,非常公平。连汉斯·休伯曼走下楼梯时,也未能幸免,马克斯朝他扔了一个。

"坏蛋!"爸爸喊道,"莉赛尔,给我点雪,要一桶!"随后的几分钟里,他们忘掉了一切,虽然没有大喊大叫,却忍不住享受这短暂的欢笑。他们只不过是普通人,在屋子里玩雪的普通人。

爸爸瞅瞅装满雪的锅。"我们用剩下的雪来干点什么?"

"雪人,"莉赛尔回答,"我们得堆个雪人。"

爸爸高声叫着罗莎的名字。

和往常一样,远远就传来了叫骂声。"怎么回事,猪猡?"

"快点下来,好吗?"

她出现的时候,汉斯·休伯曼可是冒着生命危险朝妻子扔了个漂亮的雪球。可惜没打中,雪球打到墙上,碎了。妈妈有了借口,便滔滔不绝地骂起人来。等她骂完了,又走过来帮他们的忙。她找了几个纽扣来当雪人的眼睛和鼻子,又用一条细线弯了张微笑的嘴巴,甚至还为这个半米多高的雪人提供了一条围巾和一顶帽子。

"一个小矮人。"马克斯说。

"它要是化了,我们该怎么办?"莉赛尔问。

罗莎早就有了办法。"你负责把水拖干,小母猪,动作还得快。"

爸爸不同意。"它不会融化的,"他摩拳擦掌,朝它吹了一口气,"这下面冰凉。"

不过,它最后还是融化掉了,但在他们每个人的内心深处,一直有个雪人站着。平安夜的晚上,他们进入梦乡时,雪人一定陪伴着他们。他们的耳朵里传来的是手风琴的声音,眼前晃动着雪人的影子。对莉赛尔来说,她想的是在火炉边告别时,他说的最后几句话。

马克斯·范登伯格的圣诞祝福

"常常在我希望这一切能早点结束时，莉赛尔，你捧着个雪人，或是带着别的什么东西，来到我面前。"

不幸的是，这个夜晚是马克斯的健康严重恶化的开端。起初没有明显的征兆，他只是一直发冷，他的双手哆嗦着，眼前频频出现和元首拳击的幻象。一直到他做完俯卧撑和仰卧起坐都无法使身子暖和的时候，他才真正开始发愁了。他尽量挨着火炉坐，还是没用。日复一日，他的体重到了让他跌跌撞撞的程度，他的锻炼养生法也停止了，因为他的双手无力支撑身体，脸颊总是撞到凹凸不平的地面。

整个一月份，他都挣扎着硬挺过来了，但是到二月初的时候，马克斯的样子再也无法让人忽视。凌晨，他会挣扎着在壁炉边醒来，可接着，整个上午他都在地下室里沉睡。他的嘴巴歪着，颧骨肿胀。对于他们的询问，他总是回答一切都好。

二月中旬的一天，离莉赛尔的生日还有几天时间，他走到壁炉旁时差点跌到火里。

"汉斯。"他小声叫着，他的脸看上去在痉挛，他的两腿颤抖着，头碰到了手风琴盒子上。

一柄木勺立刻掉到汤里，罗莎·休伯曼跑到他身边。她扶着马克斯的头，朝那间屋子里的莉赛尔吼道："别傻站着，拿床多余的毯子来，铺到你床上。还有你！"下一个人是爸爸。"帮我把他抬起来，弄到莉赛尔房里去。快！"

爸爸一脸忧愁，眨巴着那双灰色眼睛。他一个人就把马克斯抱了起来，马克斯轻得像个孩子。"不能把他放在我们床上吗？"

罗莎早已考虑过这个问题了。"不行。白天我们得拉开窗帘，要不会让人起疑心的。"

"说得对。"汉斯把他抱了出去。

莉赛尔手里抱着毯子，观察着他。

门厅里是他无力的双脚和低垂的头发，一只鞋子落在他后面。

"闪开。"

妈妈走在他们身后，依旧迈着摇摇摆摆的鸭步。

他躺在床上，周围堆着高高的毯子。

"妈妈？"莉赛尔不知道该说什么。

"啥事？"罗莎·休伯曼那紧紧盘着的头发足以让人望而生畏。她重复这个问题时，头发仿佛绷得更紧了。"啥事，莉赛尔？"

莉赛尔走近一点，害怕会听到可怕的答案。"他还活着吗？"

盘着的发髻。

罗莎接着转过身，明确地回答："现在，听我说，莉赛尔。我把这人弄进家里可不是要看着他死的。明白吗？"

莉赛尔点点头。

"现在出去吧。"

在门厅里，爸爸拥抱了她。

她太渴望这个拥抱了。

后来，晚上她偷听到了汉斯和罗莎的谈话，罗莎让她在他们的房间里睡觉。她挨着他们的床躺下，就睡在地板上，躺在他们从地下室拿上来的床垫上。（他们考虑过垫子是否也被染上了病毒，但随后得出结论，这个想法不成立。马克斯不是被病毒感染的，所以他们把垫子搬了上来，代替了床罩。）

妈妈以为女孩应该睡着了，把自己的看法讲了出来。

"那个该死的雪人，"她悄悄说，"我敢说病根儿就是那个雪人——弄得满地都是雪水，冷得要死。"

爸爸想得更深。"罗莎，罪魁祸首是阿道夫。"他直起身子，"我们得去瞧瞧他。"

这天晚上，马克斯被探视了七次。

马克斯·范登伯格的探视记录

汉斯·休伯曼：2次

罗莎·休伯曼：2次

莉赛尔·梅明格：3次

早晨，莉赛尔把他的素描本从地下室拿上来，放在床头。去年，她曾经迫不及待地想看看里面写的是什么，而这次，出于对马克斯的尊重，她把本子紧紧合着。

爸爸进来时，她没有回头看他，而是面对着墙壁，对着马克斯·范登伯格说话。"为什么我要把那个雪球带下去呢？"她问，"他就是因为这个才生病的，对不对，爸爸？"她双手合十，仿佛在祈祷，"我为什么要弄那个雪人呢？"

历经磨难的爸爸态度坚决。"莉赛尔，"他说，"你没有做错。"

一连几个小时，她都坐在他身边，看着他浑身颤抖，沉睡不醒。

"别死，"她低声说，"求你了，马克斯，你别死。"

他是第二个快要在她眼前融化的雪人，只有一点不同，这是自相矛盾的一点。他的身体越冷，他就融化得更快。

十三件礼物

这是马克斯的归来，再次回到这个地方。

他头上羽毛似的头发变成了细细的树枝，他光滑的脸变得粗糙。她需要的证据还存在，他还活着。

开头几天，她坐在一旁，对他讲话。她生日那天，她对他说，只要他醒来，厨房里就有一个大蛋糕在等着他。

他没有醒。

厨房里也没有蛋糕。

深夜里的一份记录

后来，我意识到，在那段时间，我的确拜访过汉密尔街三十三号。

那一定是女孩偶尔不在他身旁的时间里，因为我看到只有一个男人躺在床上。我跪下来，准备把双手插进毯子里，却感到里面传来了一种复苏的活力——一股巨大的抗拒我的力量。我缩回手，还有许多人在等着我，在这间阴暗的小屋里被打败是件好事。离开屋子前，我甚至闭上双眼，让自己平静了片刻。

第五天，马克斯睁开了眼睛，可惜只有一小会儿，这让他们兴奋不已。他看到的全是罗莎·休伯曼（这该是一个多么吓人的幻觉），她正把一大勺汤往他嘴里灌。"往下咽，"她劝他，"甭多想，咽下去。"妈妈把碗递过来，莉赛尔想再看看他的脸，可是却被喂汤的人挡住了视线。

"他醒了吗？"

当罗莎转过身时，莉赛尔不需要答案了。

又快过了一个星期，马克斯第二次醒了，这次是莉赛尔和爸爸在场。他们都看着床上这具躯体发出低低的呻吟。爸爸的身体离开了椅子，尽量往前倾。

"看，"莉赛尔急促地喘着气，"快醒醒，马克斯，快醒醒。"

他瞥了她一眼，却没有认出她来。那双眼睛在研究着她，仿佛她是一个字谜，然后，又闭上了。

"爸爸，这是怎么回事？"

汉斯重新坐到椅子上。

后来，爸爸建议她可以给马克斯读读书。"来吧，莉赛尔，你这些天读书很有进步——不过，这本书是怎么来的对我们还是一个谜。"

"我告诉过你的，爸爸，是学校的一个修女给我的。"

爸爸伸出双手，做了一个抗议的动作。"我知道，我知道，"他重重地叹了一口气，"只不过……"他字斟句酌地说，"别被抓住了。"这句话出自一个偷回了一个犹太人的男人之口。

从这天起，莉赛尔大声朗读起《吹口哨的人》这本书来，对象是躺在她床上的马克斯。让人扫兴的是，她必须不断地跳过一些章节，因为有些书页粘到一块了，书还没有完全干透呢。她坚持读着书，一直读到快到书的四分之三的地方。这本书有三百九十六页。

在外面的世界里，莉赛尔每天放学后都冲回家，盼望能看到一个好一点的马克斯。"他醒了吗？他吃东西了吗？"

"快到外面去玩，"妈妈求她，"你这些话简直让我发疯，快点，出去踢你的足球，看在上帝的份儿上。"

"好的,妈妈。"她刚要打开门，又嘱咐妈妈，"要是他醒了，你一定出来叫我，好吗？就假装有什么事，就像我干了坏事一样尖叫，大声骂我。所有人都会相信的，别担心。"

妈妈听了这话忍不住笑起来。她双手插着腰,威胁莉赛尔要是再这样讲话,就免不了挨耳光了。"要进一个球，"她吓唬莉塞尔，"要不就甭回家了。"

"当然，妈妈。"

"那就进两个吧，小母猪。"

"是的，妈妈。"

"别耍贫嘴！"

莉赛尔考虑了一下，还是跑到泥泞的大街上去对付鲁迪去了。

"来得正好，臭脚。"他用足球场上一贯的招呼方式来欢迎她，"你跑到哪儿去了？"

半小时后，他们的足球被一辆疾驰而过的小汽车压扁了。小汽车在这条街上可是个稀罕物。莉赛尔找到了送给马克斯·范登伯格的第一件礼物。眼看足球没法补好了，所有的孩子心里都不痛快，快快不乐地回了家，只剩下那个肚子瘪瘪的足球躺在寒冷泥泞的路上。莉赛尔和鲁迪弯下腰，看着这个破球，它的一侧裂开了一个大洞，像一张嘴。

"你还要它吗？"莉赛尔问。

鲁迪耸耸肩。"我拿这个被压成狗屎一样的球来干什么？没法再往里头灌气了，懂吗？"

"你到底想不想要？"

"不要，谢谢。"鲁迪小心地用脚碰碰它，好像这是一具动物尸体，而且还是死了很久的动物。

他往家走时，莉赛尔把球捡起来，夹在了胳膊下面。她能听到他在大声喊她。"嗨，小母猪。"她停下来。"小母猪！"

她好脾气地问："什么事？"

"要是你想要的话，我还有一辆没轮子的自行车。"

"让你的自行车见鬼去吧。"

从她站着的地方，最后听到的是鲁迪·斯丹纳这只蠢猪的笑声。

进屋后，她朝自己的房间走去。她把球拿给马克斯看了看，然后把它放到床脚。

"对不起，"她说，"这算不上什么。可是等你醒来的时候，我会把它的故事讲给你听。我会告诉你，在天色最暗的那个下午，那辆车没有开车灯，直冲过来压扁了它，车上下来个人对着我们大喊大叫。后来他又向我们问路，他的脸皮可真厚……"

快点醒来啊！她想尖叫。

要不就把他摇醒。

她没有这样做。

莉赛尔唯一能做的，只是看着这个球被压烂的球皮。这是众多礼物中的第一份。

第二份到第五份礼物

一条丝带。一颗松果。一粒纽扣。一块石头。

那个足球给她带来了灵感。

无论是上学还是放学途中，莉赛尔都寻觅着别人扔掉的，却可能对一个垂死的人有价值的东西。最初，她还是怀疑这些东西是否有用。这些无足轻重的东西能给人带来多少安慰呢？水沟里的一条丝带，大街上落着的一颗松果，丢在教室墙边的一粒纽扣，河里捞上来的一块扁圆的石头，虽然这些东西没有多少价值，可至少显示出对他的关心。马克斯醒来后，这些东西可以为他们提供谈资。

每当她独自一人的时候，她时常想象着以下对话。

"这是什么东西？"马克斯会问，"这堆垃圾是什么？"

"垃圾？"在她的想象中，她会坐在床边说，"这些可不是什么垃圾，马克斯，是它们唤醒了你。"

第六份到第九份礼物

一根羽毛。两张报纸。一张糖果纸。一片流云。

这根羽毛很可爱，它被夹在了慕尼黑大街教堂的门缝里。莉赛尔看到一截羽毛歪歪扭扭地伸出来，就赶紧把它拽了出来。羽毛的左侧是漂漂亮亮的，可右边却是前面整齐，后半截被挤成了一个不规则的三角形，只能这样来描述它了。

那两张报纸来自一个冰冷的垃圾箱的深处（和以前的那些报纸一样）。那张平整的糖纸早已褪色了，是她在学校附近发现的。她把糖纸举到亮处看了看，上面还残留着一点鞋印。

接下来是一片云。

你怎么能把一片云送给别人？

二月下旬的一天，她站在慕尼黑大街上，看到一片巨大的云飘过山顶，像一个白色的怪兽。它爬上山后，把太阳都遮住了，这使它变成了一头有颗灰色心脏的白色怪兽，在俯瞰着小镇。

"你看看那边吧。"她对爸爸说。

汉斯抬头仰望天空，说他也有同感。"你应该把它送给马克斯，莉赛尔。看看你能不能把它留在床头柜上，就像其他东西一样。"

莉赛尔看看他，好像他在说胡话。"怎么送呢？"

他轻轻用手敲敲她的脑袋。"记在心里，然后写在纸上。"

"它就像一头白色的巨兽，"她再次坐在床边时，对马克斯描述着，"它是从山那边飘过来的。"

写完这句话后，莉赛尔又修改了几次，觉得很满意。她开始想象自己把这句话从毯子上递给他的情景。她把它写在一张小纸片上，压在那块石头下面。

第十份到第十三份礼物

一个玩具士兵。一片奇妙的树叶。一本读完的《吹口哨的人》。一段沉重的忧伤。

玩具士兵埋在离汤米·穆勒家不远的一片泥巴地里。它的外表残破不堪，可对莉赛尔来说，这就足够了，虽然它受了伤，可还是能站起来。

那片树叶是片枫树叶，她是在学校的清洁工具柜里发现它的。它落在水桶和鸡毛掸之间。柜子门开了一条缝，那片树叶又干又硬，像片干面包。树叶表面好像高低起伏的丘陵和山谷一样。它不知怎么飘进了学校的大门，又落到了柜子里，就像一颗有叶梗的星星一样。

莉赛尔伸手把它夹在手指里旋转起来。

她没有把这片树叶像其他礼物一样放在床头柜上，而是把它别在紧闭的窗帘上，然后读完了《吹口哨的人》的最后三十四页。

那天下午，她没有吃饭，也没有上厕所，连水都没有喝。她在学校里发过誓，今天要读完这本书，等她读完了，马克斯·范登伯格就会听到并苏醒过来。

爸爸坐在墙角的地板上，他像往常一样没活儿干。幸运的是，他很快要带着手风琴去科勒尔酒吧了。他把下巴搁在膝盖上，听着女孩朗朗的读书声，是他努力教会了她认字母表。她骄傲地把书中最后那段骇人听闻的文字读给马克斯·范登伯格听。

《吹口哨的人》的最后一部分

那天早晨，维也纳的空气在火车车窗周围弥漫升腾。人们都是准备乘火车上班的，忙碌而焦急，一个谋杀犯却在吹着欢快的曲子。他买完车票后，和同行的乘客、检票员彬彬有礼地打过招呼，甚至还把座位让给了一位老太太，又和一个赌马的乘客谈论起美国的赛马来。这个吹口哨的人喜欢与人攀谈，以此来骗取别人的喜欢和信任。他在杀害他们、折磨他们、拿刀子捅他们的时候，还在和他们说话。只有没人和他说话时，他才会吹口哨，这就是他每次杀人后喜欢吹口哨的原因……

"那你认为第七道会赢吗？"

"当然。"这个赌马的人咧着嘴笑起来，他开始喜欢上这个吹口哨的人了。"他会从后面冲过来，超过所有对手！"在火车的汽笛声中，他大声叫嚷着。

"但愿你能如愿以偿。"吹口哨的人得意地笑着，他的想象已经展开——人们在那辆崭新的宝马车里发现这个巡官的尸体——他沉浸其中。

"上帝啊，"汉斯无法掩饰怀疑的语气，"哪个修女会给你这种书？"他起身过来，吻吻她的前额，"再见，莉赛尔，我得去科勒尔酒吧了。"

"再见，爸爸。"

"莉赛尔！"

她没有搭理。

"过来吃点东西！"

这次她回答了。"我来了，妈妈。"事实上，她是在对马克斯说话。她走近床边，把已经读完的书放到床头柜上，和其他东西放在一起。她低下头看看他，忍不住低声说："快点醒醒，马克斯。"即使是妈妈来到她身后的脚步声也无法让她停止哭泣，无法阻止她眼中咸咸的泪水滴在马克斯·范登伯格脸上。

妈妈拉住她。她用双臂抱着莉赛尔。

"我明白。"她说。

她明白。

新鲜空气、噩梦重现、怎么处理犹太死尸

他们站在安佩尔河边，莉赛尔刚刚告诉鲁迪她想再到镇长家的书房里偷一

本书。读完《吹口哨的人》后，她又在马克斯的床边读了几遍《监视者》，每次都花不了太久。她也试着读了《耸耸肩膀》，连《掘墓人手册》也读完了，但是没有一本书看上去适合读给他听了。我得找本新书，她这样想。

"你把最后一部分也读完了？"

"我当然读完了。"

鲁迪朝河里扔了块石头。"有趣吗？"

"它当然有趣了。"

"我当然读完了，它当然有趣了。"他企图从地里再挖出一块石头，不料却把手指割破了。

"这是给你的教训。"

"小母猪。"

当一个人最后骂你是母猪或是猪猡的时候，你就知道你触到他们的痛处了。

要说偷东西，今天正好合适。这是三月初的一个下午，阴天，气温只有几度——十度以下的气温经常让人不舒服，没有人愿意到街上闲逛。雨下得像灰色的铅笔刨花。

"我们去吗？"

"自行车，"鲁迪说，"你可以骑我家的一辆车。"

这一回，鲁迪急于当进屋偷东西的人。"今天该我进去了。"他说。他们握着自行车把的手都冻僵了。

莉赛尔脑子飞快地转着。"也许你最好别进去，鲁迪。那里头到处堆着东西，天又暗，像你这种白痴肯定会碰翻什么东西的。"

"你真是想得太周到了！"这种情况下，鲁迪难以控制自己的情绪了。

"还有，往下跳的时候，要比你想象的高得多。"

"你是不是觉得我干不了？"

莉赛尔踩着脚踏板直起身。"不是。"

他们骑过小桥，沿着弯弯曲曲的小路来到格兰德大街。那扇窗户开着。

像上次一样，他们先摸了摸周围的情况。他们能模模糊糊看到房子里面，楼下可能是厨房，屋里亮着一盏灯，有个人影在里面晃动。

"我们再骑一会儿车吧，"鲁迪说，"幸好骑了车来，对吧？"

"只要你记得把车骑回去就成。"

"太可笑了，小母猪，我的车可比你的臭鞋子大多了。"

他们在外面逛了大约一刻钟，镇长夫人还是在楼下，让人实在不爽。她怎么会这么警惕地守着厨房？对鲁迪来说，厨房才是他真正的目标。他真想冲进去，拼命拿些吃的，然后，如果（只是如果）还有点时间，他才会拿本书塞到裤子里，随便哪本都行。

不过，鲁迪的弱点是缺乏耐心。"天快黑了，"说着他开始下车，"你来吗？"

莉赛尔没有跟过去。

不需要做什么决定。她一路拼命蹬着这辆生锈的自行车来这里，不偷到书她是不会走的。她把自行车放到路旁的水沟里，瞧瞧四下没人，就走到窗户前。她动作敏捷，毫不慌张。这次，她用两个脚后跟互相帮助蹬掉了脚上的鞋子。

她用手指紧抠着窗台爬了进去。

这次，她有一点点轻松的感觉。她花了一些宝贵的时间在屋子里转了转，寻找最能吸引她的书。有两三次，她差点伸出手去拿书了。她甚至想过多拿一本书，但是她又不想坏了规矩，她现在只需要一本书。她浏览着书架上的书，等待着。

窗外暮色渐深，尘埃和偷窃的味道慢慢在周围弥漫。随后，她看见了它。

这本书是红色的，书脊上的字是黑色的。《梦的挑夫》。

她想到了马克斯·范登伯格和他的梦，那些关于罪恶、生存、离别，还有和元首打拳的梦。她也想起了自己的梦——她的弟弟，火车上的死亡，还有他出现在这间屋子外的台阶上的情景，偷书贼看着他冒血的膝盖，那是被自己推了一把后受的伤。

她把书从书架上划拉下来，夹到胳膊下面，然后爬上窗沿，跳了出去，动作干净利落。

这次，鲁迪没忘记她的鞋子，还把自行车也准备好了。她穿上鞋子，就和他骑上车走了。

"上帝啊，梅明格，"他从来没有叫过她梅明格，"你简直是个疯子，你知道吗？"

莉赛尔同意他的看法，因为她把车骑得飞快。"我知道。"

鲁迪在桥上总结了今天下午的行动。"要么镇长家的人全是疯子，"他说，"要么就是他们喜欢新鲜空气。"

有一种可能

也许，格兰德大街上的一个女人把她书房的窗户打开是另有原因的——不过，这也许只是我在瞎猜，也许真的是她有意这样，也许两者都对。

莉赛尔把《梦的挑夫》藏在她外套下面，一回家就开始读这本书。她坐在床边的木椅上，翻开书，低声说起话来。

"这是本新书，马克斯，是专门给你的。"她开始朗读，"第一章：梦的挑夫出生时，整个小镇恰好都在熟睡……"

每天，莉赛尔都要读完两章。一章是在早晨上学前读，一章是在回家后立刻读给他听。有的晚上，当她无法入睡时，也会起来给他读半章。有时，她就趴在他的床头睡着了。

这成了她的任务。

她把《梦的挑夫》当做营养品喂给马克斯。有个星期二，她发觉他有了点动静。她敢发誓他的双眼睁开过。要是果真如此，那也只是一瞬间的事情，这更像是她的幻觉，还有她的期待。

到三月中旬的时候，沉重的打击出现了。

一天下午，罗莎——这个善于应付危机的女人——在厨房里快要崩溃了。她提高了嗓门说着什么，又很快低下去。莉赛尔停止了朗读，蹑手蹑脚走到门厅。尽管她离得很近，也只能辨别出妈妈的声音。等她听清楚他们的谈话后，她真希望自己没有听到这番话，因为谈话的内容太可怕了，说的全是现实。

妈妈话中的内容

要是他醒不了咋办？要是他死在家里了咋办？

汉塞尔，告诉我，看在上帝的份上，咱们该拿他的尸体咋办？

咱们不能把他留在家里，那股味儿会害死咱们的……

咱们也不能把他搬出去，扔到大街上。

咱们不能说："你们肯定猜不到，今儿早晨我们在地下室里发现了啥东西……"

他们会把咱们一家送进大牢的。

她说得一点没错。

一具犹太人的尸体可是个大麻烦。休伯曼一家需要马克斯·范登伯格苏醒过来，不光是为了他自己，也是为了他们一家人，连向来沉着的爸爸也感到束手无策。

"我看，"他的声音平静而沉重，"要是真的发生了这种事——如果他真的死了——我们只需要想个办法。"莉赛尔发现她听到了他紧张地吞口水的声音，那声音就像是喉咙上挨了一下似的，"用我装油漆的小车，再盖上些床罩……"

莉赛尔走进厨房。

"现在别进来，莉赛尔。"这话是爸爸说的，尽管他没有看她，而是正在注视着自己映在勺子背面的扭曲的脸。他的胳膊趴在桌上。

偷书贼没有退却，她又向前走了几步，坐下来。她冰冷的双手摸索着袖子，嘴里蹦出一句话："他还没有死呢。"这几个字好像落在桌子上，在桌子中间生了根似的。三个人全都盯着它们。希望实在是太渺茫了。他还没有死。他还没有死。接下来开口的是罗莎。

"你们哪个饿了？"

也许他们唯一不牵挂马克斯病情的时候就是吃饭的时候。但是，不可否认的是，他们三个坐在餐桌旁分享着多余的那份面包、汤或是土豆时，他们都想到了这一点，只不过没人提起。

几小时后，莉赛尔醒来时，她的心提到了嗓子眼儿（她是从《梦的挑夫》里学到这句话的，这本书和《吹口哨的人》截然相反——讲述一个被遗弃的，一心成为牧师的孩子的故事。），她坐起来，大口大口地呼吸着夜里的空气。

"莉赛尔？"爸爸翻过身问，"怎么了？"

"没什么，爸爸，没什么。"可是她一说完这句话，就清楚地看到了梦中发生的一切。

梦里的情景

大部分情形都与从前相同。火车以同样的速度前进。她弟弟咳得很厉害。

然而，这一次，莉赛尔看到他的脸没有盯着地板。

她慢慢靠过去，用手轻轻托起他的下巴，在她面前出现的却是双眼圆睁的马克斯·范登伯格。

他凝视着她。一片羽毛落在地板上。那个身体现在变大了，和他的脸的大小相吻合。

火车的汽笛拉响了。

"莉赛尔？"

"我说了没什么。"

她哆哆嗦嗦从床垫上下来，她的大脑因为恐惧而变得迟钝。她穿过门厅去看马克斯，在他身旁站了几分钟，等她镇定下来后，她试图解释这个梦。这是马克斯要死的预兆吗？还是只是对今天下午厨房里的谈话的反应？马克斯现在已经代替了弟弟吗？如果是，她怎么能这样抛弃自己的亲人呢？也许她的内心深处希望他死，毕竟，如果死亡对弟弟威尔纳是个解脱，那它对这个犹太人来说，也是一个好的归宿。

"你也是这样想的吗？"她站在他的床头喃喃自语，"不。"她无法相信这一点。她的回答永远不会改变，因为黑暗渐渐退去，露出了床头柜上大大小小各种形状的东西，是那些礼物。

"快醒醒吧。"她说。

马克斯没有醒。

他又睡了八天。

上课时，有人在敲教室的门。

"进来。"欧伦瑞奇太太说。

门打开了，教室里所有孩子都惊奇地注视着站在门口的罗莎·休伯曼。有一两个孩子对着眼前的景象喘了一大口气——一个长得像个小衣橱的女人，嘴上涂着口红，冷笑着，两眼好像在释放出消毒的氯气。这，就是那个传奇人物。她穿着她最体面的衣服，可是头发却乱成一团，简直是一团橡皮筋捆着的灰色布条。

老师显然也被吓了一跳。"休伯曼太太……"她在全班漫无目的地搜寻着。"莉赛尔？"

莉赛尔看看鲁迪，站起来，迅速朝门口走去，想尽快摆脱这尴尬的场面。门在她身后关上了，现在，只有她和罗莎站在走廊上。

罗莎瞅瞅走廊的另一边。

"什么事，妈妈？"

她转过身。"别问我，你这只小母猪！"莉赛尔因为妈妈这么快就对自己破口大骂而伤心。"我的梳子呢？"一阵笑声从背后的门缝里传来，可又立刻停止了。

"妈妈？"

她表情严肃，但脸上却挂着一丝微笑。"你到底把我的梳子弄到哪儿去了，你这个蠢猪，你这个小偷？我告诉过你几百次了，不许碰那些东西，你长耳朵了吗？当然没有！"

妈妈滔滔不绝地骂了几分钟，莉赛尔绝望地想着她说的那把梳子可能会在什么地方。可是，骂声突然停了，罗莎把莉赛尔拉近身边，只有几秒钟时间。即使离得这么近，莉赛尔也差点听不清她说的悄悄话。"你说让我大喊大叫。你说他们会相信的，"她左右看看，声音小得像蚊子在哼哼，"他醒了，莉赛尔，他醒了。"她从口袋里掏出那个破烂的玩具士兵，"他让我把这个给你，他最喜欢的是这个。"她把它递过来，紧紧抓着莉赛尔的手微笑着。莉赛尔还来不及回答，她就收起了微笑。"得了，快回我的话！你是不是把它放到别的地儿了？"

他还活着，莉赛尔想……"没有，妈妈。对不起，妈妈，我——"

"养你有啥用？"她不再纠缠这个问题了，点点头，走了。

莉赛尔站了一会儿。走廊里空荡荡的。她看着手里捏着的玩具士兵，本能地想立刻跑回家，可理智不允许她这么干。因此，她只好把这个破玩具兵放进口袋，回到教室。

所有人都在等着。

"蠢货。"她从鼻子底下哼了一句。

孩子们又笑起来。欧伦瑞奇太太没有笑。

"你说什么？"

莉赛尔提高嗓门，高到自己觉得理直气壮的地步。"我说，"她重复道，"蠢货。"老师立刻扇了她一记耳光。

"不许这样说你母亲。"她说。可惜效果不大，女孩只是站在那里，努力克制着自己不要咧开嘴大笑。现在，她能承受最严厉的惩罚。"现在回你的座位上去。"

"是的，欧伦瑞奇太太。"

鲁迪挨近她，竟还敢和她说话。

"上帝啊，"他小声说，"我能在你脸上看到她的手印。一个红红的巴掌，还有五个手指头！"

"没什么。"莉赛尔说，因为马克斯还活着。

这天下午她回家时，他正坐在床上，大腿上放着那个压扁了的足球。他脸上的胡子直痒痒，他竭力睁开潮湿的眼睛。那些礼物的旁边放着一个空碗。

他们没有互相打招呼。

一切都很自然。

门嘎吱一声打开，女孩走进来，站在他面前，看着汤碗。"是妈妈逼你喝下去的？"

他满足地点点头，疲惫不堪的样子。"不过，味道非常好。"

"妈妈的汤好喝？真的？"

他回报她的不只是一个微笑，"谢谢你送我的礼物，"一滴泪水流到他的嘴角，"谢谢你的那片云，你爸爸给我讲了它的故事。"

一小时后，莉赛尔试图探探马克斯的反应。"马克斯，要是你真的死了，我们不知道该怎么办，我们——"

他立刻明白了。"你是说，怎么处理我的尸体？"

"对不起。"

"不，"他没有丝毫的不悦，"你们是对的。"他轻轻摆弄着那个球，"你们想到这个是很正常的。站在你们的立场，一个死了的犹太人和活着时一样危险，说不定还更危险些。"

"我还做了个梦。"她详细地讲述了她的梦境，手里紧紧握着玩具兵。马克斯打断她时，她正准备再次道歉。

"莉赛尔，"他让她看着他，"用不着再道歉了，应该是我向你道歉。"他环顾四周她送来的礼物，"看看这些东西，这些礼物。"他把那颗纽扣攥在手里，"罗莎告诉我，你每天会来给我读两次故事，有时还更多。"然后他盯着窗帘，仿佛能透过窗帘看到外面。他把身子挺直了一点，有些话他暂时说不出口。沉默了一阵后，他的脸上出现一种不安的神情。他对女孩坦白道："莉赛尔？"他微微向右靠了靠，"我害怕，"他说，"我怕我会再次长睡不醒。"

莉赛尔十分坚决。"那我会再给你读书的。要是你打盹儿了，我会打你耳光，我会合上书，使劲摇你，直到把你摇醒。"

从下午一直到晚上，莉赛尔都在给马克斯·范登伯格读书。他坐在床上，听着故事，一直没有睡觉，直到十点过，莉赛尔稍做休息，翻了翻书，马克斯就睡着了。她紧张地用书推推他，他醒了。

他又睡着了三次，她又把他弄醒了两次。

接下来的四天里，他每天早上都是在莉赛尔的床上醒来的。后来，他是在壁炉边醒来。最后，到四月中旬的时候，他就是在地下室里醒来了。他的身体恢复了健康，他刮掉了胡子，体重增加了一点。

这段时间，在莉赛尔家里，在家这个世界里，她得到了极大的安慰。而在外面的世界里，一切看上去却开始摇摇欲坠。三月末，一个叫卢贝克的地方遭到了轰炸。下一个被炸的将是科隆，然后是更多的德国城市，包括慕尼黑。

是的，老板就站在我的肩膀上。

"快点干，快点干。"

炸弹要来了——我也要来了。

死神日记：科隆

五月三十日，炸弹落下的时刻。

我敢肯定，当一千多架轰炸机朝着一个叫科隆的地方飞去时，莉赛尔正在酣睡。对我而言，结果是得到了五百人，或许大约是五百人。另有五万人在残垣断壁间流浪，无家可归。他们想办认出这里是什么地方，那处被炸毁的地方又是谁的家。

五百个灵魂。

我把他们拎在手指上，就像拎着行李箱一样，有时，又把他们扛在肩头，我只会把小孩子们抱在臂弯里。

我收工的时候，天空是黄色的，像在燃烧的报纸。如果我凑近一点看，还能看见上面的文字，报道的标题，对战争进程的评论等诸如此类的东西。我真想把它一把扯下来，把这报纸似的天空揉成一团扔到一旁。我的手臂酸痛，我不能再让我的手指烧伤了。我还有那么多活儿要干呢。

你可以想象得到，许多人在刹那间死去，另外一些人又喘息了片刻。我还要去几个地方，还要去面对几处天空，还要接纳许多灵魂。当我再次回到科隆时，最后一架飞机刚飞走不久，我注意到了一件特别的东西。

我正抱起一个烧得如同焦炭的少女的灵魂，我的双眼忧虑地注视着满是硫磺味的天空。一群十多岁的小姑娘走过来，其中一个大声喊叫起来。

"那是什么？"

她伸出手臂，用手指着从空中缓缓落下的一个黑色的东西。开始的时候，它就像一片黑色的羽毛，轻盈地漂浮在空中，或者说，像是一片灰烬，然后，它越变越大。刚才说话的那个女孩——一个红头发的，脸上长着像句号一样雀斑的女孩——又开口了，这次她加重了语气。"那是什么？"

"是具尸体。"另一个女孩猜测着，她有一头黑发，梳着辫子，头发朝两边分开。

"又是一颗炸弹！"

它落得太慢了，不可能是炸弹。

我怀里的那个青春少女的灵魂还在缓缓燃烧。我又跟着她们走了几百米。我像那些女孩一样注视着天空。

我要做的最后一件事情就是俯看手中少女那一筹莫展的脸庞，一个漂亮姑娘，她的死期已到。

一个声音猛地响起，我像她们一样吃了一惊。一个满脸怒气的父亲在命令他的孩子们进去。红发女孩迅速做出反应，她脸上的雀斑变成了逗号。"可是，爸爸，你看。"

那名男子走了几步，马上认出了这个东西是什么。"这是燃料。"他说。

"你说的是什么意思？"

"汽油，"他重复着，"汽油桶。"他是个秃头，穿着一件破了洞的西服。"他们用光了这个桶里的燃料，就把空桶丢掉。看，那边还有一个。"

"还有那儿！"

孩子终归是孩子，他们此时都忙着四处搜寻，想找到一个落到地面的空燃料桶。

第一个桶带着一声空响着地了。

"我们能留着它吗，爸爸？"

"不行，"这位父亲刚刚受了炸弹的惊吓，完全没有这样的心情，"我们不能留下它。"

"为什么不行呢？"

"我要去问问我爸爸，看看能不能留着它。"另一个女孩说。

"我也是。"

就在科隆的废墟上，一群孩子收集着他们的敌人投下的空燃料桶。我依旧收集着人类的灵魂。我已筋疲力尽，而这一年还没过半呢。

来 访 者

汉密尔街的足球队弄到了一个新足球，这是个好消息。但也有让人不安的消息，纳粹党党部的人正朝他们走过来。

纳粹们在莫尔钦镇上挨家挨户地走着，现在，他们站在迪勒太太的商店外抽烟，抽完烟就准备继续干活儿了。

莫尔钦镇上已经有一些防空洞了，可是就在科隆被轰炸后不久，上头决定最好再多搞点防空洞。纳粹们一家家检查着，看看哪些房子里的地下室可以用作防空洞。

孩子们远远地看着。

他们能看到纳粹们吐出来的烟。

莉赛尔刚刚出来，她走到鲁迪和汤米身边。哈罗德·穆伦豪尔在摆弄着足球。"发生什么事了？"

鲁迪把手插在衣兜里。"纳粹，"他看了看，他的朋友还在霍茨佩菲尔太太家前面的篱笆里摆弄着那个足球。"他们在检查所有的房子和公寓。"

莉赛尔的嗓子顿时感到一阵干涩。"他们在找什么？"

"你什么都不知道吗？告诉她，汤米。"

汤米一脸困惑。"我也不清楚。"

"你真是没治了，你们俩都是，他们需要更多的防空洞。"

"什么——你是说地下室？"

"难道用阁楼？当然是地下室了。上帝啊，莉赛尔，你真是太蠢了，不对吗？"

球踢过来了。

"鲁迪！"

他去踢球了，莉赛尔依然站在原地。她怎么才能回屋去而又不会引起怀疑呢？迪勒太太商店前的烟雾正在散去，那群人开始散开了。恐慌在心中可怕地聚集。她的喉咙和嘴里充满了沙子似的空气。想个办法，她心想，快点，莉赛尔，快想个办法，想个办法。

鲁迪进球了。

远处传来对他的祝贺。

快想想，莉——

她有了主意。

就是它了，她决定，可我得装得逼真才行。

正当纳粹们沿着街道前进，把LSR这几个字母涂在一些门上的时候，球在空中被传给了一个大孩子，克劳斯·伯瑞格。

LSR
德文"防空洞"的缩写

那个男孩带球过来时，正好撞上莉赛尔，两人撞得很厉害，连比赛都被迫停止了。球滚到一旁，队员们跑过来。莉赛尔一手捂着擦破的膝盖，另一只手捂着头。克劳斯·伯瑞格只是捂着小腿，一脸痛苦的表情，嘴里咒骂着："她在哪儿？"他啐了一口，"我要杀了她！"

没有发生仇杀。

情况还要更糟糕。

一个和气的纳粹目睹了整件事，忙一溜小跑过来，关切地问他们："怎么回事？"

"她是个疯子。"克劳斯指着莉赛尔，让这人把她扶起来。这个人嘴里浓烈的烟味在她面前形成了一座烟熏的沙丘。

"我认为你不能再继续比赛了，我的小姑娘，"他说，"你住在哪里？"

"我没事，"她回答道，"真的，我自己能行。"快从我身边走开，快走开！

就在这时，鲁迪插了一杠子，他最喜欢插手别人的事，他为什么不先管好自己的事儿呢？

"真的，"莉赛尔说，"去踢你的球吧，鲁迪，我自己能行。"

"不，不行，"他毫不动摇，他真是个榆木脑袋！"只要一两分钟就行了。"

她只好另打主意，又想出个办法。当鲁迪扶她起来时，她让自己再次摔倒在地，仰面朝天。"我爸爸，"她说，她注意到，天空湛蓝湛蓝的，没有一丝云彩，"你能去找我爸爸来吗，鲁迪？"

"你待在这儿，"他朝右边大叫一声，"汤米，看着她好吗？别让她动。"

汤米立即行动。"我来看着她，鲁迪。"他站在她旁边，脸依旧抽搐着，努力不笑出来，而莉赛尔一直留意着那个纳粹的举动。

一分钟后，汉斯·休伯曼冷静地站在了她身旁。

"嗨，爸爸。"

一个失望的微笑出现在他的嘴唇上。"我老想着总有一天会发生这种事。"

他扶起她，搀着她往家走。比赛继续进行，那个纳粹已经在敲不远处的一户人家的门了。没人应门。鲁迪又在朝这边嚷嚷了。

"你要我帮忙吗，休伯曼先生？"

"不，不用，你接着踢球吧，斯丹纳先生。"斯丹纳先生，你不得不爱莉赛尔的爸爸。

等到一进家门，莉赛尔立刻告诉爸爸这个消息，她试图在绝望和沉默中想好到底该如何开口。"爸爸。"

"别说话。"

"纳粹，"她悄悄说，爸爸停下来，他努力克制着打开门到街上瞅瞅的冲动，"他们在查看可以用来作为防空洞的地下室。"

他把她放下来。"聪明姑娘。"他夸奖道，然后马上把罗莎叫过来。

他们只有一分钟的时间来想办法，所有的想法都是乱七八糟的。

"我们把他藏到莉赛尔的房间，"这是妈妈的建议，"藏在床底下。"

"就这样？要是他们决定搜查我们的房间怎么办？"

"那你有更好的法子吗？"

更正：他们连一分钟的时间都不剩了。

汉密尔街三十三号的门上响起了七下敲门声，想把马克斯转移到任何地方都晚了。

然后是叫门声。

"开门！"

他们的心都砰砰地狂跳个不停。莉赛尔差点想把自己的心脏吃掉，心脏的味道可不会太妙。

罗莎低声祷告着："上帝啊，圣母玛利亚啊……"

这回是爸爸起身做出反应。他冲到地下室的门边，朝下面发出一声警告，然后，又回来对他们急冲冲地说："得了，现在没时间玩花样了。我们也许可以用一百种办法来分散他的注意力，可现在只有一个解决办法，"他看了一眼大门，总结道，"什么都不干。"

这可不是罗莎想要的答案，她的两眼瞪得大大的。"啥也不做？你疯了吗？"

敲门声再次响起。

爸爸的表情严肃。"对了，啥也不做。我们甚至都别下去——装出一点都不在乎的样子。"

一切都放慢了速度。

罗莎点头同意。

她的眉头紧锁，摇摇头，去应门了。

"莉赛尔，"爸爸的声音好像把她碾成了薄薄的一片，"只要保持镇静就行了，懂吗？"

"好的，爸爸。"

她努力把注意力放在流血的伤腿上。

"啊哈！"

门口，罗莎还在盘问来人此行的目的，而那个和气的纳粹却先注意到了莉赛尔。

"疯狂的足球队员！"他咧着嘴笑了，"膝盖怎么样了？"你们通常认为纳粹不会有这种兴致，可这个人的确与众不同。他走过来，好像打算蹲下身看看她的伤口。

他知道了吗？休伯曼太太想，他能闻得出我们藏着个犹太人吗？

爸爸从水槽边走过来，手里捏着一块湿布，他把湿布搭在莉赛尔的膝盖上。"疼吗？"他那闪着银光的双眼关切而冷静地看着她，这双眼睛中流露出来的恐惧很容易被当成对她的伤口的担忧。

罗莎隔着厨房嚷嚷着。"能疼到哪儿去？她就得吃点苦头。"

那个纳粹站起身，笑了。"我猜这姑娘是不会接受任何教训的……太太？"

"休伯曼太太。"那张板着的脸扭曲着。

"休伯曼太太——我觉得她倒给我们上了一课，"他对莉赛尔送上一个微笑，"尤其对那些男孩子们来说，对不对，小姑娘？"

爸爸猛地一按湿布，莉赛尔疼得直抽搐，她没有回答这个问题。相反，汉斯开口对女孩低声道歉。

接下来是令人不舒服的沉默，那个纳粹想起了自己来这里的目的。"如果方便的话，"他解释道，"我想看看你们的地下室，只是看一下，看看它是否适合做防空洞。"

爸爸最后往莉赛尔膝盖上轻轻一拍。"你这里会留下一块小伤疤，莉赛尔。"他漫不经心地朝站着的那人招呼了一句，"当然可以，右边第一道门就是，下面有点乱，别介意。"

"有什么好介意的——比起我今天见过的那些地下室，肯定要好得多。是这扇门吗？"

"对，是它。"

休伯曼家有史以来最漫长的三分钟

爸爸坐在桌旁。罗莎在角落里嘟嘟囔囔地祈祷着。

莉赛尔则倍受煎熬：她的膝盖，她的胸口，还有手臂上的肌肉都疼得要命。我怀疑他们中谁都没有想过，如果这间地下室被指定作防空洞的话，该怎么办。

他们得先熬过检查这一关再说。

他们听到那个纳粹在地下室里走动的声音，还有拉动卷尺的声音。莉赛尔禁不住想象着马克斯坐在楼梯下面，怀里紧紧抱着他的素描本的样子。

爸爸站着，又有了一个主意。

他走到门厅，冲下面大声问："下边一切还好吧？"

回答的声音顺着楼梯传上来，就在马克斯·范登伯格的头顶上。"可能还要一分钟。"

"你想喝点咖啡还是茶？"

"不用了，谢谢你。"

爸爸转过身，命令莉赛尔去拿一本书来看，又让罗莎去张罗晚饭。他感到他们最好不要一脸焦急地坐在一起。"好了，快点，"他大声说，"快点行动，莉赛尔。我不管你的膝盖疼不疼，你得读完那本书，你早就说过的。"

莉赛尔极力控制着自己，好让自己不要崩溃。"好的，爸爸。"

"得了，你还在磨蹭什么呢？"她看得出来，爸爸费了很大的劲在冲她眨眼。

在走廊里，她差点一头撞上那个纳粹。

"和你爸爸闹别扭了，嗯？没关系，我和我孩子也经常这样。"

他们各自走开了。莉赛尔回到自己的房间，关上门，跪在地上，顾不上随之而来的疼痛。她先听到那人评价说地下室太浅了，然后又听见那人告别的声音，其中一句话顺着走廊传过来。"再见了，疯狂的足球队员！"

她醒悟过来，这话是对自己说的，赶紧说："再见！"

她手里的《梦的挑夫》被捏得发烫了。

据爸爸说,那个纳粹一走,罗莎就瘫倒在炉子旁了。随后,他们叫上莉赛尔,一起来到地下室,搬开了巧妙伪装的床罩和油漆桶。马克斯·范登伯格坐在楼梯下面,手里握着那把生锈的剪刀,仿佛是握着一把刀。他腋下的衣服全被汗水浸透了,他嘴巴像受了伤一样艰难地说着话。

"我本来不想用它,"他轻声说,"我……"他举起生锈的剪刀柄,贴在前额上,"对不起,我连累了你们。"

爸爸点燃一支烟。罗莎拿走了剪刀。

"你活着,"她说,"我们都还活着。"

现在说抱歉已经太迟了。

得意的微笑

几分钟后,门上又响起了敲门声。

"上帝,又来了一个!"

担忧再次袭来。马克斯再次被遮盖起来。

罗莎迈着沉重的步子走上楼梯,可是门打开后,出现在门口的却不是纳粹,而是一头黄发的鲁迪·斯丹纳。他站在那里,殷勤地说:"我只是来看看莉赛尔的伤怎么样了。"

莉赛尔一听到这个声音就朝楼上走去。"我来对付这个家伙。"

"是她的男朋友。"爸爸对着油漆桶后面说,接着吐出一口烟。

"他才不是我男朋友呢。"莉赛尔抗议道,不过,她却不慌不忙地继续说,"我要上去只不过是因为妈妈过不了一秒钟就会叫我。"

"莉赛尔!"

她才走到第五级台阶。"听见了吧?"

她来到门口,鲁迪正坐立不安。"我只是来瞧瞧——"他停下来,"有股什么味儿?"他抽抽鼻子。"你在下面抽烟?"

"噢,我和爸爸在一起。"

"你还有烟吗?也许我们能拿去卖几支。"

莉赛尔可没有心情干这号事。她怕被妈妈听见,就小声说:"我不会偷我爸爸的东西。"

"可你要偷别人的东西。"

"你怎么不再说大声点？"

鲁迪微微一笑。"偷东西又怎么了？瞧你着急成啥样儿了。"

"就像你从来没有偷过东西似的。"

"对啊，可是你身上散发出了一股味道，"鲁迪现在真的做完热身运动了，"也许根本就不是香烟味儿，"他凑近一点，笑了，"我能闻出来，是你干了坏事的味道，你该去洗个澡了。"他对后面的汤米·穆勒大喊，"嗨，汤米，你快来闻闻这味儿！"

"你说啥？"忠诚的汤米问，"我听不见。"

鲁迪朝着莉赛尔摇摇头。"没用的家伙。"

她开始动手关门。"别废话了，蠢猪，你是我现在最不想见到的人。"

鲁迪洋洋自得地朝街上走去，刚走到信箱的地方，突然想起了来这里的目的，赶紧往回走了几步。"你怎么样了，小母猪？我是问你的伤口。"

现在是六月份，德国正开始走下坡路。

莉赛尔对此一无所知。对她来说，她家地下室里的犹太人没有暴露，她的养父母没有被抓走，她自己对这些胜利有重大贡献。

"一切都很好。"她说，她不是在说足球比赛里受的伤。

她很好。

死神日记：巴黎人

夏天来了。

对偷书贼来说，一切顺利。

对我来说，天空是犹太人的颜色。

当他们的躯体停止寻找门上的缝隙时，他们的灵魂升了起来。他们的手指甲抠着木头，因为极度的绝望，指甲深深陷进木头里。他们的灵魂来到我身边，投进我的怀抱。我们爬上了那些毒气设备，来到屋顶，升上天空，到达那永恒的尽头。他们不断来到我身旁，每分钟，每秒钟，一次淋浴，接着又是一场淋浴①。

---

① 纳粹常常将毒气室伪装成淋浴室，以此把犹太人骗进去。——译者注

我永远忘不了第一天在奥斯威辛集中营和毛特豪森集中营目睹的惨状。在那些地方，随着时间的流逝，犹太人的逃跑不幸失败后，我也会从陡峭的悬崖下拾起他们的灵魂，那下面到处是人的残肢断臂，不过，这还是比毒气室好一点。至少我可以在他们跌落悬崖的过程中就接住他们，在半空中将他们的灵魂托上天空，只剩下他们的肉体——那些物质的躯壳——骤然跌落到地面。他们都很轻，像空空如也的胡桃。那些集中营上方的天空中烟雾弥漫，就像一只炉子在燃烧，不过却是冷冰冰的炉子。

当我回忆往事的时候，我会浑身颤抖——因为我想努力忘记它。

我向手中吹了口热气，好让他们暖和起来。

可是，那些灵魂还在不停哆嗦的时候，是很难让他们暖和起来的。

"上帝啊。"

每当我回忆至此就会呼唤这个名字。

"上帝啊。"

我呼唤了两遍。

我叫他的名字只是想徒劳地理解眼前发生的这一切。"你的工作并不是要去理解这一切。"这是我自己的回答，上帝从来不会给我任何答案。你以为他只是不回答你一个人的问题吗？"你的工作是……"我不想再听自己的回答，因为，坦白地说，我对自己感到了厌倦。当我开始考虑这些问题的时候，我会变得浑身乏力，无法抗拒疲劳。我被迫继续工作，虽然我会让个别人等待，但对大多数人来说我都是公平的——那就是死亡不等人——他一旦死亡，通常不会有漫长的等待，我就会出现在他面前。

1942年6月23日，在波兰的土地上，一群法籍犹太人被关押在德国人的监狱里。我带走的第一个人紧挨着门，他的思想在急驰，然后渐渐放慢了速度，慢慢减速，再减速……

当我告诉你们，那天我拾起每一个灵魂的时候，都觉得它仿佛是刚出生一样，请你们相信我。我甚至还亲吻了几个憔悴的、中毒的脸颊。我倾听着他们最后绝望的叫喊，他们说的是法语，临死前对过去美好时光的回忆把他们从恐惧中解脱了出来。

我将他们带走，如果说我有分心的时刻，那就是这一刻。一片荒芜之中，我仰视头顶的天空。看着天空由银色变为灰色再变成雨的颜色，甚至连云朵都把目光投向了别处。

有时，我想象着在云层之上的一切会是怎样，毫无疑问，那里阳光灿烂，无尽的大气层像是一只巨大的蓝眼睛。

他们是法国人，他们是犹太人，他们也是你们。

PART SEVEN

第七章

杜登德语词典

特别介绍：

香槟酒和手风琴——三部曲——警报——偷天贼——

建议——前往达豪的漫长路途——平静——

还有，白痴和几个穿军装的人

香槟酒和手风琴

1942年夏天，小镇莫尔钦在为可能会遭到的轰炸做准备。虽然有些人不相信慕尼黑市郊的这个小镇会成为轰炸目标，不过，大多数人却意识到这只是迟早的事。防空洞被清楚地标注出来，每家每户的窗户玻璃都要涂上黑色，以免晚上露出灯光。每个人都知道最近的地下室或地窖的位置。

对汉斯·休伯曼来说，这段非常时期却成为一段短暂的缓和期。在这个倒霉的时候，刷房子的活儿却红火了起来。需要遮蔽光线的人们急不可耐地排队等着他来把窗户玻璃刷上黑色。他的麻烦在于黑色油漆通常只是用来调和颜色，使其他颜色变深的，所以少量的黑色很快就用光了，难以找到。幸好他精通手艺人的诀窍，一个好的手艺人有很多法子来解决问题。他把煤灰搅和在油漆里，因此收费低廉。全莫尔钦镇许多房屋的窗户都是他涂的，以便逃过敌人的耳目。

有些时候，他干活也带着莉赛尔。

他们推着小车在小镇上穿行。在一些街道上，他们能嗅出饥饿的味道，而在另一些街道上，他们又为那里的奢华而摇头叹息。许多时候，他们回家的途中会遇到除了孩子和贫困外一无所有的女人，她们追上来请求他帮忙刷刷窗户。

"哈勒太太，对不起，黑色油漆没有了。"他会说，可是等他再走了一段路后，他总是会停下来休息，这个高个子的男人站在长长的街道上。"明天，"他许诺说，"我先来给你刷。"等到第二天天刚蒙蒙亮的时候，他就来了。刷完这些窗户却得不到任何报酬，有时只得到一块饼干或是一杯热茶。前一天晚上，他找到了一个把蓝色、绿色和米色混合成黑色的法子。他从未对这些人说过让他们用多余的毯子来遮挡窗户之类的话，因为他知道冬天来的时候，他们需要毯子。有一次，他刷完窗户后只得到半支香烟，他坐在门前的台阶上，和主人一起分享了它。笑声和烟雾伴随着他们的谈话。抽完烟后，他和莉赛尔又起身前往下一户人家。

当莉赛尔·梅明格开始写作时，我清楚地记得她专门记录了这个夏天发生的事情，时光荏苒，许多文字早已褪色。那些纸在我的口袋里饱受蹂躏，但她的许多文字却难以忘记。

一个女孩写下的文章片段

这个夏天是一个新的开始，也是一个新的结束。

当我回顾往事时，仍然记得我沾着油漆的湿漉漉的双手，还有爸爸走在慕尼黑大街上的脚步声。我知道1942年夏天的那段短短的时间只属于这个男人。还有谁会为了半支香烟而替别人刷房子呢？只有爸爸，这一点非常清楚，我爱他。

每天，他们一起干活时，爸爸都会给莉赛尔讲故事。提到第一次世界大战，还有他那手糟糕的字是怎么救了他一命的，以及他和妈妈初次见面的情景。他说妈妈曾经是个漂亮姑娘，说起话来轻声细语。"难以置信，对吧？我知道，可这是千真万确的。"每天都讲一个故事，要是他把同一个故事重复了不止一次，她也毫不介意。

偶尔，在她出神的时候，爸爸会用刷子在她眉心中间轻轻点上一下。要是他没有计算准确，刷子上的油漆多沾了一些，就会有一缕油漆顺着她的鼻子流下来。她笑着也要同样去捉弄爸爸，可是汉斯·休伯曼干起活特别认真，才不会让人抢走他的刷子，每当这个时候，他浑身都充满了活力。

只要一到休息时间，不管是吃东西还是喝水的时候，他都会拉起手风琴，这是莉赛尔记忆中最深刻的部分。每天早晨，当爸爸推着或拉着小车出门时，莉赛尔总会抱上手风琴。"可以忘记带油漆，"汉斯告诉她，"但别忘了带音乐。"当他们中途吃饭的时候，他把面包切开来和她一起吃，再抹上一点果酱，这可是最后一张配给证上剩下来的。有时他会在面包上放一小片肉，他们坐在油漆桶上一起分享。嘴里还在嚼最后一口时，爸爸就会擦擦手，解开手风琴盒子。

他那条工装裤的裤缝里落着许多面包屑。那双沾着油漆的手滑过按钮，在琴键上灵活地移动着，或摁下某个琴键良久。他的双臂拉动手风琴的风箱，让这件乐器吸进它需要的空气。

莉赛尔坐在爸爸身旁，两手放在膝盖间，和爸爸一起沐浴在斜阳中。看到黑暗降临时，她总是十分失望，她真希望这样的日子永远不要结束。

说到粉刷这活儿，最让莉赛尔感兴趣的可能就是混合油漆这一步了。像大多数人一样，她以为爸爸只要推着小车去油漆店或五金店，买来需要的颜色就行了。但她不知道大部分油漆都是一块一块的，形似砖头。然后，再用一个空的香槟酒瓶子把油漆碾碎。（汉斯解释说，用香槟酒瓶正好合适，因为香槟瓶子要比一般的酒瓶稍厚一点。）碾碎后，还要再加入水，白垩粉和胶水等才能兑成油漆，至于想调出恰当的颜色那就更困难了。

爸爸精湛的技术赢得了许多人的尊敬。在莉赛尔看来，能够和爸爸一起分享面包和音乐就是幸福，不过，能看到爸爸在他那个行当里的出色能力更让她高兴，人的才能总是具有魅力的。

几天后的一个下午，他们在慕尼黑大街东头的一户有钱人家干活。午后不久，爸爸就叫莉赛尔进屋来。这时他们已经准备去下一家了，莉赛尔听出爸爸的嗓门大得有些不寻常。

她一进屋就被带到厨房，有两个老妇人和一名男子坐在做工精致的椅子上。两位老妇人衣着考究，那个男人的络腮胡子长得好像树篱笆。桌上放着高脚杯，杯子里斟满了滋滋冒泡的液体。

"来吧，"那男人说，"我们来干杯。"

他举起酒杯，鼓励其他人也举杯。

那天下午天气暖和，莉赛尔看着杯子里的冰凉的液体有些迟疑。她看看爸爸，想征得他的同意。他咧开嘴笑着说："干杯，小姑娘。"他们手里的酒杯发出清脆的碰撞声。莉赛尔刚把杯子端到嘴边就被香槟酒那嘶嘶冒泡、令人恶心的甜味弄得很不舒服。她本能地把酒吐了出来，刚好吐在爸爸的工装裤上，酒冒着气泡从裤子上淌下来，大家爆发出一阵笑声。汉斯鼓励她再喝一口。这回，她把酒咽下去了，品尝着从未体验过的美妙滋味。酒的味道好极了。泡沫在嘴里慢慢散去，蜇着她的舌头，刺激着她的胃。甚至当他们前往下一家去时，她还能感受到身体里那酥麻的温暖。

爸爸一边推车一边告诉她，那些人声称他们付不起工钱。

"所以你就要他们的香槟？"

"为什么不呢？"他看了她一眼，眼里的银光从未这么强烈。"我不想让你认为香槟酒瓶只能用来碾油漆块。"他提醒她，"只不过别告诉妈妈。怎么样？"

"我能告诉马克斯吗？"

"当然，可以告诉他。"

后来莉赛尔在地下室里写她的故事时，她发誓永远不会再喝香槟了，因为再也不可能有像那个温暖的下午那么美妙的香槟了。

手风琴也是这样。

她多次想问爸爸是否愿意教她拉手风琴，但是一直没有启齿。也许一种直觉告诉她，她永远都不可能拉得像汉斯·休伯曼一样好。当然，世界上最伟大的手风琴家也比不上爸爸。他们永远无法表现出爸爸脸上特有的专注，他们的嘴上也不会随随便便地叼着一支刷房子换来的香烟，他们不会像他一样因为拉错了一个音符而笑上许久。

她时常在地下室里醒来，耳边还回响着手风琴的声音，舌头上残留着香槟酒那甜蜜的灼痛感。

有时，她靠墙坐着，期盼着那滴温暖的油漆再从鼻子上流下来，或者望着爸爸那双砂纸般粗糙的大手。

她多想还能继续没心没肺地享受这份爱。她要那些欢笑，涂了果酱的芳香面包，那些生活中具体的碎片，而不是，日后抽象的记忆。

这是她生命中最美好的时光。

不过，炸弹要落下来了。

一点不错。

一首无拘无束的快乐三部曲从夏天持续到秋天，然后戛然而止，这快乐已经预示了苦难的来临。

艰难的日子正在逼近。

就像是一场游行。

《杜登德语词典》中的第一个词条

快乐：来源于形容词"快乐的"——感到幸福和满足。

相关词语：喜悦、开心、幸运、顺遂。

三 部 曲

莉赛尔忙于干活时，鲁迪却在练习跑步。

他绕着休伯特椭圆形运动场跑了一圈又一圈，又绕着这个街区跑，还和每个人比试过从汉密尔街的街尾一直跑到街头迪勒太太的商店那里。

有些时候，当莉赛尔在厨房里给妈妈打下手时，罗莎会看看窗外说："这头小蠢猪又在捣鼓啥呢？跑个没完没了。"

莉赛尔走到窗前看看。"至少这次他没把自己涂成黑炭。"

"嗯，有点奇怪，对不？"

鲁迪的理由

八月中旬，希特勒青年团要举行一次狂欢节，鲁迪铆足了劲要赢四场比赛：一千五百米赛跑，四百米赛跑，二百米赛跑，当然，还有一百米。他喜欢希特勒青年团的新头头，想在他们面前露露脸，也想在他的"老朋友"弗兰兹·德舒尔面前露上一手。

"四枚金牌，"一天下午，当莉赛尔陪着鲁迪在休伯特椭圆形运动场上跑步时，他对莉赛尔说，"就像杰西·欧文斯重返1936年一样。"

"你该不会还在为他着迷吧？"

鲁迪的脚步随着呼吸均匀地起伏。"完全没有了，不过要是能赢的话，就太棒了，不是吗？让那些说我是疯子的家伙好好瞧瞧，我压根儿不疯不傻。"

"可你真能赢四场比赛吗？"

他们在跑道的终点停下来，鲁迪双手插着腰。"我必须得赢。"

他训练了六个星期。八月中旬，狂欢节那天，天空万里无云，艳阳高照。草地都被希特勒青年团的团员、他们的家长们，还有一大群穿着褐色衬衣的头头们塞满了。鲁迪·斯丹纳正处于最佳状态。

"瞧，"他指了指，"弗兰兹·德舒尔在那儿。"

透过密密麻麻的人群的间隙，可以看到那个金发的希特勒青年团的杰出代表正在向他的两个部下面授机宜。那两个人频频点头，偶尔伸展一下四肢，其中一个人用手遮挡着阳光，看上去就像在行举手礼。

"你想去打个招呼吗？"莉赛尔问。

"不用了，我待会儿再过去。"

等我赢了再去。

这句话没有说出口，但他千真万确是这样想的，通过鲁迪的蓝眼睛和德舒尔指手画脚的动作可以看得出来。

运动场上在举行例行的阅兵式。

然后是对元首的歌功颂德。

万岁，希特勒。

这些程序结束后才能开始比赛。

当鲁迪那个年龄组被通知参加一千五百米赛跑时，莉赛尔以典型的德国人的方式祝他好运。

"蠢猪！"

她祝愿他跌断脖子摔断腿。

男孩们在圆形运动场的另一端集合。一些人在热身，一些人在调节呼吸，其余的人参加比赛只是迫于无奈。

莉赛尔的旁边是鲁迪的母亲芭芭拉。她和几个年幼的孩子们坐在一起，几个孩子分散坐在草地上。"你们能看见鲁迪吗？"她问，"他在后面，左边。"芭芭拉·斯丹纳性格和善，她的头发看上去总是像刚刚梳过一样。

"在哪儿呢？"一个小姑娘问，说话的可能是贝蒂娜，最小的一个孩子，"我一点儿也看不清楚。"

"那最后的一个，不，不是那儿，在那边。"

他们正忙着寻找鲁迪，发令员的枪响了，斯丹纳家的孩子们都向栅栏边跑去。

跑第一圈时，有七个男孩领先，到第二圈的时候减少了两个，到最后一圈时，只剩下四个人跑在前面。鲁迪每一圈都跑在第四，一直到最后一圈。一个站在右边的人正在说跑第二的那个男孩看上去最有希望夺冠，就是个子最高的那个男孩。"你等着瞧，"他对自己吃惊的妻子说，"再跑两百米，他就会脱颖而出了。"他说错了。

一个身材魁梧的穿褐色衬衣的官员宣布进入最后一圈。他的身体显然没有受到配给制度的影响。当第一个人冲到终点线时，他大声叫嚷着。不是那个排在第二的想冲刺的男孩赢了，而是原来跑在第四的男孩，他领先了近两百米。

鲁迪飞跑着。

他在整个比赛过程中都没有回头看过。

他就像一根被拉长的绳子一样遥遥领先，直到别人赢得比赛的希望统统破灭为止。他沿着跑道飞奔，身后的三个人只能争抢剩下的名次。在最后一段直线跑道上，大家只能看到一头金色的头发和空旷的跑道。他冲过终点后没有停下来，没有举起手臂，甚至没有弯下腰放松放松。他继续走了二十米，最后回头看着别人冲过终点。

去见家人的路上，他最先遇到了他的头头，然后是弗兰兹·德舒尔。他们彼此点点头。

"斯丹纳。"

"德舒尔。"

"看上去我没有白让你跑，嗯？"

"看来是。"

他要赢了四枚金牌才会笑。

补充一点

鲁迪·斯丹纳现在不仅是个好学生，也是一个天才的运动员了。

莉赛尔参加了四百米赛跑，得了第七。然后又竭尽全力跑完了二百米的预赛，排在第四。她只能看到跑在前面的女孩子们的腿和左右甩动的马尾。跳远时，她更喜欢的是两只脚踩在沙子上的感觉，而不是跳得更远的感觉。推铅球也没有给她带来辉煌时刻。她意识到，这一天是属于鲁迪的。

在四百米比赛中，他从开始到结束都把其他人远远甩在后面，接下来又轻而易举地赢得了二百米的比赛。

"你累吗？"莉赛尔问他，现在已经到了下午。

"当然没有，"他喘着粗气，活动着小腿，"你在说啥呢，小母猪？你懂什么？"

一百米比赛检录的时候，他慢慢站起身，跟着那群男孩走向跑道。这次莉赛尔追上他。"嗨，鲁迪，"她扯扯他的衣袖，"祝你好运。"

"我不累。"他说。

"我知道。"

他冲着她眨眨眼。

其实他很累了。

在预赛中，鲁迪得了第二。又进行了十分钟的其他项目的比赛后，就到了一百米决赛了。另外两个男孩看上去虎视眈眈，莉赛尔心里有种预感，这回鲁迪赢不了。汤米·穆勒在预赛中跑了个倒数第二，他和莉赛尔一起站在围栏边。

"他准会赢。"他告诉她。

"我知道。"

不，他赢不了。

参加决赛的运动员们到达起跑线后，鲁迪跪下来用手开始挖助跑洞。一个秃头的褐衣人立刻走过来警告他，让他把洞填上。莉赛尔看着这个大人用手指着鲁迪，鲁迪拍打着手上的泥土。

他们被叫到前面去了，莉赛尔的手紧紧抓住栏杆。一个男孩抢跑了，只得重新发令。抢跑的是鲁迪，那个褐衣人说了他几句，男孩点点头。如果他再抢跑一次，将被取消比赛资格。

第二次起跑时，莉赛尔全神贯注地看着，开头几秒钟，她简直无法相信眼前的事实。又发生了一次抢跑，还是那位选手干的。她曾经想象过一场完美的比赛，鲁迪开始跑在后面，最后十米的时候冲刺赢得比赛。然而，她的幻想破灭了，鲁迪因为两次抢跑犯规被取消了比赛资格。他被撵到跑道一旁，独自站在那里，其余的男孩们都向前走去。

他们排好队，开始比赛。

一个褐色头发的男孩冲在前面，比别的选手至少领先了五米，得了冠军。

鲁迪却只能在原地旁观。

后来，狂欢节结束了。太阳从汉密尔街落下后，莉赛尔陪着她的好朋友坐在路边。

他们无所不谈，从弗兰兹·德舒尔那张拉得老长的驴脸到一个十一岁女孩输了铁饼比赛后大发脾气的模样。

他们各自回家以前，鲁迪告诉了莉赛尔事情的真相。开始，她没有听明白这句话，可细想以后，她立刻醒悟了。

鲁迪的话
我是故意那样干的。

听了鲁迪的坦白后，莉赛尔只想知道一个问题的答案。"为什么，鲁迪？你为什么这样干？"

他站着，一只手叉腰，没有回答。他只是微笑着，然后就慢腾腾地走回家了。他们再也没有提过这件事。

莉赛尔常常想，要是追问鲁迪的话，他会怎么回答。也许是三枚奖牌已经足够他炫耀了，也许是害怕输掉最后一场比赛。最后，她的内心能听到的只有这样一个解释。

"因为他不是杰西·欧文斯。"

她起身准备离开时，才注意到三枚仿制的金牌放在她身旁。她过去敲了敲斯丹纳家的大门，把金牌递给他。"你忘了这个。"

"不，我没忘。"他关上门，莉赛尔只好把金牌拿回家。她把它们拿到地下室，给马克斯讲了她的朋友，鲁迪·斯丹纳的故事。

"他真傻。"她总结道。

"确实。"马克斯赞成她的看法。不过，我却怀疑他是不是真的这样想。

接着，他们开始干活。马克斯画他的素描，莉赛尔读《梦的挑夫》。她已经读到这本小说的后面了，年轻的神父与一位神秘而优雅的女人邂逅以后，开始对自己的信仰产生了怀疑。

她把书朝下扣着，放在大腿上，马克斯问她什么时候能读完。

"最多再过几天。"

"然后又开始看一本新书？"

偷书贼仰望着地下室的天花板。"可能吧，马克斯。"她合上书，身子往后一靠，"要是我运气好的话。"

下一本书

你们认为是《杜登德语词典》？不是。

不，要等到这首三部曲结束的时候才会出现那部词典，现在只是第二部分。在此期间，莉赛尔读完了《梦的挑夫》，又偷了一本《黑暗中的歌》，这本书也是从镇长家偷来的。唯一不同的是，那天她是一个人去镇上的富人区的，没有要鲁迪陪伴。

那天早晨，阳光灿烂，彩霞满天。

莉赛尔站在镇长家的书房里，贪婪地移动着手指，嘴里念叨着每本书的名字。这种情形下，她觉得让手指轻轻划过书架真是件惬意的事情——仿佛回到了刚来这间屋子时的情景——她一边走，一边低声念叨着许多书的名字。

《樱桃树下》。

《第十名中尉》。

如同往常，许多书名都吸引着她，可是在屋里转了一两分钟后，她选定了《黑暗中的歌》这本书。最大的原因可能是因为书是绿色的，她还没有过这种颜色的书呢。封面上印着白色的字体，在书名和作者名中间还有一枚小小的笛子形状的符号。她揣着书爬上窗台，嘴里说了声"多谢"，就回家了。

没有鲁迪，她心里有些怅然若失的感觉，但是那天早晨，因为某种原因，偷书贼独自一人也很快乐。她来到安佩尔河畔读这本书，远离从前阿瑟·伯格和后来的维克多·切默尔那些人常去的地方。没有人来人往，没有人来打扰，莉赛尔读完了《黑暗中的歌》前面简短的四章，她很开心。

这是偷窃带来的幸福和满足。

一个星期后，快乐三部曲结束了。

八月末，有人送了一件礼物，确切地讲，是他们发现了一件礼物。

一天傍晚，莉赛尔正在汉密尔街上看克里思蒂娜·穆勒跳绳，鲁迪·斯丹纳骑着他哥哥的自行车过来，停在了她面前。"你有空吗？"他问。

她耸耸肩膀。"什么事？"

"我想你最好跟我来一趟。"他扔下自行车，又回家骑了一辆出来。莉赛尔看着车的脚踏板在她面前飞速旋转着。

他们骑到了格兰德大街。鲁迪停下车，没有吭声。

"喂，"莉赛尔问，"怎么回事？"

鲁迪用手指指。"走近点看。"

他们慢慢骑到一个视线开阔的地方，就在一棵云杉树的后面。透过浓密的带刺的枝叶，莉赛尔留意到那紧闭的窗户，还有靠在玻璃上的一件东西。

"那是……？"

鲁迪点点头。

他们争论了很久才决定要去冒这次险。显然，那件东西是故意放在那儿的，不过，哪怕它是个陷阱，也值得一试。

在浓密的蓝色树枝间，莉赛尔说，"偷书贼一定会去干的。"

她放下自行车，观察了四周，然后穿过院子。白云在深深的草丛中投下斑驳的阴影，让人分不清哪里是会让人中计的陷阱，哪里又是一块可以供人隐藏的绿阴。她此时的想象让她联想到了镇长本人的罪恶。这些念头至少让她分了心，分散了它的焦虑，促使她更快地到了窗户底下，比预想的还要快。

就像是又去偷《吹口哨的人》一样。

她的掌心都紧张得出汗了。

一颗颗汗珠打湿了她的胳肢窝。

她抬起头，可以看清楚那本书的名字。《杜登德语词典》。她飞快地转身向鲁迪做着口型。"是本词典。"他耸耸肩，摊开双手。

她麻利地行动起来。她爬上窗户，好奇地想如果从屋内往外看自己该是什么情景。她想象着自己伸出手去，够着了窗户，把窗户扳上去好让书掉下来，就像是在慢慢投降一样，而书则像一棵倒下的树一样慢慢落下。

到手了。

没有人打扰，没有响起别的声音。

这本书向她倒过来，她用另一只空手抓住了它。她甚至关好了窗户，动作干净利落，然后，就转身往回走，穿过了白云投下的影子。

"干得漂亮。"鲁迪把车递给她时称赞她。

"谢谢。"

他们向大街的拐角处骑去，这时，一个重要的时刻来临了。莉赛尔知道，这又是一种感觉，一种被人监视的感觉。一个声音在她内心萦绕，绕了两圈。

看看那扇窗户。看看那扇窗户。

她被逼无奈。

就像人急需挠痒痒一样，她产生了一种停下来的强烈欲望。

她把脚放在地上，转头注视着镇长家的房子和书房的窗户。她看见了。当然，她应该知道这一切会发生，但当她看到镇长夫人站在窗户玻璃后面时，她还是掩藏不住内心的惊讶。镇长夫人像是透明的一样，但她的确在那里。她的蓬松的头发一如往昔，那双受伤的眼睛和嘴巴以及表情都明白无误地表明，她在盯着莉赛尔。

她缓缓地举起手，不易察觉地朝大街上的偷书贼做了一个挥手的姿势。

震惊之下，莉赛尔对鲁迪和她自己什么都没说，只是让自己平静下来，举起手，向窗户后面站着的镇长夫人致谢。

《杜登德语词典》的第二个词条

宽恕：不再愤怒、仇恨和愤恨。

相关词语：赦罪、宣判无罪、仁慈。

回家途中，他们在桥上停下来查看这本黑色的厚书。鲁迪在书里发现了一封信。他拿起信，目光缓缓地投向偷书贼。"上面有你的名字。"

河水潺潺地流淌着。

莉赛尔手里捏着这张信纸。

一封信

亲爱的莉赛尔：

　　我知道你觉得我既可怜又惹人嫌（如果不认识这个字就去查查字典），但是，我必须告诉你，我还不至于连你留在书房里的脚印都看不见，还没那么愚蠢。我找不到第一本书的时候，以为只是放错了地方，可是，接下来，在阳光的照射下，我看到了地板上的那些脚印。

　　我对此抱以微笑。

　　我很高兴看到你带走了本该属于你的东西。我误以为一切到此结束了。

　　你再次光临，我理当感到愤怒，但我没有。上一次我听到了你发出的响动，可我决定不来惊动你。你每次只拿一本书，要是你想搬空书房得跑上几千次才行。我唯一的希望是有一天，你能敲开我家大门，以更文明的方式进入书房。

　　对于不能继续雇佣你养母的事，我再次表示抱歉。

　　最后，我希望这本德语词典能帮助你阅读偷去的那些书。

伊尔莎·赫曼

"我们最好回家。"鲁迪建议，莉赛尔却没有动。

"你能在这儿等我十分钟吗？"

"当然可以。"

莉赛尔心情复杂地回到了格兰德大街八号，坐在大门入口处那块熟悉的地方。书在鲁迪那里，可是信在她手上。她用双手抚摩着折好的信纸，眼前的台阶让她举步维艰。她举了四次手，打算敲响那扇令人畏惧的大门，可怎么也不敢去敲，最多只敢把指关节轻轻地放在温热的木门上。

她的弟弟再次出现了。

他站在台阶最下面，膝盖上的伤痊愈了。他在说："快点，莉赛尔，快敲门。"

她选择再次离开。走了不大一会儿，就能远远地看到桥上鲁迪的身影了。她的头发被风吹起，蹬自行车的脚也发热了。

莉赛尔·梅明格是个罪犯。

不是因为她从一扇打开的窗户里偷了一摞书。

你真应该去敲门，她这样想着，虽然她心中有负疚感，她还是欢快地笑了。

她一边骑车，一边试图告诫自己。

你不应该这么高兴，莉赛尔，你真的不应该。

人真的能偷到快乐吗？或许这只不过是另一个自欺欺人的恶作剧？

莉赛尔耸耸肩膀，抛开了这些烦恼。她骑上桥，让鲁迪快走，提醒他别忘了带上那本书。

他们骑着生锈的自行车回到家。

他们骑过了漫长的路途，从夏到秋，从一个宁静的夜晚到炸弹在慕尼黑落下的那个纷乱的时刻。

警 报 声 声

汉斯用夏天刷窗户挣的那点钱买了一台旧收音机回家。"这样，"他说，"我们在警报响之前就能先从收音机里听到空袭的信号了，他们会先发出一种布谷鸟叫的信号，然后外面才会拉响警报。"

他把收音机放在餐桌上，打开收音机。他们也把收音机拿到地下室里试过，想让马克斯听听，可惜里面只能传出断断续续的静电干扰的声音。

九月份，他们睡觉时没有听到过它发出的信号。

可能是收音机太破旧了，也可能是它的声音旋即被警报声淹没了。

莉赛尔在睡梦中感到有人在轻轻推着自己的肩膀。

接着传来了爸爸的说话声，声音里有一丝恐惧。

"莉赛尔，醒醒，我们得快走。"

莉赛尔迷迷糊糊地醒了，她看不清爸爸的脸，唯一可以辨别的是他的声音。

他们在门厅停下来。

"等等。"罗莎说。

他们在黑暗中冲进地下室。

下面的灯已经点燃了。

马克斯从油漆桶和床罩后面探出身子，一脸憔悴。他紧张地用手指钩住裤子。"你们该走了，是吗？"

汉斯走过去。"对，该走了，"他握了握马克斯的手，拍拍他的手臂，"我们回来时再来看你，好吗？"

"当然行。"

罗莎也拥抱了他，然后是莉赛尔。

"再见，马克斯。"

几周前，他们就讨论过，当空袭来临时，大家都待在家里的地下室里，还是他们三个到费得勒家里去。最后，马克斯说服了他们。"他们说过这里不够深。我已经让你们冒了很大风险了。"

汉斯点点头。"我们不能带你一起去真是太羞愧了。"

"没关系。"

房子外面，警报声不绝于耳。人们离开家的时候，有的在拼命跑，有的一瘸一拐地走着，有的人在害怕退缩。黑夜在注视着他们，也有人抬起头来回望天空，试图发现那些飞过天空的罐头盒大小的飞机。

汉密尔街上到处是人，像一群无头苍蝇似的乱撺。他们都奋力抱着各自最宝贵的家当。对有的人来说，这家当是怀中的一个婴儿；对有的人来说则是一堆相册或者一个木匣子。莉赛尔拿的是她的书，都夹在腋下。霍茨佩菲尔太太吃力地拎着个行李箱，睁着一双滚圆的眼睛，迈着小碎步走着。

爸爸本来什么东西都没带——连他的手风琴都没有带上——这时他冲到霍茨佩菲尔太太身旁，从她手里接过箱子。"老天爷，你这里头装了些什么东西呀？"他问，"是个铁家伙？"

霍茨佩菲尔太太跟在他旁边。"是生活必需品。"

费得勒一家人住在离他们有六幢房子远的地方。他家有四口人，都有一头小麦色的头发和标准德国人的蓝眼睛。更重要的是，他们有一个深深的坚固的地下室，里面挤了二十二个人，包括斯丹纳一家、霍茨佩菲尔太太、普菲库斯、一个年轻人和一家叫杰森的人。为了维护公共秩序，鉴于罗莎·休伯曼和霍茨佩菲尔太太以往的表现，她俩被隔开了，有些事比微不足道的争吵更重要。

一个灯泡吊在天花板上，屋子里又冷又潮湿。人们站着谈话，凹凸不平的墙壁硌痛了他们的背。有变了调的沉闷的警报声钻进了地下室，他们不免对这个地下室的建筑质量担忧起来，不过大家也得以听到代表空袭结束的三声警报。如此一来，他们倒是用不着负责解除空袭警报的人来通知了。

鲁迪看到莉赛尔，立刻站到她身边，他的头发直冲天花板。"感觉是不是很棒？"

她忍不住要挖苦他几句。"棒极了。"

"噢，莉赛尔，别这样。除了我们都被压瘪或者炸死，还有什么更糟糕的，炸弹还能拿我们怎么样呢？"

莉赛尔环顾四周，打量着每个人的脸。她开始编排一张名单，罗列她最害怕的人。

最害怕的人员名单

1. 霍茨佩菲尔太太
2. 费得勒先生
3. 那个年轻人
4. 罗莎·休伯曼

霍茨佩菲尔太太的眼睛睁得大大的，精瘦的身子向前弓着，嘴巴张成一个圆圈。费得勒先生喋喋不休地询问旁人的感受。那个年轻人，沃尔夫·舒尔茨，蜷缩在一个角落里，对着周围的空气无声地说着话，责骂着什么。他的双手插在衣兜里一动不动。罗莎前后摇晃着身体，表现出少有的温柔。"莉赛尔，"她悄悄喊，"过来。"她从后面抱着女孩，紧紧搂着她。她哼着一首歌，可惜声音太小了，连莉赛尔都听不清楚。一个个音符从她喉咙里冒出来，刚到嘴边就没了。爸爸镇静地挨着他们，没有任何动作。有一阵儿，他把一只温暖的手放在莉赛尔冰凉的头顶。那双手告诉她：你不会死的。这句话说得非常正确。

他们左边站着亚历克斯和芭芭拉·斯丹纳和他家的几个小孩子，贝蒂娜和艾玛。两个小女孩抱着母亲的腿。他们的长子，科特，以标准的"万岁，希特勒"的姿势站着，两眼平视前方，手里握着卡尔文的手。卡尔文虽然已经七岁了，个子却很瘦小。十岁大的安娜·玛丽手里摆弄着水泥墙上剥落的墙皮。

斯丹纳一家的另一侧站着普菲库斯和杰森一家。

普菲库斯一直在吹口哨。

杰森先生留着胡子，紧紧拉着他的妻子。他们的两个孩子悄无声息地扭动着身体，有时，孩子们也会拌嘴，可一旦出现了吵架的苗头时，两个人又马上住口了。

又过了十来分钟，地窖里最明显的一点就是不能动弹。他们的身体紧贴在一起，只有双脚交换着承担身体的重量，以减轻负担。他们都默默地彼此观察着，默默地等待着。

《杜登德语词典》中的第三个词条

恐惧：由于预料或警觉到危险而产生的一种不愉快的强烈的情绪。

相关词语：恐怖、惊恐、惊慌、惊吓、警报。

在别的防空洞里，有人唱起了《德意志高于一切》，有人还在污浊的空气里争论不休，在费得勒家的地下室里没有这样的情况。在这里，只有恐惧和忧虑，还有罗莎·休伯曼那僵硬的嘴唇里低声哼唱的歌。

在警报结束前一段时间，亚历克斯·斯丹纳——他的脸上没有任何表情——把抱着他妻子的两个孩子劝开了，伸出手去抓住儿子的一只手。严肃地注视着前方的科特也轻轻握住妹妹的一只手。地窖里的每个人都握着另一个人的手，这群德国人仿佛围成了一个圆圈。冰冷的手在别人温暖的手中融化，有些时候，还能感觉到另一个人的脉搏在跳动，这跳动是通过一层苍白而僵硬的皮肤传过来的。有的人闭上双眼，等待着最后时刻的到来，或者只是在期盼空袭结束的信号。

他们该得到更好的结局吗？

他们中有多少人主动迫害过其他人，有多少人追随着希特勒的目光，背诵着他的语录？罗莎·休伯曼，这个窝藏犹太人的女人，她需要负什么责任吗？还有汉斯·休伯曼呢？他们都是罪有应得吗？那孩子们呢？

虽然我不能允许他们引我误入歧途，但是我对每个问题的答案都饶有兴趣。我只知道一点，这天晚上，除了最小的孩子们以外，所有人都感受到了我的存在。他们想到了我，听到了我的声音，想象着我的两只脚踏进了厨房，走下了楼梯。我是他们口中的建议，是他们内心的忠告，

人类大抵如此。当我读到偷书贼描述这晚的文字时，心中涌出对他们的怜悯之情，尽管这种怜悯比不上我从集中营拾起灵魂时感受到的怜悯那般深切。地下室里的德国人值得同情，不过他们至少还有机会。地下室不是淋浴室，他们不会被送到里面去"洗澡"。对这些德国人来说，生命仍然可以延续。

在这个不规则的圆圈里，时间一分一秒地流逝。

莉赛尔一手拉着鲁迪，一手拉着妈妈。

只有一个念头让她悲伤。

马克斯。

要是炸弹落到汉密尔街上，马克斯怎么躲得过去？

她环顾费得勒家的地下室,它比汉密尔街三十三号的地下室更坚固,也更深。

她不作声地问爸爸。

你也在惦记他吗?

不知道爸爸是不是听懂了这个无声的问题,他冲女孩点点头。几分钟后,三声警报响起,告知大家暂时的平安。

汉密尔街四十五号里的人都松了一口气。

有人睁开了紧闭的双眼。

一支香烟传来传去。

正当鲁迪·斯丹纳刚要把这支烟送到嘴边,不料他爸爸一把夺下。"你还不能抽烟,杰西·欧文斯。"

孩子们和父母紧紧拥抱,过了好几分钟,当他们爬上楼梯,踏进赫伯特·费得勒家的厨房时,他们才完全意识到自己还活着,还将继续活下去。

房子外面,人们在街上安静地走着。许多人抬头望望天空,感谢上帝自己还活着。

休伯曼一家回到家后径直来到地下室,可是看起来马克斯不在这里。在昏暗的灯光下,他们看不到他的影子,也听不到他的声音。

"马克斯?"

"他失踪了?"

"马克斯,你在吗?"

"我在这里。"

他们原本以为声音是从床罩和油漆桶后面发出来的,但莉赛尔第一个发现他竟然就在他们面前。他那张憔悴的脸掩藏在油漆和布中间。他坐在那里,脸上一副惊恐的样子。

他们走过去,他又开口了。

"我忍不住了。"他说。

罗莎回应了他,她蹲下身子朝着他。"你在说啥呢,马克斯?"

"我……"他挣扎着回答,"我趁外面没人的时候,到走廊那儿,把起居室的窗帘掀开了一条缝……我能看到外面,只看了几秒钟。"他已经有二十二个月没有见到过外面的世界了。

没有愤怒,没有责备。

爸爸说话了。

"看上去怎么样？"

马克斯难过又震惊地抬起头。"天上有星星，"他说，"它们刺痛了我的眼睛。"

他们四个人。

两个人站着，另外两个人还坐着。

这天晚上，他们都看清了一些东西。

这里是真正的地下室。这里有真正的恐惧。马克斯恢复了理智，站起来回到床罩后面。在楼梯下面，他想祝他们晚安，却没有说出口。莉赛尔得到了妈妈的允许，一直陪他到清晨。她读着《黑暗中的歌》，而他一直在素描本上写写画画。

"从汉密尔街的一扇窗户望出去，"他这样写道，"星星灼伤了我的眼睛。"

偷 天 贼

人们事后才得知，第一次空袭根本不是真的。如果人们要等着看飞机，恐怕站上一整晚都看不见，这也解释了收音机里为什么没有传来布谷鸟叫声。《莫尔钦快报》上的报道说，一个高射炮塔上的值班员大惊小怪地发誓说听到了飞机的轰鸣，还看到了地平线上的飞机，于是，他就发了信号。

"他可能是故意这么干的，"汉斯·休伯曼指出这一点，"你愿意坐在高射炮塔上对着轰炸机开火吗？"

马克斯在地下室阅读这册报道的时候，报道上面说，那个脑袋里装满稀奇古怪幻想的值班员被撤职了，被派去别的单位服役了。

"祝他好运。"马克斯说，他似乎明白了报纸上发生的事情，接着他玩起了填字游戏。

第二次是真正的空袭。

9月19日夜里，收音机里传来了布谷鸟叫声，紧接着一个低沉的声音通知大家，莫尔钦可能成为被袭击的目标。

汉密尔街上再一次人潮涌动。爸爸又丢下了他的手风琴。罗莎提醒他带上琴，被他婉拒了。"我上次没有带，"他解释道，"所以我们都没死。"战争显然使人混淆了逻辑和迷信界限。

古怪而可怕的气氛随他们一起进入费得勒家的地下室。"我想这回是真的了。"费得勒先生说。孩子们很快意识到这回父母更害怕了，他们只好做出了本能的反应，最小的孩子们开始号啕大哭，震得房子都要晃起来了。

即便是在地下室里，他们也能隐约听见炸弹的呼啸声，爆炸所产生的气浪铺天盖地而来，好像要把地面压碎。一颗炸弹落到莫尔钦镇空旷的街道上。

罗莎拼命抓着莉赛尔的手。

周围的孩子的哭闹声响成了一片。

鲁迪笔直地站着，强作镇静，抵御着恐惧。人们挥舞着胳膊和手，想寻求更大的空间。几个大人试图让小孩冷静下来，另一些人则徒劳地想让自己冷静下来。

"让小孩闭上嘴！"霍茨佩菲尔太太强烈要求，可她的话却不幸淹没在这个防空洞的一片混乱中。沾满灰尘的眼泪从孩子们的眼中涌出，空气中弥漫着夜晚的气息和人体的汗味，还有穿久了的衣服的混合味道，简直像一大锅汤，里面装满了游动的人类。

尽管妈妈就在身边，莉赛尔却被迫大喊："妈妈？"又是一声，"妈妈，你捏疼了我的手了！"

"你说啥？"

"我的手！"

罗莎松开她的手。为了寻求安慰，也为了避开地下室里的喧闹声，莉赛尔翻开一本书，开始朗读。放在最上面的一本书是《吹口哨的人》，她大声读着这本书，以便集中自己的注意力。开头的几段连她自己都听不见。

"你在念叨什么？"妈妈冲她咆哮，可莉赛尔没有理会。她把注意力都集中在第一页上。

当她翻到第二页时，鲁迪听到了，立刻被书里的内容所吸引，他拍拍哥哥和妹妹们，让他们也来听。汉斯·休伯曼靠过来，大声劝大家都来听听。拥挤不堪的地下室开始安静下来，等莉赛尔读到第三页的时候，除了她自己，其他人都不出声了。

她不敢抬头，却能感觉到他们把受惊的眼神都转到了她身上。她抑扬顿挫地朗读着这本书，她的身体里有一个声音在发出一个个音符。这就是她的手风琴。

翻书的停顿让他们急不可耐。

莉赛尔不停地读着。

她用了至少二十分钟把这个故事展开。年幼的孩子们在她的声音中逐渐平静，每个人仿佛都看到了吹口哨的人逃离犯罪现场的情景。莉赛尔没有，偷书贼只看到了文字的力量——这些文字立在书上，催促她读下去。有时，在一个句号和下一个大写字母的空隙间，还能看到马克斯的影子。她记得，他生病的时候自己也给他读过这本书。他现在还在地下室里吗？她忍不住猜想，他是不是又跑上去偷偷凝望夜空了？

一个奇妙的想法

一个人偷书。

另一个人偷天。

每个人都在等待着地动山摇的感觉。

这是无法改变的事实，但是，至少现在他们的注意力被这个读书的女孩分散了。

一个小男孩想继续哭，可莉赛尔停了下来，用爸爸或者鲁迪的办法处理好了这件事，她冲他眨眨眼，又继续读下去。

只有当警报再次传到地下室时，才有人打断她。"我们安全了。"杰森先生说。

"嘘！"霍茨佩菲尔太太忙制止他。

莉赛尔抬起头。"这一章还剩两段了。"说完她又不紧不慢地读起来，逐字逐句地读完了这一章。

《杜登德语词典》的第四个词条

文字：一个有意义的语言单位。用以表达承诺、短评或是对话。

相关词语：用语、名称、词语。

出于尊重，大人们让所有人都保持安静，听莉赛尔读完了《吹口哨的人》的第一章。

上楼梯时，孩子们都从她身边挤过去，但许多成年人——甚至包括霍茨佩菲尔太太和普菲库斯（想想这本书的名字和他多贴切）——都感谢她转移了他们的注意力。他们从她身旁走过，谢过她之后就急急忙忙离开了这所房子，出去看看汉密尔街是否遭受了什么损失。

汉密尔街毫发无损。

战争留下的唯一痕迹是一片自东向西飘动的烟云，它窥视着每扇窗户，想找个地方钻进去。它越来越厚，在空中扩散开去，让人类随之变成了幽灵。

街道上再也没有一个人。

他们只不过是携带着行李的幽灵。

家里，爸爸对马克斯讲述了外面发生的一切。"到处是烟雾和灰尘——我想他们的警报解除得太早了点，"他看看罗莎，"我可以出去转转吗？去瞧瞧被炸的地方是否需要帮忙？"

罗莎态度坚决。"甭做白日梦了，"她说，"你只会呛一嘴巴的灰。哪儿也甭去，蠢猪，老实待着吧。"

她想起一件事，就郑重其事地看着汉斯，事实上，她的脸上满是自豪，"你就待在这儿，把孩子的事儿告诉他，"她提高了嗓门，虽然只有一点点，"还有那本书的事。"

马克斯不由多看了她两眼。

《吹口哨的人》，"罗莎告诉他，"第一章。"她把在防空洞里发生的事原原本本地讲了一遍。

莉赛尔站在地下室的一角。马克斯一边观察她，一边用手摸了摸下巴。我认为这个时候他构想出了素描本上的下一个主题。

《撷取文字的人》。

他想象着莉赛尔在防空洞里读书的情景。他一定看到了她一字一句读书的模样，不过，和往常一样，他一定也看到了希特勒的影子。他可能已经听到了希特勒的脚步声逼近了汉密尔街和这间地下室，就在不远的将来。

沉默许久之后，他刚准备说话，莉赛尔却抢先开了口。

"今晚你去看天空了吗？"

"没有。"马克斯看着墙壁，用手指了指。他们都看到了一年多以前他画在墙上的画和写下的文字——那根绳子和正在滴落的太阳。

"今晚我只是在看这个。"他没有再说别的，没有多余的话，只有思考。

我不知道马克斯，汉斯和罗莎在想什么，但是我很清楚，莉赛尔·梅明格想的是如果炸弹落到汉密尔街上，马克斯不仅没有生存的可能，而且还会是一个人孤孤单单地死去。

霍茨佩菲尔太太的提议

早晨，人们清点了损失。没有人员死亡，但有两座公寓楼被夷为平地，鲁迪最喜欢的希特勒青年团的训练场也被炸出一个大坑，像是被人用勺子挖去了一大块。全镇有一半的人都围在大坑周围，估摸着它的深度，把它和各自的防空洞进行了一番对比。有几个男孩和女孩朝里面吐口水。

鲁迪站在莉赛尔身边。"看来他们又需要施肥了。"

接下来的几个星期风平浪静，生活仿佛又重回正轨，不过，有两个值得一提的时刻快到了。

十月发生的两件事

1. 霍茨佩菲尔的示好

2. 犹太人被游街示众

她脸上的皱纹像是在诽谤别人，她的声音像是在用棍子打人。

幸好他们是从起居室的窗户里看到了她走过来。她用指关节把门敲得咚咚直响，大事不妙。

莉赛尔听到了她最害怕的几个字。

"你去开门。"妈妈说。女孩十分清楚这会给她带来什么"好处"，可是她只能听妈妈的话。

"你妈在吗？"霍茨佩菲尔太太问，她站在门前的台阶上，好像长了刺一样浑身不自在，她不停地扭头看看街上，"你妈那头老母猪今天在家吗？"

莉赛尔忙转身叫妈妈。

《杜登德语词典》的第五个词条

时机：一个发展或者取得进展的机会。

相关词语：前景、良机、机遇。

罗莎马上出现在莉赛尔身后。"你想干吗？你现在就想朝我厨房门上吐痰吗？"

霍茨佩菲尔太太一点不怯场。"你就这么欢迎出现在你家门口的客人吗？真是个白痴。"

莉赛尔只能傻站着，倒霉的是，她刚好站在两人中间。罗莎把她扒拉到一边。"得了，你到底说不说，干啥来了？"

霍茨佩菲尔太太又扭头看看大街。"我有个提议。"

妈妈换了种语气。"是什么？"

"不，不是给你提的建议，"她对罗莎一点不感兴趣，转头看着莉赛尔，"是给你的。"

"那你干吗跑来问我？"

"得了，我至少要得到你的同意。"

噢，圣母玛利亚，莉赛尔想，真是无法忍受了，霍茨佩菲尔太太到底想让我干什么？

"我喜欢你在防空洞里读的那本书。"

不，你休想把它夺走，莉赛尔对此态度坚决。"那又怎么了？"

"我本来想在防空洞里听完剩下的故事，可现在看来，我们还很安全，"她转动肩膀，把背上的皱纹抚平，"所以，我想让你到我家来把剩下的部分读给我听。"

"你甭招人烦了，霍茨佩菲尔，"罗莎在考虑要不要冲她发火，"要是你想——"

"我不往你们家门上吐痰了，"她打断了罗莎的话，"再把配给的咖啡给你。"

罗莎决定不发脾气了。"再加点面粉还差不多。"

"喂，你是犹太人吗①？只有咖啡，你不会拿咖啡去换面粉吗？"

成交了。

只有女孩不同意。

"好吧，成交。"

"妈妈？"

"别插嘴，小母猪，快去拿书，"妈妈又对霍茨佩菲尔太太说，"你想让她哪天去？"

"星期一和星期五，四点钟。再加上今天，就现在。"

莉赛尔紧跟在霍茨佩菲尔太太后面来到隔壁，这所房子几乎就是休伯曼家房子的翻版，只不过要大一些。

她在餐桌旁坐下，霍茨佩菲尔太太坐在她前面，脸却冲着窗户。"读吧。"

---

① 犹太人以精明、善于做生意而闻名。——译者注

她说。

"第二章？"

"不，读第八章。等等，是第二章！在我把你扔出去之前，快点读。"

"是，霍茨佩菲尔太太。"

"别废话叫我什么霍茨佩菲尔太太了。赶紧打开书，我们可没有时间磨蹭了。"

噢，仁慈的上帝啊，莉赛尔想，这就是对我偷书的惩罚，我最终还是没能逃脱。

她读了四十五分钟，读完这一章后，霍茨佩菲尔太太往桌上放了一袋咖啡。

"谢谢你，"那女人说，"真是个精彩的故事。"她转身朝着炉子，开始切土豆。她没有回头，问："你还在吗？"

莉赛尔把这话当做是提醒自己离开的暗示。"谢谢你，霍茨佩菲尔太太。"她在门口看到两个身着军装的年轻人的照片，急忙补了一句"万岁，希特勒"，并在厨房里行了个举手礼。

"很好。"霍茨佩菲尔太太非常自豪，也很害怕，她的两个儿子都在苏联打仗。"万岁，希特勒。"她把水壶坐到炉子上，居然彬彬有礼地走了几步，把莉赛尔送到门口。"明天见？"

明天是星期五。"是的，霍茨佩菲尔太太，明天见。"

莉赛尔算了一下，在犹太人被游街示众前，她一共给霍茨佩菲尔太太读了四次书。

他们是去达豪的，去那里的集中营。

"这需要两个星期，"后来，她在地下室里写道，"用两个星期来改变世界，十四天来摧毁它。"

前往达豪的漫长路途

有些人说是卡车抛锚了，可我清楚，事实并非如此，因为我当时在场。

事情发生的那一天，碧空万里，天上飘着几朵帽子一样的白云。

交通工具也不止一辆，一共有三辆卡车，它们不可能同时抛锚。

士兵们凑到一起吃着东西，抽起香烟，在那些犹太人的包裹上打起了扑克。

这个时候，一个囚犯因为饥饿和疾病倒下了。我不知道这些车队来自何处，可能是离莫尔钦镇五公里远的地方，他们还要走很长一段路才能到集中营的所在地，达豪。

我从卡车的挡风玻璃爬进去，找到这个病人，再从车尾跳出来。他的灵魂也瘦得皮包骨头了，他的胡子成了锁链。我重重地落在碎石地上，却没有一个士兵或囚犯听到，然而，他们都能嗅出我的味道。

在我的记忆中，那辆卡车的后面还传来许多祈求的声音，那是发自内心的呼唤。

为什么把他带走而不是把我带走？

感谢上帝，不是我。

另一方面，士兵们另有争论。他们中的一个头儿掐灭了香烟，嘴里喷着烟，问了其他人一个问题。"咱们上次让这些耗子们出来透气是什么时候？"

第一个中尉被呛得咳嗽了一声。"他们该透点气了，是不是？"

"就现在怎么样？我们有的是时间，对吗？"

"我们有足够的时间，长官。"

"今天的天气正适合散步，你觉得呢？"

"是的，长官。"

"那你们还等什么。"

汉密尔街上，莉赛尔正在踢足球的时候，远处传来了嘈杂的声音。两个在中场抢球的男孩突然停止了动作。连汤米·穆勒都听见了。"那是什么声音？"他站在球门前问。

沉重而杂乱的脚步声伴随着严厉的吆喝声越来越近，所有人都朝那边看去。

"是一群牛吧？"鲁迪问，"不像。牛的声音不可能这么大，对吗？"

慢慢地，街上的孩子们都朝这个吸引他们的声音走去，一直走到迪勒太太的商店门口。这时候，吆喝声更响亮了。

慕尼黑大街的拐角处，一位老妇人站在她的公寓里向大家解释着这场动静的来头。她的头从高高的窗户里伸出来，脸就像一面白色的旗帜，她两眼湿润，嘴巴张得大大的。她有一头灰色的头发，一双深蓝色的眼睛，很深很深的蓝色。她的话就像一个自杀的人一样重重地落在莉赛尔脚边。

"犹太人，"她说，"是犹太人。"

《杜登德语词典》的第六个词条

苦难：巨大的痛苦、不幸和烦恼。

相关词语：极度痛苦、折磨、绝望、不幸、悲惨。

街上聚集的人更多了，一群犹太人和罪犯已经被押送过去了。也许当时那些死亡集中营的秘密还不为人所知，更多的时候人们看到的是像达豪一样的劳改场的荣耀。

莉赛尔一眼就看到远处有个男人和他的装油漆的小车在路的另一侧。他不自在地用手捋着头发。

"看那边，"她指给鲁迪看，"我爸爸。"

他们穿过街道，跑过去，可汉斯·休伯曼最开始却打算把他们带走。

"莉赛尔，"他说，"可能……"

不过，他意识到，女孩下定了决心要留下来，也许该让她见见这样的场面。他和她一起站在瑟瑟的秋风中，没有说一句话。

他们在慕尼黑大街上看着。

其他人在他们周围挤来挤去。

他们看着这些犹太人走过来，就像是一组油漆。偷书贼虽然没有这么描写他们，但我可以保证事实就是这样。他们中许多人都要死去，他们中的每一个人都会像迎接最后一个真正的朋友那样来迎接我，他们的骨头会化作阵阵青烟，他们的灵魂紧随其后。

全体犹太人都到达后，他们的脚步声震动了地面。他们瘦削憔悴的面容上的那双眼睛尤为显眼。还有尘土，他们都被尘土包围，在士兵的推搡下，他们的脚步踉踉跄跄——落在后面的囚犯要被迫跑上几步才能赶上这支营养不良的队伍。

个子高高的汉斯越过围观者的头顶看到了这一切。我敢断定，此刻他疲惫的眼睛里一定闪着银光。莉赛尔却只有透过人群的缝隙观看。

一张张写满了苦难的男人和女人的脸从他们眼前经过。没有谁期望能得到帮助——他们早已不指望什么帮助了——他们只想要一个解释。只需要有点东西来减轻这场混乱。

他们的双脚早已走不动了。

他们的衣服上贴着大卫之星，苦难也附着其上。"别忘记你们的不幸……"

有的时候，不幸就像葡萄藤一样在他们身上缠绕。

士兵们走在他们旁边，呵斥着让他们加快速度，不准呻吟。有的士兵自己还是个孩子，可他们的眼睛里只有元首。

莉赛尔注视着这一切，她相信这些人是活着的人里面最可怜的灵魂。她就是这样写的。他们因为所受的非人折磨而拉长了憔悴的脸。他们一路受尽饥饿之苦。一些人只顾低头看着脚下的路，好避开围观者的目光；有些人哀求地看着赶来欣赏他们受辱的人们，这是他们死亡的前奏；还有人渴望着能有人，随便什么人，能走上前来抱住他们。

不管围观者是带着骄傲、鲁莽还是耻辱来看这场游街，都没有人走上前打断它，目前还没有。

有时，一个男人或女人——不，他们不是男人和女人，他们只是犹太人——会在人群中看到莉赛尔的脸。他们会回避她的目光。偷书贼只能无助地望着他们走远。她只能希望他们能读懂她脸上深藏的怜悯，并且能意识到这是真切的悲伤，不会消失得无影无踪。

我家的地下室里藏着一个你们这样的人！她想说。我们一起堆了个雪人！他生病的时候，我送了他十三件礼物！

莉赛尔什么也没有说出口。

说了会有什么好处吗？

她清楚自己完全无能为力来援助这些人。他们不可能被拯救出来，几分钟后，她会看到想帮助他们的人会有什么遭遇。

前进的队伍里，有个人的年纪比其他人都大。

他留着胡子，衣衫褴褛。

他的眼睛里流露出极度的痛苦。虽然他的身体轻飘飘的，但他的双腿还是承担不了这一点点重量。

有好几次，他都倒了下去。

他的半边脸贴在地面上。

每次都有一个士兵站在他身边。"站起来，"他冲着老人吼道，"站起来。"

老人跪着站起身，艰难地向前走去。

每次，他刚刚赶上队伍的尾巴，就会失去动力，再次摔倒在地。他后面还有很多人——足足有一卡车的人——威胁着要超过他，把他踏平。

他的手臂颤抖着想支撑起身体，那痛苦的样子惨不忍睹。他们又一次让开，然后他站起来，又走了几步。

他死了。

这个人死了。

只要再给他五分钟，他一定会掉进一条德国的阴沟里死去。他们对此听之任之，眼看这一切即将发生。

这时，有一个人。

汉斯·休伯曼走过来了。

一切在瞬间发生。

老人挣扎着前进时，那只紧握着莉赛尔的手松开了，她感到自己的手一下子打在屁股上。

爸爸走到小车旁，拿出来一样东西。他推开围观的人群，走到路中间。

那个犹太人站在他面前，准备接受另一番羞辱，可是他和旁人一样，看到汉斯·休伯曼像变魔术似的递过来一片面包。

犹太人刚接过面包就倒在地上，他双膝跪地，抱着爸爸的小腿，把脸埋在中间，感谢爸爸。

莉赛尔注视着眼前这一幕。

她的眼里满含泪水，她看到老人又向前滑了一点，把爸爸向后推，伏在爸爸的脚踝边哭起来。

其他犹太人从他们身边走过，看着这桩不可思议的小事。他们鱼贯而行，如同一片人潮。这一天，有些人将到达彼岸，他们会得到一项白色的帽子。

一个士兵走过来，发现了这起罪行。他审视了跪着的老人和爸爸一番，又把目光投向围观的人群，然后稍加思索，就从腰间取下鞭子，开始鞭打。

犹太老人被打了六下，鞭子落在他的背上，头上，还有腿上。"你这头肮脏的猪！"鲜血从他耳边滴下来。

接着，轮到了爸爸。

又有一只手握紧了莉赛尔的手。她惊恐地朝旁边看去，鲁迪·斯丹纳紧张地咽着唾沫，目瞪口呆地看着汉斯·休伯曼被当众鞭打。鞭子的那声音让莉赛尔头晕目眩，她估计爸爸身上肯定被打得皮开肉绽了。他被打了四鞭子，随后倒在地上。

那个犹太老人最后一次爬起来，继续向前走。他飞快地回头看了一眼，朝独自跪在那里的人最后投去悲哀的一瞥。因为挨了四鞭,汉斯的背还在火辣辣地痛,他的膝盖也跪疼了。不过,这个老人会带着尊严死去,或至少是抱着这样的想法死去。

我的看法?

我不敢肯定这是不是一件好事。

当莉赛尔和鲁迪走过来扶着汉斯站起来的时候,周围一片嘈杂。她的记忆里只有议论声和一片阳光。阳光洒在路面上,一阵阵议论声如同波浪打在她背上。当他们往回走时,才注意到那片面包被丢弃在大街上了。

鲁迪正打算把它拾起,一个走过来的犹太人从他手里夺过面包,另外两个人和他争抢起来,他们向着达豪走去。

这时,那双闪着银光的眼睛受到了攻击。

小车被推翻了,油漆流到了大街上。

他们叫他犹太分子。

其余人都沉默着帮助他回到安全地带。

汉斯·休伯曼身子前倾,扶着一户人家的围墙。他被刚才发生的事情弄蒙了。

他的眼前飞快闪过一个紧张的念头。

汉密尔街三十三号——它的地下室。

他在不停的喘息中突然惊恐地想到这一点。

他们要来了。他们要来了。

噢,耶稣基督,噢,钉在十字架上的耶稣啊。

他看看女孩,然后闭上双眼。

"你很疼吗,爸爸?"

她听到的是一个问题而不是一个答案。

"我在想什么?"他的双眼紧闭了一下,接着又睁开了。他的工装裤皱皱巴巴的,两只手上沾着油漆和鲜血。眼前的爸爸和夏天一起分享面包的爸爸是多么不同啊。"噢,上帝,莉赛尔,我都干了些什么啊?"

是的。

我必须赞同。

爸爸都干了些什么事啊!

平 静

当晚十一点刚过,马克斯·范登伯格提着个装满食物和厚衣服的行李箱走在汉密尔街上。他的肺里装满了德国的空气。天上繁星闪烁。当他走到迪勒太太的商店门口时,最后回头望了三十三号一眼。他看不见厨房窗口的那个身影,但她能够看到他。她朝他挥挥手,他却没有挥动手臂。

莉赛尔还能感觉到他留在自己额头的吻。她能闻得出他告别的气息。

"我给你留了点东西,"他说,"但要等你准备好了才能得到。"

他离开了房间。

"马克斯?"

可是他没有回头。

他走出她的房间,无声无息地关上门。

门口传来轻微的响动。

他走了。

她走进厨房的时候,妈妈和爸爸都弯着腰,双手捂着脸,就这样站了半分钟。

《杜登德语词典》的第七个词条

沉默:没有声音或吵闹。

相关词语:安静、镇静、平静。

多么恰当。

沉默。

慕尼黑附近的某个地方,一个德籍犹太人在黑暗中走着。按照约定,他将在四天后与汉斯·休伯曼见面(也就是说,如果汉斯没有被抓走的话)。地点在安佩尔河下游的一个地方,在河边树木的掩映下,一座破破烂烂的小桥边。

他会到那儿去的,不过却不会在那里久留。

爸爸四天后到达那里时,只发现了一样东西。

树下的一块石头下压着一张纸,这张纸上没有写明是给谁的,上面只有一句话。

马克斯·范登伯格的最后留言
你们为我做的已经够多了。

从那以后，汉密尔街三十三号就成了一所沉默的房子，可是它却并非不引人注意，《杜登德语词典》上对"沉默"一词的解释在这里完全行不通，尤其是与沉默相关的那些词。

沉默不是安静或镇静，也不是平静。

白痴和穿军装的人

犹太人被游街的那个晚上，这个白痴坐在厨房里，狂饮着霍茨佩菲尔太太那苦涩的咖啡，还盼望能有支烟抽。他是在等待盖世太保、士兵和警察——其中任何一个——来逮捕自己，他觉得这是他应得的报应。罗莎命令他去上床睡觉。莉赛尔心神不宁地在门口走来走去。他把她们都撵走了，独自捧着脑袋一直等到第二天清晨。

没有一个人来。

随时随地都可能响起敲门声，都会传来令人恐惧的话。

他们没有来。

唯一的声音是他本人发出来的。

"我都干了些什么啊？"他又一次自责。

"老天爷，我真想抽支烟。"他自己回答道，他已经四肢无力了。

有几次，莉赛尔听到他反复责怪自己，心里不好受，想进去安慰他，可是她从来没有见过一个男人如此悲伤。这天晚上，没有什么可以用来安慰他的，马克斯走了，汉斯·休伯曼在等待接受惩罚。

厨房里的碗柜是他有罪的证据，他手掌上黏糊糊的东西提醒着他的所作所为。他的手肯定出汗了，莉赛尔想，因为她自己从手指到手腕都湿透了。

她在自己房间里祷告着。

她把双手和双膝都放在床垫上。

"上帝，求求你，请你让马克斯活下来吧，求你了，上帝，请你……"

她的两个膝盖难受极了。

她的双脚也疼痛难忍。

晨曦初露的时候，她醒了，连忙走到厨房。爸爸靠着桌子睡着了，嘴角还流着点口水。咖啡的味道十分浓烈。汉斯·休伯曼那愚蠢的善举还残留在空中，就像是一个数字或是一次讲演，重复上几遍后，就不会忘记了。

第一次，她没有把他弄醒，但她再次推他的肩膀时，他猛地从桌上抬起头来。

"他们来了？"

"不，爸爸，是我。"

他喝光了杯子里剩下的咖啡，他的喉结动了动。"他们现在该来了。为什么还不来呢，莉赛尔？"

这是个耻辱。

他们早该来抓他了，同时把这所房子扫荡一遍，搜查他帮助犹太人或者犯叛国罪的证据，但是，马克斯看来是白走了，他本来可以睡在地下室里，或者继续画他的素描的。

"你不知道他们不会来，爸爸。"

"我早该想到不能给那人面包的，可就是没想到。"

"爸爸，你没有做错。"

"我不相信你的话。"

他站起来走出厨房，把房门敞开着。即使有许多人受到了伤害和侮辱，这还是一个可爱的早晨。

四天后，爸爸沿着安佩尔河走了很久，带回来一张小纸条，放在餐桌上。

又是一个星期过去，汉斯·休伯曼还在等待对他的惩罚。他背上的鞭伤开始结疤。他把大部分时间都用来在小镇上闲逛。迪勒太太朝他脚下吐口水，霍茨佩菲尔太太遵守了她的诺言，没有继续往休伯曼家门上吐痰，现在迪勒太太成了接班人。"我知道，"这个商店老板咒骂着他，"你是个喜欢犹太人的下流胚。"

他悄悄走着，莉赛尔经常尾随他来到安佩尔河的小桥上。他把两支胳膊搭在桥栏杆上，上身探出桥去。骑自行车的孩子们从他身边冲过，有时是大声吵嚷着跑过去，脚板吧嗒吧嗒地踩在木板上。他对这一切都无动于衷。

《杜登德语词典》的第八个词条

后悔：充满渴望，失望或是失落的悲伤。

相关词语：懊悔、悔悟、哀悼、伤心。

一天下午，他问她："你看到他了吗？"这时，她正靠在他身旁，"就在那边的河水里。"

河水的流速不快，在河水荡起的涟漪中，莉赛尔能看到马克斯·范登伯格那张脸的轮廓。她可以看到他羽毛似的头发和脸上的五官。"他过去总是在我们的地下室里和元首进行拳击比赛。"

"上帝啊，"爸爸的两只手紧紧抓着破烂的木头桥栏，"我是个白痴。"

不，爸爸。

你只是一个人。

一年多以后，当她在地下室里写作时，才想到了这句话。她多么希望她当时就能想到这些呀。

"我太傻了，"汉斯·休伯曼告诉他的养女，"也太善良了，这使我成了世界上最大的白痴。现在的事实是，我想让他们来抓我，不管怎么样都比干等着强。"

汉斯·休伯曼需要证明,他要证明马克斯·范登伯格的离开是有充分理由的。

等了近三个星期后，这一时刻终于到来了。

天色已晚。

莉赛尔从霍茨佩菲尔太太家回来时看到两个穿着黑色长军服的人，她立刻跑进屋。

"爸爸，爸爸！"她差点把桌子掀翻，"爸爸，他们来了！"

妈妈先过来。"你在咋唬啥呢，小母猪？谁来了？"

"盖世太保。"

"汉赛尔！"

他已经站起来，走出门去迎接他们。莉赛尔想和他一块儿去，罗莎把她拽回来，她们从窗户里面往外看。

爸爸不安地站在大门口。

妈妈用力攥着莉赛尔的胳膊。

那两个人从他们门前走过去了。

　　爸爸惊慌地回头看看窗户，然后走到门外。他叫住那两个人。"嗨！我在这儿。你们要找的是我，我住在这儿。"

　　穿军装的两人只停了停，查看了一下他们的笔记本。"不，不对，"他们用低沉的声音告诉他，"不幸的是，你比我们的目标年纪大了点。"

　　他们继续朝前走，没走多远，就在三十五号停下来，走进了敞开的大门。

　　房门打开了。"你是斯丹纳太太？"他们问。

　　"是的，是我。"

　　"我们是来找你谈点事情的。"

　　穿军装的两人就像穿着外套的两根柱子一样，这两根柱子立在了鞋盒子似的斯丹纳家的门槛外。

　　他们是为了某种原因来找那个男孩的。

　　穿军装的人想找的是鲁迪。

PART EIGHT

第 八 章

撷取文字的人

特别介绍：

多米诺骨牌和黑暗——想象中光着身子的鲁迪——惩罚——

守信者的妻子——收尸人——吃面包的人们——树林里的蜡烛——

藏起来的素描本——还有捣乱分子的衣服

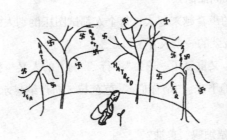

多米诺骨牌和黑暗

用鲁迪的妹妹们的话来说，厨房里坐着两个怪物。他们说话时不紧不慢，说话声撞击着厨房门。斯丹纳家的三个孩子在厨房外面玩多米诺骨牌，剩下三个在卧室里悄悄听收音机。鲁迪希望自己不要和上个星期学校发生的事情有牵连，他拒绝对莉赛尔讲那件事，也没有在家里提过。

一个灰暗的午后，学校的一间小办公室
三个男孩站成一行，他们的成绩和身体都被彻底地检查了一遍。

玩了第四局多米诺骨牌后，鲁迪开始把骨牌立成一行行，摆成一个穿过起居室的造型。他的习惯是留下一些缺口，以防妹妹们淘气，她们经常来捣乱。
"我可以把它们推倒吗，鲁迪？"
"不行。"
"那我呢？"
"不行，我们都不能动。"
他分别摆了三条骨牌通向中心，然后，他们一起看着精心设计的骨牌倒塌，为这被毁灭的美丽瞬间而高兴。
现在，厨房里的声音越来越大，每个人都试图压倒别人的声音，好引起注意，先前一直保持沉默的一个人开了口。
"不行，"她说，又重复了一遍，"不行。"剩下的人又争执起来，但同样的声音使他们再次安静下来。"请你们，"芭芭拉·斯丹纳恳求他们，"别带走我的儿子。"
"我们可以点支蜡烛吗，鲁迪？"
他们的父亲常常和他们一起关上灯，点亮一支蜡烛，在烛光里看着多米诺骨牌倒下，这样使得游戏更有趣更好看。
他的两条腿都疼起来。"我们找根火柴吧。"

电灯开关在门边。
他悄悄走过去，一只手握着火柴盒，另一只手里拿着蜡烛。

门里面，三个男人和一个女人的争论达到了高潮。"全班最优秀的成绩，"一个怪物说，他已经声嘶力竭了，"更别说他的运动天赋了。"真该死，他为什么要在狂欢节上赢那些比赛呢？

德舒尔。

该死的弗兰兹·德舒尔！

可紧接着，他恍然大悟了。

不是弗兰兹·德舒尔的错，是他自己的错。他不仅想向折磨过他的人炫耀才能，也打算向所有人证明自己的实力。所有人，也就包括了现在厨房里的每一个人。

他点燃蜡烛，关上电灯。

"准备好了吗？"

"可惜我听说过那里发生的事。"这个声音他不会弄错，是他爸爸浑厚的声音。

"来吧，鲁迪，快点。"

"是的，但请你理解，斯丹纳先生，这一切都是为了伟大的目标。想想你儿子能得到的机会，这真的是一个特权。"

"鲁迪，蜡烛在滴油了。"

他朝她们摆摆手，等待亚历克斯·斯丹纳的下文。亚历克斯说话了。

"特权？比方说光着脚在雪地里跑步？比方说从十米高的跳台上跳进三米深的水里？"

鲁迪的耳朵紧贴在门上，蜡烛在他手上融化了。

"一派谣言，"这干巴巴的、低沉的声音例行公事地回答了这些疑问，"我们学校从建校以来就是顶尖的学校，比世界水平更高，我们教育出来人的是德国公民中的精英……"

鲁迪不能继续偷听了。

他把手上的蜡烛油刮掉，借着门缝里透出的灯光抽身回来。他刚坐下，蜡烛就熄灭了，因为他的动作太猛了。屋里一片黑暗，唯一可见的是白色的长方形的厨房门的轮廓。

他擦亮第二根火柴，再次把蜡烛点燃，空气中传来火焰和碳的味道，很好闻。

鲁迪和妹妹们每人推倒一个方向的骨牌，看着它们倒下，最后，中间的塔也轰然拦腰倒下。小女孩们欢呼雀跃起来。

他的哥哥科特走进屋来。

"这些东西看上去就像死尸。"他说。

"你说什么？"

鲁迪注视着科特那张模糊不清的脸，但科特没有回答，他留神听着厨房里的谈话。"那里面在干什么？"

一个小姑娘回答了他的问题，是最小的贝蒂娜，她只有五岁。"有两个怪物在里头，"她说，"他们要带走鲁迪。"

又是一个人类的孩子，真是太机灵了。

后来，等穿军装的人离开后，两个男孩，一个十七岁，一个十四岁，鼓起勇气面对着厨房。

他们站在门厅里，灯光晃着他们的眼睛。

科特先开口说话："他们要带走他吗？"

他们的母亲把手臂放在桌子上，手掌心朝上摊开。

亚历克斯·斯丹纳抬起头。

沉重地抬起头。

他脸上的表情鲜明，意志坚定。

他用一只手笨拙地拨弄着额前的头发，几次想开口，却没有出声。

"爸爸？"

不过，鲁迪没有向父亲走过去。

他坐到餐桌旁，抓住妈妈摊开的一只手。

亚历克斯和芭芭拉·斯丹纳不会透露当多米诺骨牌像死尸一样倒在起居室里的时候，厨房里谈话的内容。要是鲁迪能一直在门边偷听，哪怕再听一会儿就好了……

随后几个星期里，他告诉自己——或者说，是替自己辩护——要是那晚他听到了剩下的谈话，他就会走进厨房。"我去，"他会这样说，"请带我走吧，我准备好了。"

如果他走进去，可能一切都会改变。

三种可能

1. 亚历克斯·斯丹纳不会遭受与汉斯·休伯曼相同的惩罚。

2. 鲁迪会离开家去那所学校。

3. 有可能，他会活下来。

然而，残酷的命运却没有让鲁迪在正确的时候走进厨房。

他转身和妹妹们玩起了骨牌。

他坐了下来。

鲁迪·斯丹纳哪儿也不去。

想象一下裸体的鲁迪

有个女人。

站在角落里。

她的辫子是他见过的辫子里最粗的，垂到了她的背上。有时，当她把辫子缠在肩膀上的时候，它就像一只吃饱的宠物趴在她高耸的胸脯上。事实上，与她有关的一切都被放大了。她的嘴唇，她的腿，她那细密的牙齿，她还有一副又粗又大的嗓门。没有时间细说了。"来吧，"她叫他们，"来，站在这个地方。"

相比之下，那个医生就像一只秃头老鼠。他的个子瘦小灵活，他在学校办公室里狂躁而又慢条斯理地踱着步。他感冒了。

三个男孩中很难说是谁最不愿脱掉衣服。第一个男孩听到命令时看看周围的每个人，从上了年纪的老师到敦实的护士，又瞅瞅瘦小的医生。中间的男孩只顾埋头盯着自己的两只脚，最左边的孩子不停地感谢上帝，幸好这是在学校的办公室里，而不是在一条黑暗的小巷子里。鲁迪觉得那个护士挺恐怖的。

"谁第一个来？"她问。

管理他们的老师赫克斯丹勒回答了这个问题。他不像是一个人，而像是一件黑色的衣服。他的脸上蓄着胡子。他扫视了一遍男孩子们，话说得飞快。

"舒瓦茨。"

倒霉的朱吉·舒瓦茨极不情愿地脱下制服，只穿着一双鞋子和一条内裤站在那里。他那张德国人的脸上流露出哀求的表情。

"还有呢？"赫克斯丹勒先生问，"鞋子？"

他又脱掉鞋子和袜子。

"还有内裤。"护士说。

鲁迪和另外一个叫沃拉夫·恩比格的孩子也开始脱衣服了,但他们都比不上朱吉·舒瓦茨的处境危险。这个男孩浑身哆嗦,他比另外两个男孩年纪小点,个子却要高一些。当他脱下内裤的时候,他倍感羞耻地站在又冷又小的办公室里,自尊心也随着内裤落到了脚后跟。

护士目不转睛地盯着他,她把两只胳膊交叉着抱在胸口。

赫克斯丹勒先生催促着,腰后面两个孩子动作快点。

医生挠挠头皮,咳嗽起来。他的感冒快把他折磨死了。

三个赤身裸体的男孩子站在冰凉的地板上挨个接受检查。

他们用双手遮住下身,抖个不停。

在医生的咳嗽声和呼哧呼哧的喘气声中,他们听从他的指令。

他说:"吸气。"他们就吸气。

他说:"呼气。"他们就呼气。

"伸出手来。"一声咳嗽,"我让你们伸出手。"一连串的咳嗽。

男孩子们像普通人一样,看着对方,想博得彼此的同情,可是没有任何办法。三个人都把手从生殖器上拿开,伸出了双臂。此时,鲁迪可不觉得自己是主宰世界的民族中的一员。

"我们逐渐取得了成功,"护士告诉老师,"我们正在创造一个新的未来。这将是一个体力和智力上都更高级的德国新阶层,一个军官阶层。"

不幸的是,她的宣传被停止了,因为医生中途停下来,用尽全身力气对着那堆脱下的衣服剧烈地咳嗽,咳得眼泪都流出来了,鲁迪忍不住好奇地猜想。

一个崭新的未来?就像医生一样?

他聪明地没把这话说出口。

检查完毕,他试着敬了一个裸体的举手礼,这可是他平生第一次。他不得不承认这个感觉不妙。

被剥去自尊后,男孩子们得到允许再次穿上衣服,他们被领出办公室的时候,已经能听到身后传来的对他们的评价了。

"他们比普通孩子发育早了点，"医生说，"不过，我认为至少有两个还行。"

护士也同意他的意见。"第一个和第三个。"

三个男孩站在外面。

第一个和第三个。

"第一个是你，舒瓦茨，"鲁迪说，接着他问沃拉夫·恩比格，"第三个是谁？"

恩比格算了算。她是指站在第三的人还是第三个被检查的人呢？没关系，他知道自己想相信什么。"我猜是你。"

"狗屎，恩比格，是你才对。"

一个小小的保证

穿军装的两人知道第三个是谁。

他们来汉密尔街后的第二天，鲁迪和莉赛尔坐在他家门前的台阶上，听他讲这个长篇故事，包括最小的细节。他讲完了那天自己被带出教室后发生的一切，他们还嘲笑了一番敦实的护士和朱吉·舒瓦茨脸上的表情。然而，大部分时间里，这是一个焦虑的故事，尤其是讲到厨房里的谈话和倒下的多米诺骨牌时。

随后几天里，莉赛尔一直不能消除脑子里的一个想法。

这个想法是关于三个男孩的那次体检的，或者，如果她肯承认的话，是关于鲁迪的。

她躺在床上，思念着马克斯，想知道他在何方，祈祷他还活着，可是，在这些念头中间站着的是鲁迪。

他在黑暗中闪闪发光，全身赤裸。

这个想法很可怕，尤其是当他被迫把手拿开时，至少这一点让人害臊，可是，因为某种无法解释的原因，她禁不住还是要去想。

惩 罚

纳粹德国的配给证上，没有"惩罚"这一栏，但是这东西每个人都有份。对一些人来说，那意味着在战火中死在异国他乡，对其余的人来说，那意味着战争结束后，全欧洲六百万人死于战火时，他们所面临的贫困和罪恶。许多人一定看见了对他们的惩罚正在降临，但只有百分之几的人欢迎它的到来，其中之一就是汉斯·休伯曼。

你不该在大街上帮助犹太人。

你的地下室里也不该藏着个犹太人。

首先，他受到的惩罚是不安。没能找到马克斯·范登伯格让他坐立不安，莉赛尔看到他为了这件事寝食难安，站在安佩尔河的桥上发呆。他不拉手风琴了。他眼睛里的快乐的银光也消失得无影无踪了。事情糟透了。但这只是一个开始。

十一月初的一个星期三，真正的惩罚寄到了信箱里。表面上来看，像是一则好消息。

厨房里放着的文件

我们很高兴地通知你，你加入德国国家社会主义工人党的申请最后得到了批准……

"纳粹党？"罗莎问，"我以为他们不要你了……"

"他们没有。"

爸爸坐下来又读了一遍信。

他并没有因为叛国罪或是帮助犹太人之类的事情被逮捕。汉斯·休伯曼得到了奖励，至少在某些人的眼里是这样。这怎么可能呢？

"肯定还有别的。"

的确还有。

星期五，来了一份通知书，告诉他们汉斯·休伯曼被应征入伍了。纳粹党的成员当然会乐于为赢得战争尽自己的一份力量，通知书的最后这样写道。如果他不去，后果自负。

莉赛尔刚为霍茨佩菲尔太太读完书回来。厨房里的气氛凝重，一方面是因为豌豆汤冒着腾腾的热气，另一方面是因为汉斯和罗莎·休伯曼那两张茫然失措的脸。爸爸呆坐着，妈妈站在他身后，炉子上的汤开始沸腾了。

"上帝啊，可别派我去苏联。"爸爸说。

"妈妈，汤烧开了。"

"啥？"

莉赛尔忙跑过去，把汤从炉子上端走。"汤烧开了。"成功地拯救完这锅汤后，她转过身，望着她的养父母，他们的脸像一片被遗弃的废墟。"爸爸，怎么回事？"

他把信递给她，她一边读信，手一边发抖。这些文字被用力地写在纸上。

莉赛尔·梅明格想象中的情节

在这间被炮弹震得休克的厨房里，在靠近炉子的某个地方，有一台孤独的、劳累过度的打字机。它放在一间年久失修的空房子里。它的键盘已经褪色，一个空格键高高立起，等待复位。窗外吹来的微风使它轻轻晃动。

喝咖啡的休息时间快结束了。

一堆纸随意地堆在门边，足有一人多高，这些纸是易燃品。

事实上，只有后来莉赛尔开始写作的时候，才见到了真正的打字机。她想知道有多少封信被当做惩罚寄给了像汉斯·休伯曼和亚历克斯·斯丹纳这样的德国人手里——那些帮助过无助者的人，那些拒绝让别人带走自己孩子的人。

这是德国军队在战场上的逐渐失利的表现。

他们在苏联战场上节节败退。

他们的城市遭到了轰炸。

他们需要更多的人来补充兵源，在大多数情况下，最艰苦的工作很可能分配给那些"最坏"的人。

莉赛尔浏览这封信时，能够透过被打字机弄破的信纸看到木头餐桌。"义务"和"责任"这样的字眼在信里十分显眼。她的胃里酸水直冒，她想呕吐。"这是什么？"

爸爸平静地回答。"我想我教过你读书认字，我的小姑娘。"他的话里没有一丝愤怒或讽刺挖苦，只是一句空洞的话，与他脸上的表情非常相配。

莉赛尔看着妈妈。

罗莎的右眼下面仿佛出现了一条细细的裂缝，她那张纸板似的脸很快裂开，不是从中间裂开的，而是从右边裂开。裂缝弯弯曲曲地呈弧线形沿着她的脸颊一直延伸到下巴。

二十分钟后，一个女孩站在汉密尔街上

她望着天空，悄悄说着："今天的天空是柔软的，马克斯，天上的云是软绵绵的，悲伤的，还有……"她看着远方，双手交叉着抱在胸前。她想到了即将上战场的爸爸，两手紧紧抓住身体两侧的衣服。"天气很冷，马克斯，太冷了……"

五天后，当莉赛尔继续观察天气的时候，她没有机会去看天空了。

隔壁，芭芭拉·斯丹纳的头发梳得整整齐齐的。她坐在自己家门前的台阶上，浑身颤抖，嘴里抽着一支烟。莉赛尔经过时，科特恰好从屋里出来。他走过来，坐在母亲身边。他看见女孩停住了脚步，就对她大声说话。"过来吧，莉赛尔，鲁迪马上就出来。"

她犹豫了一下，继续朝台阶这边走过来。

芭芭拉抽着烟。烟头上结了长长的一截烟灰。科特接过烟，吹去灰尘，吸了一口烟，然后把烟还给母亲。

抽完烟后，鲁迪的母亲望着天空，用手梳理着纹丝不乱的头发。

"我爸爸也要走了。"科特说。

一片沉寂。

一群孩子正在踢球，就在迪勒太太的商店旁。

"要是别人要带走你的孩子，"芭芭拉·斯丹纳不像是在对他们说话，"你最好同意。"

守信者的妻子

地下室：早晨九点

还有六个小时就要说再见了。

"我拉了手风琴。莉赛尔，一架别人的手风琴。"

他闭上双眼："我们差点把屋子震塌了。"

如果不算去年夏天喝的香槟的话，汉斯·休伯曼已经十年滴酒不沾了，一直到他去受训的前夜。

他和亚历克斯·斯丹纳下午就一起去了科勒尔酒吧，一直待到深夜。两个人不顾各自妻子的警告，喝得酩酊大醉。这是难免的，因为科勒尔酒吧的老板戴特尔·韦斯默让他们免费喝酒。

显然，汉斯·休伯曼清醒的时候，被请到台上表演。他刚好拉的是大名鼎鼎的"忧郁的星期天"——匈牙利人写的自杀者的赞美诗——虽然他把这首曲子中的悲哀表现得淋漓尽致，却获得了全场的喝彩。莉赛尔想象着当时的情景。人们喝着啤酒，空空的啤酒杯里还残留着泡沫，手风琴的风箱发出阵阵叹息。一曲完毕，听众鼓起掌来。喝着啤酒的人们为他回到酒吧而欢呼。

他们想回家时，汉斯却发现他的钥匙打不开门了。于是，他就敲起门来，不停地敲着。

"罗莎！"

他敲错门了。

霍茨佩菲尔太太一点也不惊慌。

"蠢猪！你敲错门了。"她在锁孔里吼道，"是旁边那家，你这个白痴！"

"谢谢你，霍茨佩菲尔太太。"

"你知道该怎么谢谢我，你这只猪。"

"你说什么？"

"我让你回家去。"

"谢谢你，霍茨佩菲尔太太。"

"你赶紧回家才是谢我呢。"

"是吗？"

（真让人吃惊，此时的对话，和这个凶老太婆厨房里读书的情景，还是相差太远啊。）

"你干脆迷路得了！"

等爸爸终于回家后，他没有回自己的床上躺下，而是朝莉赛尔的房间走去。他醉醺醺地站在门口，看着她熟睡的样子。她醒了，立刻以为是马克斯回来了。

"是你吗？"她问。

"不，"他说，他非常清楚她想的是谁，"是爸爸。"

他退出去。她听到他的脚步声朝着地下室走去。

起居室里，罗莎鼾声大作。

第二天早晨九点，罗莎在厨房里给莉赛尔下了个命令："把桶递给我。"

她往桶里倒满冷水，提着桶来到地下室。莉赛尔跟在后面，徒劳地想阻止她。"妈妈，别！"

"我为什么不能？"她在楼梯上白了莉赛尔一眼，"我少拿了什么东西吗，小母猪？你在指挥谁呢？"

两个人都不说话了。

女孩没有回答。

"我没有。"

他们走下楼梯，发现他仰面朝天躺在一堆干床罩中间，他觉得自己不配睡在马克斯的床垫上。

"好，让咱们瞧瞧——"罗莎举起水桶，"他是不是还有气。"

"老天爷啊！"

他的身上从胸口到头部出现了一个椭圆形的水印，头发被水冲到了一边，连睫毛上都在滴水。"你这是干什么？"

"你这个老酒鬼！"

"上帝啊……"

他的衣服上居然冒出了水汽。他显然是喝醉了。水汽升到他肩头，让他成了一袋泥浆。

罗莎把水桶从左手换到右手。"幸亏你要去打仗了，"她说，她把手伸到空中，毫不畏惧地挥挥手，"要不我自个儿都要把你宰了，你知道我什么都干得出来，对不？"

爸爸把脖子上的水抹掉。"你非得这么干吗？"

"说得对，我就干了又怎么样，"她开始朝楼上走，"要是你五分钟内不上楼，我还会再给你泼桶水。"

莉赛尔被留下来陪伴爸爸，她忙着用干床罩抹去他身上残留的水。

爸爸说话了，他用湿漉漉的右手让女孩停下来，他握住她的手臂。"莉赛尔？"他的脸贴着莉赛尔的脸，"你认为他还活着吗？"

莉赛尔坐下来。

她的两条腿交叉着。

湿漉漉的床罩浸湿了她的膝盖。

"我希望他还活着，爸爸。"

显然，这话听上去太傻了，不过，好像没有别的话好说。

为了至少说点有用的话，为了把他们的注意力从马克斯身上转开，她蹲下身子，把一个手指头伸进地上的一摊水里。"早安，爸爸。"

作为回答，爸爸冲她眨眨眼。

但是爸爸这次眨眼可与往常不同，这次更为沉重，更为笨拙。这次眨眼是马克斯走后的版本，是宿醉后的版本。他坐起身，给她讲起昨晚拉手风琴的事情，还有霍茨佩菲尔太太的话。

厨房：下午一点

还有两个小时爸爸就要走了。"别走，爸爸，求你了。"

她拿着勺子的手在发抖。"我们先失去了马克斯，我不能再没有你。"这个宿醉后的男人拼命把胳膊压在桌子上，闭上了右眼。

"你如今是个大姑娘了，莉赛尔。"他差点无法克制，但最终还是控制住了自己。"照顾好妈妈，好吗？"女孩只能微微点点头。"好的，爸爸。"

他离开汉密尔街的时候，还没有完全清醒，身上套着一件外衣。

亚历克斯·斯丹纳还有四天才走。在他们去车站前一个小时，他过来祝汉斯好运。斯丹纳全家都来了，分别和汉斯握手告别。芭芭拉拥抱着他，吻了吻他的脸颊。"要活着回来。"

"好的，芭芭拉，"他的话里充满了信心，"我当然会活着回来，"他甚至还强颜欢笑，"只不过是打一场仗，你知道，我曾经躲过一劫。"

他们沿着汉密尔街走出去，隔壁那个精瘦的女人走出来，站在人行道上。

"再见，霍茨佩菲尔太太，昨晚的事我很抱歉。"

"再见，汉斯，你这头醉醺醺的猪，"不过，她还是有某种友好的表示，"早点回家。"

"好，霍茨佩菲尔太太，谢谢你。"

她甚至又加了一句："你知道该怎么感谢我。"

在街角，迪勒太太警惕地从窗户里望着他们，莉赛尔拉起爸爸的手，她拉着爸爸的手走完了慕尼黑大街，来到火车站。火车已经来了。

他们站在月台上。

先是罗莎拥抱了他。

一句话也没说。

她的头紧紧埋在他胸前，然后放开他。

接着，轮到女孩。

"爸爸？"

没有回答。

别走，爸爸，别离开我。如果你留下来，就让他们来抓你好了，可就是别走，求你了，别走。

"爸爸？"

火车站：下午三点

分别的时候到了。

他抱着她。说点什么吧，随便什么都行。他靠着她的肩膀开口了。"你能替我照看我的手风琴吗，莉赛尔？我决定不带上它。"

此刻，他找到了自己真正想说的话，"要是有空袭，别忘了继续在防空洞里读书。"

女孩感觉到自己的胸部在微微发育了，因为当它碰到他的肋骨时有些疼痛。

"好的，爸爸，"她盯着离她眼睛一毫米处爸爸的外衣，对他说，"你回家时能给我们拉拉琴吗？"

汉斯·休伯曼对着女儿笑了笑。火车要开了，他伸出手，温柔地捧起她的小脸。"我保证。"说完，他走进了车厢。

火车开动的时候，他们凝视着对方。

莉赛尔和罗莎朝他挥挥手。

汉斯·休伯曼变得越来越小，他手里握着的只有稀薄的空气。

月台上，周围的人们渐渐散去，最后一个人也走了，只剩下这个衣橱一样矮胖的女人和一个十三岁大的女孩子。

接下来的几周里，当汉斯·休伯曼和亚历克斯·斯丹纳在各自的训练营里接受各种集训时，汉密尔街突然变得空荡荡了。鲁迪变了——他变得不爱说话了；妈妈也变了——她不骂人了；莉赛尔感到自己身上也发生了变化，内心没有了偷书的欲望，不论她多么努力地劝说自己偷书会让她快乐起来的，仍然没有作用。

亚历克斯·斯丹纳走后的第十二天，鲁迪感到自己已经受够了。他匆匆走出大门，敲响了莉赛尔的家门。

"你有空吗？"

"是的。"

她不在乎他要去什么地方，或者是他打算干什么，不过没有她陪着，他哪儿都不会去。他们走出汉密尔街，沿着慕尼黑大街出了莫尔钦镇。大约一个小时后，莉赛尔才问了一个关键的问题。这个时候，她瞥了一眼鲁迪那张铁青的脸，又瞧了瞧他僵直的手臂和握成拳头揣在口袋里的手。

"我们上哪儿去？"

"这不是明摆着的吗？"

她努力跟上他。"得了，老实说——你该不会真的要去偷东西吧？"

"我要去找他。"

"你爸爸？"

"是的，"他想了想，"不对，事实上，我是要去找元首。"

他走得更快了。"为什么？"

鲁迪停下脚步。"因为我想宰了他。"他甚至立刻转过身，对着全世界大喊，"你们听到了吗？你们这群狗娘养的，我要去把元首宰了。"

他们又继续走，走了大约几里地。这时，莉赛尔确实想回去了。"天就快黑了，鲁迪。"

他还在走。"那又怎么样？"

"我想回家了。"

鲁迪停止前进，看着她，好像她是个叛徒。"好吧，偷书贼，现在离开我吧。我敢打赌要是这条路的尽头有本破书，你就会一直走下去了，对不对？"

两人好一阵没说话，可是莉赛尔马上找到了理由。"你以为只有你才心里难受，蠢猪？"她转过身，"你只失去了你爸爸……"

"你这话是什么意思？"

莉赛尔心里默默计算着。

妈妈、弟弟、马克斯·范登伯格、汉斯·休伯曼，都离开了她。她连父亲的面都没有见过。

"意思是我该回家了。"她说。

她独自走了十五分钟，等到鲁迪气喘吁吁满头大汗地赶上来后，她有将近一个小时没有对他说一个字。他们只是迈着两条酸痛的腿，身心疲惫地往回走。

在《黑暗中的歌》这本书里，有一章叫做"身心疲惫"。一个浪漫的女孩发誓要嫁给一个年轻人，但是后来，他却和她的好朋友一起私奔了。莉赛尔确定那是第十一章。"我已经身心疲惫。"女孩说，她当时正坐在礼拜堂里写日记。

不对，莉赛尔边走边想，我才是身心疲惫呢。一颗十三岁的心不应该有这样的感受。

当他们到达莫尔钦镇附近时，看到了休伯特椭圆形运动场，莉赛尔边走边说："记得我们在那里比赛的事情吗，鲁迪？"

"当然，我自己正在纳闷呢——我们怎么会摔倒了。"

"你说你身上沾了屎。"

"那只不过是泥巴，"他不能自圆其说，"我是在希特勒青年团里糊上屎的，你别弄混了，小母猪。"

"我才没搞错呢，我只是转述你的话。人们说的话和事实经常是两码事，鲁迪，尤其是你的话。"

这回好受多了。

他们又沿着慕尼黑大街往家走的时候，鲁迪站在他爸爸的裁缝店外向里面张望。亚历克斯离开前和芭芭拉商量过他走后是否由芭芭拉继续开店，不过，考虑到最近的生意日渐稀少，纳粹的存在至少威胁到一部分人，因此两人决定关掉铺子。鼓吹战争的人不喜欢有人做生意。当兵的津贴勉强够他们的开支了。

衣服还挂在栏杆上，店里摆放的模特儿还保持着它们可笑的姿势。"我看那个像你。"过了一会儿，莉赛尔说，她是以这种方式来催他快走。

罗莎·休伯曼和芭芭拉·斯丹纳一起站在汉密尔街上。

"噢，圣母玛利亚，"莉赛尔说，"她们看上去像是很着急吗？"

"她们看上去像要发疯了。"

他们到家时被问了许多问题，大多是："你们两个到底跑到哪里去了"之类的话，可是愤怒很快转化成了宽慰。

芭芭拉还在追问答案。"快点说，鲁迪。"

莉赛尔替他作答。"他要去杀元首。"她说。为了讨好她，有好一阵子鲁迪都装出高兴的样子。

"再见，莉赛尔。"

几小时后，起居室里传出一点响动，动静传到躺在床上的莉赛尔耳朵里。她醒了，没有说话，心里想这是鬼魂还是爸爸或马克斯回来了。开始像是有人打开了什么东西，然后是拖动东西的声音，接着却是一片寂静，寂静总是最能诱惑人的。

别动。

她这样想了又想，但她认为不行。

她的双脚在责骂地板不该发出声音。

风吹起她的睡衣的衣袖。

她穿过漆黑的通道，朝着发出了动静后又陷入一片沉寂的方向走去，朝着起居室里的缕缕月光走去。她停下脚步，感受着光着的脚踝和脚指头。她观察着起居室里面。

她的眼睛迅速适应了黑暗。等她适应了周围的黑暗后，无可否认的事实是，坐在床边的是罗莎·休伯曼，她胸前抱着她丈夫的手风琴。她的手指悬在琴键上，没有动弹，甚至看不出她在呼吸。

这个景象映入了站在门厅里的女孩的眼帘。

一幅画像
罗莎和手风琴。黑暗中的月光。
155厘米×乐器×寂静

莉赛尔待在原地观察着。

过了好些时候，偷书贼已经放弃想听到音符传来的愿望了，一直没有任何声音。罗莎没有碰过一下琴键，也没有拉开风箱。只有淡淡的月光，像是窗帘上的一缕缕长发，还有罗莎。

手风琴系在她胸前。她低下头时，它垂到了她的大腿上。莉赛尔看着这一切，她知道随后的几天里，妈妈的身上都会留下手风琴勒出的印记。现在她看到的这一幕非常难忘，也非常美好，她决定不去打搅妈妈。

她回到床上，继续睡觉，眼前晃动着妈妈和她那无声的音乐的形象。后来，当她从纠缠已久的梦中惊醒后，又蹑手蹑脚地走到门厅，罗莎还在那里，和手风琴一起。

它像一只铁锚把她的身体往前坠，她的身子慢慢下沉，她仿佛已经死了一样。

她这样的姿势可能会无法呼吸的，莉赛尔想，但等到她走近一点后，她听见了。

妈妈又在打呼噜了。

要是你有这样强壮的肺，哪还用得着什么风箱呢？她想。

最后，当莉赛尔回到床上后，罗莎·休伯曼和手风琴的形象在她脑海中挥之不去。偷书贼的眼睛一直圆睁着，等待困倦将她带入梦乡。

收 尸 人

汉斯·休伯曼和亚历克斯·斯丹纳都没有被送上战场。亚历克斯去了奥地利，在维也纳的市郊的一所军队医院里服役。考虑到他擅长缝纫，他被安排去干至少与他的职业有关系的一项工作。每个星期，一车一车的军服、袜子和衬衣被运到这里，他就负责缝缝补补破烂的地方，哪怕它们只能被当做内衣送给在苏联挨冻的士兵。

汉斯开始被派到了斯图加特，真是具有讽刺意义，后来又去了艾森。他干的活是在后方的人最不愿干的，当LSE。

一个必要的解释
LSE是空军特勤队的缩写

LSE的工作就是空袭时留在地面，负责灭火，支撑起建筑物的围墙，救援空袭中的被困人员。汉斯很快发现这三个缩写字母其实还有另外的一个解释，他们小分队的人第一天就告诉他了，这三个字母实际上是收尸队的缩写。

汉斯刚来时，只能猜想这些人都干了些什么才遭此厄运的，反过来，他们也想知道同样的事情。他们的头儿，拜芮恩·舒派尔中士直截了当地问他这个问题。汉斯讲了面包、犹太人和皮鞭的故事，这个圆脸的中士爆发出一阵大笑。"你还活着，真是走运。"他的双眼也是圆的，他总是不断地擦拭着眼睛，他的眼睛要么是过度疲劳，要么就是有毛病或是被烟雾和灰尘感染了。"要记住，这里的敌人不在你面前。"

汉斯正要问敌人到底在什么地方这个问题时，身后传来一个人的声音，说话的是一个脸庞清秀的年轻人，他的脸上带着不屑一顾的微笑，这个人叫内霍德·苏克尔。"对我们来说，"他告诉汉斯，"敌人不在山那边或者别的哪个方向，他们就在我们周围。"他把注意力转到正在写的一封信上，"你会明白的。"

几个月后，在这个混乱的地方，内霍德·苏克尔将死于非命。他是死在汉斯·休伯曼的座位上的。

随着战争向德国本土的纵深推进，汉斯将知道自己这帮人会以同样的方式开始工作。他们在卡车边集合，然后由中士告诉他们哪些地方在休息时被炸了，下一个目标可能是哪里，谁和谁一起干活。

即使是没有轰炸的日子里，还是有许多工作要完成。他们会开车穿过被轰炸的城镇，清理废墟。卡车里坐着十二个没精打采的人，所有人都随着崎岖不平的路面上下颠簸。

从一开始就很清楚，每个人在车上都有一个固定座位。

内霍德·苏克尔的座位在左边那排的中间。

汉斯·休伯曼的位子在最后，阳光直射进来。他很快明白要当心车里任何一个方向扔来的垃圾。汉斯因为会躲避烟头而获得了特别的尊敬。它们飞过来的时候还没有熄灭呢。

一封完整的家书

亲爱的罗莎和莉赛尔：

这里一切都好。我希望你们也都好。

爱你们的爸爸

十一月末，他第一次尝到了真正的空袭的硝烟。卡车被瓦砾团团包围，他们跑来跑去大声叫喊着。大火熊熊燃烧，被烧毁的建筑一堆一堆坍塌下来，大楼的框架倾斜了，还在冒烟的炸弹像火柴棍似的立在地面上，整个城市烟雾弥漫。

汉斯·休伯曼这一组有四个人。他们排成一行，拜芮恩·舒派尔中士冲在最前面，在烟雾中已经无法看清他的双手了，他的后面是凯思勒，然后是布鲁诺威格，最后才是休伯曼。中士抱住水管灭火，另外两人把水浇在中士身上降温，休伯曼用水淋他们三个，只是为了更保险。

他们身后，一幢建筑呻吟着倒下来。

它倒在离他们的脚后跟只有几米远的地方。水泥闻上去还有点新鲜的味道，一股烟尘向他们袭来。

"真该死，休伯曼！"一个声音从火焰中挣扎着冒出来，后面紧跟着三个人。他们的喉咙里呛满了烟尘，哪怕他们跑过了街角，远离了残骸的中心，那座倒塌的建筑物的烟尘依然冒着白色的热气紧跟在他们身后。

他们瘫倒在一处暂时安全的地方，不停咳嗽，不停地咒骂着。中士重复着刚才那句话。"真该死，休伯曼！"他擦擦嘴巴，好让嘴巴放松一下，"到底是怎么回事？"

"有幢楼倒了，刚好倒在我们后面。"

"我知道这些，问题是，它有多高？肯定有十层高。"

"没有，长官，我猜只有两层。"

"老天爷，"又是一阵咳嗽，他使劲扯扯眼罩，伸手掸掉糊在上面的灰尘和汗水，"你对这鬼东西没办法。"

他们中间的一个人擦了擦脸，说："看在上帝的份上，我真想他们轰炸酒馆时在场，我太想喝杯啤酒了。"

所有人都靠在墙上。

他们仿佛都尝到了啤酒的味道，它滋润了他们干得冒烟的嗓子，缓解了烟雾的味道。这是一场美梦，无法实现的美梦。他们都清楚要是街上真有啤酒在流淌的话，那也不是真正的啤酒，只会是一堆像奶昔或者稀饭的东西。

四个人身上都沾满了灰色和白色的灰尘混合物。他们起身准备继续工作时，已经辨不出身上制服的颜色了。

中士走到布鲁诺威格身边，用力拍着他的胸口，又啪啪地一阵猛打。"这下子好多了，你身上的灰尘太厚了，我的朋友。"布鲁诺威格笑起来，中士转身对他的新兵说："这次你在前面，休伯曼！"

一连几个小时，他们都忙于灭火，想方设法支撑起一幢建筑物不让它倒下。有时，建筑物的一侧被炸毁了，剩下的部分就像胳膊肘一样伸出来。这是汉斯·休伯曼的强项。他喜欢用还在燃烧的房椽或是破烂的水泥板把这些胳膊肘支撑起来，或者给它们提供点可以倚靠的东西。

他的双手紧紧插在瓦砾堆中，嘴里全是渣滓，两片嘴唇上是结成硬壳的尘土。他的制服上没有一个口袋，没有一根线，没有一处褶皱不被灰尘覆盖的。

干这项工作时最痛苦的是听到人的叫喊声。

有时，一个人顽强地在烟雾中穿行，嘴里只喊着一个词，通常是另一个人的名字。

有时，被喊的人叫沃夫冈。

"你们看见我的沃夫冈了吗？"

他们的手在他的衣服上留下一个手印。

"斯蒂芬尼！"

"汉赛尔！"

"格斯特尔！格斯特尔！斯德伯！"

随着烟尘逐渐散去，人们在只剩下残垣断壁的街道上一瘸一拐地走着，嘴里叫着这些名字。有时候，这一幕会以两个人满身灰尘的拥抱结束；有时候，是以双膝跪下的号啕大哭而剧终。这一幕一幕的戏剧一小时又一小时地重复上演，就像一个个等待发生的甜蜜而酸楚的梦。

各种危险聚拢一起，灰尘、烟雾和呼呼燃烧的火苗，受伤的人们。汉斯·休伯曼和这个小队的其他人一样，急需忘掉这可怕的一幕。

"你怎么样，休伯曼？"中士问他，他的肩头上还在冒烟。

汉斯朝他不自在地点点头。

他们值勤的途中看到一位老人步履蹒跚、毫无防备地在街头穿行。等汉斯固定完一处建筑后，转过身，看到后面那位老人，他正冷静地等着他们回来。他的脸上有一点血迹，鲜血正顺着喉咙和脖子往下流。他穿着一件深红色领子的白衬衣，手里抱着他自己的一条腿，仿佛那是他身旁的一个东西。"你能帮我支起来吗，年轻人？"

汉斯抱起他，把他送出了这阵灰雾。

一个悲伤的小注释

当汉斯·休伯曼手里还抱着那位老人时，我访问了小城的这条街。

天空是白马身上的那种灰色。

直到汉斯把他放在一片被水泥覆盖的草地上，这才发现老人已经断了气。

"什么事情？"有人问。

汉斯只能指指地上。

"哦，"一只手把他拉开了，"习惯了就好了，休佐曼。"

余下的时间里，他全身心地投入到工作中，尽量不去想呼唤亲人的人们那遥远的回声。

大约两小时后，他从一幢楼里冲出来，身后是中士和另外的两个人。他没有留神脚下，一下子被绊倒在地。当他爬起来时才看到别人都愁眉苦脸地看着那个绊倒他的障碍物，他才反应过来。

那是一具脸朝下趴着的尸体。

尸体躺在一片尘土上，他的双手正摸着耳朵。

是一个男孩。大约十一二岁的样子。

他们在街上走不多远，就看到一个嘴里叫着"鲁道夫"的女人。她看到了这四个人，就从烟雾中走到他们面前。她的身体虚弱，哀愁压得她直不起腰。

"你们看到过我儿子吗？"

"他有多大？"

"十二岁。"

噢，耶稣啊，噢，钉在十字架上的耶稣啊。

他们同时想到了那具尸体，但中士不能让自己告诉她，或是给她指出那个方向。

女人挣扎着要往前走，拜芮恩·舒派尔拦住了她。"我们刚从那条街过来，"他向她保证，"那边没有他。"

弯着腰的女人还抱着一线希望，她连走带跑，嘴里喊着："鲁迪！"

这个时候，汉斯·休伯曼想到了另一个鲁迪，汉密尔街上的那个鲁迪。他对着模糊一片的天空祈求，请让鲁迪平平安安的吧。他的思绪自然而然飞到了莉赛尔、鲁迪和斯丹纳一家，还有马克斯的身边。

他们对其他人讲起这事时，他躺倒在地上。

"下面怎么样？"有人问。

爸爸的肺里充满了空气。

几小时后，他洗漱完毕，吃过饭，想了一会儿。他打算写封信回家介绍一下详情，可是他的手却不听使唤，迫使他写得非常简短。如果能够回家的话，他愿意到那时再向她们口述剩余的部分。

亲爱的罗莎和莉赛尔，他开始写道。

他花了好久才写下了这几个字。

吃面包的人们

在莫尔钦镇，这是一个漫长而又多事之年，它终于快到头了。

1942年的最后几个月里,莉赛尔因为思念三个身处险境的人而倍受煎熬。她想知道他们在哪里,在干什么。

一天下午,她从盒子里取出手风琴,用一块旧布把它擦亮。她只是学着妈妈的样子把手指放在琴键上,轻轻拉了拉风箱,然后就推开琴,没有继续弹下去,罗莎是对的,音乐只会让屋子显得更空荡。

不管什么时候遇到鲁迪,她都会问问他是否收到了他爸爸的来信。有时,他会向她描述亚历克斯·斯丹纳的来信中提到的细节。相比之下,她自己的爸爸写的那封信却让人有几分失望。

当然,马克斯在她头脑中占据了重要位置。

她非常乐观地想象着他走在一条人迹罕至的小路上。有时,她想象他来到一处安全的地方,他的身份证足以糊弄那里的人。

这三个人无处不在。

在学校里,她会在窗户玻璃上看见爸爸。马克斯则总是陪她坐在炉火旁。当她和鲁迪在一起时,亚历克斯·斯丹纳就会来到他们身旁,看着他们骑自行车到慕尼黑大街,然后砰地扔下车,朝铺子里面张望。

"瞧瞧这些衣服,"鲁迪对她说,他把头和手脚紧贴在玻璃上,"全都浪费了。"

奇怪的是,莉赛尔最喜欢的一项活动却是给霍茨佩菲尔太太读书。现在星期三也成了读书时间,他们已经读完了在河水里泡过的《吹口哨的人》,又开始读《梦的挑夫》了。老妇人有时会准备点下午茶,有时会给莉赛尔端一碗汤,她的汤比妈妈煮的好喝多了,里面没放那么多水。

十月和十二月间,犹太人又被游了一次街,接着又有一次。第一次游街时,莉赛尔冲到慕尼黑大街上,想看看里面是否有马克斯·范登伯格。她既盼望着见到他——这证明他还活着——又希望他不在队伍里,这意味着很多种可能,其中之一就是他还是自由的,两种愿望同时折磨着她。

十二月中旬,一小队犹太人和一些罪犯又被带到慕尼黑大街游行。他们要被送往达豪,这是第三次游街。

鲁迪果断地走回汉密尔街,然后背着一小包东西,推着两辆自行车从三十五号走出来。

"你来吗,小母猪?"

鲁迪包里的东西

六片面包，每片切成了四份。

他们骑到了犹太人队伍前面，在通往达豪的路上的一段空地上停下来。鲁迪把包递给莉赛尔。"抓上一大把。"

"我不知道这是不是个好主意。"

他把面包扔到她手上。"你爸爸就这么干过。"

她还能怎么争辩？这可是要挨鞭子的事。

"要是我们动作快点就不会被抓住，"他开始撒面包，"搞快点，小母猪。"

莉赛尔忍不住跟着他撒起来。当她看到鲁迪·斯丹纳，她最要好的朋友把一片片面包撒在路上的时候，不由得咧着嘴笑了。他们干完后就推着自行车躲进了路旁的松树下。

公路冷冰冰地延伸到远方。不久，士兵们押着犹太人过来了。

在树荫下，莉赛尔观察着身边的男孩。从偷水果到施舍面包，他身上发生了多大的变化啊。尽管他那一头金发正在变暗，可颜色还是像烛光一样。她能听到他的肚子还饿得咕咕直叫——他却把面包分给了别人。

这还是德国吗？这还是纳粹德国吗？

走在最前面的士兵没有注意到面包——他的肚子不饿——可是，走在第一个的犹太人一眼就看到了。

褴褛的衣衫下伸出一只手抓起一片面包，把它一下子猛塞进嘴里。

这个人是马克斯吗？莉赛尔想。

她看不真切，就动了动想看得更清楚些。

"嗨！"鲁迪非常生气，"别动。要是被他们发现了，再把面包和咱们对上号，咱们就完蛋了。"

莉赛尔继续观察。

更多的犹太人弯下腰，从地上拾起面包来吃。偷书贼在树丛边上审视着每一张脸。马克斯·范登伯格不在其中。

这种安慰只存在了片刻。

她马上就忐忑不安起来，因为有一个士兵注意到一个囚犯伸手从地上捡起一片面包，立刻命令犯人原地站住，随后仔细地搜查起公路来。囚犯们无声地狼吞虎咽，把面包赶紧吞进肚里。

那个士兵拾起面包，扫视着公路两侧。犯人们也在看。

"在那儿！"

一个士兵大步流星地朝最近的女孩走来，接着又看到了男孩。他们都开始逃跑，他们选择了朝不同的方向逃跑，在树丛间逃窜。

"别停下，莉赛尔！"

"自行车咋办？"

"不值钱，别管了！"

他们跑了一百多米后，那个追赶的士兵喘着粗气的呼吸声越来越近了，已经到了她身边，她等着随之而来的那只手来抓住她。

她真是幸运。

她等到的是蹬在屁股上的一脚，还有长长的一句话。"接着跑，小姑娘，你不该来这儿！"她赶紧跑起来，一直跑了至少一里地才停下脚步。树枝划破了她的手臂，松果在她脚下滚来滚去，松针的气味直入她的胸口。

过了足足四十五分钟，她才敢回到公路边。鲁迪坐在生锈的自行车旁，他已经把剩下的面包归拢到一堆，正在嚼着那硬邦邦的面包。

"我警告过你别靠太近。"他说。

她让他看自己的后背。"我身上有脚印吗？"

藏起来的素描本

圣诞节前几天，有一次空袭，不过炸弹没有落在莫尔钦镇上。根据收音机里的报道，大部分炸弹都落在了空地里。

最重要的事情是费得勒家防空洞中的反应。等到最后几个人到达后，每个人都安顿完毕，大家都肃穆地等待着，他们满怀期待地看着她。

她的耳朵里响起爸爸的声音。

"如果有空袭，记住继续在防空洞里读书。"

莉赛尔等着，她需要确认他们想听故事才行。

鲁迪代表大家说话了。"快读书，小母猪。"

她翻开书，上面的文字再一次传进防空洞里每个人的耳朵里。

等到警报解除，人们回到家后，莉赛尔和妈妈坐在厨房里。罗莎·休伯曼脸上的表情好像是在反复掂量着什么事情。不大一会儿，她拿起一把小刀离开了厨房。"跟我来。"

她走进起居室，把床垫上的床单扯下来。床垫里有一条缝过的口子，如果不是事先知道，你是不会发现它的。罗莎小心翼翼地把口子割开，把手伸了进去，最后连整个手臂都伸进去了。等她缩回手时，手里拿的是马克斯·范登伯格的素描本。

"他交代说等你准备好了再把这个给你，"她说，"我本来想等到你过生日那天再给你的。后来，我又把时间提前到圣诞节。"罗莎·休伯曼站在屋里，脸上有种奇怪的表情，不是骄傲，也许是对沉重的往事的回忆。她说："我想你已经准备好了，莉赛尔。自打你到这个家，紧拽着大门不放的那刻起，你就该得到这东西了。"

书被递了过来。

书的封面是这样的。

《撷取文字的人》
一部小小随想集
献给莉赛尔·梅明格

莉赛尔用柔软的双手抱着书。"谢谢你，妈妈。"

她拥抱了一下妈妈。

莉赛尔还热切地渴望告诉罗莎·休伯曼，她爱罗莎，但是她羞于说出口。

为了回忆过去的时光，她想到地下室去读这本书，但妈妈劝住了她。"马克斯·范登伯格就是在地下室里生病的，"她说，"我得告诉你一件事，孩子，我可不会让你生病。"

于是，她就在厨房里看起书来。

在橘红色的炉火旁。

《撷取文字的人》。

她翻看着书里大量的素描和故事，还有配有文字的图画。比如鲁迪站在领奖台上，脖子上挂着三枚金牌的这幅图，它的下面是这样的文字"给他的头发涂上柠檬黄"。雪人作为十三件礼物清单中的一件也出现了，更别说那些在地下室和壁炉旁度过了无数个夜晚的记录了。

当然，还有许多的感想、素描，与德国、元首以及斯图加特有关的梦的记录，还有对马克斯家人的回忆。最后，他忍不住把他们也写进来，他必须得这么做。

然后是第117页。

《撷取文字的人》是从这里开始的。

莉赛尔不清楚这算是一则寓言还是一则童话。即便是几天之后，她在《杜登德语词典》上查到这个词的解释，还是没有搞清楚两者的区别。

在前一页上有一个小小的说明。

第116页

莉赛尔——我是胡乱画出这个故事的。我想你的年龄可能不适合读这个故事，你稍大了点，不过，也许没人适合看它。我一直在想你和你的书，还有那些文字，然后想到了这个奇怪的故事。我希望你能从中有所收获。

她翻到下一页。

从前有一个奇怪的小个子，他对人生做出了三个重要的细节安排：

1. 他要把头发朝与大家相反的方向分。
2. 他要留一撮奇怪的小胡子。
3. 有一天他要统治这个世界。

这个年轻人漫无目的地走了许久，思索着，计划着，试图找到把这个世界变为己有的办法。一天，灵感来了——一个完美的计划。他看到一位母亲牵着孩子的手在街上走。母亲一路上喋喋不休地训斥着孩子，直到最后，孩子大哭起来。几分钟之内，她的话马上变得温柔起来，直到孩子平静下来，破涕为笑。

年轻人冲到女人身边，拥抱她。"文字！"他咧开嘴大笑。

"什么？"

但他没有回答。

他已经走了。

没错，元首决定要用文字来统治世界。"我用不着费一枪一弹，"他盘算着，"我无须如此。"但是他仍旧没有莽撞行事。让我们允许他至少这么说。他一点都不傻。他的第一个计划是让他的话尽可能地植入本国人民的心中。

他日夜种植耕耘。

他看着它们生长，直到最后，文字的庞大森林遍布德国……德国成为了一片被"思想"统治的土地。

元首也种下了创造符号的种子，这些种子长成的大树渐渐枝繁叶茂。现在，时机到了，元首准备好了。

他邀请他的人民靠近他那颗闪光的心灵，用他那最美好和最丑陋的文字召唤他们，到他的森林里采摘文字。人们来了。

他们被送上一条传送带，在一台狂暴的机器上奔跑，这台机器让他们在片刻间就过完了一生。文字被灌输给他们。时间消失了，他们现在懂得了他们需要懂的东西，他们被催眠了。

接下来，他们被符号武装起来，人人都兴高采烈。

不久，对这些美丽而又丑陋的文字和符号的需求迅速增加，以至于需要更多的人来维护这片森林。一些人被人雇佣爬到树上，把文字摘下来扔给下面的人。文字被直接灌输给那些还未曾得到过这些文字的人民，甚至有人回来想要得到更多文字。

爬到树上去的人被称为撷取文字的人。

最优秀的撷取文字的人是那些懂得文字的真正力量的人。他们经常爬上树顶。有一个瘦瘦小小的女孩就是这样的人。她被誉为她那个地方最优秀的撷取文字的人，因为她知道如果没有文字，一个人该是何等地脆弱。

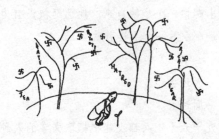

她的内心充满了热切的求知欲。她渴求着文字。这就是为什么她可以爬得比别人都高的原因。

然而，有一天，她遇到了一个受她祖国鄙视的人，虽然他就出生在这个国家。然而他们成为了好朋友。这个人生病时，这个撷取文字的人在他的脸上落下了一滴眼泪，这滴眼泪是用友谊做成的——是友谊这个词产生的——眼泪干涸后成为一粒种子。当女孩再次来到森林时，她把这粒种子种在了其他树的旁边。她每天都会给它浇水。

开始，什么事情都没有发生，但是，有一天下午，她摘完一天的文字后，前来查看，发现一颗嫩芽破土而出了，她久久地注视着它。

这棵树比其他树都长得快，后来长成了森林里最高的一棵树。每个人都来看它。他们都在窃窃私语，他们在等待……等待元首。

元首愤怒了，立刻宣布要毁掉这棵树。这时，这个撷取文字的人穿过人群，她双手双膝跪下。"求求你，"她哭了，"别砍掉它。"

然而，元首不为所动，他不能开这个先例。当撷取文字的人被拖走后，他转头看着右手边的一个人，要求这个人："请给我一把斧子。"

此时，撷取文字的人从抓她的人手里挣脱开来，获得了自由。她跑过来，爬上树，哪怕此时元首已经提起斧子砍起树来，她还是一直爬到了最高的一根树枝上。嘈杂的说话声和斧子砍树的声音依稀可闻。白云从树顶上飘过——像一头长着灰色心脏的白色怪兽。尽管撷取文字的人心里害怕，却执拗地不肯从树上下来。她等着树被砍倒，可大树却纹丝不动。

好多个小时过去了，元首的斧子始终无法在树干上砍出哪怕一个小缺口来。他已经快没有力气了，于是命令另一个人接着砍。

一天一天过去。
一周一周过去。
一百九十六个士兵都没能把撷取文字的人种下的树砍倒。

"可是她在树上吃什么呢？"有人问，"她怎么睡觉呢？"

他们不知道，另外有个撷取文字的人会把吃的扔到树上，女孩会爬到下面的树枝上去取这些食物。

下雪了。下雨了。四季更替，撷取文字的人依然待在树上。

等最后一个砍树人失败后，他对女孩大喊："撷取文字的人！你现在可以下来了！没人能打败这棵树了！"

撷取文字的人只能辨别出这个人的声音，她悄声回答："不，谢谢你。"她把这句话从树上传了下来。

没有人知道过了多长时间，又有一个手拿斧子的人走进小镇。他的背上背着一个沉甸甸的大包，他的双眼耷拉着，筋疲力尽，脚步趔趄。"那棵树，"他问路人，"那棵树在什么地方？"

一个听到这话的人跟在他身后。当他到大树底下的时候，一片白云遮住了最高的那根树枝。撷取文字的人只能听到有人在喊，又来了个砍树的人，他要结束她的顽固行为。

"她不会下来，"人们说，"不管是谁来。"

他们不知道这个手拿斧头的人是谁，他们不知道这个人是无人能阻止的。

他打开包，取出一样比斧子小得多的东西。

人们笑了。"你用一把旧锤子砍不倒一棵大树。"

年轻人没有理会嘲笑，他在包里找了些钉子，把其中三颗钉子衔在嘴里，准备把第四颗钉子钉在树上。大树最下面的一根树枝现在离地面已经很高了，他估计需要踩着四颗钉子，才能爬到那根树枝上。

"瞧瞧这个白痴，"一个围观的人高喊，"没有人能够用斧子砍倒它，这个白痴却想用——"

这个人闭上了嘴。

第一颗钉子敲了五下就被稳稳地钉进树干里了，然后是第二颗，年轻人开始爬树。

他双手攀住第四枚钉子往上爬，他的心里一直想呼喊，但他终于决心不喊出声来。

他仿佛爬了几里长的路程，花了几个小时才达到最高的那根树枝，等他爬上树顶时，发现撷取文字的人正裹着毯子在云中熟睡。

他看了她许久。

太阳的温暖让白云笼罩的树顶暖洋洋的。

他伸出手碰碰她的手臂，撷取文字的人醒了。她揉揉眼睛，端详着他的脸。她说话了。

"真的是你吗？"

她想：我是从你的脸颊上得到那颗种子的吗？

年轻人点点头。

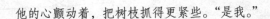

他的心颤动着，把树枝抓得更紧些。"是我。"

他们一起待在树顶。云散去后，他们能看到整个森林。

"森林是不会停止生长的。"她解释道。

"这棵树也不会的。"年轻人看着手里抓着的树枝。

等到他们看够了，聊够了，他们开始往下爬，

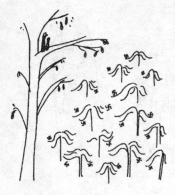

把毯子和别的东西留在了树顶上。

人们无法相信眼前看到的这一幕。当年轻人和撷取文字的人一起踏在土地上时，大树的树干上竟然出现了斧子砍过的痕迹，被撞过的痕迹也出现了，树干上还出现了裂口，大地开始颤动。

"它要倒了，"一个年轻女人尖叫起来，"树要倒了。"

撷取文字的人种的这棵树有好几里高，它开始慢慢倒下了，它撞击地面时发出了阵阵呻吟。世界为之震动。一切归于平静后，大树躺在了森林中央。

撷取文字的人和年轻人爬上平躺着的大树。他们拨开树枝，开始向前走。当他们回头看时，注意到大部分围观者开始散去了，回到自己来的地方，回到这里面，外面，或者森林里去。

不过，他们在前进的时候，停下来倾听了好几次。他们认为能够听到他们后面的说话声和文字，就在撷取文字的人的那棵树上。

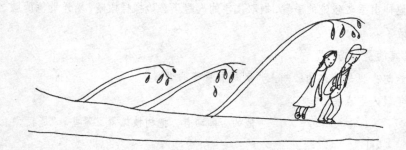

莉赛尔呆坐在餐桌旁，想象着马克斯是在外面的那些森林里的什么地方。光线逐渐暗淡下来，她进入了梦乡。妈妈让她到床上去睡，她抱着马克斯的素描本上了床。

几小时后，她醒了，答案突然在她脑海里闪现。"当然，"她低声说，"我当然知道他在哪里了。"她又接着睡了。

她梦到了那棵树。

捣乱分子的衣服

汉密尔街三十三号，12月24日

因为两个爸爸都不在家，所以斯丹纳一家邀请了罗莎、特鲁迪·休伯曼还有莉赛尔一起过圣诞节。他们过来的时候，鲁迪还在解释他衣服的事情。他看着莉赛尔，张了张嘴巴，可只张了一下。

1942年的圣诞节前夕，因为下雪，天气变得寒冷难耐。莉赛尔读了许多遍《撷取文字的人》，从故事本身到旁边的素描和评论。圣诞节的前一天，她决定为鲁迪做点事情，不幸的是这会儿出去太晚了。

天黑前，她来到隔壁，告诉他自己想要送他一件圣诞节的礼物。

鲁迪瞅瞅她手里，又看看她身边。"好吧，礼物到底在哪儿呢？"

"先别急。"

鲁迪马上明白了，他以前也见过她这种模样，攫取的眼神，双手直发痒，想偷东西的气息围绕在她周围，他已经闻出来了。"这份礼物，"他估摸着，"你还没有到手呢，对不对？"

"对。"

"而且，你也不准备买。"

"当然，你看我像有钱人吗？"外面还在下雪，草叶的边缘凝结成玻璃一样的冰凌。"你有钥匙吗？"她问。

"开什么的钥匙？"不过鲁迪立刻明白了。他走进屋，不一会儿，又走出来。用维克多·切默尔的话来说，那就是："该去购物了。"

街头的灯光很快就熄灭了，只有教堂的灯还亮着。整条慕尼黑大街都关门闭户，大家都准备过圣诞节了。莉赛尔脚步匆匆，好跟上这个瘦高个儿的邻居。他们来到挂着招牌的商店的窗户前。斯丹纳裁缝店。窗户玻璃上沾着薄薄的一层灰，这是过去的几个星期里落上去的。窗户里面，几个模特儿像是证人似的站在一旁。他们的样子既严肃又愚蠢，好像他们正在注视着发生的一切。

鲁迪把手伸进口袋。

今天是平安夜。

他的父亲远在维也纳。

如果他们擅自闯进他深爱的裁缝店，鲁迪想他是不会介意的，这是被逼无奈的。

门轻而易举就被打开了。他们走进去。鲁迪的第一个反应是打开电灯，可电源早就被切断了。

"有蜡烛吗？"

鲁迪被问得灰心丧气。"我只拿了钥匙，再说，这可是你出的主意。"

就在说话的当儿，莉赛尔被地板上的一样东西绊倒了。一个模特儿也跟着倒下去。穿着衣服的模特儿被摔成了几截，碰到了她的手臂上。"把这东西从我身上拿开！"模特儿摔成了四截，躯干和头是一截，两条腿在一起，两只手被分了家。莉赛尔把这些东西扒拉到一旁，站起身，嘴里喘着气。"圣母玛利亚啊！"

鲁迪找到一只模特儿的手臂，用它摸了摸莉赛尔的肩膀。莉赛尔惊恐地转过身来，他却友好地把假手伸过去。"很高兴见到你。"

接下来，他们在裁缝店狭窄的过道里慢慢摸索着。鲁迪开始朝柜台走去，可不小心跌倒在一个空箱子上，他大声咒骂着，找到了通向门口的路。"太滑稽了，"他说，"等我一分钟。"莉赛尔坐在原地，手里握着模特儿的假手，一直到他从教堂拎回一个亮着的灯笼。

他的脸上笼罩着一团光。

"你一直吹嘘的礼物在哪儿呢？最好不要是那些古里古怪的模特儿。"

"把灯笼拿过来。"

当他把灯笼拿进小店里时，莉赛尔用一只手接过灯笼，另一只手挨着个拨拉着架子上挂着的衣服。她扯下一件，可很快又看上了另外一件。"不行，还是太大了，"又翻了两件后，她把一件海军蓝的西服拿到鲁迪·斯丹纳面前，"这件看起来合身吗？"

莉赛尔坐在黑暗中，鲁迪躲在一块窗帘后面试衣服。窗帘上印着一团小小的光圈和一个正在穿衣服的人影。

等他出来后，他挑着灯笼照着自己让莉赛尔看。从窗帘后释放出来的灯光就像一根柱子，照亮了改过的西服，也照亮了衣服下面肮脏的衬衣和破鞋子。

"怎么样？"他问。

莉赛尔继续审视着，围着他转了一圈，耸耸肩膀。"还行。"

"还行！我看上去比'还行'强多了。"

"鞋子不配，你的脸也不配。"

鲁迪把灯笼搁在柜台上，佯装愤怒，凑近她身旁，这时，莉赛尔不得不承认，她心头突然有点紧张。当她看到他被丢弃的模特儿绊倒，摔在地上时，不由得松了一口气，也稍稍有点失望。

鲁迪坐在地板上一阵狂笑。

然后，他闭上了双眼，紧紧地闭着。

莉赛尔连忙过来。

她蹲在他旁边。

吻他，莉赛尔，吻他。

"你没事吧，鲁迪？鲁迪？"

"我想我爸爸。"男孩对着旁边说。

"圣诞快乐。"莉赛尔回答。她扶着他站起来，把他的衣服抚平整。

PART NINE

第九章

最后的人间陌路人

特别介绍：

下一个诱惑

这次是点心。

不过，它们都已经放很久了。

它们是圣诞节剩下来的小面包，至少已经在桌子上放了两个星期了。它们呈马蹄形，顶上淋着糖霜，底下的糖已经和下面的盘子黏在一起了，上面的糖形成了一层坚硬的糖块。她用手紧抠着窗台爬上来的时候，都能闻到糖的味道。这间屋子闻起来就像是用糖和面粉做成的，当然里面还有成千上万本书。

屋里没有便条，莉赛尔却很快意识到伊尔莎·赫曼来过这间屋子。她马上意识到点心是留给她的。她回到窗户边，从窗户的缝隙中轻声呼唤，她在喊鲁迪。

这一天，他们是走着来的，因为在结冰的路面骑车太危险了。男孩站在窗户下面望风。她刚一喊，他的脸马上就出现了。她把盘子递给他，他毫不犹豫地接了过来。

他的双眼享受着这道点心的盛宴，接着问了几个问题。

"还有别的吗？有牛奶吗？"

"什么？"

"牛奶。"他重复了一遍，这次的声音大了点。要是他能觉察到莉赛尔的声音中的不悦，他当然就不会这样问了。

偷书贼的脸又出现在他眼前。"你是个傻瓜吗？我只会偷书吗？"

"当然不是，我说的意思是……"

莉赛尔朝屋子另一头书桌后面的书架走去。她在最上层的抽屉里找到了几张纸和一支笔，写下了"谢谢你"几个字，把这张纸放在桌上。

在她的右手边，有一本书像一根骨头似的伸了出来。苍白的封面上印着深色的书名，让人有几分害怕——《最后的人间陌路人》。当她从书架上取下这本书的时候，它好像在轻轻说话，一阵灰尘落了下来。

正当她要从窗户边出去时，书房的门嘎吱一下打开了。

她的膝盖已经爬上窗台了，握着偷来的书的那只手在窗框上停住了。莉赛尔循声望去，看到了穿着崭新浴袍的镇长夫人的脸。伊尔莎·赫曼的脚上还穿着拖鞋，那件浴袍胸口处的口袋上绣着一个卐字，纳粹的宣传攻势连浴室都没有放过。

她们对视着。

莉赛尔盯着伊尔莎·赫曼的胸口，举起手臂。"万岁，希特勒。"

她正要离开的一刹那，一个突如其来的念头让她动弹不得。

那些点心。

它们已经在这里放了好几个星期了。

也就是说，要是镇长本人在使用这间书房的话，他肯定会看到的，肯定会过问这件事情。或者———想到这里，莉赛尔的心里充满了一种奇异的快乐——也许这间屋子根本就不是镇长的书房，而是她的，是伊尔莎·赫曼的。

她不知道为什么这一点会如此重要，但是她喜欢看到这满满一屋子的书是属于这个女人的。正是她把自己第一次带到这里，甚至可以准确地说，是她最先给自己打开了机会之窗。这样想就舒服多了，一切都对上了号。

她准备再次离开，做势欲走，走之前，她问："这间屋子是你在用，对吗？"

镇长夫人的身子绷紧了。"我过去在这里看书，和我的儿子一起，可是后来……"

莉赛尔的手已经能感觉到窗外的空气了。她看到一位母亲和一个小男孩坐在地板上，指着书上的图画和文字在读书，接着，她看到了一场窗户边的战争。"我知道了。"

窗外传来一声问话。

"你在说什么？"

莉赛尔对背后严厉地小声说："保持安静，蠢猪，看着点街上。"她缓缓地对伊尔莎·赫曼说："那所有这些书……"

"正如你所知道的那样，大部分是我的，有一些是我丈夫的，还有一些是我儿子的。"

莉赛尔脸上出现了尴尬的表情，她的脸有些发烫。"我一直以为这是镇长的书房。"

"为什么？"看来女人觉得有点好笑。

莉赛尔注意到她的拖鞋的鞋尖上也有卐字符号。"他是镇长，我以为他读了很多书。"

镇长夫人把双手伸进浴袍两边的口袋里。"最近，这间房数你来得最勤。"

"你读过这本书吗？"莉赛尔举起《最后的人间陌路人》。

伊尔莎·赫曼凑近来看了看题目。"是的，我看过。"

"好看吗？"

"还不错。"

她心里直痒痒，想赶快离开这里，可有一种奇怪的责任感要她留下来。她开口说话了，她心里想到的词实在太多了，也消失得太快了。她几次努力想要抓住它们，但镇长夫人首先看出来了。

她看到了窗户上映着的鲁迪的脸，或者更确切地说，她看到了他烛光一样颜色的头发。"我想你最好走吧，"她说，"他在等着你呢。"

在回家的路上，他们吃起了点心。

"你肯定没看到别的了？"鲁迪问，"应该还有点什么。"

"有点心就算不错了，"莉赛尔查看着鲁迪捧着的这份礼物，"现在说实话吧，我出来以前你有没有偷吃过？"

鲁迪愤怒了。"嗨，你才是贼呢，我可不是。"

"别想糊弄我了，蠢猪，我能看见你右边嘴角上还沾着糖呢。"

鲁迪疑惑地用一只手端着盘子，另一只手擦擦嘴角。"我什么都没吃，我发誓。"

还没等走到桥边，他们就把点心消灭了一半，剩下的拿回慕尼黑大街和汤米·穆勒一起分享了。

等他们吃完点心后，只有一个问题要解决了，鲁迪提出了这个问题。

"我们到底怎么处理这个盘子呢？"

玩扑克牌的人

与此同时，LSE的队员们在休息时玩起了扑克牌。他们在离艾森不远的一个小镇上，刚从斯图加特长途跋涉回来，正以打扑克的方式来赌香烟。内霍德·苏克尔输得不乐意了。

"我敢说他在作弊。"他嘟嘟囔囔地说。他们坐在被当做营房的一间小棚屋里，汉斯·休伯曼刚刚连赢三把。苏克尔气愤地把牌扔下来，用三根黑糊糊的手指拨弄他那头油腻的头发。

关于内霍德·苏克尔的一些情况

他今年二十四岁。如果他赢了一圈牌，就会兴高采烈——他会把细细的香烟放到鼻子底下闻闻。"这是胜利的味道。"他会这样说。哦，还有一件事情要交代，他死的时候，嘴巴是张开的。

汉斯·休伯曼和他左边的这个年轻人不同，他赢了牌不会洋洋自得，还会慷慨地给每一位同事都散一支烟，再给自己点上一支。除了内霍德·苏克尔，所有人都接受了这个馈赠。苏克尔抓起递过来的烟，朝中间那个翻过来的盒子扔过去。"我才不稀罕你的仁慈呢，老家伙。"他站起身走了。

"这小子是怎么回事？"中士问，可没人知道答案。内霍德·苏克尔只是个二十四岁的大孩子，他不会通过玩扑克牌来救自己一命。

要是他没有把香烟输给汉斯·休伯曼，也就不会鄙视汉斯。要是他不鄙视汉斯，几个星期后，他就不会在一段相当安全的路上占了汉斯的座位。

一个座位，两个人，一场短暂的争论，还有我。

有时，有个问题让我着迷，人到底是怎么死的？

斯大林格勒的雪

1943年1月中旬，汉密尔街这一带依然阴暗晦气。莉赛尔关上大门，走到霍茨佩菲尔太太家，敲了敲门，来应门的人把她吓了一跳。

她开头以为这人肯定是霍茨佩菲尔太太的一个儿子，他们的照片就摆在门边的相框里，但他看上去全然不像两兄弟中的任何一个。他看上去比他们年纪大多了，虽然很难说清楚大多少岁。他的脸上长着络腮胡子，两眼看上去痛苦不安。一只缠着绷带的手从外衣袖子里滑出来，绷带上还渗着点点殷红的血迹。

"也许你该晚点再来。"

莉赛尔试图看清楚他身后的情况，她正要喊霍茨佩菲尔太太的名字，但这个人阻止了她。

"孩子，"他说，"待会儿再来，我来接你，你住在哪儿？"

三个多小时后，汉密尔街三十三号响起了敲门声。那个男人站在她面前，他绷带上的点点血迹已经扩大为一团一团了。

"她现在准备好了。"

在屋外昏黄的灯光下，莉赛尔忍不住问他的手是怎么回事。他从鼻孔里哼了一声——只有一个音节——然后回答。"斯大林格勒"。

"什么？"他说话时，眼睛在盯着风中的某个地方。"我没听清楚。"

他又说了一遍，这次声音大了点，而且完整地回答了她的问题。"我的手是在斯大林格勒受的伤。我被打中了肋骨，炸掉了三根手指。这个回答清楚了吗？"他把没受伤的那只手伸进口袋，不屑一顾地在德国的寒风中哆嗦着。"你觉得这儿冷吗？"

莉赛尔摸了摸身边的墙壁，她不能撒谎。"是的，当然冷。"

那人笑起来。"这不算冷。"他抽出一支香烟，叼在嘴里。他试着用一只手把火柴擦亮。在这样阴冷的天气里，用两只手想点燃火柴都很困难，更别提用一只手了，完全无法办到。他扔掉火柴，咒骂着。

莉赛尔把火柴捡起来。

她把烟从他嘴里拿下来，放进自己嘴里，可她还是点不着烟。

"你得吸上一口才行，"那人告诉她，"在这种鬼天气里，只有猛吸一口才能把它点燃，懂吗？"

她又试了一次，努力回忆着爸爸是怎么点烟的。这一次，她的嘴里满是烟雾，烟雾在她的牙齿间环绕，刺激着她的喉咙，可她强忍着没有咳嗽。

"干得好。"他接过香烟，猛吸了一口，向她伸出那只好手，那是他的左手，"米歇尔·霍茨佩菲尔。"

"莉赛尔·梅明格。"

"你来给我母亲读书吗？"

此时，罗莎来到莉赛尔身后，莉赛尔能够感觉到自己背后传来的震惊。"米歇尔？"罗莎惊呼，"真的是你吗？"

米歇尔·霍茨佩菲尔点点头。"你好，休伯曼太太，很久不见了。"

"你看上去怎么……"

"那么老？"

罗莎还没有明白过来，但她还是镇静下来，邀请道："进来坐坐吧？我想你已经认识我的养女了……"当她注意到那只血迹斑斑的手时，她的声音慢慢低下去。

"我弟弟死了。"米歇尔·霍茨佩菲尔说。他那只残留的健康的手本来无法再给人一记重击了，可罗莎听了这话后却倒退了一步。当然，战争意味着死亡，但是它经常把曾经在你面前活蹦乱跳的人变成一个长眠于地下的亡灵。罗莎是看着霍茨佩菲尔家的两兄弟长大成人的。

这个衰老的年轻人找到了一个不让自己失去理智的讲故事的办法。"他们把他抬进来时，我正在那所战地医院里，那是发生在我回家前一个星期的事情。整整三天，我都坐在他旁边，直到他死……"

"对不起。"这句话可不像是从罗莎嘴里说出来的，这天晚上，站在莉赛尔·梅明格背后的仿佛是另外一个人，可她不敢回头看。

"请你，"米歇尔打断罗莎，"别再提了。我可以把这孩子带过去读书了吗？我怀疑我母亲是不是听得进去，不过她说让这孩子去。"

"好的，你把她带去吧。"

他们刚走了一段路，米歇尔·霍茨佩菲尔想起什么事，回转身。"罗莎？"等了一会儿，罗莎再次把门打开。"我听说你的儿子也在那儿，在苏联。我碰到了从莫尔钦去的人，是他们告诉我的。不过，我相信你已经知道了。"

罗莎企图拦住他，不让他走。她冲出门，拉住他的袖子。"不，我不知道，有一天他离开了家，就再也没回来过。我们想找到他，可是，接着，又发生了很多事……"

米歇尔·霍茨佩菲尔决心逃跑，他最不愿意听的就是又一个悲泣的故事。他挣脱开来，说："据我所知，他还活着。"他回到门口莉赛尔的那里，可女孩却没有跟着他往隔壁走。她注视着罗莎的脸，这张脸抬起来又垂了下去。

"妈妈？"

罗莎扬起一只手。"去吧。"

莉赛尔等待着。

"我让你走。"

她追上米歇尔，这个退伍兵想和她说说话。他一定是为刚才的无礼感到后悔。他试图用另外一些话来掩饰错误。他举起裹着绷带的右手，说："我还是止不住血。"事实上，莉赛尔很高兴踏进霍茨佩菲尔家的厨房，越早开始读书越好。

霍茨佩菲尔太太坐在椅子上，泪流满面。

她的儿子死了。

不过，这只是故事的一半。

她永远不会知道这一切是怎么发生的，但我能毫无疑问地告诉你，我们中间有一个人知道。我好像总是了解发生的故事，那是发生在冰天雪地、枪林弹雨中的故事，那里混杂着不同的人类语言。

从偷书贼的文字描写中，我想象着霍茨佩菲尔太太家厨房的样子，我看不见炉子或者木勺或者水泵之类的东西。还是不要从这里开始讲吧。我看到的是苏联的冬天，天上飘着鹅毛大雪，还有霍茨佩菲尔太太小儿子的命运。

他的名字叫罗伯特，他的故事是这样的。

一个战争小故事

他的两条小腿都被炸飞了，他的哥哥眼睁睁地看着他死在一所冰冷的充满恶臭的医院里。

1943年1月5日，苏联，又是寒冷彻骨的一天。在城外的积雪中，到处是死去的苏联人和德国人的尸骨，活下来的人们还在朝着面前白茫茫的雪地开火。三种语言交织在一起，俄语，子弹的呼啸声，还有德语。

我朝着倒下的灵魂们走去的时候，其中一个还在说话："我的肚子好痒。"他重复了很多遍。他虽然受了惊吓，但依旧向前爬行，爬到了一个血肉模糊的身影边，这个人坐在地上，鲜血流了一地。当腹部受伤的士兵爬到此人的近处时，才看清他是罗伯特·霍茨佩菲尔。他的双手鲜血淋漓，他正在把雪堆到小腿上，在最近一次爆炸中，他的双腿都被炸断了。他的两只手鲜红，连他发出的一声尖叫也仿佛被染红了。

水汽从地面上升腾起来，这是雪在融化的迹象。

"是我，"腹部受伤的士兵对罗伯特·霍茨佩菲尔说，"我是彼得。"他拖着身子又朝罗伯特身边爬近一点。

"彼得？"气息奄奄的罗伯特问，他一定已经觉察到我就在附近了。

又问了一遍。"彼得？"

出于某种原因，垂死之人总是喜欢反复询问已经得到了答案的问题，也许这样做，他们就能死得明明白白了。

突然，那些声音听上去都一样了。

罗伯特·霍茨佩菲尔朝右边倒下了，倒在冰冷的冒着水汽的雪地上。

我确信他本人也估计到要在此时此地与我相见了。

然而，他没有死。

对这个年轻的德国人来说，不幸的是我当天下午没有带走他的灵魂。我从他身上跨过，手里抱着的是另外一个可怜的灵魂，朝着苏联人的阵地走去。

我往返于双方的阵地。

人们被分隔在两边。

我可以告诉你，这可不是在滑雪旅行。

正如米歇尔对他母亲讲的那样，经过三天的漫长等待，我终于带走了这个把两只脚都留在了斯大林格勒的士兵。我多次在这所临时战地医院出入，极其厌恶里面的味道。

一个手上缠着绷带的人正在安慰那个沉默的、一脸惊恐的士兵，说他会活下来的。"你很快就能回家了。"他向弟弟保证。

是的，回家，我想，永远地。

"我会等你，"他继续说，"我这周末回去，不过我会等着你的。"

在他说下一句话之前，我带走了罗伯特·霍茨佩菲尔的灵魂。

通常，我需要认真查看我待的屋子的天花板，但在这幢建筑物里，我很幸运，有一小块屋顶被炸掉了，我可以直接看到外面的天空。米歇尔·霍茨佩菲尔还在离我一米远的地方说话，我努力忘掉他，只是观察着头顶的洞。天空一片洁白，但它正在迅速变化，像以往一样，正在变成一张巨大的床单，那上面鲜血横流，还有一朵朵肮脏的云，就像是正在融化的雪地上留下的脚印一样。

脚印？

你会问。

是的，我想弄清楚是谁留下的脚印。

莉赛尔在霍茨佩菲尔太太家的厨房里读着书，没有听到这个冗长的故事，至于我，当苏联的一切逐渐从我眼前消失后，雪花依然从天花板上落下。水壶被雪花盖住，桌子也被盖住了。人类的头上和肩膀上也落上了片片雪花。

哥哥颤抖着。

女人呜咽着。

女孩继续读书，因为这正是她此行的目的，经过斯大林格勒的大雪后，这还算得上一点慰藉。

永远长不大的弟弟

再过几个月，莉赛尔·梅明格就满十四岁了。

她的爸爸还在远方。

她又给伤心欲绝的女人读了三次书。无数个夜晚，她都看到罗莎抱着手风琴而坐，下巴搁在风箱上祈祷着。

她想，现在是时候了，偷东西总会让她心情愉快。不过，这一天她却是去归还东西的。她把手伸到床底下，取出盘子，又迅速地把盘子拿到厨房里洗干净，走到门外。沿着莫尔钦走走的感觉真好，空气既刺骨又乏味，就像一个残酷的老师或修女给的惩罚。她的脚步声是慕尼黑大街上唯一的声音。

她过了河，看到一缕隐约可见的阳光出现在云层后面。

她走上格兰德大街八号门前的台阶，把盘子留在门口，敲了敲门。门被打开时，女孩已经走到大街的拐角处了。莉赛尔没有回头，不过，她知道，要是她回头张望的话，一定会看到她弟弟出现在台阶下面，他膝盖上的伤已经痊愈。她甚至能听到他的说话声。

"做得对，莉赛尔！"

她十分悲哀地意识到弟弟将永远停留在文字中了，但当她想到这个念头时，她还是努力微笑了。

她呆立在安佩尔河边，站在那座桥上，在爸爸过去站过的地方。

她不断微笑着，然后，她走回了家。弟弟从此再也没有出现在她的梦里。她会回忆起他的许多事情，但她不再想着火车地板上那双垂死的眼睛，或是致命的咳嗽声了。

当晚，偷书贼躺在床上，男孩的身影只会在她闭上眼睛之前出现。他是莉赛尔常常拜访的回忆之屋中的一员。在那里，爸爸站在地上叫她小女人，马克斯躲在角落里写着《撷取文字的人》，门边是光着身子的鲁迪。偶尔，她的生母站在床边火车站的月台上，远处，在一个像桥一样能延伸到一个无名小镇的房间里，她的弟弟威尔纳在玩着公墓里的雪。

从门厅那边传来罗莎有节奏的鼾声，声音环绕着清醒的莉赛尔，但也使她回想起最近读的一本书里的一段话。

《最后的人间陌路人》，第38页

这座城市的大街上到处都是人，但如果街头空无一人的话，陌生人也不会感到更孤独。

清晨，眼前的幻影都消失了。她能够听到起居室里罗莎在喃喃自语，她抱着手风琴而坐，嘴里做着祷告。

"让他们都回来吧，"她重复着这几句话，"求求你了，上帝，让他们都活着回来吧。"连她眼角的皱纹都像是交叉在一起祈祷的样子。

手风琴肯定弄疼了她，但是她一动不动。

罗莎后来从未对汉斯说起过这些事，不过，莉赛尔相信，一定是这些祈祷让远在艾森的爸爸躲过了那次事故。这些祈祷即使没有用，也不会有害。

意外事故

这是一个少有的无事可干的下午，几个人都爬进卡车。汉斯·休伯曼刚在他的老位子上坐下，内霍德·苏克尔就站到他身边。

"起来。"他说。

"你说什么？"

苏克尔快碰到卡车的车顶了，他只好弓着背。"我让你起来，蠢猪。"他额头上油腻腻的头发结成一团。"我要和你换位子。"

汉斯被弄糊涂了。卡车后面的座位大概是最不舒服的，坐在后面人总是被风吹得又干又冷。"为什么？"

"有啥大不了的？"苏克尔不耐烦了，"也许我就是想第一个冲下去上茅房。"

汉斯马上意识到小队的其他人都在看着这两个成年人之间的可怜争吵。他不想输给苏克尔，可他也不愿意成为一个小心眼。另外，他们刚值完班，已经相当疲乏，他没心思再争执下去。他弯着腰走到卡车中间的空位上坐下。

"你怎么能对那头猪投降呢？"旁边的人问他。

汉斯点燃一根火柴，分了半支烟给说话的人。"后面的冷风吹得我耳朵疼。"

橄榄绿色的卡车开到离营地大约几十里的地方时，布鲁威格正在讲一个法国女招待的笑话，突然，卡车的左前轮爆胎了，卡车失去了控制，在路面上滚了很多转。车上的人在空气、阳光、垃圾和香烟中翻滚着，咒骂着。车外的蓝天一会儿在头顶，一会儿又在脚下。他们努力爬着，想抓住点什么东西。

当一切终于停止时，他们都挤在车厢的右侧，每个人的脸都压在旁边的人那肮脏的军服上。他们互相询问着伤情，一直到有一个人，艾迪·阿尔玛叫嚷起来："把这个家伙从我身上弄走！"他连叫了三声，他正盯着内霍德·苏克尔那双死鱼般的眼睛。

在艾森的损失
六个人被烟头烫伤。两个人手骨骨折。还有几个人的手指的骨头断了。

汉斯·休伯曼断了一条腿。内霍德·苏克尔的脖子断了，几乎是齐耳根断的。

他们把每个人都拉出车来，车厢里最后只剩下那具尸体。

卡车司机赫马特·布劳曼坐在地上，挠着头。"是轮胎，"他解释道，"轮胎爆了。"一些人和他坐在一起，安慰他说不是他的错。其余的人边走边抽烟，彼此问着伤得如何，是否可以不值勤了。还有一小群人围在后面看着尸体。

汉斯·休伯曼躺在一棵树下，腿上那条细长的伤口让他钻心地疼。"本来应该是我的。"他说。

"什么？"中士在卡车边问他。

"他坐的是我的座位。"

赫马特·布劳曼恢复了神智，爬回驾驶室，他平躺着试图发动引擎，但没有成功。救护车没有来，只派了另外一辆卡车来当救护车。

"你们明白这是什么意思，对吗？"拜芮恩·舒派尔说。他们当然明白。

当他们返回营地时，每个人都尽量避开内霍德·苏克尔那张仿佛张着嘴冷笑的脸。"我说过最好把他的脸朝下放。"有人提议。有几次,一些人一时忘了,把脚搁到了尸体上。到营地后,大家都不愿意去把尸体拖出来。汉斯·休伯曼帮着把尸体卸下来后,走了几个碎步,就觉得腿上的伤痛难忍,倒在地上。

一个小时后,医生检查了他的伤口,告诉他,他的腿确实骨折了。中士也在场,他站在一旁,脸上露出了一丝笑容。

"好了,休伯曼,看来你算是解脱了,对吧?"

他摇晃着那颗圆圆的脑袋,抽着烟,列举出下面会发生的事情。

"你需要休息,他们会问我拿你怎么办,我就告诉他们你干得很卖力,"他喷了一口烟,"我想我会告诉他们你不适合再干空军特勤队了,最好把你送回慕尼黑,在办公室里跑跑腿,或是干点别的扫地之类的活儿。这听上去怎么样?"

汉斯痛苦的脸上露出难以掩饰的笑容,像是在做鬼脸,他回答道:"听上去不错,中士。"

拜芮恩·舒派尔抽完了烟。"当然不错了,算你走运,我喜欢你,休伯曼。你幸好是个好人,在香烟上头也还算慷慨。"

隔壁房间里,他们正在调制石膏。

苦涩的问题

二月中旬,莉赛尔的生日后一周,她和罗莎终于收到了汉斯·休伯曼寄来的一封长信。她跑进屋,把信拿给罗莎看。罗莎让她大声念出来,当莉赛尔读到他的腿骨折了时,她们的兴奋之情戛然而止。读到下一句时,莉赛尔大吃一惊,声音只有她自己才听得见。

"啥事?"罗莎催促道,"小母猪?"

莉赛尔抬起头来,几乎是吼出来一句话。中士遵守了承诺。"他要回家了,妈妈,爸爸要回家了!"

她们在厨房里抱成一团,信纸夹在两人中间被揉成了一团。只断了一条腿当然值得庆祝。

莉赛尔把好消息传到隔壁,芭芭拉·斯丹纳也欣喜若狂。她抚摸着女孩的胳膊,大声呼唤着家人。在斯丹纳家的厨房里,大家都为汉斯·休伯曼要回来的消息感到振奋。鲁迪的脸上先是绽放出笑容,接着开怀大笑起来。莉赛尔看得出他在努力为自己高兴，可是，她也同时觉察到他嘴边那个苦涩的问题。

为什么是他？

为什么是汉斯·休伯曼，而不是亚历克斯·斯丹纳？

他的想法很有道理。

一只工具箱、一个流血的人、一只泰迪熊

自从去年十月鲁迪的父亲被应征入伍后，他内心的愤怒便不断膨胀。汉斯·休伯曼要回来的消息对他产生了更大的触动。他没有对莉赛尔讲，他没有抱怨一切不公平，他决定采取行动。

一个阴沉沉的下午，这样的天气很适合偷窃，他抱着个金属箱子回到汉密尔街。

鲁迪的工具箱
箱子外面红色的油漆已经脱落，像一个大号的鞋盒子。里面装着：
生锈的袖珍小刀1把
小手电筒1把
锤子2把（1把中号，1把小号）
毛巾1条
螺丝起子3把（尺寸各不相同）
滑雪面罩1个
干净袜子1双
泰迪熊1只

莉赛尔透过厨房窗户看到了他——他迈着有力的步子，一脸虔诚，完全像他出发去找他爸爸那天的样子。他用尽全力握着箱子的把手，愤怒不已，行动果断。

偷书贼丢下手里的毛巾，心里只有一个念头。

他要去偷东西。

她跑出去追上了他。

"鲁迪，你上哪儿去？"

鲁迪只是埋头走着,对着面前的寒风说话。快到汤米·穆勒家所在的街区时,他才说:"你知道我的想法,莉赛尔,你根本算不上是个贼,"他没等她开口又说,"是那个女人让你进去的,她甚至给你留了圣诞节的点心。我不会把这个叫做偷东西。军队才会偷东西,他们偷走了你爸爸和我爸爸。"他把一块石头踢到一扇门边,走得更快了。"所有的有钱的纳粹都住在上面,在格兰德大街、戈尔贝街和海德大街上。"

莉赛尔顾不上多想,只有紧紧跟着他。他们已经走过了迪勒太太家,到了慕尼黑大街。"鲁——"

"你感觉如何?"

"什么感觉如何?"

"你偷走一本书的时候?"

这时,她选择保持沉默。如果他想听到答案,他就得回过头来。他确实扭过头来了。"嗯?"可是紧接着,还没等莉赛尔张开嘴,鲁迪又自己回答了:"感觉不错,不是吗?偷了点东西回来。"

莉赛尔把注意力集中在工具箱上,想让他放慢脚步。"你那里面装的是什么?"

他弯下腰,打开箱子。

里面所有的东西都有用处,除了那只泰迪熊。

他们一边走,鲁迪一边对工具箱做了一番详细说明,每一件工具的用途是什么,比方说,锤子是用来砸碎窗户玻璃的,毛巾是用来蒙住锤子,降低音量的。

"那只泰迪熊呢?"

它是安娜·玛丽亚·斯丹纳的,还没有莉赛尔的一本书大。玩具熊的毛非常蓬乱,它的眼睛和耳朵被缝补过许多次了,不过,它看上去依然很可爱。

"这个,"鲁迪回答,"是我的高招。要是我进去时碰上个小姑娘,我就把这个熊塞给她,好让她保持安静。"

"那你打算偷什么呢?"

他耸耸肩膀。"钱,吃的,珠宝,哪样顺手拿哪样。"听起来简直像探囊取物一样容易。

十五分钟后,莉赛尔看到他的脸色突然平静下来,她意识到鲁迪不会去偷任何东西了。他脸上虔诚的表情消失了,尽管他还沉浸在假想的偷窃所带来的快乐中，她却能看出他现在不相信偷窃能带来快乐了。他曾努力相信这一点，这可不是一件好事。犯罪的可耻在他面前展开，让他放慢了脚步。他们看着那些房子，莉赛尔心里感到既宽慰又悲伤。

这里是戈尔贝街。

街道两旁高耸的房子显得十分阴暗。

鲁迪脱下鞋子，用左手拎着鞋子，右手拎着工具箱。

月亮掩藏在云后面，透出点点光芒。

"我在等什么？"他问，可莉赛尔没有回答。鲁迪又张开嘴，却没有说一句话。他把工具箱放到地上，坐在上面。

他的袜子又冷又湿。

"还好，工具箱里还有一双袜子。"莉赛尔说，她看得出他在努力控制自己不要笑，虽然他不愿意这么做。

鲁迪转过身，朝着另一个方向，现在莉赛尔也可以坐在箱子上了。

偷书贼和她的好朋友背靠背地坐在街心一个红漆脱落的工具箱上，朝着不同的方向。他们坐了好一阵子，等起身回家时，鲁迪换了一双袜子，把原来穿的那双扔在路上。他把这当做是送给戈尔贝街的礼物。

鲁迪·斯丹纳说的实话
我猜我擅长扔东西，而不是偷东西。

几个星期后，这个工具箱总算派上了用场。鲁迪把螺丝起子和锤子清理了出来，把斯丹纳家值钱的东西放了进去，以防下一次空袭。唯一留下的是泰迪熊。

3月9日，当莫尔钦镇上再次响起空袭警报时，鲁迪拎着箱子跑出家门。

斯丹纳一家沿着汉密尔街飞奔时，看到米歇尔·霍茨佩菲尔正在猛敲着罗莎·休伯曼家的门。罗莎和莉赛尔出来，他给她们出了一道难题。"我母亲，"他说，手臂上裹着的绷带还在渗血，"她不走，还坐在桌边。"

几个星期以来，霍茨佩菲尔太太还没有从打击中恢复过来。莉赛尔给她读书的大部分时间里，这个女人只是盯着窗外，一言不发，也一动不动。她的脸上已经看不到任何凶神恶煞的神情了。通常是由米歇尔对莉赛尔道别，或是把咖啡递给她并感谢她，今天又发展到了这个地步。

罗莎迅速行动了。

她跟跟跄跄地猛地冲进去，站在打开的门廊上。"霍茨佩菲尔！"除了警报声和罗莎的叫声，没有回答。"霍茨佩菲尔，快出来，你这头可恶的老母猪？"罗莎从来不擅长急中生智，"要是你不出来，我们都要被炸死在大街上了！"她转过身，看着门外那两个无助的身影。一声警报刚刚结束。"现在怎么办？"

米歇尔不知所措地耸耸肩。莉赛尔扔下书包，看着他。下一声警报又响起了，她大声问："我能进去吗？"还没等米歇尔回答，她就紧跑几步，从妈妈身边冲过去。

霍茨佩菲尔太太呆坐在桌边。

我得说点什么呢？莉赛尔想。

我怎么才能把她弄出去呢？

等警报再次停下时，她听到妈妈在外面喊："快离开她，莉赛尔，我们得走了！她要寻死是她自个儿的事。"话没说完，警报又响了，一声声急促的声音传到他们耳朵里。

屋里只有警报声、女孩和这个精瘦的女人。

"霍茨佩菲尔太太，求你走吧！"

就像那天她拿点心时和伊尔莎·赫曼交谈一样，她有满腹的话要说。不同的是今天炸弹快来了，十万火急。

可供选择的话
"霍茨佩菲尔太太，我们必须走了。"
"霍茨佩菲尔太太，要是待在这里，我们都会死的。"
"你还有一个儿子呢。"
"所有人都在等你。"
"炸弹会把你的头炸掉。"
"要是你不走，我就再也不给你读书了，也就是说，你会失去唯一的朋友。"

她选择了最后一句话，在警报声中，她把双手撑在桌上，吼出了这句话。
女人抬头看了看，做出了自己的决定，她还是纹丝不动。
莉赛尔只好离开，她从桌边退回来，冲出了屋子。
罗莎一直替她拉着门，她们一起朝四十五号跑去。米歇尔·霍茨佩菲尔无言地站在汉密尔街上，一筹莫展。

"快过来！"罗莎恳求他，可这个退伍兵犹豫不决。他刚要朝家里走去，却有什么东西阻止了他。那只伤残的手刚刚碰到门，却无力地垂了下来。他跟在她们后面离开了。

他们回头看了好几次，依然不见霍茨佩菲尔太太的踪影。

街道看上去空荡荡的，当最后一声警报消失在空气中的时候，汉密尔街上仅剩的三个人跑进了费得勒家的地下室。

"你们这么久去干什么了？"鲁迪问，他手里提着工具箱。

莉赛尔把装书的袋子放到地上，坐在上面。"我们去劝霍茨佩菲尔太太了。"

鲁迪看看四周。"她在哪儿呢？"

"在家，在她家厨房里。"

在地下室的另一边，米歇尔弓着背，浑身直发抖。"我该留下来，"他说，"我本来该留下来的，我本来该留下来的……"他的声音小得几乎听不见，但是他的两眼却在喷火。他挤压着受伤的右手，鲜血浸湿了绷带。

罗莎阻止了他。

"别这样，米歇尔，这不是你的错。"

但是，这个右手只剩下几个手指头的年轻人仍然伤心欲绝，他蹲在罗莎面前。

"对我说点什么，"他说，"因为我不明白……"他靠着墙坐下，"告诉我，罗莎，她怎么会甘愿等死，我却想活下来？"血渗出得更多了，"为什么我想活？我不应该有这样的想法的，可我的确想活下来。"

年轻人控制不住自己，哭了起来，罗莎把手放在他肩膀上。其余的人看着他们。他痛哭了很久，甚至连地下室的门被打开，霍茨佩菲尔太太走进来的时候，他还没有停止哭泣。

她的儿子抬起头注视着她。

罗莎走到一边去了。

他们坐在一起，米歇尔道歉说："妈妈，对不起，我本来应该留下来陪你的。"

霍茨佩菲尔太太置若罔闻，只是坐在儿子身旁，她抬起他受伤的手。"你又在流血了。"她说。他们和大家一起坐着，等待着。

莉赛尔把手伸进袋子里，在书里翻着。

3月9日和10日，对慕尼黑的轰炸

在炸弹的爆炸声和读书声中，这一夜显得格外漫长。

莉赛尔读得口干舌燥。不过，她却读完了整整四十五页的书。

大部分孩子都已经入睡，没有听到解除空袭的声音。他们的父母唤醒了孩子，带着他们走上地下室的台阶，回到黑暗的世界里。

远处，大火熊熊燃烧，我拾起了两百多个被害者的灵魂。

我正在来莫尔钦镇的路上，我还要带走另一个灵魂。

汉密尔街上干干净净的。

警报的解除被拖延了好几个小时，为的是防止再次遭到空袭，也好让烟雾尽快散开。

贝蒂娜·斯丹纳首先看到了那一小团火光，还有一阵烟雾从安佩尔河边升起，这个小女孩用手指着那个方向。"看。"

也许是这个小女孩最先看到了火光，但最先到达现场的却是鲁迪·斯丹纳。他全力以赴地从汉密尔街往河边跑，匆忙中，也没有忘记紧紧拎上工具箱。他跑过几条小路，冲进树林。莉赛尔紧随其后，她把书递给了强烈反对她去的罗莎，后面是一群从各个防空洞跑出来的人。

"鲁迪，等等！"

鲁迪没有等她。

莉赛尔只能看到他的工具箱在树林里晃动，他朝着快要熄灭的火光和一架被薄雾笼罩的飞机跑去。飞机落在河边的一处空地上，机身冒着黑烟。飞行员曾打算在那里降落。

鲁迪跑到离飞机二十米远的地方，停下了脚步。

我刚好赶到，看见他站在那里，喘着粗气。

黑暗中，树枝散落了一地。

嫩枝和松针散落在飞机周围，像是在燃烧一样。在他们左边，地上被划出了三道深沟。正在冷却的金属指针失去了控制，滴滴答答地走得飞快，他们站在那里觉得仿佛已经过了好几个小时。后面涌来的人群站在他们身后，他们的呼吸声和说话声仿佛就贴在莉赛尔的背上。

"好了，"鲁迪说，"我们该去看看吗？"

他穿过残存的树丛，到了飞机机身坠落的地方。飞机的机头扎进了河里，机翼歪歪斜斜地落在后面。

鲁迪慢慢地沿着飞机四周查看着，从机尾一直看到机身右侧。

"有玻璃，"他说，"挡风玻璃落得到处都是。"

接着，他看见了那具尸体。

鲁迪·斯丹纳从没见过如此苍白的脸。

"别过来，莉赛尔！"可是莉赛尔已经过来了。

她能看到敌机驾驶员那张失去知觉的脸，她周围的大树也在看着这一切，小河流水淙淙。飞机又发出几声咳嗽一样的声音，机舱里那个人的头从左边歪向右边，他说了几句他们明显听不懂的话。

"上帝啊，"鲁迪悄悄地说，"他还活着。"

他用工具箱撞击着飞机的一侧，背后的围观者们对此议论纷纷。

微弱的火光已经熄灭，这是一个寂静而黑暗的早晨。飞机还在冒着一点黑烟，不过，烟也会很快消散的。

高大的树木把正在燃烧的慕尼黑的天空与这里隔开了。此时，这个男孩的眼睛不仅适应了黑暗，也渐渐看清了飞行员的脸。那人的眼睛像咖啡渣一样，他的下巴和脸颊上都有深深的伤口，皱巴巴的制服胡乱地裹在他身上。

莉赛尔不顾鲁迪的劝告，靠得更近了。我向你们保证，刹那间，我们都认出了对方。

我认识你，我想。

一列火车和一个咳嗽的小男孩，还有雪地上一个心烦意乱的小女孩。

你长大了，我想，可我还是能认出你。

她没有后退，也不打算与我搏斗，但我知道有迹象向她表明我就在这里。她能闻出我的味道吗？她能听到在我无情的胸膛里，那被诅咒的、永不停息的心跳吗？我不知道，但她认识我，她直勾勾地盯着我的眼睛，没有看别处。

晨光初露的时候，我们都行动了。男孩再次把手伸进工具箱，在一些照片里寻找着。他拿出了一个黄色的小毛绒玩具。

他小心地爬到那个奄奄一息的人身边。

男孩把这只微笑的泰迪熊轻轻地放在飞行员的肩膀上，小熊的耳朵尖挨着他的喉咙。

这个垂死之人吸了一口气，开口说话了。他用英语说："谢谢你。"他说话的时候，脸上像直线一样的伤口裂开了，一滴鲜血顺着他的喉咙弯弯曲曲地流下来。

"什么？"鲁迪问，"你说什么？"

不幸的是，我不再让他开口了。时辰已到，我钻进机舱，缓缓地从皱巴巴的制服下取出飞行员的灵魂，把他从这架坠毁的飞机中拯救出来。我离开的时候，人群一片肃穆，我轻而易举地带走了他的灵魂。

在我的头顶，天空黯然失色——这是最后的黑暗时刻——我发誓我看见了一个卍字形状的黑色符号在天空中游荡。

"万岁，希特勒。"我说，可这个时候我已经走进树林了，怀里抱着飞行员的灵魂。在我身后，一只泰迪熊放在尸体的肩膀上。一个淡黄色头发的男孩站在树下。

也许，公平地说，在希特勒多年的统治中，没有谁能像我这样忠心耿耿地为元首服务了。人类没有像我一样的心脏，人类的心脏是一条线，有始有终，而我的心脏却是一个圆圈。我有无穷无尽的能量，可以出现在正确的时间和正确的地点。因此，我总能在人类最幸福和最不幸的时候找到他们。我看到他们的丑恶和美好，我很好奇，人类怎么能够同时兼具善与恶？不过，他们有一种本领让我嫉妒，只有人类，能够选择死亡。

回　家

这段时间里，有人流血不止，还有一架坠毁的飞机和一只泰迪熊，但1943年的第一个季度却给了莉赛尔一个快乐的结尾。

四月初，汉斯·休伯曼只剩下膝盖处的石膏没拆了，他搭上了一列开往慕尼黑的火车。他可以在家休养一个星期，然后再当个文职人员。他将协助慕尼黑的工厂、房屋、教堂和医院的清理工作，过一段时间再来看他是否适合做修理工，这得看他的腿的恢复情况和这座城市的状况而定。

他到家时，天色已晚，他比预计的时间晚了一天回家，因为害怕遇上空袭，火车推迟了一天。他站在汉密尔街三十三号门口，举起拳头。

四年前，莉赛尔·梅明格第一次来到这个地方时，是被哄进家门的。马克斯·范登伯格也曾手握一把钥匙站在这家门口。现在轮到汉斯·休伯曼了。他敲了四下，偷书贼打开门。

"爸爸，爸爸。"

她心里一定已经这样叫了上百遍了，她在厨房里紧紧抱着他，不让他离开。

　　后来，他们吃完饭后，在厨房的餐桌旁一直坐到夜深人静的时候。汉斯·休伯曼对妻子和莉赛尔·梅明格讲述了发生的一切。他解释了空军特勤队的工作以及冒着黑烟的街道，还有那些可怜的，失落的，徘徊的灵魂，还有内霍德·苏克尔，可怜而愚蠢的内霍德·苏克尔。他一连讲了好几个小时。

　　凌晨一点，莉赛尔上了床，爸爸像过去一样过来坐在她床边。她醒了两次，想看看爸爸是不是还在，他没有让她失望。

　　这个夜晚宁静如水。

　　她的小床温暖舒适，让人觉得很惬意。

　　是的，对莉赛尔·梅明格来说，这是一个美好的夜晚，这种宁静、温暖和舒适大约还可以持续三个多月。

　　但她的故事持续了六个月。

PART TEN

第 十 章

偷 书 贼

特别介绍：

世界的尽头——第九十八天——战争制造者——文字之路——

患紧张症的女孩——坦白——伊尔莎·赫曼的黑本子——

飞机机舱——还有，山脉般连绵起伏的瓦砾

世界的尽头（之一）

当莉赛尔·梅明格的世界末日降临的时候，汉密尔街正在下雨。

雨水从天而降。

就像一个小孩子用尽全身力气想关紧却没能关上的水龙头。雨水开始是清凉的，当我走在路中间，经过迪勒太太的门前时，我感到它们落在我手上。

我听得见它们在我头顶。

我抬起头，透过阴沉沉的天空，看见了罐头盒子似的飞机。我看到飞机的舱门打开了，炸弹被随意地扔了下来。当然，它们没有命中目标，它们经常错过目标。

一个小小的，悲哀的希望

没有谁计划炸汉密尔街。

没有人会炸一条以天堂名字命名的街道，是吗？

是这样吗？

炸弹落下来，烘烤着云层，冰凉的雨滴变成灰烬，灼人的雪花将降临大地。简而言之，汉密尔街会被夷为平地。

街道这头的房屋被抛到了另一头。一张表情严肃的元首的照片落到了废墟上，他还在微笑，用他那严肃的方式微笑。他了解我们不清楚的东西，但是我也了解一些他不知道的东西。一切都发生在人们熟睡的时候。

鲁迪·斯丹纳睡着了，妈妈和爸爸也睡着了，霍茨佩菲尔太太、迪勒太太、汤米·穆勒都睡着了，他们都要死了。

只有一个人活了下来。

她能幸存下来是因为她当时正坐在地下室里，读着自己一生的故事，检查是否有写错的地方。这间屋子从前被认为深度不够，不能用作防空洞，但在10月7日的这个夜晚，它足够深了。残留的屋架很快倒下。几小时后，当莫尔钦镇上终于奇怪地安静下来后，当地的空军特勤队听到了一种声音，是一种回音，就在地下的某个地方，一个女孩正用一支铅笔敲打着一个油漆桶。

他们都停下来，侧身倾听，当这个声音再次响起时，他们动手挖起来。

许多人手中传递的东西

一块块水泥和屋瓦。

一片画着正在滴落的太阳的墙壁。

一部悲伤的手风琴，它的套子破了。

他们把这些东西都扔上去。

当又一段残破的墙壁被移开后，一个人看到了偷书贼的头发。

这个人的脸上露出灿烂的笑容，好像是在给一个新生的婴儿接生一样。"我不敢相信，她还活着！"

这群人喜出望外地叫喊着，可我不能完全分享他们的热情。

在此之前，我用一只手带走了她的爸爸，另一只手带走了她的妈妈，两个灵魂都是如此柔软。

远处，他们的身体像其他人一样躺在地上。爸爸那双可爱的闪着银光的眼睛已失去了光泽，妈妈纸板似的嘴唇保持着半张开的姿态，像是正在打呼噜。

救援人员把莉赛尔拉出废墟，为她掸去衣服上的尘土。"小姑娘，"他们说，"警报拉得太迟了。你在地下室里干什么？你怎么知道会有空袭的？"

他们没有注意到女孩仍旧抱着那本书。她用尖叫来回答他们的问题，这是生还者震惊的叫声。

"爸爸！"

她把脸皱成一团，再次惊惶失措地高喊："爸爸，爸爸！"

他们把她抱上来，她还在哭喊挣扎着，两条腿又踢又踹。即使她受伤了的话，她现在也还不知道，因为她光顾着哭喊挣扎了。

她还抱着那本书不放。

她绝望地抱着这些救了自己一命的文字。

第九十八天

1943年4月,汉斯·休伯曼回家后的前九十七天都十分顺利。许多时候,他一想到在斯大林格勒战场上的儿子就陷入沉思,但他希望儿子也能像自己一样幸运。

回家后的第二个晚上,他在厨房里拉起了手风琴,他要信守诺言。厨房里传出了音乐声,还有热汤和笑话,以及一个十四岁女孩的笑声。

"小母猪,"妈妈警告她,"别笑得那么响。他的笑话一点都不好笑,还恶心得很……"

一个星期后,汉斯到城里的一个军队的办公室继续服役。他说那里的香烟和食物供应充足,偶尔还能带点点心和多余的果酱回家。一切像是回到了过去的好时光。五月份有一次小小的空袭。虽然时不时得说上一句"万岁,希特勒",但除此之外,一切都很美好。

一直到第九十八天。

一位老妇人的简短声明

站在慕尼黑大街上,她说:"耶稣、圣母和约瑟夫,但愿他们别再带那些人经过这里了。这些可怜的犹太人,他们的运气糟透了,他们会带来厄运。我一看到他们,就知道我们会有灭顶之灾。"

莉赛尔第一次看到犹太人时,就是这个老妇人在宣布他们的到来。从外表上看,她的脸就像一块西梅干,只不过颜色白得像张纸。她的眼睛是深蓝色的,她的预言总是十分准确。

盛夏时节,有迹象表明莫尔钦镇要发生什么事情了。它像往常一样进入了人们的视线。首先是一个低着头的士兵,他身上背着的枪直冲天空,然后是一群衣衫褴褛、镣铐叮当作响的犹太人。

这次,唯一不同的是他们来自相反的方向。他们要被带到附近的莱伯林镇擦洗街道,干军队不愿干的善后工作。这一天的晚些时候,他们又要走回集中营,步履艰难,筋疲力尽,一副无精打采的模样。

这次,莉赛尔又在队伍中搜寻着马克斯·范登伯格的身影,心想他很可能死在达豪了，根本没有机会路过莫尔钦镇。他不在队伍里，这一次不在。

如果我们来到八月份一个炎热的下午，马克斯就会和大多数犹太人一样经过这个小镇。不过，与其他人不同的是，他的两眼没有盯着地面，他不是在随便看着元首提供的德国大看台。

一个与马克斯·范登伯格有关的事实
他会在慕尼黑大街上寻找一张偷书的女孩的面孔。

六月的这一天，莉赛尔后来计算出这是爸爸回来后的第九十八天。她站在大街上，审视着成群结队走过的悲伤的犹太人——找寻着马克斯。没有别的目的，这样减轻了只能做一个旁观者的痛苦。

"这是一个可怕的想法。"她将在汉密尔街的地下室里这样写道，但她相信这是自己真实的想法。作为一个旁观者的痛苦。那他们的痛苦呢？那些脚步蹒跚，饱受折磨的人的痛苦呢？那些紧闭着的集中营大门后的痛苦呢？

他们十天内从这里经过了两次。慕尼黑大街上那个长着一张西梅干似的脸的老妇人证实了这一点。痛苦终于降临了，如果他们责怪这些犹太人是个不祥的警告或者预兆，那他们就应该谴责罪魁祸首——元首和他对苏联的入侵——因为六月末的一天早晨，汉密尔街苏醒时，有一个退伍兵自杀了。他悬吊在离迪勒太太家不远的一家干洗店的房梁上，这又是一根用人的身体做成的指针，又一座钟停止了摆动。

粗心大意的店主离开干洗店时忘记了锁门。

6月24日，上午6：03
干洗店很暖和，房梁也挺结实。米歇尔·霍茨佩菲尔从椅子上一跃而下，仿佛是从悬崖上跳下去一样。

那段日子里，许多人追赶着我，呼唤着我的名字，哀求我把他们带走。还有一小部分人随意地把我叫过去，压低了嗓门和我悄悄说话。

"带我走吧。"他们说，没有办法能够阻止他们。毫无疑问，他们被吓坏了，但他们对我却没有丝毫畏惧，这种恐惧把一切都搞乱了，让我不得不再次面对他们，面对这个世界，还有你们这类人。

对此，我无能为力。

他们有多种寻死的方法，各种各样的方法——他们干得太漂亮了，不管他们选择什么方法，我都无法阻止。

米歇尔·霍茨佩菲尔清楚自己在做什么。

他是因为自己求生的愿望而杀死自己的。

当然，这天我没有见到莉赛尔·梅明格。我知道自己太忙了，没有时间在汉密尔街逗留，听人们的尖叫。他们要是看到我在场就不妙了，所以我走出门外，走进金灿灿的阳光中。

我没有听到一位老人发现吊着的尸体时发出的惊呼，也没有听到奔跑的脚步声和其他人到来时气喘吁吁的声音。我没有听到一个蓄着胡子的瘦子在喃喃自语："太可耻了，真是可耻……"①

我没有见到霍茨佩菲尔太太仰面倒在汉密尔街上，双手摊开，绝望尖叫的场面。不，我没有看到这一切，直到几个月后，我返回此地时，才从一本叫做《偷书贼》的书里读到了这些事情。我得到的解释是，米歇尔·霍茨佩菲尔最后不是被他受伤的手或是别的伤痛折磨致死的，他是因为自己想求生的罪恶感而死的。

在探寻他的死因的过程中，女孩意识到他经常失眠，每个夜晚对他来说都是一剂毒药。我常常想象着他清醒地躺在床上，在雪似的床单里冒汗，眼前或许还出现了他弟弟被炸断的双腿的幻影。莉赛尔写道，她差点告诉他自己弟弟的故事，就像对马克斯讲的那样，但是旅途中的咳嗽和被炸断的双腿之间的差别实在太大了。你怎么能够安慰一个见过这种场面的人？你能对他说元首为他感到骄傲，元首为他在斯大林格勒的英勇表现而自豪吗？你怎么能够这么说？你只能听他述说。

当然，令人尴尬的是，这种人通常会闭而不谈一些至关重要的话题，直到周围的人们不幸发现了他们写的一张便条，一句话，甚至是一个问题，或是像1943年6月汉密尔街上的那封信。

米歇尔·霍茨佩菲尔，最后的告别

亲爱的妈妈：

您能宽恕我吗？我只是无法再忍受下去了，我要去见罗伯特。我不管那些该死的天主教徒们会说些什么。天堂里一定有像我一样经历

---

① 天主教认为自杀是一种罪恶。——译者注

的人能去的地方。因为我的这些所作所为，您可能认为我不爱您了，
但是，我真的爱您。

您的米歇尔

人们请汉斯·休伯曼去把这个消息告诉霍茨佩菲尔太太。他站在她家门槛
上，她一定从他脸上看出来了。六个月内死了两个儿子。

阳光在他身后闪烁着，这个精瘦的女人朝着干洗店走去。她哭泣着跑到
汉密尔街尽头人们团团围住的那个地方。她嘴里至少念叨了几十遍"米歇尔"，
可米歇尔已经无法回答了。根据偷书贼的描述，霍茨佩菲尔太太抱着儿子近一
个小时，然后转身对着汉密尔街上耀眼的阳光坐了下来，她走不动路了。

人们远远地看着，最好离这样的事情远一点。

汉斯·休伯曼和她坐在一起。

当她仰面倒在坚硬的路面上时，他把手放到她的手上。

她的尖叫声充斥着整条街。

过了许久，汉斯小心翼翼地陪着她往家走。他们穿过前门，走进屋子。我
曾试图从不同的角度来看此事，但是当时的情景不容我胡猜乱想，他默默的关
爱是那么纯粹，那么温暖。

当我想象着这个悲痛欲绝的女人和眼里闪着银光的高个子男人的模样时，
汉密尔街三十一号的厨房里仍在飘着雪花。

战争制造者

地上放着一口新棺材，人们穿着黑色丧服，地下埋着许多巨大的行李箱一
样的棺材。莉赛尔和其他人一起站在草地上，这天下午她为霍茨佩菲尔太太读
了书——《梦的挑夫》——她的邻居最喜欢的书。

这真是繁忙的一天。

1943年7月27日

米歇尔·霍茨佩菲尔被安葬了，偷书贼给遭受丧子之痛的人读了书。盟军
轰炸了汉堡——从这点来说，我能有点神奇的力量真是太幸运了，没人能在短

时间内带走近四万五千个灵魂，在人类近一百万年的历史上都没有。

德国人开始真正地付出代价了。元首长着丘疹的瘦弱的双膝开始哆嗦了。

我还是会给他，这个元首一点东西。

他当然有钢铁般的意志。

他既没有放慢制造战争的速度，也没有取消种族灭绝和惩罚的政策。集中营遍布欧洲各地，德国本土也有一些集中营。

在这些集中营里，许多人被驱赶去干苦力活。

马克斯·范登伯格就是这样的一个犹太人。

文 字 之 路

故事发生在纳粹德国腹地的一个小镇上。

更多的痛苦接踵而至，其中一小部分已经到达。

犹太人被迫穿过慕尼黑市的郊区，一个少女干了一件不可思议的事情，她穿过人群和他们一起走着。士兵们把她拉出来，推到了地上，她又站了起来，继续走。

这天早晨，天气不太热。

是一个游街的好天气。

士兵们和犹太人们一起走过了几个小镇，现在刚到达莫尔钦镇。或许是因为集中营里有更多的活儿需要人手，或许是因为死了几个囚犯，总之，这一回，有一批新的疲惫不堪的犹太人加入到步行去达豪的行列里。

和往常一样，莉赛尔跑到慕尼黑大街上，和那些经常被游街的队伍吸引的围观者站在一起。"万岁，希特勒！"

她可以听到走在队伍前面的士兵的声音。她挤过人群，想看清整个队伍。这个声音让她惊奇，它把无尽的天空变成了她头顶上的一片天花板，声音从天花板上反弹回来，落到步履蹒跚的犹太人脚边的地面上。

他们的眼睛。

他们一个个望着眼前闪过的街道,当莉赛尔找到一个最佳位置时,她停下来注视着他们。她扫视着一张又一张面孔,想把其中的一张脸与写《监视者》和《撷取文字的人》的那个人的脸对上号。

羽毛一样长的头发,她想。

不对,是细长枝条一样的头发,要是没洗头,他的头发看上去就像细小的树枝。要寻找细长枝条一样的头发和湿润的眼睛,还有像燃烧的火焰般的胡子。

上帝啊,人太多了。

有这么多双濒临死亡的眼睛,还有踉跄的脚步。

莉赛尔在人群中寻找着,决不放过任何一张像马克斯·范登伯格的面孔。游行队伍中的一张脸也正在做着同样的事情——也在搜寻着围观的人群。目光定格了。当莉赛尔发现唯一的直盯着围观的日耳曼人的那张脸时,她感到自己停了下来。那双眼睛注视着他们,连偷书贼身旁的人都发觉了这一点。

"他在看什么呢?"她旁边的一个男人问。

偷书贼站到了公路上。

她的行动从来没有这样让她觉得沉重,少女的胸膛里的心跳从来没有这样坚决,这样剧烈。

她往前走着,非常安静地说:"他在看我。"

她的声音逐渐变微弱,最后消失了。她得再把声音找回来——继续走,重新把他的名字说出来。

马克斯。

"我在这儿,马克斯!"

再大声点。

"马克斯,我在这儿!"

他听到了她的话。

马克斯·范登伯格,1943年8月

正如莉赛尔预料的那样,他的头发像细长的枝条,那双湿润的眼睛越过一个个犹太人朝这边看了过来。当这双眼睛看到她时，它们在恳求。他的胡子微微翘了翘，他的嘴唇抖动着说着一个词，一个名字，女孩的名字。

莉赛尔。

莉赛尔完全脱离了围观的人群，加入到如潮水般涌来的犹太人中，在犹太人群中前进，直到她用左手抓住他的胳膊。

他转过脸来。

她绊倒了，这个可怜的犹太人弯腰把她扶起来，这几乎耗尽了他的全力。

"我在这儿，马克斯，"她又说，"我在这儿。"

"我不敢相信……"马克斯·范登伯格吐出几个字，"瞧瞧你都长多大了，"他眼里有深深的悲哀，他的眼睛突然睁大了，"莉……几个月前他们抓住了我，"他的声音沉了下去，但还是传到了她耳朵里，"在去斯图加特的半路上。"

游街的队伍里，到处都是犹太人的胳膊和大腿，破烂的制服。还没有士兵发现她，马克斯警告她。"你得离开这里，莉赛尔。"他甚至试图把莉赛尔推出去，但女孩比他还强壮，马克斯瘦弱的胳膊推不动她。她继续在这群肮脏的饥饿的人中行走，一脸的迷茫。

走了很长的一段路后，第一个士兵发现了她。"嗨！"他叫道，用鞭子指着她，"嗨，小姑娘，你在干什么呢？快出来。"

她毫不理会他的话，那个士兵用手分开人流，把一个犹太人推到一旁，走了过来。他朝她逼近，莉赛尔挣扎着，她注意到马克斯·范登伯格脸上出现了一种扭曲的表情。她见过他害怕的样子，但从来不像这样。

士兵抓住了她。

他的双手扯住她的衣服。

她能感受到他手指上的骨头，还有每个突起的关节。它们揪着她的皮肤。"我让你出去。"他命令她，现在，他把女孩拉到一边，摔到围观的日耳曼人围成的人墙上。天气越来越热，阳光灼疼了她的脸。女孩痛苦地趴在地上，但她又站了起来。她恢复过来，等待着时机。她又走进了队伍。

这一次，莉赛尔是从队伍后面走进去的。

她只能辨认出前面那细长枝条一样的头发。她走啊走，又朝它们靠近。

这一次，她没有伸出手，而是停了下来。她身体里的某个地方有文字的灵魂。它们爬出来，站在她身边。

"马克斯，"她说，他转过身，当女孩继续说话时，他迅速闭上了眼睛。"从前有一个奇怪的小个子，"她说着放松了手臂，身体两侧的手却攥成了拳头，"但还有一个撷取文字的人。"

现在，到达豪的犹太人中有一个停住了脚步。

他安安静静地站着，其他人从他身旁匆匆而过，只留下他一个人。他瞪大了双眼，一切如此简单。这些文字从女孩的嘴里传过来，爬到了他身上。

她再次开口时，嘴里结结巴巴地冒出些问题。她热泪盈眶，拼命忍住泪水，坚定而自豪地站着，让这些文字说话。"'真的是你吗？'年轻人问，"她说，"'我是从你的脸颊上得到种子的吗？'"

马克斯·范登伯格仍然站着。

他没有跪下来。

人们，犹太人和天上的流云都停下了脚步，他们都在看着。

马克斯站在原地，先看了看女孩，又凝望着天空。天空湛蓝广阔，美好无比。一缕缕阳光任意洒落在地上。一片片流云流连观望着，仿佛连脖子都拧痛了，然后又继续向前飘去。"真是美好的一天。"他说，他的声音裂成了许多碎片，是死亡的大好时机，像这样的日子真是死亡的好时候。

莉赛尔走在他身边，勇敢地伸出手抱住他长满胡子的脸。"真的是你吗，马克斯？"

这是多么光辉灿烂的一天，还有周围关注的人群。

他用嘴唇亲亲她的手心。"是的，莉赛尔，是我。"他把莉赛尔的手贴在自己脸上，捧着她的手掌哭了。他的哭声招来了士兵，几个无礼的犹太人也停下脚步，望着他们。

他站着接受了鞭打。

"马克斯。"女孩抽泣着。

然后，她说不出话来，被士兵拖到了一边。

马克斯。

犹太拳击手。

她在心里念叨着。

出租车马克斯，记得吗？当你在斯图加特市的大街上打拳时，你的朋友就是这么叫你的。那就是你——一个挥舞着拳头的男孩，你说过，要是碰上死神你会给他脸上一记重拳，记得吗，马克斯？你告诉过我，我记得你说过的所有话……

还记得那个雪人吗，马克斯？

记得吗？

在地下室里？

记得中间是灰色的那片白云吗？

有时，元首还会走下楼来找你，他想念你，我们都想念你。

那条皮鞭。

鞭子。

士兵不停地挥动着手里的鞭子，它一下下落在马克斯的脸上，狠狠地抽打着他的下巴，打到他的喉咙上。

马克斯倒在地下，现在，那个士兵转向了女孩。他张开嘴巴，露出白森森的牙齿。

鞭子在她眼前闪过，她回忆起那天，她曾经希望伊尔莎·赫曼，或至少指望罗莎能搧自己一记耳光，但这两个人都没有那样做。这次她不会失望了。

鞭子落在她的锁骨上，鞭梢打在了肩胛骨上。

"莉赛尔！"

她听出了这个声音。

当那个士兵抡起胳膊时，她一眼瞥见了鲁迪·斯丹纳绝望地站在人群里，是他在大声叫喊。她能看见他脸上痛苦的表情，还有那一头黄发。"莉赛尔，快出来！"

偷书贼没有出来。

她闭上双眼，又挨了火辣辣的一鞭，又是一鞭，直到她倒在热烘烘的地面上，她的脸颊也碰伤了。

又有人说话了，这次是那个士兵。

"站起来。"

这句简略的话不是在命令女孩，而是冲着那个犹太人说的，更完整的话在后面。"快站起来，你这头肮脏的猪，这条犹太贱狗，快起来，起来……"

马克斯强撑着爬起来。

再做一个俯卧撑，马克斯。

再在冰冷的地下室里做一个俯卧撑。

他脚步趔趄地向前走着，他用双手擦拭着鞭痕，以减轻刺痛的感觉。当他想再看莉赛尔一眼时，士兵把手放在他流血的肩膀上，推着他朝前走。

男孩过来了。那双瘦长的腿蹲了下来，他扭头向左边喊着。

"汤米，快来帮帮我。我们得把她弄起来，汤米，快点！"他托着偷书贼的腋下，把她搀扶起来，"莉赛尔，快走，你得离开这条路。"

当她能够站立时，她看了看周围惊愕不已的德国人，他们吃惊的样子好像是刚刚被洗劫一空了似的。她记得自己倒在他们脚下，虽然只是短短的瞬间。她撞在地上的那边脸被擦伤了，火辣辣地疼。她的脉搏跳得飞快。

她看见路的尽头最后一批犹太人那模糊不清的身影。

她的脸就像被烧伤了一样疼，手臂和腿上的伤也折磨着她——这是一种让人既痛苦又疲惫的麻木。

她站起来。

她开始沿着慕尼黑大街往前走，去追寻马克斯·范登伯格最后的脚步。

"莉赛尔，你在干什么？"

她没有理会鲁迪的话，也不管旁边围观的人，那些人大多沉默不语，像是一尊尊有心跳的雕像，也像是马拉松长跑比赛时终点旁站着的旁观者。莉赛尔又大叫起来，却没有人听见。头发落在她的眼睛里。"求你了，马克斯。"

大约又走了三十米，一个士兵正要回头看，女孩却被人按倒在地。隔壁男孩从她背后伸过来两只手，把她摁倒在地。她的膝盖先着地。他忍受着她的拳打脚踢，仿佛是在领受一件礼物。她那双瘦瘦的手和胳膊只得到了几声短短的呻吟。他的脸上落着她的唾沫和眼泪，好像因此变得更可爱了。不过，最重要的事情是他能够把她按倒。

慕尼黑大街上，一个男孩和一个女孩扭成一团。他们在地上乱七八糟地扭在一起。

他们一起看着人们散去，就像药片溶解在潮湿的空气里一样，他们也溶解在空气中了。

坦 白

犹太人走后，鲁迪松开了莉赛尔，偷书贼一言不发，没有回答鲁迪的问题。

莉赛尔也没有回家，她伤心地走到火车站，在那里等爸爸回来。开始，鲁迪和她站在一起，但是汉斯还要等上大半天才会回家呢，所以他去叫来了罗莎。在去火车站的路上，他把发生的事情告诉了罗莎。罗莎到火车站后，没有问女孩任何问题，她已经猜到了事情的来龙去脉，只是陪着莉赛尔一起站着，最后劝莉赛尔坐下来等爸爸。

爸爸下车后知道了这件事，他扔下包，对着火车站的空气猛踢了一脚。

这天晚上，他们都没有吃饭。爸爸的手指亵渎了手风琴，不管他如何努力，也弹不出一首像样的曲子。一切都失去了意义。

偷书贼在床上躺了三天。

每天早晨和下午，鲁迪·斯丹纳都会来敲门询问她的病情。女孩根本没有生病。

第四天，莉赛尔走到隔壁家门口，问他是否愿意和她一起到去年他们撒面包的那片树林去。

"我本来该早点告诉你的。"她说。

他们按照约定在通往达豪的路上走了很远，然后站在那片树林里。阳光把树木照出了长长的影子，松果像点心一样洒落一地。

谢谢你，鲁迪。

为你替我所做的一切，为你把我从路中央拉走，为你阻止我……

她却一个字都没说出口。

她的一只手扶着旁边的一根树枝。"鲁迪，如果我告诉你一些事情，你能发誓不对任何人提一个字吗？"

"当然，"他能感觉到女孩严肃的神情，还有她沉重的语气。他斜靠在旁边的一棵树上。"什么事？"

"你发誓？"

"我已经说了。"

"再说一遍。你不能告诉你妈妈，你哥哥或者汤米·穆勒，任何人。"

"我发誓。"

她靠在一棵树上。

看着地面。

她一时不知从何说起。她看着地下，仿佛能看到自己脚下写着一些文字，这些文字出现在松果和散落的树枝中间。

"还记得那次我踢足球受伤了吗？"她问，"就在大街上。"

她花了大约四十五分钟讲述了这个故事，两次战争，一部手风琴，一个犹太拳击手和地下室，也没有忘记解释几天前慕尼黑大街上发生的那一幕。

"这就是你走近犹太人的原因，"鲁迪说，"在我们撒面包那天，你是去看里面是不是有他。"

"是的。"

"十字架上的耶稣啊。"

"是的。"

高大的树木成了一片三角形的树林。他们都保持着沉默。

莉赛尔从口袋里掏出了《撷取文字的人》，把其中一页翻给鲁迪看，上面画着一个脖子上挂着三枚奖牌的男孩。

"给头发上涂上淡黄色，"鲁迪念道，他用手指摸着这几个字，"你把我的事告诉他了？"

开始，莉赛尔没有回答。也许是对他的爱突然涌上了心头，或许是她一直爱着他？很有可能。她想让他亲吻自己，可是却说不出口。她想让他把自己的手拉过去，把自己拉到他身旁，吻她，无论是什么地方，嘴唇、脖子，或是脸颊。她的皮肤觉得空荡荡的，仿佛在等待着这个吻。

几年前，他们在泥泞的运动场上比赛时，鲁迪还是一个毛孩子。这天下午，他已经长成了一个会送人面包和泰迪熊的大人了，他是希特勒青年团运动会的三项冠军，是她最好的朋友。还有，他只能活一个月了。

"当然，我对他说起过你。"莉赛尔说。

她根本没有意识到自己是在说再见了。

伊尔莎·赫曼的小黑本子

八月中旬，她想自己该去格兰德大街八号寻找从前那疗伤的方法了。

让自己振作起来。

这就是她的想法。

这一天，天气酷热难挡，但天气预报说晚上会有小雨。在《最后的人间陌路人》这本书的最后有一句话，莉赛尔从迪勒太太的商店经过时想起了它。

《最后的人间陌路人》，第211页
太阳烘烤着大地，反反复复，我们也像炉子上的炖菜一样被它烘烧着。

这个时候，莉赛尔只想到了这句话，因为天气实在太热了。

走到慕尼黑大街时，她回忆起上周在这里发生的事情。她看到犹太人从路上走过来，看到鱼贯而行的犹太人衣服上印的号码和他们脸上的痛苦。她觉得她引用的那句话里缺少了一个词。

这个世界就像一锅"恶心"的炖菜，她想。

太恶心了，我受不了。

莉赛尔走过安佩尔河上的小桥。河水清澈透绿，好像一块翡翠，河底的石头清晰可见，淙淙的流水声在耳旁响起，这个世界不配有这样美丽的河流。

她爬上山，来到格兰德大街。这条街上的房子都气派得让人厌恶。她觉得腿上和胸口的微微疼痛是一种享受。再使劲走走吧，她想，接着又抬起腿，就像一个钻出沙地的怪兽。她闻着附近青草的芳香，清新而甜蜜，草色直入眼帘。她头也不回地直接穿过院子，没有因为什么幻觉而停步。

那扇窗户。

她双手扒在窗台上，两腿交叉用力。

两条腿爬上了窗台。

这里是充盈着书本的快乐之地。

莉赛尔从书架上取下一本书，坐在地板上读起来。

她在家吗？女孩不禁想，可她不在乎伊尔莎·赫曼是在厨房里削土豆还是在邮局里排队，或者是茫然地站在她身旁，看这个女孩在读什么书。

女孩什么都不在乎。

她坐在那里读了很久。

她看到弟弟死去时，一只眼睛睁开了，一只眼睛还在梦里。她和妈妈告别时，想象着妈妈孤单地等待着返程列车时的漠然。一个浑身像缠着电线一样的女人倒在街上，她的尖叫声响彻整条街，直到最后这声音像滚动的硬币一样失去了动力停下来。一个年轻人脖子上缠着斯大林格勒的雪做成的绳子上吊自杀。她看到过一个轰炸机飞行员死在一个金属箱子里。她看到过那个送了她一生中见过的最美丽的两本书的犹太人走在通向集中营的路上。然而在这些意象的最中间，他看到了元首正在叫嚷着他的文字，并把他们传达下去。

这些意象构成了这个世界，当她手里捧着这本漂亮的书，读着上面装饰漂亮的题目时，这样的一个世界灼烧着她。当她逐字逐句地读着书上的文字时，这个世界让她心神不宁。

你这个混蛋，她想，你这个可爱的混蛋。

别让我高兴，请你不要让我感到充实，不要让我以为这里面能有好东西。看看我身上的伤痕，看看这里的擦伤。你看到我内心的伤口了吗？你看到这个伤口就在你眼前慢慢扩大，把我吞噬吗？我不再期待任何东西，我不再祈祷马克斯或亚历克斯·斯丹纳还好好地活着。

因为这个世界配不上他们了。

她从书里扯下一页纸，猛地把它撕成两半。

她撕完了一章。

很快，她的腿周围全都是碎纸片。这些文字，它们为什么要存在呢？没有文字，也就不会有这本书。没有文字，元首什么都不是，也就不会再有脚步踉跄的囚犯，也就不需要能让我们好受一点的安慰或文字游戏了。

文字有什么好处呢？

现在，她对着被阳光染成橘红色的屋子大声说："文字有什么好处呢？"

偷书贼站起来，小心翼翼地走到书房门边，她没费多大力气就把门打开了。通风的门厅里空无一人。

"赫曼太太？"

没有人回答。因为鲁迪，她对厨房动了心，但她又克制住自己。从一个把字典靠在窗户玻璃旁等着她拿的女人那里偷吃的就太不应该了。除此之外，她还损坏了这女人的一本书，她把书一页一页，一章一章地撕了下来。她干的坏事已经够多了。

莉赛尔又回到书房，打开一个书桌抽屉。她坐下来。

最后一封信

亲爱的赫曼太太：

正如你看到的那样，我又进了你的书房，还毁坏了你的一本书。我只是非常生气，非常恐惧，所以想毁掉这些文字。我偷过你的书，现在又损坏了你的财产，对不起。为了惩罚我自己，我决定不再到这里来了。这样的惩罚行吗？我爱这个地方，也恨这个地方，因为这里面充满了文字。虽然我伤害过你，虽然我让你难堪（这个词我是从你的字典里查到的），可你还是我的朋友。我想最好现在离开你。我为这一切感到抱歉。

再次感谢。

莉赛尔·梅明格

她把便条留在桌上，最后看了一眼这个房间，围着房间转了三圈，手指抚摸着书的名字。尽管她非常讨厌它们，可还是不能抵制诱惑。雪花似的纸片落在一本叫《汤米·霍夫曼的法则》的书旁边。微风从窗户吹进来，把纸片吹起来又落下。

阳光还是橘红色的，但不再像先前那样明亮耀眼了。她的双手最后一次抓住木窗框，她的双脚落地时，最后一次感到肚子一沉以及脚上传来的疼痛感。

她走下山穿过小桥时，看到橘红色的阳光消失了，乌云正在空中聚集。

她走回汉密尔街的时候，已经能感到雨点落在自己身上。我再也不会见到伊尔莎·赫曼了，她想。不过，偷书贼只善于读书和撕书，不善于预测。

三天以后

这个女人敲响了汉密尔街三十三号的大门，等待有人来开门。

莉赛尔看到她不穿浴袍的样子觉得很奇怪。她身上穿着一件镶着红边的黄色夏装,衣服上有一个绣着一朵小花的口袋,不是卐符号,脚上穿着双黑色鞋子。莉赛尔从来没有注意过伊尔莎·赫曼的小腿,她的小腿洁白如瓷。

"赫曼太太,对不起——为我上次在你书房里干的坏事。"

女人不让她说话,她把手伸进皮包,拿出一个小黑本子,里面没有故事,只有一张张的纸。"我想要是你不想再读我的任何一本书了,也许你会愿意自己写书。你的信,是⋯⋯"她用双手把本子递给莉赛尔,"你完全可以开始写作,你写得好极了。"这个本子沉甸甸的,封面有点像《耸耸肩膀》。"还有,请你,"伊尔莎·赫曼建议,"不要惩罚自己,你说过要惩罚自己,不要像我这样,莉赛尔。"

女孩打开本子,触摸着里面的纸张。"非常感谢您,赫曼太太。如果您愿意,我想给您冲杯咖啡。您能进来吗?我一个人在家,我妈妈到隔壁霍茨佩菲尔太太家去了。"

"我们是从这扇门进去还是从窗户进去?"

莉赛尔猜想她看到的是伊尔莎·赫曼这些年来最开心的笑容了。"我想我们直接从门进去吧,要方便些。"

他们坐在厨房里。

他们面前摆着咖啡杯和涂着果酱的面包。他们尽量说着话,莉赛尔听得见伊尔莎·赫曼吞咽食物的声音,但它并没有使人觉得不快,甚至连这女人轻轻吹凉咖啡的样子也让人觉得愉快。

"要是我能写出点什么,"莉赛尔说,"我会给你看。"

"这就对了。"

镇长夫人离开时,莉赛尔目送着她走上汉密尔街,看着她那件黄色夏装和那双黑色鞋子,还有洁白的小腿渐渐远去。

鲁迪站在信箱旁边问:"真的是那个人吗?"

"是的。"

"你在开玩笑。"

"她还送了我一件礼物。"

结果,这天伊尔莎·赫曼不仅送了莉赛尔·梅明格一个本子,还给了她待在地下室的理由——这是她最喜欢的地方,先是和爸爸一起,然后是马克斯。伊尔莎·赫曼给了她一个写下自己的文字的理由,提醒她是文字让她获得重生的。

"别惩罚自己。"她又听到伊尔莎·赫曼在说,不过,还是会有惩罚和痛苦,也会有欢乐，这就是写作。

晚上，妈妈和爸爸睡着后，莉赛尔悄悄爬起来，来到地下室，拧亮煤油灯。在开头的一个小时里，她只是看着铅笔和纸，让自己回忆，按照她的习惯，她没有看旁边。

"写吧，"她命令自己，"写吧。"

两个多小时后，莉赛尔·梅明格开始写作了，不知道自己怎么就有了这个权利。她也不会知道有人会捡起这本书，并让这本书一直陪着他呢。

没有人料到这些事情。

他们没有这样的计划。

她坐在一个小油漆桶上，把一个大油漆桶当做桌子，然后，莉赛尔用铅笔在第一页的中间写下了下面的文字。

偷书贼

一个小故事

莉赛尔·梅明格著

飞机机舱

写完三页后，她的手开始酸痛。

原来，文字是这么沉重，她想。不过，这一夜她写了十一页纸。

第1页

我尽量不去想它，但我知道，一切是从那辆火车、雪和咳嗽的弟弟开始的。那天，我偷来了第一本书，它是一本指导工人怎样挖掘坟墓的工作手册。在来汉密尔街的半路上，我偷了它……

她在下面睡着了，睡在一堆床罩上。那个本子放在高一点的油漆桶上，本子边缘已经卷了起来。早晨，妈妈站在她旁边，她那双像是用氯气消过毒的眼睛盯着莉赛尔。

"莉赛尔，"她说，"你到底在这下面干什么？"

"我在写作，妈妈。"

"上帝啊，"罗莎噔噔噔走上楼梯，"限你五分钟之内上来，要不然你要吃苦头的，懂吗？"

"我明白了。"

每天晚上，莉赛尔都要到地下室去。她一直拿着那本书。她可以一连写上好几个小时，打算每晚写10页自己的故事。她还要考虑许多东西，因为有许多事泄露出来后会造成危险。要有耐心，她告诉自己。随着写的东西越来越多，她的写作能力也增强了。她甚至重读了《撷取文字的人》和《监视者》两本书，描摹里面的图画，抄写里面的文字，甚至还能指出《我的奋斗》中带着的血腥味。她在马克斯的书里见到的第一批素描也出现在她自己的书里——以便把故事写得与她的记忆一致。

有时，她会记下在写这本书时地下室里发生的事情。她刚刚写完爸爸在教堂的台阶上打了她一记耳光，然后和她一起喊"万岁，希特勒"这一段后，她往对面一看，爸爸正在收拾手风琴，原来，在莉赛尔写作时，他拉了半个小时的手风琴。

第42页

今晚，爸爸和我坐在一起，他把手风琴拿下楼，靠近马克斯以前经常坐的地方坐下来。他拉琴时，我常常观察他的手指和脸。手风琴仿佛有了呼吸，爸爸脸上的表情也在变化，他的脸也和手风琴一样生机勃勃。每当我看到他的脸时，不知出于什么原因，我想哭，不是因为悲伤或骄傲，我只是喜欢看他变换的表情。有时，我想，我的爸爸是一部手风琴，当他看着我，朝我微笑，对着我呼吸的时候，我能听到一个个音符响起。

她写了十个晚上后，慕尼黑遭到了轰炸。莉赛尔写到第102页就在地下室里睡着了。她没有听到杜鹃鸟的叫声或者警报的声音，当爸爸下来唤醒她时，她在睡梦中还抱着那本书。"莉赛尔，快走。"她拿上了《偷书贼》和所有的书，接着，他们去找霍茨佩菲尔太太。

第175页

安佩尔河上漂浮着一本书。一个男孩跳进河里，抓住书，用右手举着，他咧开嘴笑了。他站在齐腰深的河水里，这是十二月份，河水冰冷刺骨。

"亲一个怎么样，小母猪？"他说。

到10月2日,下一次空袭时,她写完了这本书。这个本子只剩下几十页空白,偷书贼已经开始读她写的故事了。这本书被分成了十个部分,每个部分都是以一本书或故事的名字来命名的,里面描写了每本书是如何影响她的生活的。

我常常感到好奇,五天后的那个炸弹如雨点般落下的夜晚,当我走到汉密尔街时,她究竟读到了哪一页。我还想知道,当第一枚炸弹从飞机的机舱里掉下来的时候,她在读什么地方。

就我个人而言,我喜欢想象她只是在看着墙壁,看着马克斯·范登伯格画的像钢丝绳一样的云,还有像水滴一样落下的太阳和两个朝太阳走去的身影。然后,她看着那曾经使她烦恼的用油漆写的单词。我看见元首走下了楼梯,脖子上随意地挂着一付系在一起的拳击手套。偷书贼反复地读着她写的最后一句话,读了几个小时。

《偷书贼》最后一行

我厌恶过文字,也喜爱过文字。我希望我能把它们运用得恰到好处。

屋外的世界响起了呼啸声,雨水被玷污了。

世界的尽头(之二)

现在,所有的文字几乎都变得黯然失色了,那本黑色的书本因我的到来而毁灭,这就是我来讲这个故事的原因。我们先前是怎么说的?故事多说上几遍,你就不会忘记了。还有,我可以告诉你们,在偷书贼的文字终止后发生了什么事,还有我是如何第一个知道她的故事的。事情的经过是这样的。

请想象一下你们自己在黑暗中走在汉密尔街上,你们的头发被雨淋湿了。气压几乎是在急剧地变化。第一枚炸弹落在了汤米·穆勒家的那幢公寓楼上。他的脸在梦中无辜地抽搐着,然后,我就跪在他床边。接下来是他的妹妹,克里思蒂娜的两只脚从毯子下伸出来,好像是在大街上玩跳房子的游戏,她的脚指头是那么小。他们的妈妈睡在一两米外的床上,床边的烟灰缸里放着四支熄灭的香烟,被掀去屋顶的天花板红得像块电热板。汉密尔街在燃烧……

警报开始响了。

"现在太迟了,"我低声说,"他们都以为是场演习。"因为每个人都曾被反复愚弄过。开始的时候,盟军佯作袭击慕尼黑,其实他们真正的目标是斯图加特。可是有十架飞机被留了下来。噢,警报传来。他们带着炸弹飞到了莫尔钦。

被轰炸的街道名单
慕尼黑大街、艾伦伯格街、约翰逊街、汉密尔街。
主干道加上贫民区的三条街道。

几分钟以内,灰飞烟灭。
一座教堂被炸塌了。
马克斯·范登伯格曾经待过的地方变成了一片废墟。

汉密尔街三十一号里,霍茨佩菲尔太太仿佛在厨房里等着我来似的。她面前放着一个破杯子,在她最后清醒的时刻,她脸上的表情好像在责问我怎么过了这么久才来。

相反,迪勒太太睡得正香。她的眼镜落在床边,碎了。她的商店被彻底摧毁,柜台飞到了路那的另一边,相框里的元首的照片掉到了地下。画上的人像是遭到了抢劫,连同玻璃一起被打成了碎片。我踩在他上面走出去。

费得勒一家人整整齐齐地排在床上,都被压在下面。普菲库斯只露出了半截鼻子。

在斯丹纳家,我用手指轻轻地拂过芭芭拉梳得伏伏帖帖的头发。科特在睡梦中都一脸严肃,我带走了他这副严肃的模样。我挨着个亲吻着几个小孩子们,和他们道晚安。

然后是鲁迪。

噢,钉在十字架上的耶稣啊,鲁迪……

他和他的一个妹妹睡在床上。她睡觉的时候一定不老实,一个人占了大半张床,他已经被挤到了床边,却还用胳膊搂着她。男孩睡着了,他的头发,颜色像闪着的蜡烛光,照亮了整张床。我抱起他和贝蒂娜在毯子下的灵魂。还好,他们死得很快,没有什么痛苦,身体还是温热的。这个爬上飞机的男孩,我在想着那个泰迪熊,鲁迪的安慰在哪里?当生命从他熟睡的脚下被夺走时,谁来安慰他?

只有我。

我不太善于安慰别人,尤其是当我的双手冰冷,而床还温暖的时候。我带着他轻轻地穿过被毁的街道，我的眼里流着泪，心如死灰。我仔细观察了他一会儿，我看到他灵魂的内涵，我看到了一个全身涂成黑色的男孩嘴里喊着杰西·欧文斯的名字冲过假想中的终点线；我看到他站在齐腰深的冰水里追赶一本书；我还看见一个男孩躺在床上，想象着美丽的邻家女孩的亲吻会是什么滋味。这个男孩，他打动了我，每次都打动了我，这是他造成的唯一的伤害，他踩住了我的心，让我哭泣。

最后，是休伯曼夫妇。

汉斯。

爸爸。

他瘦长的身躯躺在床上，我能透过睫毛看到他眼中的银色光芒。他的灵魂站起来，迎接我的到来。这种灵魂通常会这样做——他们是美好的灵魂，他们会说："我知道你是谁，我准备好了。当然，这不是说我愿意走，但我还是会跟着你去。"这些灵魂总是轻飘飘的，因为他们灵魂中的大部分都已找到了其他的归宿。这一个灵魂已经被一部手风琴的呼吸、夏天里香槟的味道，以及保守秘密的艺术所带走。他躺在我怀里，休息着。他那被香烟污染的肺还在渴望最后一根烟；他心里对地下室有着无限牵挂——那里，有她正在写书的女儿，他还期待着有一天能读到这本书。

莉赛尔。

我把他带走时，他的灵魂低声叫喊着，可是这所房子里没有莉赛尔，至少，没有我要带走的莉赛尔。

对于我来说，只有罗莎，是的，我的确认为我是在她打鼾的时候把她带走的，因为她的嘴张着，她那薄薄的粉红色的嘴唇还在动。如果她看到过我，我敢肯定她会叫我蠢猪的，尽管我不会太在意这个称呼。读完《偷书贼》后，我发现她把每个人都叫做猪猡，蠢猪，母猪，尤其是那些她爱的人。她扎着橡皮筋的头发散落在枕头上，衣橱似的矮胖的身体带着心跳升起来。没错，她有心，这个女人的心比别人料想的要大。里面有很多东西，高高地，隐蔽地储存在一个阁楼里。我记得，她是那个在漫长的月夜里，抱着那件乐器的女人；她还是在犹太人到达莫尔钦镇的第一天晚上，毫不迟疑给他端来食物的女人；她还是那个伸长了手臂，到床垫里为一个十几岁的女孩取素描本的人。

最后的幸运

我从一条街走到另一条街，又回到汉密尔街的尾部，带走一个叫舒尔茨的男人。

他不能在倒塌下的房子里等待。我正带着他的灵魂经过汉密尔街，却注意到空军特勤队的队员在叫喊和欢呼。

堆积如山的瓦砾被挖出了一个洞。

炽热的天空红云翻滚，呛人的烟雾开始打旋，我感到好奇。是的，是的，我知道我在开头告诉过你们。通常，我的好奇心只会让我目睹人类的悲呼，但这一次，我不得不说，尽管它让我心碎，但直到现在我也为自己当时在场而高兴。

他们把她拉出来时，她痛哭着，叫喊着汉斯·休伯曼的名字。空军特勤队的队员试图用强壮的臂膀抱住她，但偷书贼却挣脱了，绝望的人经常会这么做。

她不知道自己在朝什么地方跑，因为汉密尔街已经不复存在了。一切都充满了宗教寓意。为什么天空是红色的？天空怎么会飘起了雪花？雪花又怎么会灼伤了她的手臂？

莉赛尔踉踉跄跄地朝前走。

迪勒太太的商店在哪里？她想，在哪里——

她漫无目的地走了一阵子，直到找到她的那个人抓住了她的手臂，不停地对她讲："你只是受了点惊吓，孩子，只是受了惊吓，你会好起来的。"

"发生什么事了？"莉赛尔问，"这还是汉密尔街吗？"

"是的，"那个人的眼里也充满了失落。在过去的几年里，他看到了些什么啊？"这是汉密尔街，你们被轰炸了，孩子，对不起，亲爱的。"

女孩的嘴巴茫然地张开着，她的身体现在也安静下来了。她忘记了先前一直尖叫着呼喊的汉斯·休伯曼的名字，时光仿佛回到了几年前——轰炸往往会造成这种结果。她说："我们得去找我爸爸，我妈妈，我们得把马克斯从地下室里弄出来。要是他不在地下室，就是在门厅里朝外面看呢。空袭的时候，他有时会这样做——你知道，他没怎么看到过天空。我现在得去告诉他天气怎么样了，他决不会相信……"

这个时候，她弯下了腰，空军特勤队人抓住她，让她坐下来。"我们马上把她带过来。"他告诉他的中士。偷书贼看着这片饱受创伤的土地。

那本书。

那些文字。

她的手指在流血，就像她刚到这里时一样。

空军特勤队的队员把她扶起来，准备带着她离开。一柄木勺在燃烧。一个人拿着一部破烂的手风琴盒子走过，莉赛尔能看到里面的琴。她能看到上面排列着的黑白琴键，它们在朝她微笑，把她带回到现实中。我们被轰炸了，她想，现在，她朝旁边的人转过身说："这是我爸爸的手风琴。"又说了一遍，"这是我爸爸的手风琴。"

"别担心，小姑娘，再走一段你就安全了。"

可是莉赛尔不走了。

她要看看那人把手风琴拿到什么地方去，就跟在他后面。红色的天空仍在飘着美丽的灰烬。她拦住那个高个子的空军特勤队队员，对他说："要是你同意，我要把它拿走——这是我爸爸的。"她轻轻地从那人手里接过琴，提着它离开了，就在这时，她看到了第一具尸体。

手风琴从她指间滑落，发出一声巨响。

霍茨佩菲尔太太蜷缩着躺在地上。

莉赛尔·梅明格生命中的以下几十秒

她转过身，注视着这条曾经是汉密尔街，如今却像是被摧毁的河道一样的街道。她看到两个人抬着一具尸体，她就跟在他们后面。

当莉赛尔看到其余的人时，她咳嗽起来，她只听到一个人告诉别人他们在一棵枫树下找到了一具残缺不全的尸体。

那具尸体上穿着件男式睡衣，被炸得面目全非。她首先看到的是男孩的头发。

鲁迪？

她不再是默默呼唤这个名字了。

"鲁迪？"

他满头黄发，紧闭着双眼躺在那里。偷书贼朝他奔过去，倒在他身边，那本黑色的书从她身上掉下来。"鲁迪，"她抽泣着，"快醒醒……"她抓住他的衣服，温柔无比地，难以相信地摇着他。"快醒醒，鲁迪，"天空依然炽热，空中飘着灰烬，莉赛尔拽着鲁迪·斯丹纳身上的衣服，"鲁迪，求你了，"眼泪从她脸上滚落，"鲁迪，求你了，快醒醒，该死的，快醒醒，我爱你，快点醒吧，鲁迪，快醒吧，杰西·欧文斯，你不知道我爱你吗，快醒醒，醒醒，醒醒啊……"

没有一点用处。

瓦砾越堆越高，小山似的混凝土堆上笼罩着一片红色。一个美丽的泪眼婆娑的女孩摇晃着那个死去的男孩。

"快醒醒，杰西·欧——"

男孩却再也不会醒来了。

莉赛尔无法相信这一事实，她把头埋在鲁迪的胸口。她又抱起无力的身体，努力不让身体垂下，直到她把他放回地面这个屠场的时候，她的动作依然是轻柔的。

慢慢地，慢慢地。

"上帝啊，鲁迪……"

她低下头，凝视着他失去生机的脸，莉赛尔真的亲吻了她最好的朋友鲁迪·斯丹纳，轻轻地吻了他的嘴唇。他的嘴唇上虽然满是灰尘，却充满了甜蜜的气息，仿佛还在为树荫下，还有捣乱分子找西服的灯光下错过的吻而懊悔。她温柔地深吻着他，当她起身离开时，用手指摸了摸他的嘴。她的双手颤抖着，还有她柔嫩的嘴唇。她再次弯下身，这一次的吻失去了控制，他们的牙齿在汉密尔街这个人间地狱里轻轻叩响。

她没有说再见，她没有这个能力。又在他身边待了几分钟后，她终于能让自己离开此地了。人类的毅力令我惊讶，即使是他们泪如雨下，他们依然会蹒跚前进，咳嗽着，寻找着，直到找到下一件东西。

下一个发现

妈妈和爸爸的尸体，凌乱地散落在汉密尔街的碎石堆上。

莉赛尔根本没有跑，没有走，也没有移动。她的双眼在人群中搜索，当她发现那个高个子和那个衣橱似的矮个子女人时，她停了下来，眼里浮上一层白雾。那是我的妈妈，那是我的爸爸。这些话被钉住了。

"他们没有动，"她安静地说，"他们没有动。"

也许要是她静静地站上许久的话，他们就会动一动。然而，不管莉赛尔站了多长时间，他们还是一动不动。我意识到此刻她没有穿鞋子，这个时候去注意她的脚是一件多么奇怪的事情啊，也许我是在故意避开她的脸，因为偷书贼脸上一片悲痛欲绝的茫然。

她走了一步便不想再往前走了，不过，她还是慢慢地走到妈妈和爸爸身边，坐在他们中间。她握着妈妈的手，开始对妈妈说话。"记得我刚来的时候吗，妈妈？我哭着拉住门，你记得那天你对街上围观的人是怎么说的吗？"她的声音飘飘忽忽的，"你骂他们这群蠢猪在看什么？"她握住妈妈的手，摸摸她的手腕，"妈妈，我知道你……我喜欢你来学校告诉我马克斯醒了，你知道我看到你抱着爸爸的手风琴吗？"她紧紧地握住妈妈逐渐僵硬的手。"我走过去，看到你漂亮极了，真的，你是那么漂亮，妈妈。"

逃避的时刻
爸爸。她不愿意，也不能去看爸爸。
她还不能。现在不能。

爸爸有一双闪着银光的眼睛，不是一动不动的眼睛。
爸爸是一部手风琴！
但他的风箱却空空如也。
没有空气吸进去，也没有空气呼出来。

她开始前后摇晃身体，嘴里发出一种刺耳的平静的声音，最后，她终于能转过身了。
面对爸爸。

这个时候，我忍不住走近一点，好仔细瞧瞧她。从我再次看清她的脸的那一刻起，我知道了，这个人是她最爱的人。她用目光轻柔地抚摸着他的脸，顺着他脸颊上的一道道皱纹往下看。他曾经和她一起坐在盥洗室里，教她如何卷香烟。他在慕尼黑大街上把面包送给一个垂死之人，还让女孩继续在防空洞里读书。如果他没有这样说，她也就不会在地下室里写她的故事了。
爸爸——拉手风琴的人——还有汉密尔街。
这三者密不可分，对莉赛尔来说，他们都是家。是的，对莉赛尔·梅明格来说，汉斯·休伯曼就是她的家。
她转过身请求空军特勤队的队员。
"求你了，"她说，"我爸爸的手风琴，您能给我吗？"
他们先是迷惑不解，几分钟后，一个年纪大一点的队员取来了破烂的手风琴盒。莉赛尔打开盒子，取出里面被损坏的乐器，放在爸爸身旁。"在这里，爸爸。"

有一件事我能向你发誓，因为它是我许多年以后才看到的——偷书贼眼里看到的幻觉——她跪在汉斯·休伯曼身旁，看到他站了起来，拉起了手风琴。他站起来把琴放在被炸毁的房顶上。他的眼睛里闪着银光，嘴里漫不经心地叼着一支香烟。他甚至弹错了一个音，然后又笑着悄悄地掩盖了错误。手风琴的风箱吸着气，这个高个子为莉赛尔·梅明格最后演奏了一曲，此时，天空里这锅恶心的炖菜被慢慢从炉子上端走了。

接着弹，爸爸。

爸爸停了下来。

手风琴落在地上，那双银色的眼睛慢慢被锈蚀了，最后只剩下一具躯体躺在地上。莉赛尔抱起他，紧紧拥抱着他。她的泪水浸湿了汉斯·休伯曼的肩头。

"再见，爸爸，你救了我的命，你教会我读书，没有人的手风琴比你拉得好。我再也不会喝香槟了。没有人像你一样会拉手风琴。"

她用双手抱着他，吻着他的肩头——她不敢再看他的脸——她把他再次放下来。

直到她被轻轻带走时，偷书贼还在哭泣。

后来，他们记起了那部手风琴，却没有人注意到那本书。

他们有许多活儿要干，还要收拾一大堆东西。《偷书贼》被人踩了好几次，最后被人捡了起来，那人连看都没看一眼，就直接把书扔上了一辆垃圾车。就在卡车开动之前，我迅速爬上车，把它拿在我手里……

幸亏我在场。

我又在开玩笑了？大多数情况下我都在场，在1943年，我更是四处游荡。

EPILOGUE

尾　声

最后的色彩

特别介绍:

死神和莉赛尔——没有表情的眼泪——马克斯——移交者

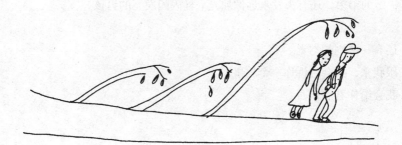

死神和莉赛尔

从那以后，很多年过去了，可我还是有大量工作要做。我敢说，这个世界就是一个工厂。太阳从它头顶走过，人类统治着它。我留了下来，我要把人类带走。至于故事的剩余部分，我不会避而不谈的，但是因为我累了，非常疲倦，我会尽量直白地讲完这个故事。

最后一件事
我要告诉你们偷书贼昨天才刚刚去世。

莉赛尔·梅明格活了一大把年纪，在莫尔钦镇和汉密尔街被轰炸的许多年后才死去。

她在悉尼市郊去世，房子的门牌是四十五号——和费得勒家的一样——那天下午，天空一片湛蓝。和她爸爸一样，她的灵魂能够站起来。

在她弥留之际，她看到了她的三个孩子，她的孙子们，她的丈夫，那一长串与她的生命紧密相连的名字。在他们中间，是如灯笼一样闪闪发光的汉斯和罗莎，她的弟弟，还有头发永远像烛光一样闪闪发亮的男孩。

还有一些别的幻觉。
跟我来，我会告诉你一个故事。
我会给你看点东西。

午后的树林

汉密尔街被清理完毕后，莉赛尔·梅明格无处可去，她被人们叫做抱着手风琴的女孩。她随后被送到了警察局，由警察来决定她的归宿。

她坐在一把硬邦邦的椅子上，手风琴透过盒子上的洞在看着她。

她在警察局里待了三个小时后，镇长和一个头发柔软的女人出现了。"人们都说有个女孩，"这位女士说，"在汉密尔街上幸存下来了。"

一个警察指了指她。

他们从警察局的台阶上走下来时，伊尔莎·赫曼想替莉赛尔·梅明格拿手风琴，但她死死抱着它不松手。在慕尼黑大街上走过几幢楼后，遭到了轰炸的街区与没有被炸的街区间有一条清楚的界线。

镇长开着车。

伊尔莎和她坐在汽车后座上。

女孩让伊尔莎握着自己放在手风琴上的手，琴就放在她们中间。

如果一言不发可能会很容易，但莉赛尔对她的不幸则有不同的反应。她坐在镇长家精美的客房里说个不停——自言自语说个不停——直到深夜。她只吃了一点东西，她唯一完全拒绝的事情是洗澡。

四天来，她带着汉密尔街上留下的灰尘在格兰德大街八号的地毯和地板上走来走去。她睡了很久，却没有做梦，大部分情况下，她不愿意醒来。她睡着后，一切都消失了。

葬礼那天，伊尔莎·赫曼很有礼貌地问她是否需要洗个澡，她还是不洗。在此之前，伊尔莎只是把她带到浴室，把毛巾递给她。

为汉斯和罗莎的葬礼帮忙的人们都议论着这个穿着一身漂亮裙子，却蓬头垢面的女孩，她的身上满是汉密尔街的灰尘。还有人谣传，就在葬礼那天下午，女孩穿着衣服走进了安佩尔河，嘴里念叨着奇怪的话。

一些关于亲吻的话。

一些关于一个小母猪的话。

她得说多少次再见才够呢？

日子一天天过去，又打了许多场仗。在悲痛欲绝中，她想起了她的书，尤其是那些专门为她写的书，还有那些救了她一命的书。一天早晨，在从震惊中恢复过来后，她甚至重新回到汉密尔街去找这些书，但她一无所获。她还不能从发生的变故中恢复过来，还要等上几十年，还需要等上漫长的一生。

斯丹纳家的葬礼仪式举行了两次。第一次是在他们下葬时，第二次是在亚历克斯·斯丹纳回家后，他在轰炸后得到了一次休假。

消息传到亚历克斯耳朵里时，他一下子崩溃了。

"十字架上的耶稣啊，"他说，"要是我同意鲁迪去上那所学校就好了。"

你救了一个人。

你杀了他们。

他怎么能预先知道这一切呢？

他唯一知道的是他宁愿那晚是自己待在汉密尔街，这样鲁迪就可以活下来，而不是他自己。

这是他在格兰德大街八号的台阶上告诉莉赛尔的话，他听到她还活着的消息后，立刻赶到了那里。

那天，在台阶上，亚历克斯·斯丹纳仿佛被锯成了几段。

莉赛尔告诉他，她吻过鲁迪的嘴唇了。虽然这让她不好意思，但她认为他听到这事心里或许会好受一点。他的脸上毫无表情地流下眼泪，伴之以木然的微笑。从莉赛尔的眼中，我看到的是光滑的灰色的天空，一个闪着银光的下午。

马 克 斯

战争结束了，希特勒本人也来到我手上。亚历克斯·斯丹纳继续干他的裁缝。裁缝铺虽然挣不到多少钱，但他每天都会到那里忙上几个小时。莉赛尔经常陪在他身边，他们常待在一起。达豪被解放后，他们经常步行想去那里看一看，却被驻扎的美国人拒绝了。

终于，1945年10月，一个男人走进裁缝铺子。他的眼睛很湿润，头发像羽毛，脸刮得干干净净。他走近柜台，"请问这儿有个叫莉赛尔·梅明格的人吗？"

"是的，她在后面，"亚历克斯满怀希望，但还是想确认一下，"我能问问是谁要找她吗？"

莉赛尔走出来。

他们拥抱在一起，哭着倒在地板上。

移交者

是的，我目睹了这个世界上发生的许多事情。我总是伴随着最不幸的灾难，我总是为最坏的罪犯工作。

不过，还有别的时候。

有许多故事（我前面只提过一小部分），我允许它们在我工作时成为我的消遣，就像我喜欢天空的色彩一样。我在最不幸、最不讨人喜欢的地方拾起它们，我要确信当我去干活的时候不会忘记它们。

《偷书贼》就是这样一本书。

当我来到悉尼，带走莉赛尔的时候，我终于能够完成期待已久的一件事情了。我把她放下来，我们一起沿着安扎克大道走着，就在靠近足球场的那个地方，我从口袋里掏出满是灰尘的一个黑色本子。

这个老妇人惊呆了，把它拿在手里，问我："真的是它吗？"

我点点头。

她惶恐不安地打开书，翻看着里面的内容。

"我不敢相信。"尽管里面的文字已经褪色，她依然能辨认她写下的文字。她的灵魂的手指抚摸着这个很久以前在汉密尔街的地下室里写的故事。

她坐在路边，我坐在她身旁。

"你读了这本书吗？"她问我，但没有看我。她的双眼紧紧盯着里面的文字。

我点点头。"读了多次。"

"你读懂了吗？"

回答是长久的沉默。

几辆车朝着不同的方向开了过去。车上的司机可能是希特勒们、休伯曼们，还有马克斯们、杀人者们、迪勒们和斯丹纳们……

我想告诉偷书贼许多事情，关于美好和残暴的事，但是对于她不知道的那些事，我能告诉她什么？我想说的是，我不断地高估人类，也不停地低估他们——我几乎没有对他们有过正确的评价。我想问她，同样的一件事，怎么会如此丑恶又如此美好，有关于此的文字和故事怎么可以这么具有毁灭性，又同时这么熠熠生辉？

然而，我没有把这些话说出口。

我能做的只有面对莉赛尔·梅明格，告诉她我唯一知道的真相。我对偷书贼说的这句话，现在也要对你们说。

本书讲述者的最后一句话
人类真让我捉摸不透。